MINHA SIMPLES JANE

CYNTHIA HAND   BRODI ASHTON   JODI MEADOWS

MINHA SIMPLES JANE

Tradução: **Rodrigo Seabra**

Copyright © 2018 Cynthia Hand, Brodi Ashton, Jodi Meadows
Os direitos morais dos autores foram assegurados.

Título original: *My Plain Jane*

Todos os direitos reservados pela Editora Gutenberg. Nenhuma parte desta publicação poderá ser reproduzida, seja por meios mecânicos, eletrônicos, seja via cópia xerográfica, sem a autorização prévia da Editora.

EDITORA RESPONSÁVEL
Flavia Lago

EDITORA ASSISTENTE
Natália Chagas Máximo

PREPARAÇÃO DE TEXTO
Helô Beraldo

REVISÃO FINAL
Marina Bernard

CAPA
*Jenna Stempel-Lobell
(sobre imagem de Rekha Garton /
Arcangel)*

ADAPTAÇÃO DE CAPA
Alberto Bittencourt

DIAGRAMAÇÃO
Christiane Morais de Oliveira

**Dados Internacionais de Catalogação na Publicação (CIP)
Câmara Brasileira do Livro, SP, Brasil**

Hand, Cynthia
   Minha simples Jane / Cynthia Hand, Brodi Ashton, Jodi Meadows ; tradução Rodrigo Seabra. -- 1. ed. -- São Paulo : Gutenberg, 2022.

   Título original: My Plain Jane.

   ISBN 978-85-8235-656-2

   1. Amizade - Ficção juvenil 2. Eyre, Jane (Personagem fictício) - Ficção juvenil 3. Governantas - Ficção juvenil 4. Histórias de fantasmas 5. Inglaterra - Ficção 6. Mulheres jovens - Ficção juvenil 7. Órfãos - Ficção juvenil 8. Pais e filhas - Ficção juvenil 9. Pessoas casadas - Ficção Juvenil I. Ashton, Brodi. II. Meadows, Jodi. III. Título.

22-113734   CDD-028.5

Índices para catálogo sistemático:
1. Ficção : Literatura juvenil 028.5

Aline Graziele Benitez - Bibliotecária - CRB-1/3129

A **GUTENBERG** É UMA EDITORA DO **GRUPO AUTÊNTICA** ©

São Paulo
Av. Paulista, 2.073 . Conjunto Nacional
Horsa I . Sala 309 . Cerqueira César
01311-940 . São Paulo . SP
Tel.: (55 11) 3034 4468

www.editoragutenberg.com.br
SAC: atendimentoleitor@grupoautentica.com.br

Belo Horizonte
Rua Carlos Turner, 420
Silveira . 31140-520
Belo Horizonte . MG
Tel.: (55 31) 3465 4500

Prólogo	11
CAPÍTULO 1: Charlotte	15
CAPÍTULO 2: Jane	23
CAPÍTULO 3: Alexander	39
CAPÍTULO 4: Charlotte	52
CAPÍTULO 5: Jane	60
CAPÍTULO 6: Alexander	71
CAPÍTULO 7: Charlotte	79
CAPÍTULO 8: Jane	87
CAPÍTULO 9: Alexander	93
CAPÍTULO 10: Charlotte	101
CAPÍTULO 11: Jane	110
CAPÍTULO 12: Alexander	120
CAPÍTULO 13: Charlotte	129
CAPÍTULO 14: Jane	137
CAPÍTULO 15: Alexander	141
CAPÍTULO 16: Charlotte	146
CAPÍTULO 17: Jane	154
CAPÍTULO 18: Alexander	160
CAPÍTULO 19: Charlotte	165
CAPÍTULO 20: Jane	172
CAPÍTULO 21: Alexander	179
CAPÍTULO 22: Charlotte	187
CAPÍTULO 23: Jane	203
CAPÍTULO 24: Alexander	211
CAPÍTULO 25: Charlotte	221
CAPÍTULO 26: Jane	231
CAPÍTULO 27: Alexander	239
CAPÍTULO 28: Charlotte	246
CAPÍTULO 29: Jane	255
CAPÍTULO 30: Alexander	263
CAPÍTULO 31: Charlotte	268
CAPÍTULO 32: Jane	278
CAPÍTULO 33: Alexander	288
CAPÍTULO 34: Charlotte	296
CAPÍTULO 35: Jane	311
CAPÍTULO 36: Alexander	318
Epílogo	327
AGRADECIMENTOS	333

Para quem já se apaixonou pela pessoa errada,
mesmo concordando que o Sr. Darcy pareça ótimo em
teoria... ainda mais vestindo uma camisa molhada.

E para a Inglaterra (mais uma vez).
Desculpem-nos, de verdade, pelo que estamos
prestes a cometer contra a sua literatura.

"Ele me levou a amá-lo sem nem mesmo olhar para mim."
Charlotte Brontë, em *Jane Eyre*

"Vou apenas escrever porque não consigo evitar fazê-lo."
Charlotte Brontë

Prólogo

Você acha que já conhece esta história.

Ah, já a ouviu antes, não é? Por isso, vamos repetir: você acha que já conhece esta história. Sob todos os aspectos, é uma boa história: uma jovem órfã e sem um tostão se torna preceptora em uma mansão, desperta os olhares do patrão rico e austero e (ai, ai...) se apaixona profundamente. Muita paixão, muitos suspiros, mas, antes de eles se casarem — oh! —, uma traição terrível é revelada. Seguem-se fogo e desespero, vaga-se um pouco sem rumo, fome, certo abuso psicológico, mas, no final, o romance se concretiza. A garota (a Srta. Eyre) fica com o rapaz (o Sr. Rochester). Eles vivem felizes para sempre. E é claro que isso significa que todo mundo fica feliz, certo?

Hum... não. Não é bem assim. Temos uma história diferente para contar. (E sempre temos!) E o que estamos prestes a revelar é mais do que um reconto de um dos romances mais queridos da literatura. Esta versão, caro leitor, é *verdadeira*! Existiu mesmo uma garota. (Existiram duas, na verdade!) Ocorreu, de fato, uma terrível traição e um grande incêndio. Mas descarte praticamente tudo o que você sabe desta história. O que vamos contar não será nem um pouco parecido com algum romance clássico que você já tenha lido.

Tudo começou, se quisermos ir muito, muito lá atrás, em 1788, com o Rei George III. O rei via fantasmas. Não era nada demais, na verdade. Ele não se assustava com eles. Às vezes, travava conversas divertidas com cortesãos mortos há muitos anos e com rainhas injustamente decapitadas que, naquele momento, flutuavam sobre as terras do palácio.

Mas, um dia, algo decisivo aconteceu. O rei estava caminhando no jardim quando um fantasma malicioso sacudiu os galhos de uma árvore pela qual ele passava.

— Quem está aí? — perguntou o rei sem saber para onde olhar, porque, quando isso aconteceu, ele estava sem óculos.

— Olhe para mim — respondeu o fantasma perturbador com uma voz majestosa. — Eu sou o rei da Prússia!

O Rei George III imediatamente fez uma reverência. Por coincidência, estava esperando uma visita do rei da Prússia.

— Tenho o maior prazer em conhecer Vossa Majestade! — exclamou Rei George.

Então, tentou apertar a mão da árvore.

E isso não teria sido nada de mais, exceto pelo fato de que, naquele momento, cerca de doze lordes e *ladies* acompanhavam o monarca na caminhada dele pelo jardim e não viram fantasma algum, claro, só viram o rei confundindo uma árvore com outra figura da realeza. A partir daquele momento, o pobre Rei George III passou a ser chamado de "George, o rei louco", um título de que ele muito se ressentia.

Por conta desse episódio, George reuniu uma equipe formada por todo tipo de gente que ele achava que o ajudaria a se livrar dos fantasmas que o incomodavam: padres especializados em exorcismo, médicos com algum conhecimento em ocultismo, filósofos, cientistas, adivinhos e qualquer pessoa que desse uns pulinhos no mundo sobrenatural.

E assim foi formada a Sociedade Real para a Realocação de Espíritos Instáveis.

Nos anos seguintes, a Sociedade, como veio a ser apelidada, funcionou como uma parte proeminente e respeitada da vida inglesa. Se ocorresse algo estranho em sua vizinhança, você ligaria para a... bem, você escreveria uma carta para a Sociedade e prontamente enviariam um agente para cuidar do caso.

Agora, vamos acelerar para logo depois do reinado de George IV até chegarmos a William IV ascendendo ao trono da Inglaterra. William era bem prático. Não acreditava em fantasmas. Considerava a Sociedade uma coleção de odiosos charlatães que vinham, por muitos anos, ludibriando seus pobres predecessores perturbados. Além disso, ela funcionava como um ralo do dinheiro dos contribuintes. (Dinheiro contado em libras!) Assim, tão logo foi oficialmente coroado rei, William cortou o financiamento da Sociedade. Isso causou o infame embate e a posterior inimizade com Sir Arthur Wellesley, também conhecido como Duque de Wellington, que era líder e presidente da SREI, a qual não tinha mais dinheiro nem respeito.

E isso nos leva ao verdadeiro início de nossa história: norte da Inglaterra, 1834, e aquela mocinha órfã já mencionada, que não tinha um tostão. E uma escritora. E um rapaz querendo vingança.

Vamos começar com a mocinha.

O nome dela era Jane.

CAPÍTULO UM
Charlotte

Não existia qualquer possibilidade de pisar na Escola Lowood sem ouvir aquela notícia ao mesmo tempo terrível e totalmente excitante: o Sr. Brocklehurst tinha sido — oh! — *assassinado*. O que se sabia a respeito era o seguinte: o Sr. Brocklehurst tinha aparecido por ali para uma de suas "inspeções" mensais. Começou reclamando da dificuldade que era administrar uma escola para meninas pobres e da maneira irritante como as tais meninas, fosse lá por qual razão, sempre pediam mais comida. *"Mais, senhor, por favor, posso comer mais?"* Depois, ele se sentou perto da lareira na sala de estar, devorou o prato repleto de biscoitos que a Srta. Temple lhe tinha oferecido tão gentilmente e, então, prontamente desfaleceu no meio do chá da tarde. Estava envenenado. O chá, obviamente, não os biscoitos. Mas se o sujeito tivesse sido envenenado pelos biscoitos, para as meninas da Escola Lowood estaria de bom tamanho também.

Elas não derramaram sequer uma lágrima pelo Sr. Brocklehurst. Enquanto ele estava no comando, passavam frio e fome, e muitas delas tinham morrido de "doença do cemitério". (Existem muitos nomes para essa doença ao longo da história: tísica, peste cinzenta, tuberculose etc. Porém, naquela época, era comum a doença ser chamada de "doença do cemitério", porque, se alguém tivesse o azar de pegá-la, seria lá sua próxima parada. Bom, mas vamos voltar ao falecido.) O Sr. Brocklehurst acreditava que ter apenas mingau queimado para comer fazia bem para a alma. (E com "alma" ele se referia às almas pobres e indigentes, pois já tinha compreendido que a alma mais digna das classes mais altas prosperava mesmo era com carne assada e pudim de ameixa. E com biscoitos, claro.) Desde a morte prematura do Sr. Brocklehurst, as condições na escola vinham melhorando um bocado. As meninas concordavam unanimemente: quem quer que tivesse matado o Sr. Brocklehurst, tinha prestado a elas um grande favor.

Mas *quem* tinha matado o Sr. Brocklehurst?

Sobre isso, só havia especulação. Até então, ninguém, nem as autoridades locais, nem a Scotland Yard, tinha conseguido descobrir o culpado.

— Foi a Srta. Temple. — Charlotte ouviu uma garota dizer enquanto atravessava os jardins. Katelyn era o nome dela. — Foi ela quem serviu o chá, não foi?

— Não, foi a Srta. Scatcherd — argumentou Victoria, sua amiga. — Ouvi dizer que ela teve um marido que morreu de forma suspeita.

— Ah, isso é só boato! — disse Katelyn. — Quem se casaria com a Srta. Scatcherd, com aquela cara feia? Eu ainda acho que foi a Srta. Temple.

Victoria balançou a cabeça.

— A Srta. Temple não faria mal a uma mosca. Ela é tão gentil e calma.

— Ah, que tolice! — disse Katelyn. — Todos sabem que é com os mais quietos que temos de nos preocupar.

Charlotte sorriu. Ela colecionava boatos assim como algumas garotas gostavam de colecionar bonecas, registrando os detalhes mais suculentos em um caderninho que mantinha sempre próximo. (E rumores eram a única mercadoria que Lowood tinha em alto conceito.) Se um boato fosse bom de verdade, ela seria capaz de escrever uma história sobre ele para, mais tarde, contar às irmãs na hora de dormir. Mas a morte do Sr. Brocklehurst era muito melhor que simples fofocas passadas por um bando de meninas adolescentes. Era um genuíno e verdadeiro mistério.

O melhor tipo de história.

Uma vez fora dos jardins murados de Lowood, Charlotte tirou seu caderno do bolso e partiu, em passo acelerado, para o bosque. Era difícil andar e escrever ao mesmo tempo, mas há muito ela tinha dominado a habilidade. Nada tão insignificante, como ir de um destino a outro, deveria impedir sua escrita, é claro, e ela sabia o caminho de cor.

"É com os mais quietos que temos de nos preocupar." Essa frase era boa. Ela trabalharia naquele material mais tarde.

A Srta. Temple e a Srta. Scatcherd eram ambas suspeitas razoáveis, mas Charlotte acreditava que o assassino era alguém que ninguém pensaria em considerar. Outra professora, que até recentemente tinha sido aluna da Lowood. A melhor amiga de Charlotte.

Jane Eyre.

Charlotte desceu até o vale e avistou Jane perto do riacho. Pintando, como sempre.

E falando sozinha, como de costume.

— Não é que eu não goste de Lowood. É que eu nunca estive direito em outro lugar — dizia ela para o ar à sua frente enquanto executava uma série de pinceladas rápidas e curtas na tela. — Mas é só uma escola. Não é a vida real. E não tem... meninos.

Jane era uma garota peculiar, o que explica por que Charlotte e ela se davam tão bem.

Jane soltou um suspiro.

— É bem verdade que as coisas estão muito melhores por aqui agora que o Sr. Brocklehurst morreu.

Um arrepio correu pela espinha de Charlotte. Era mesmo verdade (como já dissemos) o que todas as garotas de Lowood vinham dizendo desde a morte prematura do Sr. Brocklehurst. Mas havia satisfação no tom da voz de Jane quando ela falou aquilo. Parecia uma confissão.

Não era segredo que Jane detestava o Sr. Brocklehurst. Ocorreu um incidente, em particular, logo na primeira semana de Jane como aluna da escola, quando o Sr. Brocklehurst a forçou a ficar de pé em um banco na frente de toda a classe, chamou-a de mentirosa — *"Pior que uma pagã"*, ele disse — e ordenou às outras meninas que evitassem a companhia dela. (O Sr. Brocklehurst realmente era péssimo.) E Charlotte se lembrou de outro ocorrido, quando o Sr. Brocklehurst tinha recusado o pedido das meninas por mais cobertores, quando elas estavam acordando com frieiras (tivemos de pesquisar o que era isso: frieira é um inchaço vermelho, que coça e dói, e dá nos dedos dos pés e das mãos, causado pela exposição ao frio; quer dizer, o Sr. Brocklehurst não era mesmo *péssimo*?), e Jane murmurou, com serenidade, *"Alguém deveria fazer alguma coisa com ele"*.

E alguém tinha feito alguma coisa em relação ao Sr. Brocklehurst. Coincidência? Charlotte pensava que não.

Jane olhou por cima da tela de pintura e sorriu.

— Ah, oi, Charlotte! Lindo dia, não é?

— Está mesmo. — Charlotte sorriu de volta. Sim, ela suspeitava de que Jane fosse a assassina de Sr. Brocklehurst, mas Jane ainda era sua melhor amiga. Ela e Jane Eyre eram almas gêmeas. Eram ambas pobres como ratinhos de igreja: Jane era órfã e sem um tostão, e Charlotte era filha de um pastor. Ambas eram meio sem graça — até um pouco parecidas uma com a outra — e extremamente magras (numa época em que o padrão de beleza exigia que as damas tivessem curvas), com a tez igualmente suave, os cabelos e os olhos castanhos bem comuns. Elas eram o tipo de gente mais invisível que se poderia pensar, porque as pessoas passavam os olhares por elas sem notar absolutamente nada de mais. Isso também se devia em parte ao fato de que ambas eram pequenas — isto é, de baixa estatura, baixinhas, *petites*, como Charlotte preferia.

Ainda assim, existia beleza nelas, se alguém parasse para prestar atenção. Charlotte, assim que viu Jane, soube que era uma pessoa gentil e atenciosa. Mesmo se estivesse cometendo um assassinato, estaria pensando nos outros.

— Qual é o assunto de hoje? — Charlotte deu um passo para o lado do cavalete e levantou os óculos para examinar a pintura inacabada de Jane. Era uma cópia perfeita da vista dali onde elas estavam: o vale tomado pelo sol, os ramos frondosos das árvores, a grama balançando... a não ser pelo fato de que, no primeiro plano da pintura, do outro lado do riacho, havia uma garota de cabelos dourados usando um vestido branco. Aquela figura já tinha aparecido em muitas das pinturas de Jane.

— Está muito bom — comentou Charlotte. — E você capturou uma inteligência na expressão da moça.

— Ou pelo menos ela acha que é inteligente, de algum jeito — sorriu Jane.

Charlotte abaixou os óculos.

— Mas você não tinha me dito que ela não era ninguém em particular?

— Ah, e não é mesmo! — disse Jane rapidamente. — Sabe como é... Quando eu desenho as pessoas, elas às vezes ganham vida na minha mente.

Charlotte concordou com a cabeça.

— A pessoa que tem o dom criativo possui algo que ela nem sempre domina. Algo que, às vezes, tem desejos próprios e trabalha por si mesmo.

Jane não respondeu. Charlotte levantou os óculos de volta para olhar para ela. Jane estava olhando para o vazio. De novo.

— Você não está de partida de Lowood, está? — perguntou Charlotte. — Vai ser preceptora? (Essa era a única opção de carreira viável para as meninas em Lowood: ensinar. Alguém que saísse dali poderia se tornar professora em uma vila, ou instrutora em alguma instituição, como a própria Lowood, que é o que Jane tinha feito, ou preceptora em alguma casa de família rica. Ser preceptora era de fato o mais alto a que qualquer uma delas poderia aspirar.)

Jane olhou de relance para os próprios pés.

— Ah, não, nada assim, não! Eu estava apenas... imaginando outra vida.

— Eu me imagino indo embora de Lowood o tempo todo — disse Charlotte. — Sumiria daqui amanhã, se tivesse oportunidade.

Agora era Jane que balançava a cabeça.

— Eu não quero sair de Lowood. É por isso que fiquei, depois de me formar. Eu não posso sair.

— Mas por que não?

— Este lugar é minha casa, e... meus amigos estão aqui.

Charlotte ficou mais que lisonjeada. Não tinha ideia de que Jane tinha ficado em Lowood simplesmente porque não queria que as duas se separassem. Pelo que Charlotte sabia, ela era a única amiga de Jane, graças ao Sr. Brocklehurst. (Charlotte nunca tinha dado a menor bola ao que o Sr. Brocklehurst tinha dito a respeito de Jane.) A amizade era de fato o mais valioso dos bens, especialmente para uma garota como Jane, que não tinha família com que contar. (Já Charlotte era a filha do meio de seis, o que ela considerava tanto uma bênção quanto uma maldição.)

— Bom, acho que você deveria ir embora daqui, se tiver como — disse Charlotte galantemente. — Eu ficaria com saudade, claro, mas você é pintora. Quem sabe as coisas bonitas que existem para se ver fora deste lugar sombrio? Novas paisagens. Novas pessoas. — Ela sorriu maliciosamente e completou: — E... rapazes.

As bochechas de Jane coraram.

— Rapazes — ela murmurou para si mesma. — Pois é.

Ambas ficaram quietas imaginando os rapazes do mundo, e então deram um suspiro de quem aspira a algo sem nem saber o quê.

Essa preocupação com meninos pode parecer um pouco boba para você, caro leitor, mas lembre-se de que estamos falando da Inglaterra de 1834 (antes de Charles Dickens, depois de Jane Austen). As mulheres, naquela época, eram ensinadas que a melhor coisa que poderia acontecer a uma garota era se casar. E com um homem rico, de preferência. E seria muita sorte também conseguir um bonitão ou alguém com algum tipo de talento divertido, ou que tivesse um bom cão. Mas tudo que importava de verdade era arrumar um homem. Sério, qualquer homem servia. Charlotte e Jane tinham poucas perspectivas nesse departamento (vide a descrição anterior sobre elas serem pobres, sem graça, invisíveis e baixinhas), mas ainda podiam se imaginar sendo tomadas pelo amor de estranhos bonitões que olhariam além da pobreza e da simplicidade delas e veriam algo digno de se amar.

Foi Jane quem quebrou o silêncio primeiro. Voltou-se para a tela.

— Então, que história maravilhosa você vai escrever hoje?

Charlotte se desvencilhou daquela ideia de conhecer meninos e se sentou no tronco caído no qual sempre se empoleirava.

— A história de hoje é... sobre um assassinato misterioso.

Jane franziu a testa.

— Pensei que você estivesse escrevendo sobre a escola.

Verdade. Antes que acontecesse toda aquela história com o Sr. Brocklehurst, Charlotte tinha começado (rufem os tambores, por favor) sua primeira-tentativa-de-romance. Ela sempre tinha ouvido que era melhor escrever sobre o que se conhece, e o que Charlotte realmente conhecia, até aquele ponto de sua vida, era Lowood. Por isso, o Primeiro Romance teria de ser sobre a vida em uma escola para meninas pobrezinhas. Se alguém folheasse o caderno dela, veria páginas e mais páginas de suas observações sobre os prédios e as imediações; anotações sobre a história da escola; apresentações detalhadas das professoras, uma a uma, e de seus maneirismos; a luta das meninas contra o frio; a doença do cemitério e, acima de tudo, o abominável mingau de aveia.

Considere, por exemplo, a seguinte passagem na página 27:

Esfomeada, e agora muito fraca, devorei uma colher ou duas de minha porção sem nem pensar no sabor; mas assim que a primeira ponta de fome diminuiu, percebi que tinha uma náusea bagunçando o estômago: mingau queimado é quase tão ruim quanto batatas podres; até a fome se sente mal com aquilo. As colheres iam se movendo lentamente: cada garota provava sua comida e tentava engoli-la; na maioria dos casos, as tentativas logo foram abandonadas. O café da manhã tinha acabado e ninguém tinha tomado o café da manhã.

O texto até que estava bom, pensou Charlotte, especialmente a parte sobre o mingau. Mas era para ser um ROMANCE. Tinha de ter mais que uma simples observação do cotidiano. Tinha de ter uma história. Uma trama. Algum grau de intriga.

Charlotte sabia que estava no caminho correto. A personagem principal do romance dela era uma garota peculiar chamada Jane... Frère, uma órfã sem graça e sem um tostão que tinha de lutar para sobreviver no ambiente severo de uma escola impiedosa. E Jane era inteligente. Engenhosa. Era meio estranha, verdade seja dita, mas era instigante. Agradável. Charlotte sempre soube que Jane poderia ser a protagonista perfeita de um romance (embora não tivesse dito à amiga que ela teria a honra de ser imortalizada na ficção. Haveria um momento certo para ter essa conversa). Portanto, a personagem era boa. O cenário era interessante. Mas o romance em si pecava um pouco pela falta de empolgação.

Isso até a morte do Sr. Brocklehurst! Essa tinha sido uma reviravolta um tanto fortuita.

— As meninas estão começando a teorizar que foi a Srta. Scatcherd. O que você acha? — Charlotte levantou os óculos para analisar bem o rosto de Jane e detectar qualquer reação acusadora, mas a expressão da amiga permaneceu completamente inalterada.

— Não foi a Srta. Scatcherd — Jane disse, sem se abalar.

— Parece que você tem certeza disso — Charlotte falou em tom investigativo. — Como sabe que não foi ela?

Jane tossiu delicadamente.

— Será que podemos mudar de assunto? Estou tão cansada dessa história do Sr. Brocklehurst...

Duplamente suspeito: Jane queria mudar de assunto. Então Charlotte, meio a contragosto, mudou de assunto.

— Ouvi uma boa notícia hoje. Parece que a Sociedade está vindo para cá.

Jane arqueou uma das sobrancelhas.

— A Sociedade?

— Sabe, a Sociedade. Aquela para a Realocação de Espíritos Instáveis. Tinha um "Real" em algum lugar do nome também, em certo momento, mas tiveram de deixar de usar por causa de uma desavença com o rei. Acho que vou ter material para uma história incrivelmente interessante.

A sobrancelha de Jane ainda estava arqueada.

— Bom, claro que eu já ouvi falar deles. Mas nunca...

— Você não acredita em fantasmas? — Charlotte foi adiante. — Eu acredito. Acho, inclusive, que já vi um, lá no cemitério de Haworth uns anos atrás. Pelo menos acho que vi.

— Gostaria demais de saber o que fazem com eles — Jane disse com muita seriedade.

— Como assim?

— A Sociedade. O que faz com os fantasmas que captura?

Charlotte inclinou a cabeça para o lado, pensativa.

— Olha, não tenho a mínima ideia. Só ouvi dizer que se alguém está tendo problema com um fantasma, basta chamar a Sociedade, e então eles vêm, com máscaras pretas bastante marcantes e... — Ela fez um gesto vagamente para o ar. — *Puf*! Fim do fantasma. Fim dos problemas.

— *Puf* — Jane repetiu suavemente.

— *Puf!* — Charlotte bateu uma palma. — Não é empolgante que eles estejam vindo?

— Eles estão vindo para cá. — Jane levou a mão à testa como se estivesse prestes a desmaiar. O que não alarmou Charlotte, pois as jovens mulheres daquele período sentiam tonturas regularmente. Porque usavam espartilho, sabe?

— Bom, não estão vindo para Lowood, especificamente — Charlotte emendou. — Pelo jeito, a Sociedade foi contratada para fazer algum tipo de exorcismo na terça-feira à noite no Bar Tully, em Oxenhope. Sabe aquele lugar onde dizem que tem uma mulher que fica gritando no bar? Foi o que a Srta. Smith me disse hoje de manhã. Mas eles *deviam mesmo* vir a Lowood. Pense em quantas meninas morreram aqui por causa da doença do cemitério. — Charlotte fez uma pausa. Duas daquelas meninas eram suas irmãs mais velhas, Maria e Elizabeth. Limpou a garganta e continuou. — A escola deve estar transbordando de fantasmas.

Jane começou a andar de um lado para o outro.

— Deveríamos pedir a eles que viessem a Lowood — decidiu Charlotte. E ela então teve uma ideia estrondosa. — Deveríamos pedir a eles que resolvessem o assassinato do Sr. Brocklehurst. — Ela fez outra pausa e espreitou a reação de Jane através dos óculos. — A menos que você consiga pensar em alguma razão para não querermos resolver o assassinato do Sr. Brocklehurst.

Jane colocou a mão no peito como se estivesse com dificuldade para respirar de verdade.

— Como eles poderiam resolver o assassinato do Sr. Brocklehurst?

— Eles falam com os mortos, pelo jeito. Acho que poderiam perguntar diretamente para ele.

— Tenho de ir. — Jane começou a reunir o material de pintura com tanta pressa que manchou o vestido de tinta. Logo, já estava praticamente correndo colina acima na direção da escola. Charlotte ficou observando a cena. Abriu seu caderno de anotações.

"É com os mais quietos que temos de nos preocupar", ela leu.

Jane Eyre tinha tido oportunidade e motivo para matar o Sr. Brocklehurst, mas será que ela realmente teria feito isso? Teria sido capaz de matar a sangue frio pelo bem da escola? E, se não, por que tinha ficado tão agitada com as notícias sobre a Sociedade? Se não o assassinato, o que mais Jane estaria escondendo?

Era um mistério.

Um mistério que Charlotte Brontë pretendia resolver.

CAPÍTULO DOIS

Jane

Jane estava do outro lado da rua, em frente ao Bar Tully, olhando fixamente para a porta. O cheiro de torresmo e de ovos em conserva que saía daquele lugar fazia seu estômago se contorcer de fome. O que jantou, uma colher de mingau e meio copo de água, jamais seria um sustento adequado para uma menina de 18 anos. (Mas aquela única colher de mingau tinha um gosto melhor agora, pois o Sr. Brocklehurst estava morto e isso trazia algum conforto para ela.)

Um homem estava andando na rua. Jane procurou por uma máscara, mas era só um sujeito comum, usando roupas comuns e andando de um jeito comum. Ele olhou na direção de Jane, mas nem a notou, e então escancarou a porta do bar — lá dentro, uma luz de lareira bem quente, outros homens, uma explosão de risadas e música alta — e desapareceu lá para dentro, a porta se fechando atrás dele com uma batida.

Jane suspirou. No caminho, estava imaginando que encontraria na porta do bar uma placa dizendo algo como "Não se aproxime! Estamos conduzindo um exorcismo da Senhora Fantasma Berradora e outras manutenções regulares". Afinal, com toda certeza, uma "realocação", ou o que quer que fosse o nome daquilo, teria de ser algo grande. No entanto, Jane estava ali fazia quase meia hora e durante todo aquele tempo os homens tinham entrado e saído livremente do bar como fariam em qualquer outra noite. Jovens moças como ela não tinham nada que se meter em bares, mas Jane *precisava* saber se havia um fantasma, e ela *realmente* precisava saber o que a Sociedade faria com o tal fantasma.

Porque, veja, a verdade é que Jane acreditava em fantasmas. Quando ela era pequena, tinha morado com sua horrível tia Reed e dois primos igualmente horríveis, e, uma noite, a tia tinha forçado Jane a dormir no "Quarto Vermelho" (um quarto que tinha papel de parede vermelho, cortinas vermelhas e tapetes vermelhos, daí seu nome oficial de "Quarto Vermelho"). Era assustador e Jane imaginava que era um quarto assombrado por algum espírito sombrio e maligno. Quando a tia Reed a trancou lá, Jane implorou, às lágrimas, para ser solta, depois gritou até ficar rouca e, finalmente, desmaiou, em uma quase morte — ela nem sabe disso, mas o coração de Jane parou de bater, tão grande o medo que sentiu.

Ela literalmente morreu de medo, mesmo que por segundos. E quando abriu os olhos novamente, o falecido tio estava ajoelhado ao seu lado, sorrindo para ela de maneira amável.

— Ah, que bom, você acordou! Eu já estava preocupado — disse ele.

— Tio? Como... vai o senhor? — Foi a única pergunta que lhe veio à mente. Sabia que estava sendo grosseira, era óbvio que o tio não estava indo muito bem, pois estava morto há muitos anos.

— Já estive melhor — ele respondeu. — Será que você poderia me fazer um favor? Será fácil.

Pela manhã, assim que abriram o Quarto Vermelho, Jane marchou na direção da tia e a informou de que o tio Reed estava bastante perturbado. Ele amava Jane e, em seu leito de morte, fez a tia Reed prometer cuidar bem dela e "Amá-la como a uma filha". Mas a tia Reed tinha interpretado as palavras do marido mais ou menos assim: "Trate-a como uma pessoa escravizada e a mantenha com fome só por diversão". Jane passou fome, foi maltratada de todas as maneiras, e o tio Reed tinha anotado tudo o que viu do além-túmulo e agora estava exigindo que a tia Reed fosse fiel ao que tinha lhe prometido.

— Ele quer que a senhora se lembre de sua promessa — explicou Jane. — Só queria que a senhora fosse um pouco mais legal.

A tia Reed respondeu àquilo chamando Jane de "mentirosa", de "criança diabólica" e a mandou para Lowood, onde o Sr. Brocklehurst a rotulou de "garota pagã desobediente que iria direto para o inferno". Mas Jane nunca duvidou do que tinha visto. No fundo do coração, ela sabia que tinha conversado com o tio morto pois aquele foi o único momento, em sua trágica vida, em que ela sentiu que fazia parte de uma família.

E é claro que ela nunca mais falou da conversa com o tio. A ninguém. Jane entendeu que se retomasse aquele assunto, poderia ser castigada.

Ela olhava fixamente para o bar, seu estômago resmungava alto.

— Você também está com fome?

A voz suave a assustou. Ela se virou e viu uma garotinha vestida com trapos, de pé ao seu lado. Uma menina de rua.

— Estou com fome — continuou a criança. — Tenho fome o tempo todo.

Jane olhou em volta. A rua estava deserta, a não ser por ela e pela menina.

— Sinto muito, mas não tenho nada para você comer — sussurrou Jane.

A menina sorriu.

— Quero ser bonita como você quando crescer.

Jane balançou a cabeça ao ouvir o elogio e voltou sua atenção para o bar.

— Você vai entrar lá? — perguntou a menina. — Ouvi dizer que é assombrado.

Pois é. Havia um fantasma lá dentro e, como nada estava acontecendo ali fora, Jane precisaria entrar para vê-lo.

— Fique aqui — ela disse à menina e se apressou para o outro lado da rua. Respirou fundo e empurrou a porta do bar.

Pronto, conseguiu entrar!

O bar estava lotado. O cheiro de bebida alcoólica misturado com odores corporais a tomaram de assalto. Por um momento, ela ficou paralisada, sem saber o que fazer depois que a sua minguada explosão de coragem a tinha impulsionado ali para dentro. Ela não estava vendo nenhum fantasma. Talvez Charlotte estivesse errada.

Ela teria de perguntar. Claro, isso significaria que ela teria de *falar com um homem*. Jane fantasiava algumas situações com meninos, mas ali naquele bar só tinha homens feitos. Eram peludos, fedorentos e enormes. Parecia impossível conversar com um daqueles bêbados debruçados sobre o balcão.

Ela não pertencia àquele ambiente. Abaixou a cabeça, apertou o nariz sorrateiramente, para não sentir os odores horríveis daqueles homens, se embrenhou em meio à multidão e partiu em direção ao balcão. (Ou, pelo menos, Jane chamaria aquilo de "se embrenhar". Poderíamos descrever como "caminhou delicadamente".) Ao perceber sua aproximação, o atendente levantou o olhar.

— Posso ajudá-la com alguma coisa, senhorita? Está perdida?

— Não — disse ela um pouco embargada. — Não, pelo menos eu acho que não estou perdida. É que... Este é o... estabelecimento... onde...

— Onde o quê? — perguntou o atendente. — Fale mais alto. Não ouvi o que disse.

O espartilho dela estava horrivelmente apertado. (Estava mesmo. Esse era o único objetivo dos espartilhos.)

— Aqui. Por conta da casa. — O atendente serviu um copo de conhaque e o deslizou até ela. Por um momento, Jane ficou escandalizada com a atitude do atendente. Mas pegou o copo e tomou um gole. Aquele fogo líquido queimou seu esôfago. Ela arfou e colocou o copo de volta.

— É neste lugar que o fan...

Jane tinha apenas começado a pronunciar a palavra "fantasma" quando um grito sobrenatural invadiu a sala. Jane olhou para cima e viu uma mulher com uma camisola branca pairando no ar sobre o balcão. O cabelo dela era preto feito um corvo e flutuava ao redor da cabeça como se ela estivesse atravessando uma corrente marinha. Sua pele era quase inteiramente translúcida e seus olhos brilhavam como brasas.

Era o fantasma mais lindo que Jane tinha visto. E olha que ela já tinha visto um bocado de fantasmas.

— Por favor, pergunte o que quer perguntar, senhorita — disse o atendente, com os olhos ainda fixos em Jane. — Eu não tenho a noite toda, sabe.

Ele obviamente não tinha visto o fantasma.

— Esqueça, deixe para lá. — Jane tomou outro gole do conhaque e se afastou do balcão para observar melhor aquele espírito infeliz.

— Para onde o levaram? — lamentou o fantasma. — Para onde levaram meu marido?

Jane sentiu uma pontada de piedade da mulher.

— Onde ele está? — gritou o fantasma.

Que horrível, pensou Jane, ser privada de seu verdadeiro amor, ser cruelmente separada de sua outra metade. Deve ser como perder uma parte da própria alma. Que terrível! Mas também... terrivelmente romântico.

— Eu sei que ele está aqui em algum lugar! — gritou o fantasma. — Ele sempre está. Tenho coisas para dizer a ele, como tenho! Aquele imprestável de bêbado do Billy.

Ih... Ih, minha gente!

O fantasma levantou o braço e deu um tapa no copo de conhaque de Jane. O copo voou, passou triscando pela orelha esquerda de Jane e estourou na parede do fundo.

— Mas ô, diacho! — exclamou o atendente, porque ele obviamente tinha notado o voo do copinho. — A Dona Berradora está de volta! — Ele deu uma olhada no relógio na parede. — Bem na hora certa!

— Aquilo não vale nada! — gritou o fantasma. — Aquele bêbado! —

E então ela varreu a sala com um vento frio e voltou para cima do balcão, arrancando o relógio da parede para completar. — Aquele pé-rapado!

— Cadê a maldita Sociedade? — reclamou o atendente. — Já deveria estar aqui.

— Eu sei que você está escondendo aquele saco de lixo! — exclamou a Dona Berradora, que agarrou a garrafa de conhaque e a jogou na cabeça do atendente. A mira dela era impecável. Ele apagou sem dar mais nem uma palavra.

A coisa ali não estava nada boa. Jane se abaixou para não virar alvo, rastejou, deslizou e se moveu bem rápido para conseguir se esconder em segurança atrás do balcão, onde ela poderia usar o atendente inconsciente como escudo. (Sempre pensando nos outros aquela Jane.) A bainha de seu vestido estava arrastando no chão molhado de bebida, o que era lamentável, mas Jane não tinha como fazer nada a respeito naquele momento.

Ela deu uma olhada por cima e em volta do atendente incapacitado para ver a cena horripilante que se desdobrava. A Dona Berradora continuava a exigir a presença de seu marido degenerado, enquanto atirava coisas pelo salão. Os clientes do bar xingavam e trombavam uns nos outros, com pressa de fugir do fantasma, embora não parecessem muito interessados em sair do bar. Provavelmente, já estavam acostumados àquilo.

Que bagunça, Jane pensou desanimada, enquanto a Dona Berradora mandava ao chão um pote enorme de ovos em conserva. Àquela altura, ela já estava sentindo bem menos pena da mulher. O fantasma era definitivamente um problema, concluiu. Então, onde estava a maldita — oh, gente, desculpe o palavreado — Sociedade?

Naquele exato momento, como se seus pensamentos o tivessem conjurado, um homem com uma máscara negra saltou sobre uma mesa no centro do salão. Ele tirou um pequeno objeto de seu bolso e o jogou contra a parede.

A coisa explodiu com um clarão e um estalo.

A multidão se acalmou. E todos os rostos se voltaram, bocas abertas e em silêncio, para o homem mascarado.

Jane também se pegou olhando para ele fixamente, tentando recuperar o fôlego — muito embora, mais uma vez, pudesse estar ofegante por obra do espartilho. Empurrou o atendente para o lado para ver melhor.

O agente era um rapaz jovem — mesmo de máscara, isso ficava claro —, mas não dava para dizer que era um garoto. A maioria dos homens daquela época usava bigode ou, no mínimo, costeletas; ele não usava nenhum dos dois. Jane não o consideraria bonitão. (Na era pré-vitoriana, um homem bonito tinha de ser pálido — porque ficar sob o sol era coisa de campone-ses —, ter o rosto longo e oval, a mandíbula estreita, a boca pequena e o queixo pontiagudo. Pois é, sabemos! Também achamos difícil de acreditar.) O queixo daquele jovem era quadrado e seu cabelo, um pouco comprido. Mas ele era obviamente da alta classe. Vestia um belo casaco de lã e luvas de couro que pareciam ser bem caras.

— Todos para fora! — gritou ele, e Jane se abaixou atrás do balcão.

A multidão saiu imediatamente de um jeito mais organizado. O salão ficou vazio, exceto por outro homem mascarado, este mais jovem, um garoto, que vestia um terno de qualidade mais baixa. Pelo jeito, os agentes andavam em pares.

O agente da coisa explosiva saltou da mesa.

— Agora, preste muita atenção — disse ele ao garoto. — Primeiro, esvaziamos o salão. Depois, confirmamos a identidade do espírito.

O espírito. Jane tinha quase esquecido. Olhou para cima para ver o fantasma. A Dona Berradora já tinha parado de gritar, ocupada demais para olhar para os agentes.

O agente que estava no comando tirou do bolso interno de seu casaco um pequeno caderno com capa de couro preto e um lápis. Abriu o livro com cuidado, de um jeito que fez Jane se lembrar de Charlotte, e folheou até uma página que estava marcada.

— Diga seu nome, espírito. — Ele se dirigiu ao fantasma quase com um tom de tédio.

A Dona Berradora encostou as costas contra o teto e se recusou a lhe responder. O outro agente, o baixinho com cabelo ruivo e de óculos — Jane notou que ele o usava *por cima* da máscara —, deu um passo à frente.

— Olhe, a senhora deveria lhe responder — disse ele, olhando para o fantasma. — Por favor.

O encarregado mandou o ruivo ficar quieto. Voltou-se novamente para o fantasma.

— A senhora é Claire Doolittle, não é?

— Eu o perdi — sussurrou o fantasma. A mulher parecia desolada. — Eles o levaram.

— Levaram quem? — perguntou o agente, consultando seu caderno de notas. — Seu marido? Ele foi jogado na prisão dos devedores, se não me engano. Um problema com jogo.

O fantasma flutuou de um lado para o outro sem dizer nada.

O agente olhou novamente para seu caderno de anotações.

— O nome dele era Frances Doolittle.

— Frank — rosnou o fantasma. — Ele era um picareta.

— Frank — disse o agente, tomando nota. — Picareta. — Voltou a meter a mão no bolso e sacou um relógio de bolso prateado. — Muito bem... — disse ele ao segundo agente —, agora observe de perto. Ao capturar um espírito...

O fantasma soltou um lamento tão alto e triste que o estômago de Jane se revirou com uma nova onda de piedade. De repente, a Dona Berradora arrancou o relógio da mão do agente. Pelo menos, foi isso que tentara fazer, mas não conseguiu, pois o relógio passou por sua mão e caiu no chão.

Os eventos seguintes aconteceram em rápida sucessão.

O agente no comando tentou pegar o relógio no chão.

O fantasma sentiu uma oportunidade de escapar e disparou do teto rumo ao chão.

— Ela está tentando fugir! — gritou o ruivo.

O encarregado saltou alto, de maneira ágil, e aterrissou bem ao lado do fantasma.

— Pegue o relógio! Ele... — O encarregado não conseguiu terminar a ordem, pois o ruivo, todo desajeitado, pulou para a frente e mergulhou para tentar derrubar o fantasma; contudo, em vez de derrubá-lo, voou através da mulher e caiu sobre uma pilha de coisas atrás do balcão, no esconderijo de Jane.

Nesse momento, Jane deu um pulo.

Todos os olhos se voltaram para Jane, inclusive os do fantasma.

— Hum, boa noite — Jane acenou. — Eu estava, hum... dormindo... varrendo... e depois dormindo.

Fez-se um momento de silêncio. Ninguém se mexeu, exceto o ruivo, que gemeu e esfregou a testa. A mulher fantasma começou a flutuar propositalmente em direção a Jane.

— Dormindo...? — disse, cético, o agente encarregado.

— Eu... eu... — Jane gaguejou. — Eu estava bêbada. De beber... a bebida... o conhaque.

— Certo.

Àquela altura, a Dona Berradora já estava desconfortavelmente próxima de Jane, que tentou com todas as suas forças fingir que não conseguia ver o espírito vagante.

— Olá — disse a mulher fantasma.

Jane sentiu os olhos do homem mascarado fixos nos dela. Ela olhou rapidamente para o teto. Para uma mesa. Para a pintura na parede. Para qualquer lugar, exceto para o fantasma.

— Você é tão bonita — a mulher fantasma falou baixo.

As bochechas de Jane ficaram vermelhas. Ela nunca soube como responder a um elogio, principalmente porque as pessoas vivas passaram sua vida inteira dizendo como ela é sem graça.

Que menininha banal!

E...

Ah, gente! Espero que essa aí consiga chegar a algum lugar... a qualquer lugar.

E...

Meu Deus, mas que comunzinha. (Se ela era tão sem graça assim, por que as pessoas sentiam a necessidade de comentar a respeito?)

Para os fantasmas, porém, ela era o epítome da beleza.

Isso levava Jane a pensar que havia algo de questionável na vida após a morte.

— Você lembra tanto o meu Jamie — continuou a Dona Berradora. — Com o sol se pondo atrás dele.

Jane não sabia quem era Jamie, mas a mulher morta nutria sentimentos diferentes por ele e pelo marido.

— Com uma brisa suave levantando seu cabelo ruivo — ela continuou.

A mão de Jane, quase que por vontade própria, se levantou e afastou alguns fios dos cabelos sem graça que caíam sobre seus olhos sem graça enquanto ela tentava desesperada e tenazmente ignorar o fantasma.

O agente no comando olhou de Jane para a mulher fantasma e de volta para Jane, inclinando a cabeça para o lado.

— Mas olhe, gente, como está tarde. — Jane fez um gesto apontando para onde, até alguns momentos antes, o relógio estava pendurado na parede. — Preciso ir.

A mulher fantasma, intrometida, se aproximou ainda mais dela, e Jane já tinha vivido situação semelhante e sabia que poderia se transformar rapidamente em algo do tipo mosca-no-papel-mata-moscas. Jane não deixaria isso acontecer.

Jane deu mais dois passos para trás. O fantasma flutuou dois passos para a frente.

— Nunca vi nada tão lindo — disse a mulher com um suspiro. — Você é radiante de verdade — disse o fantasma e abraçou Jane.

Jane sorriu, nervosa, e olhou para os homens.

— Não quero interromper o importante trabalho de vocês. Por isso, só vou ficar de pé aqui. Nem vou me mexer.

O agente encarregado franziu a testa para Jane, como se estivesse confuso. Abaixou-se e pegou o relógio de bolso do chão. Caminhou com cautela em direção à Jane e ao fantasma. Ao chegar ao lado da aparição, ele sussurrou:

— Espírito, você está doravante realocado.

— O que você está fazendo? — perguntou Jane.

Ele não respondeu. Levantou o relógio de bolso bem alto no ar e bateu com o relógio na cabeça da mulher fantasma.

(Sim, nós entendemos, leitor, que essa é uma maneira extremamente superficial de descrever algo, só "bateu na cabeça". Mas saiba que após numerosas revisões e várias visitas ao dicionário de sinônimos, essa é a descrição mais adequada que encontramos. Ele bateu com o relógio na cabeça do fantasma.)

Uma lufada fria de ar afastou os cabelos do rosto de Jane. O relógio de bolso prateado brilhou e, então, para o horror de Jane, sugou o fantasma para dentro dele. *Puf* — e Claire Doolittle desapareceu. *Desapareceu*. Mas foi para onde?

Jane olhou fixamente para o relógio, esperando que o fantasma estivesse bem, mas o relógio vibrou e balançou e sacudiu como se a mulher estivesse tentando escapar dele. O agente segurou o relógio pela corrente até que o movimento parasse. Enfim, se virou para jogá-lo para o ruivo, mas, no último momento, mudou de ideia e envolveu o relógio em um retalho de tecido antes de devolvê-lo ao bolso.

Era tudo tão sinistro. "Para onde ela foi? Ela está dentro daquilo?" Por um momento, Jane se esqueceu completamente de si mesma.

O agente se virou e olhou para ela.

— Então, a senhorita *realmente* a viu.

Caramba! Desde o episódio do Quarto Vermelho, Jane tinha adotado o seguinte conjunto de regras:

> Regra número 1: Nunca dizer a ninguém que consegue ver fantasmas. Nunca. Nunca. Jamais.
>
> Regra número 2: Nunca interagir com um fantasma ou falar com ele na presença de uma pessoa viva.
>
> Regra número 3: Não importa o quanto ficar tentada, não importa quão interessante for o fantasma, não importa quão urgente a situação for, sempre consulte as regras número 1 e número 2.

— Não, eu não a vi — Jane gaguejou. — Quero dizer, *aquilo*. Eu não vi nada.

O agente apertou os olhos.

— Quem é a senhorita?

— Ninguém, senhor.

— Claro que é alguém — ele contra-argumentou. — No mínimo, a senhorita é uma vidente. E vem de algum lugar. De onde? — O caderno com capa de couro preto estava de novo em sua mão. Jane sentiu uma onda de pânico. Apesar de sua estrita adesão às regras relativas aos fantasmas (que eram mais como lembretes, na verdade), ela não mentia bem.

— Garanto ao senhor que não sou ninguém digna de nota — ela disse, embora isso não o tenha impedido de tomar nota a respeito dela, de forma bastante óbvia, em seu caderno. — Se me dá licença, estou muito atrasada. — Ela fez uma rápida reverência e começou a abrir a porta, mas o agente a barrou.

— Está atrasada? Quem poderia estar à sua espera a esta hora?

— Meus alunos — ela disse. — Sou professora. Estou ensinando matemática.

— Então a senhorita ensina matemática no meio da noite.

— Sim — Jane concordou. — Imagine como os meus alunos devem estar preocupados.

O agente franziu a testa e estava pronto para fazer outras perguntas a ela, mas, naquele momento, o atendente, que só então estava recuperando a consciência, se levantou de trás do balcão.

— O que aconteceu? — perguntou ele, atordoado.

O agente estreitou os olhos para o dono do bar.

— Quem é o senhor?

— Eu sou o Pete, obviamente. — Ele esfregou o galo na parte de trás da cabeça. — Sou o dono do lugar. E você está usando uma máscara. Você é da Sociedade. Pegou o fantasma?

— Sim — disse o agente.

— Sinto muito por ter perdido — Pete lamentou, olhando em volta para a destruição do bar. — Já foi tarde, só digo isso.

O agente se voltou para Jane, que tinha se deslocado silenciosamente em direção à porta.

— E em que escola a senhorita ensina?

Ela parou.

— Ah, tenho certeza de que o senhor nunca ouviu falar.

— Há uma escola perto daqui — o ruivo sussurrou. — A senhorita dá aulas em Lowood? Talvez conheça o...

— Suponho que o senhor queira seu pagamento. — O atendente

do bar foi logo interrompendo, impaciente, pois queria arrumar o bar o quanto antes e reabri-lo. Ele coçou o queixo e perguntou: — Dez libras, não é isso?

— Quinze — esclareceu o agente, desviando sua atenção de Jane a Pete, o dono do bar, que foi buscar sua bolsa mal-humorado e, depois, lentamente, contou moeda por moeda na mão do agente. Estava pagando em xelins, não em libras inteiras, ou seja, a contagem demoraria um pouco.

Aquela era a oportunidade de que Jane precisava. Antes de sair, parou apenas para roubar um ou dois ovos em conserva do chão, porque já tinha aprendido a nunca sair de um lugar que oferece comida de graça sem levar alguma coisa.

— Espere, eu ainda quero falar com a senhorita! — O agente a chamou enquanto Pete continuava a contar o dinheiro com uma lentidão excruciante. — Espere!

Mas Jane já tinha saído. A menina de rua ainda estava no exato local onde Jane a tinha deixado.

— Você viu um fantasma? — perguntou a criança.

— Corra, menininha, corra! — Jane gritou. A menina saiu em disparada, e Jane também deu no pé.

* * *

No momento em que Jane atravessou os limites da escola, o Sr. Brocklehurst apareceu para ela.

— Srta. Eyre! O que a senhorita está fazendo por aí a esta hora? Pois eu a peguei em flagrante! — disse o Sr. Brocklehurst, apontando para o chão sob seus próprios pés. — Será obrigada a se ajoelhar no milho!

As cicatrizes nos joelhos de Jane arderam só de pensar naquilo. Mas, felizmente, o Sr. Brocklehurst estava morto.

O que, infelizmente, não o tinha tornado menos irritante.

— Sabe, eu tinha esposa — disse ele, enxugando uma lágrima inexistente em seu rosto inexistente. — E filhos. O que será deles agora?

Jane quase se sentiu mal por ele, mas algumas vítimas da doença do cemitério flutuaram em volta deles, e ela decidiu não perder tempo com isso.

— A senhorita está com boa aparência, Srta. Eyre — notou o Sr. Brocklehurst, estreitando os olhos. — Por favor, não me diga que aumentaram as porções na escola. Arrancarei a pele da Srta. Temple se ela fez isso!

O estômago de Jane roncou. Os ovos em conserva pouco tinham

aliviado a sua fome. Ela simplesmente passou pelo fantasma e se dirigiu para o segundo andar.

— Volte aqui imediatamente! — gritou o Sr. Brocklehurst. — Srta. Eyre!

— Ah, me deixe em paz — Jane murmurou. — O senhor não pode mais machucar ninguém.

O Sr. Brocklehurst bufou em protesto, mas, para alívio dela, não a seguiu.

Nas escadas, ela se encontrou com Charlotte toda encurvada, escrevendo à luz de uma vela. Estava sempre escrevendo, sempre, sem se importar com o resto do mundo, rabiscando coisas naquele caderninho que carregava para todo lado. Jane gostava demais de Charlotte. É certo que a garota era meio peculiar, mas essa característica fazia Jane gostar ainda mais dela. Charlotte era sua pessoa não morta preferida em Lowood, mas Jane estava cansada demais para conversar naquele momento.

Ela quase ia passando despercebida quando Charlotte tirou os olhos do caderno e olhou para cima.

— Você disse algo sobre machucar alguém? — perguntou Charlotte. — Me conte mais.

— Oh, Charlotte, boa noite! Não tinha visto você aí. — Jane pensou rápido para mudar de assunto. — Por acaso você notou como a lua está bonita hoje?

— Sim. Bem redonda. Mas você disse algo sobre machucar alguém? — Charlotte insistiu, segurando seu lápis, pronta para continuar anotando.

— Você *escreveu* algo sobre machucar alguém? — Jane respondeu.

E, de uma hora para a outra, as duas pareciam estar num impasse, como se estivessem em uma competição na qual não tinham a menor ideia sobre o que competiam.

— Peço desculpas, Charlotte, mas estou bem cansada. Acho que vou para a cama.

— É a Charlotte Brontë que está aí? — Veio a voz silenciosa do Sr. Brocklehurst lá de baixo. — Perambulando no meio da noite? Isso é vergonhoso! Deveria ser castigada!

Jane ficou feliz por Charlotte não o ouvir.

— Você foi até o bar? — perguntou Charlotte. — Achei que iria. Era o que eu teria feito, se me fosse permitido sair daqui.

Mas aquela menina percebia tudo!

Jane tentou parecer escandalizada.

— Mas por que razão neste mundo eu iria a um bar? Uma moça da minha posição não pertence a tal lugar. Então... não, não, eu certamente não fui a um bar. Estava apenas dando um passeio à meia-noite.

Charlotte balançou a cabeça.

— O fantasma estava lá? Você viu os homens da Sociedade? Eles capturaram o fantasma? Foi muito emocionante?

Por um momento, Jane se viu tentada a compartilhar seus segredos com a amiga, mas isso definitivamente seria quebrar a Regra número 1, então, apenas disse:

— Eu lhe asseguro que foi apenas um passeio ao luar. Você sabe que eu gosto de caminhar. Pois bem. Boa noite, Charlotte.

Subiu as escadas e chegou ao seu minúsculo quarto.

Onde Helen Burns a estava esperando. Sua melhor amiga e seu fantasma favorito no mundo.

— Graças aos céus você está de volta! O que aconteceu? — Helen perguntou, com suas bochechas translúcidas ainda coradas pela febre que a tinha matado há tantos anos.

Jane levou as mãos ao rosto.

— Foi terrível! Ele simplesmente... bateu na cabeça daquela pobre mulher fantasma. — E então toda a história foi se derramando para fora de Jane aos borbotões.

— Então a Sociedade pode fazer essas coisas todas que os jornais dizem — disse Helen quando Jane terminou de falar.

— Pode! — Jane chutou os sapatos e começou a lutar para se livrar das várias camadas repressivas de roupas. — E os agentes são cruéis. Nem se deram ao trabalho de falar muito com o fantasma. Queriam apenas capturá-lo. E a mulher fantasma nem era assim tão problemática... — Jane se lembrou do copo de conhaque arremessado contra a parede. Do relógio. Do pote de ovos em conserva. — Bem, ela precisava mesmo de ajuda. Mas não merecia ficar presa em um relógio de bolso.

— Um relógio de bolso. Que horrível! — disse Helen com um estremecer. — Deve ser tão apertado. E aquele tique-taque o tempo inteiro...

Jane terminou de se vestir e apagou a vela. As duas se enrolaram juntas na cama pequena e cheia de calombos de Jane, como sempre tinham feito, muito embora o sono só fosse necessário a uma delas. Por um longo tempo, Jane fitou o teto escuro e, de repente, disse:

— A Sociedade pode aparecer amanhã.

Helen se sentou abruptamente.

— Aqui?

Jane também se sentou.

— Sim. Os agentes pareciam muito curiosos a meu respeito. E um deles adivinhou que eu lecionava em Lowood. Se eles vierem, você tem de ficar bem escondida.

— Ficarei fora de vista — prometeu Helen.

Jane fez uma pausa por um momento.

— Está na hora de sair deste lugar. E, desta vez, estou falando sério.

O lábio inferior de Helen tremeu um pouco.

— Você me abandonaria?

— Eu nunca vou abandonar você! Quis dizer que nós duas temos de ir embora. Juntas, como sempre.

Helen tinha sido a primeira amiga de Jane, a única em Lowood até Charlotte aparecer. Ela esteve ao lado de Jane quando todos a humilharam e puniram. E, apesar da simplicidade excessiva de Jane e de suas muitas outras inadequações, Helen a amava.

Mas Helen morreu quando tinha 14 anos. Naquela primavera, quando isso aconteceu, uma versão particularmente agressiva da doença do cemitério tinha se abatido sobre Lowood. Até maio, quarenta e cinco das oitenta alunas estavam em quarentena, entre as quais Helen. Uma noite, a Srta. Temple ajudou Jane a passar sorrateiramente pelas enfermeiras até o quarto onde Helen estava moribunda.

Jane se sentou ao lado do leito de Helen.

— Helen, não me deixe — ela sussurrou.

— Eu nunca a deixaria — prometeu Helen. — Segure a minha mão.

Jane apertou bem a mão da amiga e tentou ignorar como os dedos de Helen estavam frios. Elas adormeceram assim e, quando Jane acordou na manhã seguinte, o corpo de Helen estava pálido e imóvel.

Flutuando acima dele, estava o fantasma de Helen.

— Oi — ela disse com um sorriso arteiro. — Acho que posso ficar.

Não se sabia quais fantasmas poderiam ficar e quais deveriam partir para o além, seja onde o além fosse. Mas Helen tinha ficado junto de Jane, fiel à sua promessa. E Jane lhe prometeu, em troca, que elas nunca se separariam. Helen era o mais próximo de uma irmã que Jane tinha. Ela nunca poderia — e não queria — abandonar Helen. Mas agora se preocupava com a visita da Sociedade em Lowood no dia seguinte. E, se não fosse no dia seguinte, seria um dia depois do dia seguinte. Era apenas uma questão de tempo. Havia tantos fantasmas ali, com certeza algum deles acabaria causando problema. Provavelmente o Sr. Brocklehurst.

— Mas não temos um lugar específico para ir — Helen foi dizendo.

— Eu poderia arranjar um emprego.

— Que emprego?

— Poderia ser costureira.

— Jane, sua costura é horrível — lembrou Helen. — Amo você, mas você sabe que é verdade.

— Poderia lavar e passar roupas.

— Pense em como suas mãozinhas ficariam rachadas e vermelhas.

— Poderia ser preceptora.

Helen acenou com a cabeça, pensativa.

— Você é uma boa professora. E gosta de crianças. Mas é bonita demais para ser preceptora.

Helen não era diferente dos outros fantasmas e achava Jane linda. Se ainda estivesse viva, a própria Helen, com sua tez de porcelana, seus olhos azuis e seus longos cabelos dourados, teria atraído todos os olhares.

— O que a minha aparência tem a ver com isso? — perguntou Jane.

— Você é tão linda que o dono da casa se apaixonaria por você — explicou Helen. — Seria um escândalo terrível.

Jane não achou assim tão terrível.

— Eu poderia lidar com isso.

— Acredite em mim. Acabaria mal — disse Helen, insistindo.

— Por favor, Helen. Temos de fazer isso. Diga que virá comigo. Diga que pelo menos tentará.

— Muito bem. Vou com você. Vou lhe dar uma chance — disse Helen.

Elas ficaram em silêncio novamente. Jane ouviu o lamento de uma pomba vindo de fora. A luz do dia estava se aproximando. Em poucas horas, teria de dar uma aula de francês. Era muito boa em francês. E sabia um pouco de italiano. Sabia conjugar verbos latinos. Sabia fazer contas. Apesar de Lowood ser um lugar difícil, tinha recebido uma boa educação ali. Tinha estudado literatura clássica, história e religião. Conhecia as regras de etiqueta. Sabia bordar uma fronha e tricotar meias (tudo bem que ela só tinha conseguido terminar uma meia, pois um par era trabalhoso demais). Sabia se portar na frente de um piano e era mais do que proficiente em pintura e desenho, isto é, em qualquer tipo de arte. E ela era uma boa professora *de verdade*, conforme disse a si mesma. Daria uma excelente preceptora.

— Você quer ser pintora — disse Helen, como se tivesse lido a mente de Jane. — É isso que você deve fazer. Ser uma pintora famosa.

Jane zombou da ideia de ser famosa em qualquer coisa.

— Ah, sim! Bom, as pessoas não estão postando muitos anúncios de emprego para pintores famosos no momento, não é?

— Mas também não estão postando anúncios de emprego para preceptoras. — E isso era verdade. Toda semana Jane vasculhava os anúncios de emprego no jornal, procurando sua fuga de Lowood, e não havia nada para aspirantes a preceptoras ultimamente. Parecia que todas as crianças ricas da Inglaterra já estavam sendo orientadas.

— Portanto, não vamos a lugar algum no momento — disse Helen.

— Não — concordou Jane, triste. — Acho que não.

CAPÍTULO TRÊS

Alexander

No momento em que pisou nas terras de Lowood, Alexander Blackwood se viu cercado por fantasmas.

Vinte e sete deles. Um número extraordinariamente alto.

Veja, Alexander estava bem familiarizado com fantasmas. Os fantasmas eram seu trabalho. (Seu trabalho principal. Aquele que pagava as contas. Seu trabalho secundário... bom, saberemos mais sobre isso depois.) Mas ele não estava ali pelos fantasmas. Estava ali pela garota, aquela que poderia ser uma vidente. Mas, em vez de encontrá-la, acabou rodeado por vinte e sete fantasmas, dos quais vinte e seis eram meninas, e o único homem queria que seu assassinato fosse resolvido.

— Você está ouvindo? — perguntava o fantasma. — Eu fui *assassinado*.

Alexander tomou nota em seu caderno: *Vinte e sete fantasmas. Um deles afirma que foi assassinado.*

As meninas tinham idade, cor de cabelo, pele, olhos e... bem, nomes diferentes, provavelmente (embora Alexander não se preocupasse em fazer apresentações formais), e tinham uma única coisa em comum: as expressões tristes que retratavam vidas curtas e difíceis, sem afeto.

Bom, isso e o fato de todas estarem mortas.

— O Sr. Brocklehurst me matou — disse uma garota transparente usando um vestido de aniagem incolor. Seus lábios estavam azuis, como se ela estivesse com muito frio quando morreu. — Ele me trancou em um armário por cinco horas. Quando alguém foi me ver, eu já estava morta.

As sobrancelhas de Alexander se ergueram.

— A senhorita precisava pensar no que tinha feito — disse o fantasma do Sr. Brocklehurst.

— Ele me matou também — reclamou outra garota. Essa tinha vergões vermelhos pelos braços e pelo pescoço, cortes na pele como se ela tivesse tentado arrancar os vergões com as unhas. — Sou alérgica a aniagem.

(Ei, leitor, somos nós de novo. Fizemos algumas pesquisas e parece que a aniagem, aquele material tosco de fazer saco de batatas, só começou a ser produzida depois de 1855. Pelo menos, essa é a teoria popular. Pesquisamos um pouco *mais* e acontece que Brocklehurst realmente inventou a aniagem apenas para tornar suas alunas infelizes, mas só muito mais tarde se soube disso. Agora você já sabe.)

Alexander olhou para o fantasma do Sr. Brocklehurst, que simplesmente deu de ombros.

— Coceira é bom para a alma — disse ele. — Inspira a orar.

Enquanto Alexander subia as escadas para o malcuidado edifício da escola, os fantasmas continuavam fazendo queixas contra o falecido Sr. Brocklehurst, que contrariava cada acusação com alguma desculpa esfarrapada.

A porta se abriu antes de Alexander bater, e outra garota olhou bem para ele com os olhos apertados. Devemos mencionar que essa garota estava viva.

Ela levantou um par de óculos grossos presos por uma varinha.

— O senhor deve ser da Sociedade! Eu o reconheci pela máscara. Todos dizem que as pessoas da Sociedade usam máscaras para que os fantasmas não possam dizer quem elas são. É verdade?

— Meu nome é Alexander Blackwood. Estou aqui para falar com uma de suas professoras.

— O senhor está aqui por causa do assassinato? — perguntou ela firmemente.

— Eu poderia contar uma coisinha ou outra sobre o assassinato — disse o fantasma do Sr. Brocklehurst. — Afinal de contas, eu estava lá.

— Estou aqui para falar com uma de suas professoras — disse Alexander novamente.

— Com qual professora?

Bem. Essa parte seria mais difícil. Ele não sabia o nome da professora.

— Gostaria de ver todas as professoras. — Ele estava bastante certo de que reconheceria a garota do bar se a visse novamente, muito embora, se lhe pedissem para descrevê-la, ele não saberia como era o cabelo ou a cor dos olhos dela. Ela era pequena em estatura, ele lembrava. E o casaco era cinza.

— Não deveria haver outro agente com o senhor? — perguntou a garota, e espreitou ao redor dele como se alguém pudesse estar escondido em meio ao mato alto que ladeava a entrada. — Ouvi dizer que os agentes trabalham em duplas.

— Não preciso de um assistente hoje — ele disse, se encolhendo ao pensar na noite anterior. Quem tentaria *derrubar* um fantasma? Eles quase falharam na missão por causa daquela burrada.

— Interessante. — A garota trocou os óculos por um caderno e começou a rabiscar nele.

— Essa é Charlotte — informou o Sr. Brocklehurst. — E se não estivesse morto, eu...

— Pare — Alexander o interrompeu. Não queria ouvir que tipo de punição seria aplicada à garota. Na verdade, ele estava começando a entender por que alguém teria o ímpeto de assassinar o Sr. Brocklehurst.

A garota levantou os olhos do caderno de anotações.

— Perdão?

— Pare... de me atrasar, quero dizer. — Alexander olhou em volta dela, espreitando o saguão de entrada. — Tenho uma agenda a cumprir, senhorita...? — Ele já tinha entendido que o nome dela era Charlotte, mas é claro que seria impróprio se dirigir a uma jovem pelo seu primeiro nome.

— Desculpe. — Ela guardou o caderno e o lápis e se afastou para que ele pudesse entrar. — Sou escritora, sabe. Charlotte Brontë, ao seu dispor.

— É um prazer conhecê-la, Srta. Brontë. — Alexander entrou com os fantasmas das estudantes mortas atrás dele. — Sobre o que a senhorita escreve?

— Sobre tudo — disse a Srta. Brontë. — Mas, ultimamente, sobre assassinato.

— Um assunto popular. — Ele a olhou mais de perto; assassinato (e a vingança por causa dele) era um dos temas que mais lhe interessavam também. — E a senhorita vem escrevendo sobre esse recente assassinato em particular?

O rosto dela ficou sem expressão e a voz se normalizou.

— Suponho que o senhor poderia dizer que sim.

— E o que a senhorita concluiu?

— Que há um grande consenso sobre estarmos melhor agora que o Sr. Brocklehurst se foi, então, quem se importa com quem cometeu tal ato?

— Eu estou *bem aqui*! — gritou o Sr. Brocklehurst.

— Quem quer que o tenha assassinado nos prestou um grande serviço — continuou a Srta. Brontë, sem ouvir o fantasma, claro.

— Estou vendo. Então a senhorita não vai me dizer quem acha que foi?

Ela balançou a cabeça.

Ele considerou aquilo louvável, de certa forma, mas resolver o assassinato era uma excelente desculpa para reunir as professoras. Ele não queria que pensassem que tinha ido à escola apenas para ver uma jovem que conhecera em um bar.

— Muito bem. Resolverei o seu assassinato.

— Não é o *"meu"* assassinato — retrucou a Srta. Brontë. — É o *nosso* assassinato, na medida em que beneficiou a todas.

— Então, por favor, permita-me ver as professoras.

— Mas claro que também quero ver esse assassinato resolvido! — A Srta. Brontë se recompôs. — Quero dizer, por favor, siga-me.

— A Srta. Brontë acha que a Srta. Eyre me envenenou. Li o caderno dela por cima do ombro. — Brocklehurst suspirou. — Elas são amigas. Faz sentido, se você me perguntar. São ambas mentirosas ingratas.

— E você acredita que a Srta. Eyre fez isso, não é mesmo? — Alexander perguntou. Era para confirmar as alegações do fantasma, e não, definitivamente, porque ele achava legal chocar as pessoas.

O rosto da Srta. Brontë ficou branco.

— Claro que não. Por que eu pensaria isso?

Alexander tirou seu próprio caderninho. *A estudante suspeita de que uma certa "Srta. Eyre" pode ter envenenado Brocklehurst*, escreveu. E então, à Srta. Brontë, ele disse:

— Muito bem, por favor, reúna todas as professoras.

A Srta. Brontë levantou o queixo.

— Prefiro não fazer nada até saber se o senhor vai prender minha amiga.

Alexander franziu o cenho.

— O senhor não me assusta.

Alexander acentuou a expressão.

— Muito menos com essa máscara.

Mais franzida de cenho.

— Está bem. Mas lembre-se: ela é minha amiga e, mesmo que ela o tenha assassinado, ajudou a escola. O senhor não tem ideia de como as coisas estavam ruins. Foi em autodefesa.

— Eu sei sobre a aniagem.

— A Daisy era alérgica a aniagem! — A Srta. Brontë tirou seu caderno e rabiscou o que parecia ser *"Ele sabe sobre a aniagem"*. — Muito bem, vá em frente e resolva o assassinato, mas não prenda ninguém de que eu goste.

Ele tentou não sorrir.

— Não vou prometer nada, Srta. Brontë.

Vários minutos depois, Alexander se viu no centro de uma sala, com professoras e alunas (vivas e mortas) todas de pé em um círculo, como uma plateia. Estava bastante lotada e todas pareciam estar falando ao mesmo tempo, em idas e vindas sobre o assassinato, a situação que melhorara desde então e as últimas teorias sobre quem o tinha executado.

E... havia um tópico ainda mais desconfortável se espalhando pelo fundo da sala. Mais incômodo que o assassinato. Mais desconfortável que a assassina provavelmente estar ali naquela sala. E era...

— Um *rapaz* — disse uma das meninas, não exatamente baixo o suficiente para evitar que Alexander ouvisse. — Um rapaz *aqui*.

— Nunca vi um rapaz tão alto — falou outra garota no fundo. — Com o cabelo tão escuro.

— Você nunca viu um rapaz! Como vai saber se esse é alto ou não?

— Parece que ele saiu de um livro.

— Você acha que ele veio para se casar com alguma de nós?

— Deve estar aqui para se casar com uma professora.

— A Srta. Scatcherd? Ou a Srta. Smith?

— Não, provavelmente a Srta. Temple. Ela é tão bonita. Imagine que bebês lindos eles teriam.

Alexander sentiu o rosto ficar vermelho sob a máscara e não demorou muito para que a metade viva das garotas começasse a pentear os cabelos com os dedos e a beliscar as bochechas umas das outras. Algumas das garotas mortas também começaram a fazer isso.

Rapidamente, ele viu a fila de professoras perto da porta. Uma tinha a cara de ser a "Srta. Scatcherd", se a expressão azeda em seu rosto era alguma indicação. A segunda era uma mulher alta e adorável, possivelmente a Srta. Temple. A terceira poderia bem ser a Srta. Smith. E a quarta era a garota do bar.

Seus olhares se encontraram. A jovem corou e desviou os olhos.

— A senhorita — disse ele, se aproximando dela. — Qual é o seu nome?

Sua boca se movia e algum tipo de som saía, mas era suave demais para se ouvir por baixo da barulheira das alunas dando pulinhos e comentando.

— Ah, meu Deus! — uma das garotas sussurrou. — Ele está aqui para se casar com a Srta. Eyre!

Srta. Eyre. A mesma moça que a Srta. Brontë pensava ter matado o Sr. Brocklehurst.

Alexander suspirou, pelo menos a tinha encontrado.

— Srta. Eyre — disse ele —, posso falar com a senhorita em particular?

A Srta. Eyre não disse uma palavra, mas, quando ele saiu da sala, ela o seguiu depois de levar um ligeiro beliscão da Srta. Temple.

Pouco antes de ele fechar a porta, a Srta. Brontë chamou sua atenção. *Não a prenda!*, ela fez com a boca sem emitir som.

— Srta. Eyre — disse ele assim que a porta se fechou e eles tinham o corredor só para si. — Eu vim para falar com a senhorita.

— Comigo, senhor? Todos dizem que o senhor está aqui para resolver o assassinato.

— Não originalmente — disse ele. — Vim aqui para vê-la.

— Mas por quê? Eu não fiz nada.

Bem, ela poderia ter assassinado o Sr. Brocklehurst, mas não era essa a questão.

— Claro que a senhorita não fez nada de errado — disse ele rapidamente. — Estou aqui em nome da Sociedade para a Realocação de Espíritos Instáveis. A senhorita já deve ter ouvido falar de nós.

Ela não respondeu nada.

— Bem, presumo que já tenha ouvido falar de nós. Foi por isso que a senhorita foi ao bar ontem à noite? Por que soube que viríamos?

Ela não respondeu nada.

Alexander limpou a garganta.

— Sei que a senhorita conseguiu ver o fantasma. Isso faria da senhorita o que chamamos de vidente.

A Srta. Eyre... continuou sem dizer nada.

Ele tentou uma nova tática.

— Veja, a senhorita não deveria ter vergonha disso. Na verdade, é um dom raro e valioso. Ele a torna única. Especial.

A sobrancelha dela se retorceu, mas continuou sem dizer nada.

— Na Sociedade, temos grande necessidade de indivíduos tão talentosos. Normalmente, não empregamos mulheres, é claro, mas neste caso eu acho que podemos abrir uma exceção.

Nada.

— Estou tentando oferecer um emprego à senhorita — disse ele. — Na Sociedade.

Os olhos dela se alargaram ligeiramente. Não era o que ela estava esperando ouvir.

— O que acha, Srta. Eyre? — ele perguntou.

— Eu acho que... — Ela franziu a testa.

É claro que ela estava chocada com aquela reviravolta tão repentina e maravilhosa em sua sorte.

— Acho que devo declinar. Vou ser preceptora — disse ela.

O queixo de Alexander caiu.

— Mas... preceptora? Por quê?

— É o sonho da minha vida. Sempre quis ser. Acho crianças seres adoráveis.

— Mas... — Ele estava completamente confuso. — Quais são suas qualificações para ser preceptora? — ele perguntou isso porque Srta. Eyre tinha claramente a qualificação mais importante para ser uma agente da Sociedade: conseguia ver fantasmas.

— Minhas qualificações? — A senhorita Eyre balançou a cabeça. — Sempre estive destinada a ser preceptora.

Ela seguiu falando uma lista de coisas que sabia fazer, algo sobre verbos latinos, piano e suas notas altas em literatura clássica.

Ele franziu a testa.

— Sinto muito, não estou entendendo.

— Eu vou ser preceptora — disse ela. — Muito obrigada.

Alexander franziu o olhar.

— Tem certeza de que não tenho como persuadi-la a entrar para a Sociedade? Se a senhorita vier comigo a Londres, posso lhe mostrar...

— Vou ser preceptora! — A Srta. Eyre levou a mão à boca. — Desculpe-me. Podemos prosseguir com a investigação do assassinato? — Ela girou os pés e abriu a porta da sala de estar.

Várias garotas deram um pulo (a Srta. Brontë, inclusive) e se espalharam para o outro lado da sala, como se não tivessem de jeito nenhum tentado ouvir o que acontecia do outro lado da porta. Felizmente para Alexander, ele não falou muito alto sobre a história de vidente e de dar a ela um emprego. Àquela altura, as estudantes provavelmente já tinham até decidido nomes para as crianças que imaginavam que ele e Jane Eyre teriam.

Que embaraçoso!

Confuso sobre a resposta tão pouco favorável à sua proposta de trabalho, Alexander decidiu partir.

— Espere — chamou uma das meninas. — O senhor resolveu o assassinato?

Alexander olhou para a Srta. Eyre, para o Sr. Brocklehurst, para a porta e de volta para a Srta. Eyre.

— E eu deveria?

— *Sim!* — várias garotas gritaram.

— Não! — disse a Srta. Brontë.

Foi derrotada. Alexander se posicionou no centro da sala. Seus olhos pousaram sobre a Srta. Temple.

— Por favor, me diga o que a senhorita sabe sobre o envenenamento.

Agora que a vidente tinha recusado seu pedido, ele apenas queria voltar para a pousada.

A Srta. Scatcherd cutucou a Srta. Temple.

— Vai em frente. Ele quer falar com você.

Uma duplinha lá no fundo sussurrou que ele tinha trocado a Srta. Eyre pela Srta. Temple. E que escândalo aquilo significava...

— Parece um livro romântico, só que a história está acontecendo ao vivo — disse uma garota. — Não estou aguentando de ansiedade. Quem ele vai escolher?

Alexander não via a hora de que sua vida se resumisse a apenas ter de lidar com fantasmas.

— Srta. Temple — ele disse gentilmente —, se a senhorita puder me falar sobre o dia em que o Sr. Brocklehurst faleceu, eu ficaria muito grato.

— Ele ficaria tããão agradecido. — Suspirou uma das meninas.

A Srta. Temple tremeu ao dar um passo à frente.

— Bem, o Sr. Brocklehurst veio para uma de suas inspeções mensais...

— Perdoe-me — disse Alexander. — Podemos pular essa parte. Já sei o suficiente a respeito da escola sob os cuidados do Sr. Brocklehurst.

A Srta. Brontë estava de pé ao lado da Srta. Temple e se inclinou para a frente apenas o suficiente para murmurar *"Ele sabe sobre a aniagem"*.

— Ah, muito bem! — A Srta. Temple juntou as mãos. — O Sr. Brocklehurst tinha pedido chá e biscoitos, então as meninas e eu fomos preparar enquanto ele cochilava em frente à lareira. Depois que ele acordou, eu mesma o servi. Pouco tempo depois, ele faleceu, embora eu não tenha percebido logo de início. Pensei que ele tivesse voltado a dormir.

— Muito interessante — disse Alexander. Ele se voltou para a Srta. Scatcherd. — Por favor, traga-me a xícara de chá da qual ele bebeu.

A Srta. Scatcherd apertou os lábios e franziu o cenho. Depois, se virou para uma garota que estava perto dela.

— Anne, traga a xícara de chá.

— Qual xícara de chá? — perguntou a garota.

— Aquela de que o Sr. Brocklehurst bebeu! — A Srta. Scatcherd bufou. — É claro.

— Todas as nossas xícaras são iguais. — Anne apertou os dois punhos contra sua boca.

Alexander odiava quando seus clientes eram difíceis e ele tinha de fazê-los passar vergonha, mas precisaria ver aquela xícara de chá.

— Srta. Scatcherd. A xícara de chá. Agora.

O rosto dela ficou avermelhado e, depois de um momento tenso com todos olhando para ela, se virou e desapareceu por um corredor.

— Mas por que você quer a xícara de chá? — Brocklehurst perguntou.

Alexander o ignorou. Olhou para a Srta. Eyre. Ela *era* uma vidente. E, por mais estranho que pareça, estava o tempo inteiro rodeada por fantasmas que a adoravam. Uma das garotas mortas sussurrou que gostava do cabelo da Srta. Eyre e outra lhe perguntou como cuidava de sua pele.

Por que ela *não queria* trabalhar para a Sociedade?

— Veja — sussurrou uma das garotas vivas. — Ele está gamado.

— Ai, espero *mesmo* que dê certo entre eles — disse outra garota.

Abruptamente, a Srta. Eyre pediu licença e se dirigiu para a porta, se esgueirando por entre a multidão (e evitando pisar nos fantasmas, conforme ele notou).

Charlotte pegou o braço de Jane.

— Você está bem? — perguntou.

Jane balançou a cabeça.

— Não, não me sinto bem.

Assim que a Srta. Eyre saiu da sala, a Srta. Scatcherd voltou com um carrinho repleto de xícaras de chá.

— Talvez a senhorita tenha entendido mal meu pedido — Alexander disse. — Eu só precisava de uma. *Daquela* em particular.

A Srta. Scatcherd rolou seu carrinho barulhento em meio à multidão e o estacionou contra uma parede. Havia pelo menos trinta xícaras de chá. Estavam lascadas e bem gastas, com a tinta removida na maior parte da cerâmica.

— Sim, bem... — disse a professora, se pondo ao lado de Alexander e pisando um pouco no Sr. Brocklehurst.

Brocklehurst estremeceu, pulou e, por toda a sala, as meninas se engasgaram e esfregaram os braços, como se tivessem tido calafrios.

— A xícara foi lavada e guardada com as outras — a Srta. Scatcherd balançou a cabeça. — Eu não fazia ideia de que o senhor perguntaria sobre as nossas xícaras. Como eu deveria saber qual delas é *aquela*?

— A xícara de chá continha veneno e a senhorita simplesmente *a guardou*?

— *Lavei-a* antes de guardá-la. — A Srta. Scatcherd deu de ombros.

— Muito bem. — Alexander se aproximou do carrinho com as xícaras de chá e arregalou os olhos, como se isso fosse revelar qual xícara tinha o veneno.

— Eu teria servido o chá na que estivesse menos lascada — comentou a Srta. Temple.

Isso reduzia um pouco as possibilidades. Alexander escolheu as cinco xícaras com o menor número de partes lascadas e as mostrou ao Sr. Brocklehurst.

— Alguma dessas lhe parece familiar?

— São todas iguais! — O espírito do Sr. Brocklehurst bateu com a mão fechada no carrinho, fazendo várias xícaras pularem. Uma caiu no chão. As garotas gritaram.

A situação estava indo mal. Alexander teria de controlar o espírito antes que algo pior acontecesse. Os vivos normalmente não sabiam dizer o que os mortos estavam fazendo — a não ser que fossem como ele —, mas, quando os espíritos se tornavam emocionalmente carregados, isso alterava os limites do possível.

— Por que o senhor se importa tanto com a xícara em que foi servido o chá? — perguntou uma estudante morta.

— Porque... — Alexander pegou uma das xícaras potencialmente envenenadas e bateu-a na testa do Sr. Brocklehurst.

A cerâmica o atravessou.

Todos estavam olhando fixamente para a cena. Os vivos estavam claramente questionando a própria fé na habilidade daquele rapaz de lidar com fantasmas. E os fantasmas das estudantes falecidas apenas franziram a testa e murmuraram que era indelicado jogar coisas *através* de fantasmas. Até o Sr. Brocklehurst parecia confuso.

— Não faça isso de novo.

Alexander o fez novamente, mas com outra xícara. Sem nenhum efeito, outra vez.

— Se todas fizerem a gentileza de sair da sala, por favor — disse Alexander às alunas e professoras vivas. A coisa estava prestes a ficar feia.

— Não entendo o que está acontecendo — disse uma das alunas.

— Ninguém entende — respondeu a Srta. Temple, empurrando a aluna em direção à porta. — Mas acho que devemos sair.

— Por que você está me batendo com xícaras? — O rosto e o pescoço do Sr. Brocklehurst ficaram vermelhos, apesar de ele estar morto e não ter mais sangue. — Exijo que pare!

Alexander bateu na cabeça dele com uma terceira xícara.

Nada.

Talvez não fosse uma xícara, então. Mas ele tinha *tanta* certeza. Claro que tinha de ser uma xícara, não tinha? E se tivessem sido os biscoitos? Não estava claro qual talismã poderia usar. Talvez uma espátula, uma tigela ou até o forno.

Enquanto Alexander pegava uma quarta xícara, o Sr. Brocklehurst se virou bruscamente e derrubou um quadro da parede.

Gritos encheram o salão. Os fantasmas permaneceram no lugar, mas os vivos se moveram em direção à saída em velocidade máxima.

O Sr. Brocklehurst, por sua vez, atirou mais coisas ao chão: xícaras, canetas, livros.

Alexander tinha de agir rapidamente. Brandindo a quarta xícara, perseguiu o fantasma irado.

— Pare de bater na minha cabeça com essas xícaras! — gritou o Sr. Brocklehurst.

— Vou continuar até saber qual xícara foi! — E Alexander tentou novamente. Dessa vez, a porcelana bateu firme contra a testa do fantasma.

Imediatamente, o fantasma do Sr. Brocklehurst foi sugado para dentro da xícara de chá. O pequeno objeto de cerâmica tremeu nas mãos de Alexander, como se o fantasma estivesse lutando para escapar.

— Por favor, funcione — sussurrou Alexander. E então houve um clarão de luz e o tremor parou. Ele tinha prendido o Sr. Brocklehurst.

Com o máximo cuidado, envolveu a xícara em um retalho de aniagem. Manusear aquele tipo de talismã era um assunto delicado, por isso ele sempre usava luvas. Afinal, tocar um talismã podia levar a uma possessão pelo fantasma preso dentro dele! Os agentes da Sociedade sempre usavam luvas, por segurança.

— O senhor vai efetuar alguma prisão? — perguntou a Srta. Brontë, voltando ao salão agora vazio.

Alexander deu de ombros.

— Meu trabalho não é resolver assassinatos. Eu capturo fantasmas. Só às vezes isso envolve resolver homicídios. Mas não precisei fazer isso desta vez.

A Srta. Brontë apertou os lábios.

— Sr. Blackwood, o senhor vai realocar os outros fantasmas de Lowood? Imagino que haja muitos depois de todos esses anos — ela disse, e um olhar triste se depositou nos seus olhos. Como se tivesse perdido pessoas de quem gostava.

Alexander balançou a cabeça.

— Posso realocar qualquer um que a escola considerar problemático, mas realocar todos levaria muito tempo e não é necessário, a não ser que os espíritos comecem a causar problemas.

A garota relaxou os ombros.

— Não, não. Quero dizer, a menos que eles queiram ir com o senhor. Mas talvez estejam felizes aqui. Mesmo estando mortos.

— Talvez — respondeu Alexander. Seus encontros com fantasmas raramente eram felizes. As pessoas nunca o chamavam para lidar com fantasmas *amigáveis*.

— Então é isso? Que o senhor tenha um bom-dia — a Srta. Brontë disse. Pegou o caderno e se afastou, ocupada seja lá com que história que estivesse contando agora.

Alexander esperava que não fosse um romance.

* * *

De volta à pousada, Alexander pegou uma caneta e um pedaço de papel para escrever um bilhete ao Duque de Wellington.

Senhor, encontrei uma vidente. Seu nome é Jane Eyre. Infelizmente, ela recusou minha oferta inicial para entrar na Sociedade. Vou me esforçar para convencê-la. — A. Black

Quando a tinta secou, ele selou o papel com uma gota de cera e o prendeu ao tornozelo de um pombo-correio. O pássaro logo partiu para a sede da Sociedade, em Londres.

Alexander tinha dedicado sua vida à Sociedade REI desde a tenra idade de 4 anos, quando três coisas importantes lhe aconteceram: (1) seu pai morreu; (2) ele ganhou a habilidade de ver fantasmas; (3) o Duque de Wellington o acolheu e começou a treiná-lo para se tornar o melhor agente que a Sociedade já teve.

Foi quando entrou em cena a atividade paralela de Alexander. Certo, ele era a grande estrela da Sociedade e, no geral, isso estava de bom tamanho para ele; no entanto, seu pai não tinha simplesmente morrido, de morte natural.

Ele tinha sido *assassinado*.

E isso significava que a atividade paralela de Alexander era, na verdade, a vingança, muito embora, sejamos honestos, ele tinha apenas um cliente: ele mesmo.

Durante quatorze anos, ele vinha trabalhando para vingar o assassinato do seu pai, mas contava apenas com as lembranças confusas de um garoto assustado. O que tornava a vingança bastante difícil. Por isso ele se dedicava de corpo e alma ao seu trabalho na Sociedade, procurando fantasmas-problemas, lendo jornais em busca de novos recrutas e, na maior parte do tempo, tentando manter de pé aquela Sociedade que parecia estar em eterna dificuldade.

Foi lendo um jornal que ele encontrou o seu aprendiz, que tinha a idade perfeita para entrar na Sociedade, e lá também era o lugar perfeito para ele. Afinal, o rapaz não tinha nenhum vínculo na vida que pudesse impedi-lo de fazer o trabalho a ele destinado. (Às vezes, as pessoas tinham.) E ele tinha o dom. (Nem todos o tinham, mesmo sob todas as circunstâncias que levariam a isso.) Ao longo dos anos, Alexander tinha oferecido empregos a várias pessoas e a maioria tinha ficado feliz em aceitar. Entretanto, o corte do financiamento anunciado pelo rei dificultou bastante o recrutamento.

Ao cair da noite, assim que Alexander terminou de escrever o relatório formal que acompanharia a xícara e o caso do Sr. Brocklehurst, um pombo-correio chegou com um bilhete de Wellington. (Sim, sabemos que parece uma comunicação incrivelmente rápida, e era mesmo. Mas é que Arthur Wellesley, o Duque de Wellington, tinha os pombos-correio mais rápidos de toda a Inglaterra. Pode-se até dizer que eles eram *sobrenaturalmente* rápidos.)

Alexander quebrou o selo de cera e desdobrou o papel.

Confio em você. — A. Well

Durante os minutos seguintes, Alexander pensou novamente na abordagem que tinha usado ao fazer a oferta de trabalho. Tinha sido confuso. A moça tinha ficado perturbada. Talvez uma realocação improvisada não fosse o melhor momento nem o lugar para se fazer tal proposta (em primeiro lugar, pouco importava se ele tivesse ido lá com a intenção de fazer essa realocação).

Muito bem, então. Ele voltaria e tentaria de novo. E, dessa vez, faria da maneira correta.

CAPÍTULO QUATRO

Charlotte

Como você, caro leitor, provavelmente já deve ter adivinhado, as alunas da Escola Lowood àquela altura não estavam mais nem remotamente interessadas no assassinato do Sr. Brocklehurst. Agora só queriam falar do intrépido e enigmático Sr. Blackwood — *Ai, o Sr. Blackwood!* —, com seus belos casaco de lã e cabelo preto. Tal pessoa — *Um rapaz de verdade!* — ter se interessado de algum modo por Jane Eyre — *A garota mais banal, mais sem graça!* — era a fofoca mais sensacional de todos os tempos e ganhou os corredores de Lowood. O Sr. Blackwood não era bonito (seu queixo era quadrado demais), mas com toda certeza era rico — *Olha para aquele casaco!* —, e era isso o que realmente importava. *E você não acha que tem alguma coisa nele que o torna a pessoa mais interessante que já viu na vida? Aquele casaco. Aquele cabelo. Aquela máscara, tão misteriosa, emoldurando aqueles olhos penetrantes.* (Tinha havido uma discussão feroz sobre a cor dos tais olhos penetrantes. Algumas diziam que eram de um verde-musgo profundo; outras, que eram azuis-tempestade.) E não nos esqueçamos de como aqueles olhos penetrantes tinham olhado para Jane Eyre — *Tão intensamente, tão, ahn, certo, penetrantes, que... você não gostaria que alguém olhasse para você daquele jeito?*

Charlotte estava um pouco cansada das fofocas, verdade seja dita. É claro que ela também estava interessada em saber mais sobre o Sr. Blackwood. Tinha notado que os seus modos eram bastante cativantes, e as suas mãos, muito bem torneadas. Mas o principal interesse dela pelo rapaz vinha da posição que ele ocupava como membro da Sociedade REI. Para Charlotte, ele tinha o melhor emprego da Inglaterra. A ideia de viajar pelo país recolhendo informações, tomando notas, rastreando fantasmas e os capturando...

era o emprego mais glamoroso que ela podia imaginar. Ficava pensando nas histórias que conseguiria compilar se tivesse aquele emprego.

O Sr. Blackwood tinha retornado à escola duas vezes após a primeira visita. Apresentou-se na manhã seguinte e solicitou uma audiência particular com a Srta. Eyre. Queria discutir a proposta que lhe tinha feito, segundo ele mesmo disse. (E, naquele entremeio, várias meninas tinham desmaiado em puro deleite — *gente, uma proposta!*) Mas Jane se recusou a falar com ele.

Sem se abalar (*ele deve estar tão apaixonado por ela*, especularam as meninas), o Sr. Blackwood tinha reaparecido na manhã seguinte. No mesmo horário. Pela mesma razão.

— Não tenho nada a dizer a ele — Jane tinha dito com firmeza. — Por favor, diga-lhe que vá embora. Mas educadamente.

Charlotte não achava que o Sr. Blackwood tivesse pedido Jane em casamento. Eles tinham acabado de se conhecer. É claro que Charlotte acreditava no amor à primeira vista — sonhava que, um dia, em algum momento inesperado, tal coisa até pudesse acontecer com ela —, mas era contra o *casamento à primeira vista*. Ela achava que todo aquele negócio entre o Sr. Blackwood e a Jane deveria ter algo a ver com a noite em que Jane foi ao Bar Tully. Algo importante deve ter acontecido por lá.

Havia ali uma história. Ela sentia essa história em seus ossos. Algo em que talvez pudesse trabalhar em seu Primeiro Romance sobre a Srta. Jane Frère.

— Se o senhor — Charlotte disse ao Sr. Blackwood no salão — me esclarecer qual é a natureza do seu pedido, posso fazer uma requisição melhor à Srta. Eyre em seu nome...

O Sr. Blackwood ficou desconfortável com a proposta e mudou de lugar no sofá.

— Não posso tomar a liberdade de discutir os detalhes com ninguém além da Srta. Eyre. Apenas gostaria de saber se ela reconsiderou a minha...

Oh, meu Deus, talvez ele tenha *mesmo* proposto algo a ela! Charlotte levantou os óculos para ver bem o rosto dele. As bochechas estavam levemente ruborizadas. E os olhos dele, ela notou, eram profundamente castanhos, como os pelos de um castor.

Ela se inclinou para a frente.

— Pois não?

— ...se ela reconsiderou a minha oferta de emprego na SREI.

Charlotte piscou os olhos.

— O senhor... o senhor deseja dar um emprego a Jane Eyre? Na Sociedade?

— Sim.

— Devo, então, entender que a Sociedade está recrutando novos agentes? — Ela se inclinou ainda mais para a frente. — Agentes *mulheres*?

— Sim.

Ele era um tanto quanto monossilábico, não era? Pouco importava. Era uma notícia maravilhosa.

— Bem, senhor — ela disse sem fôlego —, Jane parece ter tomado uma decisão — ela disse, enquanto o que passava por sua mente era *"Jane está louca. Como foi recusar uma proposta dessa?"*. — Eu a conheço bem e, uma vez que decide algo, existe pouca possibilidade de mudar de ideia. — Charlotte estava se referindo à resposta que Jane dera naquela vez em que o Sr. Brocklehurst quis cortar o cabelo das meninas para que elas não se tornassem vaidosas. Mas não queria nem mencionar o nome do Sr. Brocklehurst.

O Sr. Blackwood exalou — uma pequena e frustrada respiração — e coçou o canto do rosto. Charlotte teve a impressão de que "não" era algo que aquele homem não estava acostumado a ouvir.

— Não esperava que ela quisesse me ver. Mas se apenas me ouvisse, tenho certeza de que eu poderia...

— Não, senhor — disse Charlotte gentilmente. — Se ela disse que não, foi isso mesmo o que quis dizer.

Ele ficou abatido. E queria esconder que estava abatido. Então, se aprumou.

— Bem... é lamentável! Poucas pessoas deixariam passar tal oportunidade.

Charlotte concordava completamente. Deu uma risada nervosa.

— Eu me pergunto... — Ela tomou fôlego e invocou toda a sua coragem. — Eu me pergunto se o senhor consideraria a possibilidade de empregar outra pessoa.

As sobrancelhas dele se eriçaram.

— Outra pessoa?

— Alguma das outras garotas de Lowood. — Ela agora estava tão inclinada para a frente em seu assento que quase caiu no chão. — Mais especificamente, eu, senhor — emendou. Antes que ele pudesse responder, ela já começou apressada a disparar suas qualificações. — Sou a melhor da minha classe. Aprendo tudo muito rápido. Poderia adquirir qualquer habilidade de que o senhor precisasse com facilidade. Trabalho com afinco. Sei fazer muitas coisas. E tenho um olhar aguçado. — Ela empurrou aqueles óculos enxeridos para o bolso e estreitou os olhos na direção dele. — Eu mesma poderia ser de grande utilidade.

O Sr. Blackwood pigarreou.

— Tenho certeza de que a senhorita é uma jovem brilhante e empreendedora.

— Sou. Eu realmente sou e não estou dizendo isso só porque é terrível morar aqui e quero desesperadamente ir embora.

— Diga-me... — Agora ele também estava se inclinando para a frente. — Estamos sozinhos?

Ela pegou os óculos novamente para dar uma olhada pela sala.

— Mais ou menos — ela respondeu. — A Srta. Scatcherd está do lado de fora da porta, é claro, para acompanhá-lo, mas, fora isso, estamos completamente sozinhos.

O coração dela trovejou no peito. Ele deveria estar prestes a lhe dizer algo confidencial.

Ele acenou como se confirmasse algo que já sabia; depois, suspirou com pesar.

— Receio que a oferta seja para a Srta. Eyre somente. Sem substituições. — Ele ficou de pé, fez um cumprimento formal e disse: — Brontë.

Uma desilusão a tomou completamente. Ela também se levantou e fez uma reverência.

— Sr. Blackwood.

— Espero que a senhorita insista para que a Srta. Eyre reconsidere. Ela sabe, assim suponho, onde me encontrar se mudar de ideia.

— Sim. — Ela ainda conseguiu dizer. — Sim, direi a ela.

Ele não retornou mais à escola. As meninas de Lowood tinham decidido, então, que estavam testemunhando uma grande tragédia romântica, que Jane tinha sido abandonada e que agora, provavelmente, morreria de coração partido. O que era um disparate, agora Charlotte sabia muito bem. Jane era a *abandonante*, não a abandonada. E não se tratava de romance. Charlotte sabia que se tratava de fantasmas. Uma vida de aventuras estava batendo à porta de Jane! Mas, para total consternação de Charlotte, Jane teimava em se recusar a abrir aquela porta. E, o que era pior, ela não lhe tinha dado mais nenhum detalhe sobre aquela misteriosa oferta de trabalho.

— É um simples mal-entendido — Jane disse a Charlotte pela enésima vez, alguns dias depois, enquanto elas tomavam o café da manhã.

— Um mal-entendido sobre o quê, exatamente?

— Não tem importância alguma.

— Tem muita importância! — Charlotte argumentou com fervor. — Por que você está sendo tão teimosa?

A sala de jantar ficou em silêncio. As outras garotas as olharam fixamente. (Aquele seria o início de um rumor particular de que Charlotte

Brontë também estaria loucamente apaixonada pelo Sr. Blackwood e que ela e Jane Eyre seriam forçadas a competir pela atenção do sujeito. Apostas eram feitas: qual das meninas conquistaria o coração do Sr. Blackwood? A maioria pensava que seria Jane. *As duas garotas são sem graça, mas pelo menos Jane não é cega como um morcego. Aqueles oculozinhos da outra são simplesmente terríveis.*)

— Por que você tem de ser tão melodramática? — Jane sussurrou.

Àquela altura, Charlotte já estava quase implorando.

— O que aconteceu em Oxenhope naquela noite que mexe tanto com você? Por que a Sociedade lhe procurou? Eu tenho de saber.

— Se é assim, você terá de se acostumar a ficar desapontada. — A boca de Jane se apertou em linha reta, como se estivesse selando seus lábios com cola, e Charlotte soube que tinha acabado de ser derrotada. Daquele dia em diante, Jane e Charlotte mal se falaram. Mas Charlotte continuou a observar Jane de perto. Ela continuou a falar *consigo mesma* mais do que nunca, quando achava que ninguém a ouvia. Ela vinha se mostrando distraída durante as aulas, às vezes se perdia no meio das explicações, envolta em pensamentos. E tinha parado de pintar, o que, para Charlotte, era a maior indicação de que Jane não estava sendo ela mesma.

— Muito bem! — Charlotte ouviu Jane gritar certa manhã, cuja voz vinha do lavabo. — Você é ainda pior que Charlotte. Se não parar de falar dessa Sociedade horrível, talvez eu faça *puf!* com *você* em um relógio de bolso.

Jane sabe de alguma coisa preocupante sobre a Sociedade, Charlotte rabiscou no caderno. *Ela também tem um relógio de bolso.* Olhou para Jane por cima do caderno e ela estava sentada no banco perto da janela, longe das alunas que costuravam e fofocavam — nada sutilmente — sobre a vida amorosa da própria Jane, que, com raiva, estava remendando uma meia apenas.

A Srta. Temple apareceu na porta.

— O jornal chegou!

Todas as meninas se sentaram aprumadas e tentaram chamar a atenção da professora. Toda semana, apenas um jornal é entregue a Lowood, e aquele jornal tem de ser compartilhado por mais de cinquenta meninas. A Srta. Temple sempre escolhe uma aluna especial, alguém que ela deseja recompensar pelo bom comportamento, para ler o jornal primeiro. Depois, era uma questão de idade — primeiro as mais velhas, depois as mais novas. Algumas vezes o jornal chegava em farrapos quando era a vez da Charlotte lê-lo, porém ela sempre lia cada frase, em cada página.

A Srta. Temple olhou ao redor da sala. Charlotte sorriu para ela com esperança. A professora, então, se virou para Jane.

— Srta. Eyre, gostaria de ler o jornal? Sei que normalmente escolho uma aluna merecedora, mas pensei que...

A Srta. Temple era muito gentil. Sabia que Jane tinha tido uma semana difícil.

Mas Jane balançou a cabeça.

— Vou ficar com a minha meia.

Outro sinal de que algo estava errado. Jane gostava de ler o jornal quase tanto quanto Charlotte.

— Muito bem — disse a Srta. Temple, um pouco ofendida. Deu outra olhada pela sala. — A Srta. Brontë, então. Você tem sido tão útil.

Ela entregou o jornal a Charlotte, que o colocou cuidadosamente sobre a mesa ao lado do caderno. Ela tomaria notas de assuntos atuais, é claro, para encontrar as melhores histórias. Desdobrou as páginas, saboreando o aroma inebriante do papel e da tinta recém-impressos. Em seguida, começou a leitura. Havia algo sobre o Rei William ter tido mais uma discussão com o Duque de Wellington por causa de alguma discordância política. Um ensaio apaixonado de um jovem chamado Charles Dickens sobre a situação dos pobres em Londres. Uma lista de pessoas que tinham morrido recentemente da doença do cemitério. Uma receita de pudim de ameixa que fez o estômago de Charlotte ribombar. Mas nada que ela considerasse digno de nota.

Ela se voltou para a seção de anúncios, na qual se deparou com um aviso:

PROCURA-SE: PRECEPTORA PARA CUIDAR DE UMA CRIANÇA ADORÁVEL.

A JOVEM EM QUESTÃO PRECISA TER PELO MENOS 18 ANOS, SER EDUCADA, PROFICIENTE NO PIANO, CAPAZ DE CONJUGAR VERBOS LATINOS E SER BEM VERSADA EM LITERATURA CLÁSSICA. ALÉM DISSO, É PREFERÍVEL QUE TENHA BOA DISPOSIÇÃO, BOCHECHAS ROSADAS E ABSOLUTAMENTE VERRUGA NENHUMA. DEVE SER RECEPTIVA A JOGOS (DE TODOS OS TIPOS).

TAMBÉM É IMPERATIVO QUE A SENHORITA EM QUESTÃO FALE FRANCÊS.

PARA SE CANDIDATAR A ESTE CARGO, FAVOR ENTRAR EM CONTATO COM A SRA. FAIRFAX EM THORNFIELD HALL.

Charlotte leu o anúncio mais uma vez, pois lhe pareceu *incrivelmente* específico. Descrevia, quase perfeitamente, alguém que ela conhecia. Não era ela mesma, é claro, pois tinha 16 anos e não estava nem remotamente interessada em se tornar preceptora. E também não era reconhecida pela parte da bochecha cor-de-rosa. Mas todo o resto.

Ela mordeu o lábio. Ver aquele anúncio naquele exato momento era como uma providência do além. Alguns poderiam até chamar de destino. Mas certamente a posição que o Sr. Blackwood tinha oferecido a Jane era muito melhor do que ser uma mera preceptora. Certamente, com o tempo, Jane perceberia isso. Ela tentaria alcançar algum objetivo maior. Ela...

Não. Jane não mudaria de ideia. Tinha se colocado contra aquela história e nada a faria mudar de ideia.

Charlotte ficou de pé e caminhou até Jane, que ainda estava enfurecida costurando a meia ao lado da janela.

— Maldição — Jane murmurou. — Maldição. Maldição.

— Jane — disse Charlotte.

Jane olhou para cima e suspirou.

— Sim, Charlotte?

Charlotte estendeu o papel.

— Você deveria dar uma olhada nisso.

As outras garotas começaram a cochichar, com animação, certas de que uma discussão sobre o Sr. Blackwood era iminente.

Jane balançou a cabeça.

— Eu sei que você tem boas intenções. Mas já disse que eu...

— Não, é isso aqui. — Charlotte apontou para o anúncio e seu dedo aterrissou bem na palavra *ROSADAS* de *BOCHECHAS ROSADAS*.

Jane tirou o papel de suas mãos.

— Espere. O que é isso?

Charlotte sentiu que estava prestes a perder sua melhor amiga. E que estava prestes a perder uma história que poderia ter sido *a maior* história da sua vida. Engoliu o nó que se formava na garganta.

— Creio que isto aqui se refira a você.

* * *

Uma semana depois, Charlotte acompanhou Jane até o portão principal de Lowood, enquanto a amiga arrastava o pequeno baú com seus pertences e diversos materiais de arte. Jane parecia meio perturbada. Ficava olhando para o lado e sussurrando:

— Vamos ficar bem. Você vai ver.

— Sim, nós vamos ficar bem — assegurou Charlotte a Jane. As coisas estavam melhores entre elas desde que Charlotte lhe mostrou o anúncio. Estavam calmas. Calmas demais. Até chatas. Mas melhores. — Vou ficar com saudades.

— E eu de você — Jane respirou fundo, passou o portão principal e saiu oficialmente dos limites de Lowood.

— Vamos — disse ela. — Estamos quase lá.

Charlotte acenou com a cabeça e a seguiu até a carruagem que a esperava. Jane abriu a porta da carruagem e fez uma pausa, como se não tivesse muita certeza de que era aquilo que queria.

— Vamos, nós podemos fazer isso. — Ela respirou fundo.

— Sim — Charlotte concordou. — Podemos.

Então, a tensão saiu toda de uma vez dos ombros de Jane, e ela subiu na carruagem.

— Adeus, Jane. — Charlotte se endireitou e disse com confiança. — *"Vamos nos encontrar novamente, algum dia, em circunstâncias um tanto melhores."* — Ela repetiu o que tinha escrito em seu caderno mais cedo. Era uma boa frase, uma frase esperançosa, embora naquele momento Charlotte duvidasse de que fosse verdade. Será que voltaria a ver Jane Eyre?

Jane se aproximou para apertar a mão de Charlotte.

— Adeus, Charlotte.

— Adeus.

O condutor da carruagem, um homem peludo com uma cartola esfarrapada, se aproximou e fechou a porta da carruagem, empurrando Charlotte para o lado e separando as duas amigas. Pegou o baú de Jane e o jogou no teto da carruagem, onde o prendeu com uma corda. Charlotte deu um passo atrás do portão, agarrando o caderno ao peito, ainda olhando para Jane.

— Muito bem, senhorita — disse o condutor. — Está pronta para ir?

Os olhos de Jane estavam brilhando quando ela olhou pela última vez para Lowood.

— Estamos prontas — disse ela.

CAPÍTULO CINCO
Jane

Ficou claro desde o momento em que Jane chegou à propriedade: algo estava errado em Thornfield Hall.

Em primeiro lugar, ninguém da propriedade tinha ido buscá-la na estação de trem. Ela precisou alugar uma carruagem, e esta ficou tão cheia que Helen insistiu em ir na frente, ao lado do condutor. (Os fantasmas não gostam de ser permeados por humanos. Consideram esse tipo de coisa altamente inapropriada, ultrapassava todos os limites de decência pré-vitoriana.)

Em segundo lugar, logo que Jane e Helen saíram da carruagem, o condutor acelerou para longe sem receber o pagamento.

— Que estranho — disse Jane, confusa, mas feliz por poder guardar qualquer xelim extra.

Em terceiro lugar, embora fosse bem tarde, a casa parecia vazia. Thornfield Hall era enorme. As torres da casa se impunham. As janelas, escurecidas, ficavam pretas quando vistas da entrada, e os pináculos nas asas leste e oeste subiam como se a casa estivesse levantando os braços para agarrar o céu.

Helen tremeu ao lado de Jane.

— Talvez devêssemos voltar para Charlotte. Ela deve estar sentindo a nossa falta.

— Como assim "nós"? Charlotte nem sabe que você existe.

— Bom, se ela soubesse, certamente sentiria a minha falta.

— Venha. — Jane arrastou o baú até a entrada. A porta era arredondada no topo e, no meio da grossa fachada de carvalho, ficava uma aldrava grande e ornamentada, a qual Jane não sabia se conseguiria levantar. Mas parecia que não tinha ninguém dentro da casa que a ouviria bater.

— É assombrada. Com certeza é assombrada — disse Helen, andando para a frente e para trás. — É assombrada com certeza. Se fôssemos pesquisar "assombrado" naquele livro... como chama?

— Dicionário? — Jane adivinhou.

— Isso. Se fôssemos procurar "assombrado" nele, do lado teria uma imagem dessa casa.

Jane suspirou.

— Você vive rodeada de fantasmas. Está com medo do quê?

Helen balançou a cabeça.

— Acho que ela pode ser assombrada pelos vivos.

— Se assim for, toda casa é assombrada.

— Mas todas as casas *são* assombradas.

Jane fechou os olhos e respirou fundo. Nunca entendeu o medo de Helen de pessoas vivas desconhecidas.

— Os vivos não assombram — disse ela, abrindo os olhos no momento exato em que uma sombra, iluminada por trás, cruzou a janela da sala mais alta da torre leste. A escuridão retornou antes que Jane descobrisse o que tinha visto, mas o vislumbre fugaz deu um arrepio na sua espinha. Ela tentou manter o rosto sem expressão, pois não queria perturbar Helen, mas fez uma nota mental: perguntaria à Sra. Fairfax sobre alguma atividade fantasma em Thornfield Hall. Ela torcia para que não houvesse nenhuma. Não queria que nada chamasse a atenção da Sociedade e dos seus perigosos relógios de bolso.

Jane levantou a aldrava gigante e a soltou, de modo que batesse na porta.

— Não tem ninguém vindo — disse Helen. — Provavelmente, estão todos mortos.

— Calma, dê uma chance — disse Jane, otimista. — A casa é grande. Quem sabe por quantos cômodos a pessoa tem de passar até chegar à porta?

Helen deu de ombros e virou as costas, murmurando:

— Seja como for, não sei se quero que alguém atenda à porta.

— E você vai fazer o quê? Montar uma barraca no alpendre? — Jane brincou, na esperança de animar Helen um pouquinho.

Passadas soaram dentro da casa, seguidas por um raio de luz sob a porta.

— Alguém está vindo — lamentou Helen.

— Bom, de que jeito você prefere? — Jane disse. — Que venha ou não venha alguém?

Com um rangido alto, a porta se abriu e, por detrás de uma luz de vela, via-se um rosto agradável de uma senhora rotunda que vestia um uniforme preto e um gorro branco. Ela segurava um candelabro.

— Em que posso ajudar a senhorita?

— Boa noite — disse Jane com o coração acelerado. — Eu sou Jane Eyre. Respondi ao anúncio para o cargo de preceptora.

— Srta. Eyre! Nossa, como a senhorita é simples. — Ela segurou a vela mais perto do rosto de Jane. — Sem bochechas rosadas — ela observou.

Jane pôs a mão no rosto.

— Elas tendem a ficar mais rosadas quando está frio. Mas não tenho verrugas. E sou proficiente em francês...

— Não importa o resto. Estou feliz porque a senhorita está aqui. Por favor, entre. Seu bilhete dizia que não chegaria até amanhã.

Se Jane fosse o tipo de moça que xingava, ela o teria feito. Ao deixar Lowood (e a Sociedade REI) apressada, deve ter escrito a data errada.

— Peço desculpas, Sra. Fairfax. Espero que nós não estejamos causando muitos problemas.

— Nós?

— Hum... — Ela não costumava deixar os detalhes escapulirem assim; deve ter sido nervosismo. — Perdoe-me. Não tenho dormido nem comido muito... — "Durante minha vida inteira", ela poderia acrescentar.

— Mas é claro. A cozinheira deve preparar algo rápido. — A Sra. Fairfax tocou um dos vários sinos pendurados na parede. — Venha, venha!

Não mais de meia hora depois, Jane estava sentada confortavelmente junto ao fogo em uma cozinha espaçosa, porém aconchegante, bebericando chá, rodeada por uma dúzia de criados, desde a Sra. Fairfax até um jovem garoto coberto de fuligem, encarregado de acender as tochas nos aposentos. A cozinheira colocou uma grande tigela de guisado quente ao lado de Jane.

— Por favor, coma — disse a Sra. Fairfax.

Jane tentou ao máximo parecer uma moça educada, mas enfiou na boca uma colher atrás da outra. Era o cozido mais delicioso que ela já tinha comido. Era o *único* cozido que ela já tinha comido.

— Bem, Srta. Eyre, estes são todos os empregados da casa. Se a pequena Adele não estivesse dormindo, eu a apresentaria também. Sei que a senhorita deve estar cansada, mas poderia nos falar um pouco sobre o seu passado? De onde vem?

Jane estava prestes a responder, mas um grito sinistro cortou o ar.

Jane e Helen deram um pulo. Ninguém mais se moveu.

— O que foi isso? — Jane disse.

— O que foi o quê? — disse a Sra. Fairfax.

— Esse grito!

— Que grito?

— Aquele agora mesmo! — exclamou Jane.

— Aquele que cortou o ar! — Helen acrescentou.

— Ah, devem ser os lobos! — disse alegremente a Sra. Fairfax, como se o uivo de um lobo não fosse apenas *um pouquinho* menos aterrorizante.

— Não soou como um animal — disse Jane.

— Oh, bem, então foi o vento. Venha, querida. Todos, hora de dormir.

— Mas... — Jane olhou ao redor da sala, confusa com a total falta de reação das pessoas. — Não deveríamos nos certificar de que ninguém se machucou?

— Por que, querida? A casa inteira está aqui. Então, veja, não poderia ter sido uma pessoa. E, se fosse humano, provavelmente gritaria de novo. Mas não, foi só um grito.

— E se não puderem gritar novamente? — Jane disse com um tom de pavor.

— Bem, então não temos muito o que fazer a respeito, não é? — ela se dirigiu à porta. — Devemos todos nos recolher. Obrigada, Srta. Eyre, por nos maravilhar com a sua presença esta noite. Não é realmente algo prodigioso que alguém tão simples seja tão esperta? — A Sra. Fairfax manteve a porta aberta. — Agora, para a cama!

A Sra. Fairfax instruiu o garoto coberto de fuligem a acender uma tocha para a Srta. Eyre. Uma copeira levou Jane e Helen a um quarto de dormir no terceiro andar. O quarto era grande e quente, a cama, confortável, e depois de tudo o que tinha acontecido naquele dia, Jane só queria entrar debaixo das cobertas e pegar no sono.

— Talvez a senhorita queira trancar a porta — disse a empregada ao sair.

— Por que a senhora diz isso? — perguntou Jane.

— Não é para alarmá-la, senhorita. É que Grace Poole às vezes perambula pelos corredores. — E, com isso, a Sra. Fairfax fechou a porta.

— Eu não me lembro de uma Grace Poole entre os criados, você lembra? — Jane perguntou a Helen.

— Talvez ela seja um fantasma.

— Tenho certeza de que a governanta teria mencionado esse pequeno detalhe.

Helen franziu a testa.

— Eu disse para você que este lugar era assombrado.

Jane esfregou a testa.

— Grace Poole deve estar de vigia noturna. E o som pode mesmo ter sido o uivo de um lobo — disse ela em meio a um bocejo.

— Sim, e eu devo ser a rainha da Inglaterra — disse Helen.

— Quieta, querida — sussurrou Jane. Helen ficou quieta.

Mas Jane dormiu sobressaltada naquela noite, agitada com o mais suave dos ruídos. Ao menos Helen pôde se espalhar do seu lado. A cama era bem grande.

* * *

No dia seguinte, Jane tentou perguntar novamente à Sra. Fairfax sobre o grito, mas a mulher não quis saber.

— Você tem uma casa inteira e todas as suas peculiaridades para aprender — disse ela. — Não há tempo para especulações.

Mas Jane não se conteve e especulava enquanto a Sra. Fairfax a levava de quarto em quarto.

Dava para abrigar dez escolas Lowood nessa propriedade, de tão grande que era. A única parte da casa que não visitaram foi a ala leste, a qual a Sra. Fairfax disse que estava interditada para reformas. Quando a excursão terminou, já era o meio da manhã. E era hora do chá na cozinha.

— Quando vou conhecer a pequena Adele? — perguntou Jane.

— Esta noite — respondeu a Sra. Fairfax.

— E o Sr. Rochester?

— Bem, quem sabe quando o patrão vai voltar. Ele fica longe por meses a cada viagem.

— *Grunf.* — Um grunhido soou da porta da sala.

Jane se assustou e virou. Uma mulher vestindo roupas de criada estava indo na direção da cozinha. A faixa do avental dela estava torta nos quadris e parecia que seu cabelo tinha sobrevivido a uma ventania. Uma mandíbula forte e sobrancelhas grossas davam uma aparência ameaçadora a ela, e isso se intensificou quando a vela junto à porta iluminou suas feições, lançando uma longa sombra na testa. Ela se arrastou até o bule, serviu uma xícara e voltou para a porta, fazendo muito pouco barulho.

Na saída, o gato bloqueou a passagem dela e soltou um rosnado. A mulher se inclinou e rosnou de volta, revelando uma boca cheia de dentes pretos e marrons. O gato saltou para longe.

Jane considerou aquele comportamento muito estranho, mas a Sra. Fairfax sequer tirou os olhos da sua xícara de chá.

— Quem era aquela? — perguntou Jane.

— Grace Poole — disse a Sra. Fairfax. — Ela trabalha na ala leste.

— Mas essa ala não está interditada para reformas?

— Não se importe com Grace Poole. Tem mais alguma pergunta para mim, Srta. Eyre?

Helen levantou a mão.

— O que a senhora quer dizer com "Ela trabalha na ala leste"? *Ela* está fazendo a reforma?

Jane fez o que pôde para ignorar sua amiga.

— Sim, claro. E o que a senhora pode me dizer sobre o Sr. Rochester?

— Oh, bem — disse a Sra. Fairfax. — Ele é um patrão muito bom, se bem que tem um humor um pouco imprevisível. Ele é leal e paga nossos salários sempre em tempo hábil, o que torna mais fácil perdoar seus modos às vezes estranhos e suas raras, mas também frequentes, explosões de raiva.

Jane não entendeu se a Sra. Fairfax gostava do patrão ou se o temia.

— Agora, Srta. Eyre, se a senhorita por favor puder postar estas cartas. — Ela pegou uma pilha de envelopes da mesa e os empurrou na direção de Jane. — É bem ali no fim da rua.

Jane teve a nítida sensação de que estava sendo dispensada.

A Sra. Fairfax a empurrou para fora da cozinha, em direção à entrada dos criados.

— Mas é que eu não estou familiarizada com a região — disse Jane.

— Tenho certeza de que a senhorita descobrirá onde é — disse a Sra. Fairfax.

Jane e Helen se viram, então, porta afora. Sozinhas. Em uma estrada de terra. Cobertas por um denso nevoeiro.

— Ah, está tudo indo tão bem... — disse Jane.

— Nós vamos morrer — disse Helen.

* * *

Elas caminharam em silêncio por um longo tempo. Jane estava bem quieta porque não queria alertar ninguém (nem nada) sobre sua presença. Mas nunca admitiria isso para Helen, que estava ao seu lado, tremendo incontrolavelmente.

— Esses bosques são assombrados — disse Helen.

Jane forçou um sorriso.

— Decidi acreditar na Sra. Fairfax. Provavelmente era uma raposa.

— Mas ela disse lobo.

— Certo. Foi isso o que eu quis dizer.

Helen não estava acreditando naquilo tudo. Não tinha culpa de ficar tão presa àquele medo. Fantasmas instáveis sempre se agarravam aos sentimentos por mais tempo do que o necessário. Era por isso que eles eram chamados de instáveis, para começo de conversa.

Ela só precisava de uma distração.

— Helen, me conta sobre a primeira vez que nos encontramos?

— Você não se lembra?

— Claro que me lembro, mas adoro ouvir você contar.

Helen sorriu.

— Bom, eu não consegui lavar as mãos naquela manhã, pois a água estava congelada. A Srta. Scatcherd chamou a minha atenção por isso e bateu no meu pescoço com um feixe de gravetos.

— Não, essa parte não! — Jane odiava essa parte.

— Mas essa foi a razão pela qual você veio falar comigo naquele dia, não foi?

— Foi, sim — Jane consentiu.

— Então eu nunca vou me ressentir dessa lembrança.

Helen, quando viva, tinha sido uma pessoa tão boa. Melhor que Jane. E, embora a Helen fantasmagórica de agora fosse um pouco ansiosa e paranoica, ainda era uma pessoa melhor que Jane.

— Você me disse naquele dia que não era a violência que superava o ódio, nem a vingança que curava as feridas — disse Jane. — Ainda bem que você me disse isso, porque eu tinha elaborado um plano para escapar de Lowood e bater na tia Reed com um pedaço de pau bem grande.

— Não, para! — exclamou Helen.

— Não, é claro que não — disse Jane. Ela nunca faria aquilo. Não com um pedaço de pau *tão* grande.

De repente, elas ouviram cascos galopantes vindos de algum lugar no meio do nevoeiro.

— O que é isso? — disse Helen, alarmada.

— Deve ser um cavalo — disse Jane com a voz trêmula.

— E se for um Gytrash? — perguntou Helen.

Jane respirou fundo. Não deveria ter contado a Helen sobre o Gytrash, um fantasma do norte que aparecia na forma de um cavalo ou de um cachorro muito grande. Helen tinha ficado dias e dias preocupada depois que conheceu essa história.

— Os Gytrash não são reais — disse Jane, mas sua voz vacilou.

— Você disse que a Bessie tinha lhe contado essa história e que acreditava nela!

— Ah, mas faz muito tempo!

— Foi semana passada!

O som dos cascos estava ficando mais alto. O pulso de Jane se acelerou. Talvez Helen tivesse razão.

— A lenda também diz que ninguém monta o Gytrash; então, se esse cavalo tiver um cavaleiro, vamos saber que não é um Gytrash. — Pronto, aquela explicação deveria acalmar os nervos de Helen. Cavalos selvagens e desenfreados eram raros naquela parte da Inglaterra.

Para provar que não estava com medo, Jane se virou para onde vinha o som de cascos exatamente no momento em que um enorme cão pulou do meio da névoa e disparou na direção dela.

— Gytrash! — Jane exclamou.

O cão vinha seguido por um grande cavalo preto montado por um cavaleiro grande e sombrio.

— Humano desconhecido! — Helen exclamou. Estava tão aterrorizada que, por um breve momento, ela apareceu nítida no meio da estrada, tão sólida e viva quanto Jane.

O cavalo relinchou e derrapou, mas não conseguiu parar a tempo. Correu através de Helen, depois se voltou e se acalmou. Mas o cavaleiro foi ao chão.

Helen logo voltou a ficar translúcida.

— Maldição! — O cavaleiro se sentou no chão a poucos metros de distância, de costas para Jane.

Jane correu para a frente.

— Senhor, o senhor está ferido?

Ele gemeu e agarrou o tornozelo.

— Senhor, posso ajudá-lo?

— Você quer dizer ajudar com algo além de me jogar do meu cavalo em alta velocidade? O que vocês são? Bruxas?

Ah, não! *Bruxas*. No plural. Ele tinha visto a Helen.

Helen falou sem som um *"Desculpe"*.

Jane se voltou para o homem, que a observava, e logo esqueceu o que ia dizer. O rosto dele era o mais bonito que já tinha visto. Pálido e ovalado, com costeletas até o queixo pontiagudo (o que tecnicamente faria delas uma barba), emoldurando os lábios perfeitamente minúsculos.

— Bruxas — ele rosnou novamente. Era bonito até quando estava xingando.

— Senhor, creio que o senhor queira dizer "bruxa", no singular. Não há ninguém aqui além de mim.

Ele franziu a testa.

— Então você admite ser uma bruxa?

— Não! Só quis dizer que, se eu fosse bruxa, haveria apenas uma de nós. De mim. Senhor, se o senhor não estiver conseguindo se mexer, posso ir buscar alguém em Thornfield Hall. Eu moro lá.

Ao ouvir isso, ele levantou as sobrancelhas.

— É verdade, moro lá. Meu nome é Jane Eyre. Posso conseguir ajuda.

— Você mora em Thornfield Hall, bruxa?

— Não sou bruxa, senhor; sou preceptora. Sou empregada do Sr. Rochester.

— Ah — disse ele. — Ajude-me a me levantar.

Ajudá-lo a se levantar exigiria mais altura, peso e força do que Jane tinha. Ela olhou para os dois lados, esperando que, por algum milagre, alguém mais musculoso do que ela aparecesse do nada. Ninguém apareceu.

Helen deu de ombros.

— Ele não parece tão ferido.

Jane dirigiu a ela um olhar cortante.

— Fique ao meu lado e me ajude a subir no cavalo — disse o cavaleiro.

Helen pôs a mão no quadril.

— Como você vai fazer isso, Jane? Ele tem o dobro do seu tamanho.

— Hum...

O homem franziu a testa.

— Ou... a senhorita poderia trazer o cavalo até mim.

Jane olhou para a besta escura.

— Não, vamos tentar do seu jeito.

O cachorro grande se aproximou do cavaleiro e lambeu seu rosto.

— Quieto, Pilot.

— Ah, que cãozinho fofo — disse Helen.

Tudo bem que ele não estava mais tão assustador como antes, mas Jane dificilmente o chamaria de "cãozinho fofo".

O homem ficou de pé e passou o braço ao redor do ombro de Jane. Cheirava a mato e fumaça de cachimbo. Era bastante agradável, bem diferente do fedor azedo dos bêbados no Bar Tully.

Ela corou. Nunca tinha estado tão perto de um homem, exceto do atendente inconsciente atrás do balcão, e naquele dia, no bar, ela só o estava usando como escudo durante o exorcismo. Se esse homem misterioso e extremamente bonito não estivesse ferido, o contato entre os dois teria sido considerado inapropriado.

Jane o ajudou a montar no cavalo.

— E a senhorita conhece esse Sr. Rochester? — perguntou ele.

— Não, senhor, ainda não o conheci.

— O que a senhorita sabe sobre ele?

— Ele é leal e paga seu pessoal em tempo hábil, e as explosões de raiva são raras. Na maioria das vezes.

Ao ouvir isso, ele inclinou a cabeça. E o cabelo dele caiu em uma onda. Que onda adorável! É verdade, ela nunca tinha visto o cabelo de um homem fazer onda, mas com certeza aquilo ali tinha de ser algo especial. As bochechas de Jane coraram.

— Senhor, se o senhor estiver recuperado, devo retornar a Thornfield.

— Como desejar — disse o cavaleiro. Ele se içou sobre a besta. — Adeus, Srta. Eyre, se é que esse é realmente o seu nome.

— E por que diabos esse não seria o seu nome? — perguntou Helen.

O homem estranho açoitou seu cavalo e a besta galopou para longe, perseguida pelo cão.

— Meu Deus — murmurou Helen. — Ele era tão...

— Alto? Moreno? Carrancudo? — Jane preencheu o vazio. Ele era exatamente como os homens dos grandes romances. Igualzinho ao Sr. Darcy. — Concordo.

— Eu ia dizer zangado — disse Helen.

— Bom, ele tinha o direito de estar bravo. Foi assustado por uma dupla de bruxas — Jane respondeu.

Helen olhou confusa para ela.

— Você bateu a cabeça também?

* * *

De volta a Thornfield, Jane tirou seus sapatos enlameados e passou apressadamente pelo escritório do patrão. A porta do escritório estivera fechada na noite anterior... mas agora estava bem aberta. E a lareira estava acesa. E havia um cachorro grande lá dentro.

— Pilot! — exclamou Helen. O cão balançou a cabeça para ela. — Ele me ouviu! — Helen aplaudiu.

Jane tentou tapar a boca de Helen, batendo, claro, apenas no ar. O que o cão do cavaleiro estava fazendo ali? A não ser que... E foi naquele momento que o cavaleiro — tinha de ser o Sr. Rochester! — chegou à porta do escritório.

— Srta. Eyre — disse ele.

Jane congelou com o braço esticado em um ângulo estranho, ainda tentando cobrir a boca de Helen.

— O *senhor* é o Sr. Rochester — disse Jane, incrédula, baixando lentamente o braço.

— Você não acha um pouco estranho ele não ter mencionado que era o seu patrão lá na estrada? — disse Helen. — Isso teria nos poupado um bocado de especulação.

Jane dirigiu a ela um daqueles olhares.

Mas Helen continuou falando.

— Só precisava de quatro palavras: "Sr. Rochester? Sou eu!". Então vocês seriam apresentados e teriam dado risada e pronto.

— Cale a boca — disse Jane, entre os dentes cerrados.

— Pilot vai concordar comigo, não vai, rapaz? — Pilot soltou um ganido, trotou até os pés de Helen e se deitou de costas.

— Que estranho — comentou o Sr. Rochester. — Primeiro, a senhorita enfeitiça o meu cavalo. Agora, enfeitiçou o meu cão.

Helen sorriu de uma orelha à outra.

— Talvez nós sejamos *mesmo* bruxas!

— Pilot! — ordenou o Sr. Rochester. O cão relutantemente voltou para junto do dono. Entre a súbita revelação do Sr. Rochester e o comentário de Helen, Jane ficou sem palavras.

— A senhorita está muito mais quieta do que antes — disse o Sr. Rochester.

— Talvez porque de repente *o senhor* é o Sr. Rochester — disse Jane.

— Não foi tão de repente para mim — disse ele. — Já vem sendo assim há bastante tempo.

Jane deu um riso nervoso. Bonito e espirituoso. Ela olhou de relance para as mãos trêmulas e as forçou a ficarem quietas.

— Bem, Srta. Eyre, tenha um bom-dia.

— Bom dia, senhor.

Ele fechou a porta, e Jane caminhou lentamente.

— Você está bem? — perguntou Helen.

— Estou mais do que bem. Sinto como se tivesse tido o dia mais emocionante da minha vida.

Helen franziu a testa.

— Você não o achou...?

— Muito possivelmente a pessoa mais intrigante que eu já conheci? — Jane interrompeu. — Sim, minha querida amiga. Achei.

CAPÍTULO SEIS
Alexander

— Acho que você é a pessoa mais irritante que já conheci em toda a minha vida! — gritou Alexander por cima do som dos cascos que iam batendo enquanto a carruagem corria desvairadamente pela estrada. Ele e o assistente não estavam, naquele momento, devidamente embarcados na carruagem, como fazem as pessoas normais, mas estavam agarrados à parte de trás dela enquanto um fantasma de cartola, sentado no assento do condutor, ria histericamente, assustando ainda mais os cavalos desembestados.

Tinha sido um dia ruim. Uma semana ruim, na verdade.

— Sinto muito, senhor! — gritou Branwell. — Por favor, não diga ao Sr. Wellesley. Eu não sabia que esse homem era um fantasma.

Alexander falou vários palavrões quando uma pedra passou voando rente à sua cabeça.

— Como você *não* sabia? Ele é transparente! Dá para enxergar através dele!

— Minha visão não é das melhores, senhor. — Naquele momento, os óculos de Branwell estavam pendurados de cabeça para baixo, agarrados em sua máscara.

— Muito bem. Eu cuidarei disso.

Alexander lutou para subir até o teto da carruagem, mas logo caiu de novo. A carruagem estava correndo muito rápido. E o vento estava soprando forte. E a lua brilhava em seus olhos. Se não fosse tudo isso, ele conseguiria subir sem problemas.

E então começou a chover.

Tudo estava dando errado para Alexander desde que a misteriosa Srta. Eyre o tinha rejeitado em Lowood. Primeiro, o assistente dele tinha contraído um "resfriado masculino" (que, na Inglaterra pré-vitoriana, diziam ser muito pior do que um "resfriado feminino"). Em seguida, Branwell tinha compartilhado sua constipação com Alexander, de modo que o nariz dele ainda estava vermelho. E doía. Ele se ressentia daquilo.

Depois, Branwell quase incendiou a pousada ao tentar preparar uma tigela de canja de galinha para Alexander.

Após o ocorrido, o estalajadeiro, compreensivelmente, pediu a eles que fossem embora. Alexander decidiu que eles deveriam voltar para Londres e, chegando lá, fariam o relatório para Wellington.

Sem dúvida ele pretendia relatar tudo o que tinha acontecido a Wellington.

Então, lá estavam eles indo bem em direção a Londres quando o condutor da carruagem parou para descansar os cavalos e "regar os arbustos". Foi quando Branwell notou a figura de pé na beira da estrada: um senhor idoso de aparência sombria, usando uma cartola e uma bengala.

Alexander, é claro, soube imediatamente que se tratava de um fantasma. Mas, olhando pela noite nebulosa, Branwell disse:

— Oh, olá, senhor. Está muito frio esta noite. O senhor gostaria de entrar na carruagem para se aquecer?

O fantasma flutuou e se sentou em frente a Branwell. (Que, infelizmente, estava bem ao lado de Alexander, que pensou em dizer algo ali mesmo, naquela hora. Deveria ter dito, de fato. Mas Branwell já estava envolvido em uma conversa unilateral com o fantasma.)

— Eu trabalho para a Sociedade. Normalmente é tudo muito secreto, mas o senhor parece ser de confiança — disse Branwell.

Alexander subiu a mão ao rosto em descrédito.

— Não sei se o senhor está ciente — continuou Branwell —, mas o senhor está na presença do agente-estrela da Sociedade, o próprio Sr. Alexander Blackwood!

Talvez Branwell não tenha sido tão péssimo assim.

Branwell apontou para Alexander e sorriu.

— Ele é um caçador de fantasmas extraordinário. Nenhum fantasma está seguro perto deste sujeito!

E foi quando, como se costuma dizer, o esterco bateu no vento cruzado.

O fantasma ficou de pé, e seu corpo translúcido se expandiu de modo a encher a carruagem.

— Senhor... O senhor está bem? — perguntou Branwell.

O fantasma abriu a boca e um enxame de moscas zumbiu para fora dela. Alexander tinha de confessar que nunca havia visto aquilo antes. Então, o fantasma passou pelo teto da carruagem e pulou para o assento do condutor. Soltou um cacarejo de arrepiar os ossos. Os cavalos se empinaram e saíram em disparada, levando a carruagem com eles. Alexander e Branwell tentaram subir até o assento do condutor, mas depois passaram por um buraco pré-vitoriano na estrada, e foi assim que acabaram se agarrando ao rabo da carruagem. E agora estavam presos ali.

— Posso ajudá-lo, senhor — ofereceu Branwell, mas os dedos dele estavam escorregando do para-choque, um a um. — Posso lhe dar um impulso.

— Não! Por Deus, não! Sob nenhuma circunstância você vai me dar um impulso.

Com determinação renovada, Alexander tentou novamente (sozinho) chegar ao teto do veículo. Dessa vez, conseguiu, mas furou o tecido da parte superior. Agora ele estava *dentro* da carruagem em fuga. O que era apenas um pouquinho melhor que ficar pendurado na parte de trás.

Mas como deter o fantasma? Boa pergunta.

Naquele momento, a carruagem bateu em um quebra-molas pré-vitoriano, e um objeto que estava no piso da carruagem bateu na cabeça de Alexander.

Era uma bengala, conforme constatou momentos depois. Ah, que vergonha! Ele nunca contaria aquilo a Branwell.

Mas... uma bengala? Nem ele nem Branwell usavam bengala. O que ela estaria fazendo ali? Tinha entrado com o velho fantasma, mas era real. Talvez funcionasse como um talismã.

Alexander agarrou a bengala e subiu pelo buraco que ele mesmo tinha feito no topo da carruagem. Olhou para trás. Branwell ainda estava pendurado no para-choque.

— Olá, senhor! — Branwell quase acenou, mas depois se lembrou de que estava pendurado ali tentando preservar sua vida. — Não se preocupe comigo, senhor! Eu espero aqui.

Alexander acenou com a cabeça e depois se virou para o fantasma, que ainda estava gargalhando como um maníaco e provocando os cavalos. Alexander brandiu a bengala.

— O senhor está doravante realocado.

Puf!

* * *

Sem saber como, chegaram vivos a Londres.

A maioria das pessoas teria ficado bastante impressionada com Westminster, área que abrigava a sede da Sociedade. Afinal de contas, era de onde o Parlamento governava o reino. Para Alexander, tudo bem, era uma visão grandiosa e um privilégio estar ali, mas a sede era sua segunda casa.

Ele raramente parava para contemplar toda aquela glória, já que estava ali o tempo todo, mas gostaríamos de parar por um momento a história e pintar um quadro para você, caro leitor.

Imagine um enorme palácio de pedra com torres quadradas, torres redondas e cúspides elegantes. Adicione algumas dezenas de arcos no primeiro andar, janelas acima deles e algumas chaminés com fumaça se misturando com o céu azul. Agora, rodeie toda essa majestosa obra da arquitetura com um mar de pedras de calçamento e carruagens puxadas por cavalos: você tem a Câmara dos Lordes e dos Comuns.

No geral, é um lugar muito chique. Esperamos que vocês estejam impressionados.

De volta a Alexander.

Ele apenas passou reto por tudo aquilo como se não fosse nada de mais. Andou pelos corredores secretos, deu a senha para o porteiro e foi para a grande biblioteca onde Sir Arthur Wellesley mantinha seu escritório.

Normalmente, ele chegava com um sorriso no rosto, mas hoje sua cabeça doía e seu nariz ainda estava um pouco irritado e pingando. Além disso, Alexander costumava ser bem-sucedido em qualquer tarefa que lhe fosse dada. Mas, daquela vez, ele tinha falhado. Ah, é claro que ele tinha o relógio de bolso e a xícara de chá e uma bengala aleatória contendo os fantasmas que tinha capturado, e eles seriam armazenados em segurança na Sala de Coleta, mas ele não tinha conseguido persuadir a Srta. Eyre a trabalhar na Sociedade.

Bateu à porta e, em seguida, entrou na biblioteca. Encontrou o Duque de Wellington e o Sr. Mitten — o ex-articulador da Sociedade junto ao rei — engajados em uma conversa junto à lareira.

— Meu rapaz. — Wellington ficou em pé, sem se incomodar com uma saudação formal. — Entre, entre — ele disse, e lançou um olhar ao Sr. Mitten, que se levantou e começou a se dirigir à porta.

Alexander acenou com a cabeça.

— Bom dia, Sr. Mitten.

— Prazer em vê-lo, jovem. Juro, você é a cara do seu pai!

As pessoas diziam isso para Alexander o tempo todo, e seu coração ficava apertado todas as vezes.

— Obrigado, senhor.

Sr. Mitten sorriu e saiu pela porta.

— Estou feliz por você ter voltado. Sente-se. — Wellington apontou para as cadeiras junto ao fogo. — Vou pedir um chá.

Alexander sorriu com gratidão e fingiu apreciar as lombadas dos livros enquanto Wellington pedia o chá. Quando seu mentor retornou, eles se sentaram juntos.

— Então... — O duque se encostou de volta em sua cadeira. – Me fale sobre nosso novo agente.

— Branwell é talvez um dos agentes mais entusiasmados que já conheci — disse Alexander, tomando muito cuidado com as palavras. — Seu desejo de aprender e de fazer o serviço bem-feito é inigualável.

Wellington assentiu com a cabeça lentamente.

— É muito bom ter entusiasmo e desejo de aprender. Fale-me sobre a capacidade dele para alcançar tal sucesso.

Lá estava a tal pergunta! Por causa dela Alexander tinha pedido a Branwell que retornasse ao seu apartamento assim que chegaram a Londres. Por causa dela, não o levou até a sede da Sociedade.

— Bem, senhor... — Alexander odiava dar más notícias a Wellington, mas Branwell quase o matou. Duas vezes. Ele ainda conseguia ver o menino agarrado à parte de trás da carruagem, seu cabelo ruivo ao vento. — Ele se esforça.

Wellington franziu a testa.

— Devo entender que você não vê Branwell como um agente competente?

Alexander mudou de posição.

— Talvez com mais treinamento. — *Muito mais treinamento*, ele queria dizer. Anos de treinamento. Infelizmente, havia apenas algumas poucas pessoas na Sociedade que podiam treinar um novo vidente, e Alexander era uma delas.

— Mais treinamento... — Wellington estreitou os olhos. — Diga-me a verdade, Alexander.

Como era frustrante Wellington sempre enxergar o que ele tentava esconder.

— Receio que Branwell jamais se tornará um agente adequado para a Sociedade, embora ele pareça ser um rapaz bastante decente. Ele... tem mostrado poucas melhoras.

— Isso é lamentável. — O duque parecia genuinamente triste com a notícia. — Eu esperava que Branwell se provasse um bom agente, mas parece que estava certo em ter dúvidas.

— O que o senhor quer dizer?

— Há algo sobre Branwell que você deve saber, Alexander. Algo que eu não lhe disse porque queria que você fosse honesto comigo sobre o progresso do rapaz.

— Senhor?

— Branwell é... ah... — O duque olhou para o chão. — Bem, o garoto nem sabe disso, por favor, não lhe diga, mas ele é filho de minha irmã. Ela se casou mal, você vê, e esse é o resultado.

Oh!

A ameaça ruiva que vinha assistindo Alexander era o sobrinho de Wellington, o que significava duas coisas: (1) Alexander ficou imediatamente com um pouquinho, pouquinho mesmo, só um tiquinho de inveja; e (2) ele precisava encontrar algo agradável para dizer sobre o garoto. Rápido.

— Ele se esforça muito — Alexander apenas soltou. Seu rosto ficou quente de vergonha. — Nunca conheci alguém tão entusiasmado.

Wellington apenas suspirou.

— E quando você foi à escola para recrutar a Srta. Eyre? Como foi o comportamento dele?

— Eu o deixei na pousada quando fui a Lowood. Não podia prever o que ele poderia dizer à Srta. Eyre e não quis arriscar que... — Alexander até se encolheu — ...o entusiasmo dele a levasse a recusar a minha oferta.

— Foi uma escolha sábia. O mais importante é encontrar um novo vidente, especialmente se não vai dar certo com Branwell.

Alexander se encolheu de novo.

— Bem, sobre essa parte...

Antes que Alexander expusesse a verdade nua e crua, o chá chegou. Ele pegou sua xícara, aquecendo as mãos na cerâmica enquanto o aroma do chá se misturava ao ar.

— Quando a Srta. Eyre chegará? — perguntou Wellington.

— Ela... não virá. — Alexander conseguiu respirar de novo. — Ela recusou o convite.

— Mas como poderia recusar? — Wellington balançou a cabeça. — Diga-me exatamente o que você disse a ela.

Contar a conversa foi fácil. Tinha sido tão desconcertante a maneira como ela decidiu *não* se juntar à Sociedade.

— Ela disse que o sonho da vida dela era se tornar preceptora. Depois disso, se recusou a me ver, embora eu tenha voltado várias vezes à escola.

Wellington franziu a testa.

— Bem, você tentou. Ao menos você cuidou do incidente no Bar Tully. Suponho que tenha corrido tudo bem por lá.

Apesar de Branwell, tinha corrido tudo bem, sim. Mas...

— Ocorreu algo estranho nesse incidente.

— O quê?

Alexander tentou se lembrar exatamente de como tinha acontecido.

— No bar, quando a Srta. Eyre apareceu pela primeira vez, o fantasma reagiu de maneira...

— De que maneira? — perguntou Wellington.

— Estranha. — Na verdade, tinha sido algo tão incomum que Alexander quase não encontrou as palavras para descrever. — O fantasma parou imediatamente de gritar e começou a... a abraçá-la, talvez? — Ele encolheu os ombros.

— A abraçar a Srta. Eyre, você diz?

— Sim, senhor. Eu sei que é um pouco bizarro. Mas foi o que aconteceu.

Wellington se encostou de volta em sua cadeira e cruzou os braços.

— Isso é interessante. Aconteceu alguma outra coisa com a Srta. Eyre na presença de fantasmas?

— Pensando bem, sim. Os fantasmas de Lowood ficavam o tempo todo pedindo a ela dicas de cuidados com a pele.

— Ah! — O duque acariciou sua barba. — Diga-me, Alexander, você já ouviu falar de Faróis?

Claro que a palavra era familiar para Alexander. A definição e tudo mais. Mas ele sentiu que Wellington queria falar de um Farol (com F maiúsculo) de um jeito bem específico.

— Não, senhor.

Wellington acenou com a cabeça.

— Não temos um Farol desde que você era pequeno. Você não se lembraria, eu suponho.

— O que é um Farol?

— Um Farol, meu rapaz, é um vidente com, digamos, habilidades extras. Nosso Farol anterior podia comandar fantasmas com uma só palavra. Pelo que conheço, os fantasmas muitas vezes fazem comentários sobre a aparência do Farol, como se houvesse neles algum tipo de brilho sobrenatural, que é visível apenas para os fantasmas. O Farol sempre foi uma parte muito presente e, pode-se dizer, até inestimável do que fazemos aqui.

— Mas não temos um Farol há anos... — Alexander franziu o cenho. Ele sempre se esforçara tanto pela Sociedade, mas... será que com aquilo, então, ele deveria entender que nunca seria o suficiente, não importava o quanto de si ele desse?

— Ah, nós podemos funcionar sem um Farol, Alexander! Temos funcionado muito bem, como você sabe. Considerando que nosso financiamento foi cortado e que temos tão poucos videntes... — Wellington tomou um gole do chá e olhou para o outro lado da sala, reflexivo. — A Sociedade está em apuros, meu rapaz. São mais problemas do que eu queria lhe contar. A continuidade da Sociedade depende de videntes como você. E de gente como essa Srta. Eyre, se ela for de fato um Farol. Precisamos que ela se junte a nós.

Um arrepio correu pela espinha de Alexander.

— Senhor?

— Prometa a ela tudo o que precisar prometer. Um pagamento melhor. Um alojamento melhor. Precisamos de um Farol.

— Senhor, eu sei que não existem muitos videntes no momento, mas ainda temos o Sr. Sussman e o Sr. Stein. Ambos são bons agentes...

— Eles estão mortos. — Wellington se aprumou na poltrona e colocou a xícara de chá na bandeja mais uma vez. — Eles foram mortos no cumprimento do dever. Agora temos só você e Branwell.

Que visão deprimente!

— Você deve persuadir a Srta. Eyre — disse o duque. — Ela pode ser a chave para levar a Sociedade à sua antiga glória.

Alexander terminou o chá e ficou de pé.

— Voltarei imediatamente a Lowood.

O duque assentiu com a cabeça e apertou a mão de Alexander.

— Sei que não falhará novamente.

— Não falharei, senhor. O senhor tem a minha palavra! — E Alexander partiu, então, apressado, se esquecendo completamente de entregar os talismãs cheios de fantasmas. Oops!

CAPÍTULO SETE
Charlotte

Charlotte acordou na calada da noite e viu um rapaz estranho sentado na beira de sua cama. (Não fique muito animado, caro leitor. Era apenas o irmão dela.)

— Bran! — Ela arfou, se sentando tão rápido que quase bateu a cabeça na dele. — O que você está fazendo aqui?

— Será que um irmão não pode visitar sua irmã favorita? — sussurrou ele.

Ela se obrigou a permanecer séria.

— Não em um colégio interno só de meninas — ela o advertiu. — Se a Srta. Scatcherd vê você aqui, estamos mortos. — Ela olhou para a longa fila de camas com suas duas irmãs adormecidas. — Então... sou mesmo sua favorita?

Ele sorriu e tirou aquela massa de cabelos vermelhos desgrenhados dos olhos.

— Na verdade, minha irmã favorita é a Anne. Mas você fica em segundo lugar, bem pertinho.

Eles andaram pelo corredor até um canto da biblioteca, onde era menos provável que fossem descobertos. Então Charlotte levantou seus óculos para os olhos, só para saber onde seria melhor dar um soco no braço dele.

— Por qual motivo você veio aqui?

— É que eu estava por acaso na vizinhança, e pensei em fazer uma surpresa para você — disse ele. E ganhou o soco prometido. — Ai! Está certo, acho que também fiquei com saudade de você, Charlie.

— Não me chame de Charlie, Branwell. Você deveria estar em casa, ajudando o pai com a paróquia. E, no entanto, está...

— Na verdade, vim para lhe contar uma notícia muito maravilhosa —

disse ele. — É realmente a melhor notícia de todos os tempos. Consegue guardar um segredo?

— Claro que sim. — Era Bran que não conseguia guardar um segredo nem se sua vida dependesse daquilo. Como, aliás, ficaria bem evidenciado naquela situação.

Ele endireitou o ombros, inflou o peito.

— Fui recrutado pela Sociedade.

Não era isso o que ela estava esperando ele dizer.

— A Sociedade para a Realocação de Espíritos Instáveis — ele explicou melhor, quando ela não respondeu de imediato. — É um grupo de elite de pessoas distintas que localizam e exorcizam fantasmas...

— Eu sei quem são — disse ela. — Mas... por quê? Por que recrutaram você?

(Deve-se ressaltar que Charlotte amava seu irmão. Ele era apenas um ano mais novo que ela e era um fofo. Mas ele também era... hum, como poderíamos dizer de maneira mais agradável? O *parvo* da família, palavra pré-vitoriana adequada para "idiota".)

— Eles ouviram falar do meu acidente — Bran explicou um pouco nervoso.

Charlotte franziu a testa.

— Que acidente?

Ele corou e empurrou os óculos para o alto do nariz. (Bran, ao contrário de Charlotte, na verdade usava seus óculos no rosto, em vez de na ponta de uma varinha.)

— Não me diga que você concordou com outro desafio! — Charlotte o repreendeu. Nos últimos seis meses, ele quase tinha morrido quando caiu de uma árvore alta que alguém o desafiou a subir; quase tinha sufocado até a morte com amoras durante um concurso improvisado de comer tortas; e tinha torrado as sobrancelhas em um acidente envolvendo uma vela acesa e um punhado de pólvora.

— Bom, tinha uma velha ponte, sabe, e veio esse rapaz da vila sempre dizendo que eu não tinha coragem suficiente para atravessá-la. Eu estava indo bem até chegar no meio. Sem nenhum problema. Mas aí o trem veio e eu tive de pular.

Charlotte fechou os olhos.

— Você pulou de uma ponte. Tinha água embaixo, pelo menos?

Ele fez que sim com a cabeça.

— Não foi uma queda terrível, o rio era bem fundo, então eu não quebrei o pescoço.

— Nossa, que maravilha...

— Mas eu com certeza, bom, só temporariamente, me afoguei, sabe. Só por uns instantes. Meu coração parou de bater. Mas depois voltou a bater. — Ele acrescentou com alegria. — E, assim, eu preenchi os requisitos da Sociedade.

Charlotte olhou fixamente para ele.

— Mas... o quê? Digo... o quê?

Ele riu da óbvia confusão dela.

— Eles estão desesperados para alistar jovens que tecnicamente morreram por pelo menos um minuto e depois voltaram. Souberam do meu acidente na ponte. Pode ter sido no jornal local... — Ele tossiu. — E agora aqui estou eu, o mais novo iniciado na Sociedade para a Realocação de Espíritos Instáveis. E, por acaso, ainda este mês, participei da minha primeira realocação não muito longe daqui.

— Com o Sr. Blackwood? — Charlotte não podia acreditar no que estava ouvindo. — Você estava no Bar Tully?

Ele sorriu.

— Foi emocionante, Charlie. Fiz um pouco de confusão, mas acabou tudo bem.

Ela socou o braço dele novamente.

— Por que todas as coisas boas só acontecem com você? — ela perguntou. Mas então lhe ocorreu um pensamento brilhante. — Outro dia, eu perguntei ao Sr. Blackwood se eles poderiam me aceitar como funcionária e ele recusou, mas se você pudesse interceder por mim... — E ela foi parando de falar porque Bran começou a balançar a cabeça.

— A Sociedade é composta inteiramente de homens — disse ele. — Não são permitidas mulheres.

Ela franziu a testa.

— Mas isso não faz sentido nenhum. Eu sei que eles...

— Além disso, até se você não fosse menina — continuou Bran —, você não se qualificaria. Como eu disse, eles estão interessados em certas pessoas, só homens, que experimentaram a morte em primeira mão.

— Mas por quê? O que tem de tão importante em ficar perto da morte?

Bran apertou os lábios.

— Eu realmente não deveria lhe dizer.

Ela só precisou esperar um segundo.

— Veja, quando você morre e volta, isso pode mudar toda a sua perspectiva — ele a informou com gravidade.

— Naturalmente — disse ela, e esperou mais um pouquinho.

— Eu vejo gente morta — ele então soltou.

Ela piscou os olhos.

— Perdão?

— Depois que você morre, mesmo que temporariamente, você pode ver os mortos e interagir com eles — ele disse. — Bem, às vezes. Os videntes são raros. Nem todo mundo que morre volta com essa habilidade. É por isso que a Sociedade nos procura. É um dom, dizem eles, e uma grande responsabilidade.

— Oh. — Charlotte engoliu a decepção que formava um bolo em sua garganta, tanto por ser uma miserável mulher quanto por nunca ter morrido, nem mesmo uma única vez. Era tudo muito injusto.

— Sou o novo aprendiz do Sr. Blackwood — disse Bran. — Ele é o agente-estrela da...

— Sim, eu o conheci — disse Charlotte. — Bem impressionante. Casaco comprido. Olhos castanhos.

Ouviu-se um barulho vindo do corredor. Ela e Bran congelaram. Então, um par de pequenas formas escuras apareceu lá na outra ponta. Charlotte levantou seus óculos. Raios! Eram suas irmãs. (Normalmente, ela gostava muito da companhia das irmãs, mas aquela notícia de Bran era boa demais, e ela queria ter tempo para enchê-lo de perguntas, o que não daria para fazer com as irmãs pequenas ali paradas. Raios duplos!)

— Bran! — Chamou a menina mais nova. — Eu sabia que tinha ouvido a sua voz!

— Annie, minha ratinha! — Bran caiu de joelhos e abriu seus braços enquanto ela corria para ele. Ele estendeu a mão para Emily. — Emi.

— O que você está fazendo aqui? — Emily perguntou, franzindo a testa. — Se a Srta. Scatcherd vir você...

— Bran acaba de receber uma nova... oportunidade de emprego — explicou Charlotte calmamente. — Ele estava trabalhando por perto e decidiu aparecer para nos ver. Não é simpático da parte dele? Mas agora ele tem de ir antes que expulsem todos nós daqui.

— Que tipo de oportunidade de emprego? — Emily nunca cuidava só da própria vida. (E, nesse aspecto, ela era muito parecida com Charlotte.)

Anne olhou para Bran.

— Você não vai ser pastor, como o pai?

— Não, querida, eu vou ser...

— Na verdade, ele não pode nos dizer — interrompeu Charlotte. — Ele jurou nunca...

— Sou um agente da SREI — anunciou ele.

Charlotte suspirou.

A boquinha de Anne fez um pequeno O.

— Da Sociedade? Como foi que você conseguiu isso, Bran? — Anne era precoce para uma criança de 12 anos. Charlotte às vezes achava que ela era mais esperta do que todos os irmãos juntos.

— É... bem... uma história engraçada — disse Bran.

— Então, agora você é caçador de fantasmas. — Anne pegou o rosto do irmão com suas pequenas mãos e olhou para ele com a máxima seriedade. — Mas você vai ter cuidado, não vai?

— Não tem perigo. Os fantasmas não podem prejudicar os vivos — disse Charlotte. — A menos que você *morra* de medo.

— Não, quero dizer, você não vai afugentar a Maria e a Lizzie, vai? — Anne perguntou com sinceridade.

Os quatro irmãos Brontë ficaram em silêncio. Eles nunca falavam de suas irmãs mais velhas. Seu pai nem sequer suportava ouvir aqueles nomes. Ele quis voltar com todas para casa depois que a doença do cemitério levou as duas mais velhas e tantas outras na escola. Mas a família não tinha dinheiro para isso.

— Elas me fazem companhia às vezes — disse Anne. — Não as faça ir embora, Bran.

— Eu... não farei isso — Bran gaguejou. Ele olhou em volta rapidamente. — Você as viu aqui na escola, minha querida Annie?

Ela sorriu, mas não disse nada.

— Como assim, se ela "as viu"? — Emily cruzou os braços. — Ela não teria como ver. As duas se foram. (Emily era a *seriona* da família. Não acreditava em fantasmas. Pelo menos ainda não.)

— E o que o pai tem a dizer sobre essa coisa toda da Sociedade? — Charlotte estava subitamente interessada em mudar de assunto.

— Ele não sabe ainda. Acha que estou estudando administração em Londres — Bran respondeu, despenteando o cabelo de Anne. — Você não vai me dedurar, vai?

Anne balançou a cabeça. (Ao contrário de Bran, ela sabia guardar segredos.)

O relógio no corredor tocou quatro horas.

— Tenho de ir — disse Bran, se desvencilhando dos braços finos de Anne e ficando de pé. — Mas devo voltar amanhã, minhas queridas. Isso se o Sr. Blackwood me permitir acompanhá-lo numa próxima visita, o que eu acho que fará. Estamos ficando bastante próximos depois de tudo o que passamos juntos. Assim, vocês poderão me ver atuando profissionalmente na Sociedade. Dando duro no trabalho. Não poderei conversar com vocês, mas as vejo pela manhã.

Ele cruzou rumo à janela e estava a meio caminho de sair por ela quando Charlotte finalmente processou o que ele tinha dito.

— Espere! — Ela o pegou pelo braço e o puxou de volta para a sala. — Mas por que o Sr. Blackwood vem aqui amanhã?

— Estamos recrutando um novo membro. Mas isso é extremamente confidencial. Não conte a ninguém. O Sr. Blackwood voltou para Londres, mas fomos mandados de volta. Portanto, tenho de me certificar de que suas roupas estejam passadas e prontas para o compromisso de amanhã com a senhorita...

Charlotte pôs a mão sobre a boca do irmão.

— Não diga a palavra "compromisso" tão alto por aqui, Bran. Especialmente se tiver algo a ver com Jane Eyre.

Os olhos castanhos do rapaz se alargaram teatralmente por detrás dos óculos.

— Como você sabia que estamos procurando a Srta. Eyre?

— É que eu sou um gênio — disse Charlotte sem paciência. — E, além disso, o Sr. Blackwood esteve aqui três vezes para vê-la. É bastante previsível, não é?

— Você vai passar as roupas do Sr. Blackwood? — Emily, como sempre, tinha ficado presa ao detalhe insignificante. Ela deu um sorriso travesso. — Você sabe passar roupa?

— Faço tudo o que ele me pedir — disse Bran, com entusiasmo. — E, se eu não souber fazer, aprendo. Tenho grande respeito por Alexander... pelo Sr. Blackwood. Quero impressioná-lo sempre que eu puder.

— Mas o Sr. Blackwood não pode ver a Srta. Eyre — disse Charlotte. — É impossível.

Desta vez foi Bran quem franziu a testa, uma expressão que não lhe ocorria costumeiramente.

— Por que é impossível?

— Jane conseguiu um emprego como preceptora fora de Lowood.

— Ela partiu na semana passada — disse Anne, lamentando. — Era minha professora favorita.

— Charlotte está cabisbaixa há dias — acrescentou Emily.

Charlotte engoliu em seco. Era tão óbvio, agora, o que atormentava Jane. Jane Eyre conseguia ver fantasmas. Talvez ela tenha tido uma experiência de quase morte. Ela, como Bran, era uma vidente. Por isso o Sr. Blackwood estava tentando recrutá-la. E era também por isso que Jane falava sozinha com tanta frequência, Charlotte concluiu. Devia estar falando com entidades que ninguém mais conseguia enxergar.

Mas por que Jane não tinha lhe contado? Charlotte achava que eram amigas, melhores amigas. Por que Jane esconderia dela algo tão importante?

Talvez, pensou Charlotte, não soubesse nada da vida de Jane Eyre, quem ela era de verdade.

— Devo informar o Sr. Blackwood sobre isso imediatamente — ele disse, pensando que o Sr. Blackwood ficaria satisfeito por ele ter conseguido informação tão vital. E Charlotte tinha dado a informação a Bran. Tinha sido útil de alguma forma, portanto.

As meninas se revezaram abraçando e beijando o irmão. Bran passou pela janela, desceu de forma esquisita por uma árvore adjacente (por um milagre não se machucou) e desapareceu em meio ao nevoeiro.

Charlotte acompanhou as irmãs até a cama delas.

— O Bran parecia bem, não é mesmo? — Anne suspirou sonolenta enquanto Charlotte a aconchegava.

— Sim, querida. Ele estava bem. — E estava *mesmo*, pensou Charlotte. Os olhos do rapaz estavam brilhantes, suas bochechas coradas de excitação. Era bom ver o irmão com um propósito na vida. Mas isso a deixava ainda mais ciente de seu próprio futuro ofuscado.

Ela tentou dormir, mas desistiu depois de um tempo. Foi para o esconderijo, sob a escadaria, com uma vela e seu caderno. Uma série de pensamentos rápidos percorria a mente dela e se sentiu compelida a escrevê-los. A maioria tinha a ver com a mais pura injustiça que era se ver privada de todas as formas de emprego que valiam a pena só por ela ser menina.

Espera-se que as mulheres sejam muito calmas em geral; só que as mulheres sentem da mesma maneira que os homens; elas precisam exercitar suas habilidades e precisam de um campo no qual colocar à prova seus esforços, tanto quanto seus irmãos, escreveu ela, com a caneta voando pela página. *Elas sofrem quando há restrição demasiado rígida, quando há estagnação demasiado absoluta, exatamente da mesma maneira como os homens sofreriam; e seria pobreza de espírito por parte de seus semelhantes mais privilegiados dizer que elas deveriam se limitar a fazer pudins e a tricotar meias; a tocar piano e a bordar panos. É inconsiderado condená-las, ou rir delas, se elas buscarem fazer mais ou aprender mais do que os costumes têm ditado como necessário para seu gênero.*

Ela respirou fundo e sentiu parte da tensão se esvair dela. A escrita tinha a capacidade de deixar saírem emoções reprimidas da mesma maneira que um médico pode sangrar seus pacientes. Mas também a fazia se sentir vazia, como se escrever fosse a única coisa que lhe fosse permitida fazer. Será que ela poderia subsistir apenas daqueles pensamentos e sonhos, daqueles devaneios rabiscados apressadamente? Um calafrio encontrou acolhida na espinha de Charlotte. Não. Não. Ela não toleraria aquilo. Ela iria... Como foi que Jane tinha dito? Ela imaginaria uma vida diferente. Ela a buscaria.

Charlotte voltou correndo para o quarto, se vestiu rapidamente e tirou uma bolsa feita de tecido de tapete que guardava debaixo da cama, na qual empacotou seus parcos pertences.

— O que você está fazendo? — Emily sussurrou.

Charlotte não conseguiu manter fora de sua voz toda a agitação que estava sentindo.

— Eu vou trabalhar para o Sr. Blackwood. Ele queria Jane, mas vai ter a mim em vez dela.

— E você acha que ele vai aceitar isso? — Emily soava não apenas preocupada, mas também com inveja. — Ele não recusou sua proposta antes?

— Vou persuadi-lo.

— Mas e a escola?

— Já aprendi o suficiente aqui. — Charlotte colocou seu caderno, um frasco de tinta bem fechado e um punhado de canetas em cima de suas roupas e fechou a bolsa. A alça estava quebrada de um lado, mas ela conseguiria carregá-la mesmo assim. Ela sorriu.

Emily se sentou na cama.

— Mas não é apropriado, Charlotte. Você é uma garota. Não é digno correr por aí mendigando emprego.

Charlotte levantou o queixo.

— Pois eu prefiro ser feliz a ser digna — disse ela, com a alegria retornando à sua voz, e então partiu.

CAPÍTULO OITO
Jane

— A senhorita deve vestir seu melhor vestido — disse a Sra. Fairfax, vasculhando em meio ao guarda-roupa de Jane, que consistia em dois vestidos cinza, de modo que "vasculhar" na verdade significava escolher o vestido que estivesse menos usado. — Acho que este vai servir.

Jane tinha sido chamada à sala de estar para "ser apresentada" ao dono da casa e atualizá-lo sobre seu progresso com Adele.

A Sra. Fairfax colocou o vestido na cama de Jane, depois afofou os travesseiros e sacudiu a saia da cama. O Sr. Rochester tinha estado fora por alguns dias e seu retorno repentino tinha deixado a governanta agitada.

As bochechas de Jane coraram por não ter itens de boa qualidade, mas também, pelo menos ela suspeitava, pela expectativa de ver o Sr. Rochester novamente. Com aqueles olhos escuros. E toda aquela altura.

— Espero que o Pilot esteja lá — disse Helen, fingindo se admirar no espelho, muito embora não refletisse nele. — Acho que ele gosta de mim.

— Não se atrase, Srta. Eyre — disse a Sra. Fairfax. — O patrão valoriza a prontidão acima de tudo. Exceto ordem. E disciplina.

— Não me atrasarei — disse Jane.

A Sra. Fairfax saiu correndo da sala, tirando o pó enquanto pelo caminho.

Com quinze minutos de antecedência, Jane estava sentada na sala esperando para encontrar o patrão, com Helen ao seu lado. Momentos depois, o Sr. Rochester entrou carregando uma bolsa. A bolsa de artes de Jane. Jane tinha dado para Adele olhar, mas, de alguma forma, o Sr. Rochester estava com ela.

Jane se levantou.

— Senhor — disse ela.

— Srta. Eyre. Por favor, sente-se.

Ela o obedeceu, e o Sr. Rochester se sentou do outro lado do sofá. Helen correu em direção a Jane bem a tempo de evitar que ele se sentasse através dela.

— Que grosseria! — exclamou Helen.

Jane não sabia o que dizer nem o que fazer. Mesmo sentados longe um do outro, aquela situação forçava um pouco os limites da etiqueta. Veja bem, uma moça solteira e um homem solteiro ocupando o mesmo sofá. Foi um conforto para Jane que Helen tenha se sentado entre eles.

O Sr. Rochester colocou a bolsa perto dos pés.

— Então, Srta. Eyre. De onde a senhorita vem?

— Da Escola Lowood, senhor — disse Jane.

— E quem são seus pais?

— Não os tenho.

— Irmãos ou irmãs?

— Nenhum.

O Sr. Rochester ia estudando a expressão dela.

— Amigos?

— Uma ou duas — disse Jane.

— Ele faz essas perguntas a todos os criados? — perguntou Helen.

— Uma ou duas... — repetiu ele. — A senhorita se refere à outra bruxa? — O canto da boca dele torceu para cima.

Jane não sabia o que dizer, mas pouco importava, já que o Sr. Rochester continuou a fazer uma série de perguntas.

— E o que a senhorita aprendeu na Escola Lowood?

— A passar fome — disse Jane, sem pensar. Então acrescentou: — E a matemática e a história de sempre.

O Sr. Rochester inclinou a cabeça, pensativo.

— Soube que o Sr. Brocklehurst dirige a escola. Ele não a alimentava bem?

— Não. Ele considerava a alimentação das alunas um desperdício de comida. E mantê-las aquecidas era um desperdício de carvão. Mas a opinião dele pouco importa agora. Está morto.

— Graças a Deus — disse Helen. Ela virava a cabeça de um lado para o outro, seguindo a conversa do mesmo jeito que alguém assiste a uma partida de tênis.

— A senhorita tem muitas opiniões para alguém que passou a vida toda em um só lugar.

— Sim — disse Jane.

O Sr. Rochester suspirou e pegou a bolsa de artes de Jane. Quando ele se curvou, um colar com uma chave pendeu sobre a camisa dele. Ele rapidamente o enfiou sob a camisa, depois abriu a bolsa e puxou um punhado da amada arte de Jane.

Jane respirou fundo. O Sr. Rochester notou. Ele segurou os quadros gentilmente e então os espalhou sobre a mesa.

— A senhorita fez tudo isso sozinha? — perguntou o Sr. Rochester.

— Mas é claro — disse Jane, um pouco indignada.

— Não tive a intenção de ofendê-la — disse o Sr. Rochester.

— Não me ofendi — disse Jane.

Ele voltou aos quadros. A maioria era de paisagens. Algumas delas traziam também uma garota de cabelos dourados.

Helen se inclinou para a frente.

— Eu me amo neste aqui — disse ela, apontando para um no qual aparecia em frente a uma colina.

— Estava feliz quando pintou este, Srta. Eyre?

— Não estava infeliz.

— Então estava feliz?

— Eu estava em férias da escola e as passei na própria escola porque não tinha outro lugar para onde ir. Eu estava satisfeita.

— Por que a senhorita hesita em dizer que estava feliz?

Jane balançou a cabeça. *Porque eu estava faminta. Porque minha melhor amiga morreu em meus braços. Porque eu não tenho família.*

Naquele momento, a Sra. Fairfax entrou rápido na sala com Adele, que estava usando um vestido verde e pantalonas com babados.

Ao ver o Sr. Rochester, a Sra. Fairfax congelou.

— Senhor, peço desculpas pelo meu atraso.

Adele deu um passo à frente.

— Ensaiei uma canção em minha língua nativa. Você gostaria de ouvi-la?

— Claro — disse Jane.

— Minha *maman* me ensinou a cantar. Ela cantava em uma... — ela pôs o dedo na bochecha, procurando a palavra.

O Sr. Rochester pigarreou. A Sra. Fairfax mudou de posição como se estivesse desconfortável.

— Casa de ópera — disse a governanta.

O Sr. Rochester grunhiu.

Adele balançou a cabeça.

— Ah, não, acho que o nome não era...

— *Era uma casa de ópera* — insistiu a Sra. Fairfax.

— Casa de ópera — repetiu Adele, franzindo a testa.

A Sra. Fairfax se sentou perto do sofá. Adele assumiu seu lugar em frente à plateia e começou a cantar.

— Srta. Eyre, talvez a senhorita possa me dizer o que ela está dizendo na música? — disse a Sra. Fairfax. — A única outra pessoa na casa que fala francês é o patrão, e ele não gosta mais de traduzir.

Jane olhou de relance para o Sr. Rochester, mas ele permaneceu olhando para a frente.

Jane escutou a canção.

— Os primeiros versos são sobre uma dançarina famosa... em um clube noturno... Ela usa flores no cabelo e um vestido que... oh! — Adele então cantou em detalhes sobre o quanto o vestido cobria. Ou não cobria.

Jane corou e olhou de relance para o Sr. Rochester, procurando por uma reação à letra escandalosa. Mas ele apenas continuou ouvindo. Nada escandalizado.

— Então, certo, a bailarina usava um vestido — continuou Jane, com um pouco menos de detalhe. — E estava apaixonada por alguém que distribuía... cartas... por um crupiê. E, à noite, eles... oh, Deus...

Adele cantava agora sobre um "abraço" *muito* especial.

As bochechas de Jane estavam em chamas.

— Talvez o Sr. Rochester devesse traduzir.

Ela se virou para o Sr. Rochester, que tossiu e acenou com a mão.

— Por favor, continue, Srta. Eyre. A senhorita está indo muito bem.

Agora Adele cantava sobre os olhos vagantes daquela mulher e sobre o outro homem que a visitava enquanto seu amante estava fora.

— Eles continuaram a se amar — disse Jane rapidamente, talvez um pouco desesperada.

No último verso, o namorado descobria a infidelidade e dava uma facada na dançarina e em seu outro amante.

— A coisa ficou tensa bem rápido — disse Helen. Ela também falava francês, mas ninguém tinha lhe pedido para traduzir nada.

— E ambos viveram felizes para sempre — disse Jane. Ela teria de ensinar novas canções a Adele.

— Que doce! — declarou a Sra. Fairfax. — Estou animada para ver o que a senhorita pode fazer com ela.

Jane sorriu sem graça.

Adele cantou mais duas canções: uma sobre uma dança francesa que envolvia o levantamento de saias e pontapés muito altos, e outra sobre uma dama da noite. Jane se perguntou quem tinha sido o responsável pela educação da Adele até aquele momento. Alguém na, bem, "casa de ópera", talvez? Ela logo parou de traduzir.

Depois que Adele terminou, olhou com expectativa para o Sr. Rochester.

— E onde está o meu presente?

— Ah, como voltei de viagem, ela espera um presente — disse o Sr. Rochester. — Porque ela valoriza os presentes acima de tudo. A senhorita também adora ganhar presentes, Srta. Eyre?

— Não saberia dizer, senhor. Nunca recebi um. Mas presumo que sejam considerados coisas agradáveis.

— Nada de presentes?

— A menos que o senhor conte como presente aprender a viver com pouco para comer.

O Sr. Rochester respirou fundo. Então, caminhou até a parede e tocou um sino com uma etiqueta que dizia "cozinha". Pouco depois, Grace Poole entrou na sala. O rosto dela estava sujo, ou de cinzas ou de fuligem, e sua expressão era fechada.

— Srta. Poole — disse o Sr. Rochester. — O que a senhorita está fazendo na cozinha? Por que não está... — ele se interrompeu abruptamente.

— Por que não está na ala leste para as... *reformas*? — disse a Sra. Fairfax.

— Sim — disse o Sr. Rochester. — Era o que eu estava prestes a dizer.

— Estava na cozinha procurando algo de comer para as... *reformas*. — Grace Poole não o chamava de "senhor", nem exibia nenhuma das genuflexões que criados daquela época deveriam ter.

Jane esperava que ela fosse receber algum tipo de castigo, mas não aconteceu nada.

— Ah, bem, por favor, traga algo para a Srta. Eyre comer — disse o Sr. Rochester.

Grace Poole voltou o olhar para Jane. Analisou-a de cima a baixo. Jane se sentou um pouco mais ereta, na tentativa de parecer merecedora de comida.

— Esqueça — disse o Sr. Rochester. — Já é tarde. Srta. Eyre, por favor, prepare-se para dormir.

Grace Poole deu de ombros.

— Se quer assim. Posso arrumar alguma coisa ali no caldeirão.

— Não coma nada que ela "arrumar no caldeirão"! — sussurrou Helen.

— Obrigada, mas agora devo colocar Adele para dormir. — Jane não conseguiu conter o tremor em sua voz. — Boa noite, senhor. Adele, venha comigo.

A Sra. Fairfax caminhou um pouco com elas. Quando já estavam longe dos ouvidos do patrão, Jane disse:

— O Sr. Rochester parece mudar abruptamente de temperamento.

— Estou acostumada ao jeito dele — disse a Sra. Fairfax. — Quase não noto mais. Mas, sim, ele muda. E tem motivos para isso. Ele tem passado por muitas dificuldades nesta vida. Perdeu o irmão mais velho para a doença do cemitério e ocorreu, ainda, uma espécie de traição familiar.

— Como assim? — Jane disse.

— Não se preocupe com isso — disse a Sra. Fairfax. — Durma bem, Srta. Eyre.

E se apressou pelo corredor.

Dormir parecia impossível naquela noite, com Jane e Helen deitadas na mesma cama. Helen tremia tanto que a cama vibrava.

— Grace Poole é má — disse ela.

— Não seja boba — disse Jane, tentando se convencer também.

— Quem chama uma panela de caldeirão? — disse Helen.

— Tenho certeza de que ela apenas se expressou mal.

— Tem alguma coisa errada neste lugar — disse Helen.

— Vá dormir, querida — disse Jane. Ela passou seus pensamentos de Grace Poole para sua noite com o Sr. Rochester e a maneira terna como ele tinha falado dos desenhos dela e, depois, a maneira como ele quase pediu comida para ela.

CAPÍTULO NOVE

Alexander

— Ela... partiu? — Alexander falou olhando fixamente para Branwell, que tinha invadido seu quarto no meio da noite.

— Foi o que eu disse, senhor. A Srta. Eyre deixou a escola. — Ele inclinou a cabeça. — Senhor, o senhor dorme com a máscara?

— E não dormem todos? — Alexander deslizou até os pés da cama, tentando acordar e compreender o que tinha acabado de ouvir: "ela partiu". — Eu não entendo — murmurou ele. — Por que ela iria embora?

— Para realizar o sonho de sua vida de se tornar preceptora? — Branwell inclinou a cabeça agora para o outro lado, como se tentasse lembrar se já tinha dito aquilo. (E tinha, mas o pobre Branwell não estava acostumado a que Alexander tivesse dificuldade em acompanhar seu raciocínio, por isso precisava questionar tudo.)

Alexander assentiu com a cabeça lentamente.

— E você sabe para onde a Srta. Eyre foi?

Branwell fraquejou um pouco.

— Sinto muito, Sr. Blackwood, me esqueci de perguntar.

— *Precisamos* ir atrás dela — Alexander esfregou as têmporas.

— Eu poderia voltar a Lowood e...

— Espere um pouco. — Alexander se livrou do último vestígio de sono. — Por que você estava em uma escola só de meninas?

Branwell se assustou.

— Bem...

Uma atitude daquela era inadequadíssima. Se alguém descobrisse que um membro da Sociedade tinha entrado sorrateiramente em uma escola de meninas pobres no meio da noite, a Coroa *nunca reconsideraria* voltar a financiá-la. Fazer essa associação já era suficiente para destruir as carreiras de Alexander e também a de Wellington, se em algum momento vazasse a notícia de que Branwell era, de fato, *sobrinho* do duque. (O próprio Alexander ainda não tinha absorvido bem aquilo.)

O rosto de Branwell ficou vermelho vivo.

— Senhor, eu...

— Não diga mais nada! — Alexander pegou sua bagagem de baixo da cama e a abriu. — Volte para o seu quarto. Assim que amanhecer — (o que seria dali a pouco) —, irei à escola e solicitarei o endereço para onde se encaminhou a Srta. Eyre. Você deve permanecer aqui e recolher suas coisas. Assim que eu tiver falado com todas as meninas e fantasmas de Lowood e souber para onde foi a Srta. Eyre, iremos atrás dela.

— Lamento imensamente, Sr. Blackwood. Eu pensei...

— Agora não, Sr. Branwell. Volte para o seu quarto e descanse um pouco. Virei buscá-lo quando for a hora.

Como ele explicaria o comportamento de Branwell para Wellington? Já era ruim o suficiente dizer ao duque que seu sobrinho era um agente medíocre sem potencial de avanço, mas teria também de dizer que ele poderia ter causado um escândalo.

Mas, ah, como o retorno de Alexander acrescentaria ainda mais fogo às teorias românticas daquelas meninas. Ele estremeceu, lembrando suas visitas anteriores.

Valeria a pena fazê-lo para descobrir o paradeiro de Jane Eyre?

Provavelmente.

Talvez.

Branwell se inclinou em direção à porta, puxou-a e parou ali mesmo.

— Oh! Charlie. Olá?

E agora alguém chamado "Charlie" estava ali também?

Era por causa de situações como aquela que Alexander preferia trabalhar sozinho.

Ele deixou cair suas roupas de volta na mala e olhou para a porta. Branwell estava jogando seus braços em volta de uma moça no corredor.

E, o pior, ela estava *retribuindo* o abraço.

Sob a máscara, seu rosto corou. Uma mocinha estava abraçando *o aprendiz* dele. De todas as pessoas que ela poderia estar abraçando, justo ele? Que gritante demonstração de afeto! Àquela hora! No corredor!! (Nos tempos pré-vitorianos, e também nos tempos vitorianos, e também por um bom tempo depois, dar um abraço em público era oficialmente considerado *uma indecência.* E, sim, um abraço em pleno corredor definitivamente merecia dois pontos de exclamação.)

Terminaram de se abraçar, deram um passo para trás e se deram as mãos. Então Alexander viu que a jovem era Charlotte Brontë, aquela de Lowood.

— Por que você está aqui? — Branwell perguntou, sorrindo para ela.

— E há quanto tempo a senhorita está em pé do lado de fora da porta? — Alexander cruzou os braços, torcendo para que tivesse dormido com sua camisa e suas calças. A longa camisola de dormir seria reveladora demais naquele momento.

— Por pouco tempo. — Ela se distanciou de Branwell e levantou os óculos de volta ao rosto para espreitar o que tinha escrito no caderno. — Só o suficiente para ouvir que o senhor vai entrevistar todas as garotas e todos os fantasmas da Escola Lowood a fim de descobrir para onde Jane Eyre foi. E aqui estou eu, pronta para ser entrevistada.

Alexander franziu o rosto. Primeiro, para a Srta. Brontë; depois, para Branwell.

— Mas... vocês dois se conhecem?

— Claro que sim! — Branwell sorriu. — Conheço Charlie...

— Não me chame de Charlie.

— ...a minha vida inteira!

Wellington ia matar Alexander por aquilo.

— Charlotte é minha irmã, Sr. Blackwood.

Alexander ficou de queixo caído.

— Mas... como?

— Bem, senhor, veja. Quando dois adultos consentem em...

— Pare! — Alexander via, agora, a semelhança. Ambos eram pequenos em estatura, mas grandes em empolgação. Eles tinham narizes e tons de pele semelhantes, e olhos grandes que tentavam captar tudo ao mesmo tempo. — O que eu quis dizer, Sr. Branwell, era que...

A Srta. Brontë explodiu em risadas.

— *Sr. Branwell?* Sério?

— Não é esse seu sobrenome? — Alexander olhou de relance para Branwell. — Todos o chamam de Branwell e Branwell é um sobrenome.

— Meu nome é Branwell Brontë, senhor.

Ah, como aquilo era embaraçoso! Primeiro, Branwell Brontë tinha um sobrenome como primeiro nome. Era como chamá-lo de Silva da Silva. Mas era pior: por que ninguém jamais tinha corrigido Alexander?

— Meu Deus — ele murmurou. — Então há dois de vocês.

— Quatro, na verdade — disse Branwell. — O senhor viu nossas irmãs Emily e Annie na escola.

— Ah, que maravilha! Vamos tentar voltar ao que interessa, então. — Alexander dirigiu o olhar à Srta. Brontë. — Por que a senhorita está aqui?

— Para ajudá-lo, é claro! — ela sorriu com um sorriso brilhante. — O senhor não precisa ir à escola de novo. Sei que isso o deixa desconfortável.

Ah, não!

— E eu percebi que — Ela continuou —, para ser sua assistente, devo mostrar iniciativa.

Alexander fez uma careta.

— Já tenho um assistente. — *Infelizmente*, ele pensou.

— Certo! — A Srta. Brontë apontou um dedo para ele, depois se virou para Branwell. — Serei a assistente do seu assistente.

— Eu realmente preferiria que não. — O franzido no rosto dele se aprofundou, mas a Srta. Brontë não notou.

— E, quando Jane for recrutada e se tornar uma agente de pleno direito, ela provavelmente precisará de uma assistente também, e acho que ela e eu formaríamos uma excelente equipe.

— Nós nem sabemos para onde a Srta. Eyre foi — disse Alexander.

— Ah, mas... — disse a Srta. Brontë — ...eu sei!

— Então me diga.

— Deixe-me ir com vocês. — Ela enfiou o caderno e a caneta no bolso. Foi quando ele notou a bolsa nos pés dela. Estava pronta para a aventura, sem dúvida. — Eu serei um trunfo. O senhor vai ver.

— A senhorita não virá conosco — disse Alexander. — Sem chance.

* * *

Pois bem, caro leitor, a Srta. Brontë foi com eles.

Não que tivesse sido fácil para ela. No caminho, escada abaixo, e depois até a carruagem, Alexander repetiu várias vezes as mesmas frases:

— Vá para casa, Srta. Brontë.

— Não posso me dar ao luxo de mais atrasos, Srta. Brontë.

— Por favor, pare de falar, Srta. Brontë.

Mesmo assim, ela persistiu.

Ela os seguiu enquanto se preparavam para partir, e estava prestes a entrar na carruagem quando Alexander estendeu a mão para detê-la.

— Vá para casa, Srta. Brontë.

— Não tenho um lar, Sr. Blackwood — argumentou ela. — Digo,

meu local de residência é Lowood, mas nunca considerei a escola o meu verdadeiro lar. Como poderia? É o lugar mais inóspito para alguém com tanta imaginação que... bem, que alguém poderia imaginar. E suponho que eu poderia considerar a casa da minha família em Haworth como lar... É onde eu nasci e onde meu pai ainda vive...

Ah, sim! Agora ele conseguiu constatar que ela e Branwell eram parentes.

— Vou ajudá-lo, quer queira, quer não.

— A senhorita não pode me ajudar. — Suspirou ele. — É apenas uma garota.

Contudo, ela se recusou a descer da carruagem.

— Isso não faz sentido algum. Meu gênero não tem nada a ver com a minha capacidade de ajudar nesta situação.

— Não foi isso que eu quis dizer — disse ele. — A senhorita só tem 16 anos.

— E o senhor tem 18 anos — ela atirou de volta. — E Bran tem 15 anos. O que o senhor quer provar com isso?

Alexander se virou bruscamente para Branwell.

— Você tem 15 anos? Você disse que tinha dezessete quando aceitou o cargo.

As bochechas de Branwell estavam tão vermelhas quanto seu cabelo.

— Posso ter aumentado um pouco a minha idade.

— Srta. Brontë... — Alexander arrastou uma das mãos pelo rosto.

— Sr. Blackwood... — ela devolveu. — Estou indo.

— Mas por quê?

— Porque, simplesmente, o senhor *precisa* de mim.

— Por que eu precisaria da senhorita para qualquer coisa neste mundo? — perguntou ele, cansado.

— Responda-me, Sr. Blackwood. Qual é o seu plano?

— Meu plano?

— Exatamente. O senhor não sabe onde Jane está. Eu sei.

Ele franziu a testa.

— Posso ir até Lowood e perguntar.

— Se o fizer — ela falou —, direi a todos que o senhor está lá para prender a Srta. Eyre por assassinato e ninguém lhe dirá nada, nunca!

Ele arrastou a outra mão pelo rosto.

— Srta. Brontë...

— Afinal... — A Srta. Brontë levantou o queixo. — O senhor tem a intenção de tentar recrutá-la da mesma maneira que fez três vezes? Porque nenhuma dessas vezes foi bem-sucedida.

— Mas fui autorizado a oferecer a ela melhores acomodações. E um orçamento para provisões.

— Eu não sabia que existia essa opção — disse Branwell de dentro da carruagem.

A Srta. Brontë balançava a cabeça.

— Não quero ser rude, Sr. Blackwood, mas o que o senhor poderia saber sobre uma garota como Jane Eyre? Talvez o pedido seja mais eficiente se vier de uma moça que ela sabe que quer o melhor para ela.

Alexander não tinha como dizer nada depois daquele argumento.

— Jane é a minha melhor amiga — continuou a Srta. Brontë. — Se alguém pode persuadi-la a aceitar a sua oferta, sou eu.

— Então a senhorita precisa nos acompanhar — disse ele. — Para persuadi-la.

Ela assentiu com a cabeça.

— Só vou dizer onde ela está se o senhor deixar eu entrar na carruagem.

Ele pensou a respeito por alguns minutos. Então, suspirou e deu um passo para trás, deixando a porta da carruagem aberta para que ela pudesse passar. A Srta. Brontë saltou para o assento ao lado do irmão. Alexander se instalou cuidadosamente à frente deles e se anunciou pela janela.

— Para onde? — perguntou o condutor.

Alexander dirigiu um olhar agudo à Srta. Brontë. Quando ela dissesse o destino ao condutor, ele lhe pediria que passasse antes por Lowood, para deixá-la na escola.

— Vá para o sul; — E *ela* então dirigiu um olhar agudo para *ele*. — O senhor me deixaria para trás se eu dissesse onde ela está.

— Não faria isso — disse Alexander.

— Faria, sim — disse a Srta. Brontë.

— Com toda certeza faria — murmurou Branwell.

Alexander nunca admitiria que estava emburrado, mas essa é provavelmente a descrição mais precisa de como ele esteve na primeira hora da viagem. Branwell tinha ido dormir (mas ainda sem sucesso) e a Srta. Brontë estava escrevendo alegremente em seu caderno.

— Estou animada por trabalhar com uma organização tão distinta — disse a Srta. Brontë. — Ouvi dizer que, décadas atrás, havia uma gangue de fantasmas aterrorizando os lojistas de Londres. Roubavam as lojas e cantavam o hino nacional tão alto que até pessoas normais podiam ouvir. Então, um único agente da Sociedade perseguiu toda a quadrilha pela Torre de Londres e os enganou até que fossem realocados. Isso é verdade? — A caneta da Srta. Brontë estava posicionada sobre o papel, mas

Alexander nem suspeitava como ela conseguiria escrever alguma coisa com a carruagem saltando daquele jeito.

— É verdade — disse ele. — Mas é pouco provável que consigamos realizar algo do tipo novamente. Não depois que o rei cortou o financiamento. Não sei se poderemos continuar por muito mais tempo, a não ser que consigamos persuadi-lo de nossa utilidade. De nossa *importância*.

Branwell abriu um olho — nada adormecido — e disse:

— A Sociedade está condenada.

— Eu li mesmo que o rei cortou o financiamento. — A Srta. Brontë baixou sua caneta. — Logo agora que eu apareci para ser assistente... isso é terrível! Por favor, me explique.

Alexander não precisava explicar nada. Os agentes da Sociedade nunca se explicavam. Mas a determinação no rosto da Srta. Brontë era tão genuína, tão real quanto sua vontade de trabalhar para a SREI.

Ele suspirou.

— Muito bem. Eu lhe direi o que está acontecendo, mas a senhorita deve jurar guardar isso para si mesma.

— Só entre minhas anotações e eu — disse ela, levantando novamente a caneta. — Vá em frente, Sr. Blackwood. Se esse é o seu verdadeiro nome.

— Claro que é o meu nome verdadeiro! Por que não seria?

Ela pestanejou para ele.

— Estava só brincando.

— Certo. — Alexander se inclinou para trás em seu assento. — No início deste ano, Sua Majestade decidiu equilibrar o orçamento real.

— Ele manteve o programa Caravana Contra a Fome e o Fundo Nacional das Artes — disse Branwell — porque, por favor, também não somos animais, não é? Mas a Sociedade...

— A Sociedade precisava acabar — disse Alexander. — Arthur Wellesley lutou muito para manter o programa financiado. Mas o Rei William não acredita em fantasmas, nem na necessidade dos nossos serviços. Ele cortou o programa, dizendo que Wellington poderia encontrar financiamento alternativo para a Sociedade, se assim desejasse. Sugeriu que pedíssemos à França que bancasse as nossas atividades.

— E o que disse a França? — A Srta. Brontë ia escrevendo por toda a página.

— Disse que não — disse Alexander. — Foi quando começamos a cobrar pelos nossos serviços, mas ainda acredito que a realocação de fantasmas deveria ser gratuita para todos, não apenas para quem tem dinheiro.

— Então, o senhor está contando — disse a Srta. Brontë — que a Sociedade não pode pagar bem aos assistentes, mas existe algum pagamento.

Como é que, de toda a explicação sobre os problemas de dinheiro da Sociedade, Charlotte os tinha resumido àquilo?

— Wellington jurou que fará o que for preciso para manter a Sociedade funcionando — disse Alexander. — Não importa o custo. Mas isso pode ser inútil se não conseguirmos recrutar mais videntes.

A Srta. Brontë levantou os óculos e estudou Alexander com aquele olhar aguçado dela. Então, fez mais algumas anotações no caderno e o fechou.

— No que a senhorita está trabalhando? — perguntou Alexander. — Na mesma história de assassinato de antes?

— Não desta vez. — Ela deu um tapinha na capa de couro. — Esta de agora é sobre fantasmas e as pessoas que os prendem.

— Eu não quero ser personagem de um romance — disse ele.

— Claro que não. — Ela sorriu de lado. — O herói do meu romance é mais alto.

CAPÍTULO DEZ

Charlotte

Eles chegaram a uma cidadezinha chamada Bakewell, onde o Sr. Blackwood pagou por três quartos para passarem a noite. Charlotte já entendera que ele tinha toda a intenção do mundo de mandá-la de volta para a escola pela manhã. E ela, é claro, estava determinada a não ir. Mas agora ela não tinha escolha, a não ser revelar o paradeiro de Jane na propriedade que ficava ali nos arredores e se chamava Thornfield Hall.

Após uma tarde de investigação na cidade e de muitas conversas com os moradores locais, Charlotte descobriu que o dono da casa era um homem chamado Sr. Rochester. Com essa informação em mãos, a primeira atitude do Sr. Blackwood foi enviar uma carta.

A comunicação entre o Sr. Blackwood e o Sr. Rochester foi a seguinte:

> *Prezado Sr. Rochester,*
> *Escrevo para perguntar sobre a preceptora que o senhor contratou recentemente, uma certa Srta. Eyre. Acredito que ela possa ser de grande importância para a Sociedade REI e gostaria de ter a oportunidade de falar com ela.*
> *Cordialmente,*
> *A. Black*

Uma resposta foi entregue rapidamente:

> *Prezado Sr. Black,*
> *Não.*
> *Edward Rochester*

O Sr. Blackwood não seria desencorajado com facilidade, então, naturalmente, tentou outra vez:

Caro Sr. Rochester,
Por favor. É importante.
A. Black

Apenas uma palavra veio em troca:

Não.

Isso significava que eles precisariam de um plano.

Não de um plano qualquer, mas de um bom plano. De um plano inteligente. De um plano que garantisse um final feliz para todos. Ou seja, o Sr. Blackwood claramente precisava de um dos *planos de Charlotte*.

— O senhor precisa entrar em Thornfield Hall — ela disse, refletindo, enquanto virava, em suas mãos, a folha com a resposta mais recente —, mas o dono da casa não permitiu.

— Duas vezes — acrescentou Bran.

O Sr. Blackwood suspirou.

— Que observador da parte de vocês...

Estavam todos sentados em um espaço segmentado da sala de jantar da pousada, onde podiam falar em particular, mas ainda estavam em público, para que ninguém pensasse que algo inapropriado estivesse acontecendo, tendo em vista os dois homens mascarados sentados com uma jovem senhorita. Charlotte estava percebendo que o Sr. Blackwood era bastante rigoroso com esse tipo de etiqueta.

— Talvez Charlotte pudesse escrever uma carta para Jane? — sugeriu Bran.

Charlotte bateu com a caneta na borda da mesa.

— Como teríamos certeza de que ela a receberia, especialmente depois que o Sr. Blackwood apareceu perguntando por ela? Seria suspeito. E claramente não podemos ir até a casa para visitá-la. Teremos de ser mais espertos. Mais sorrateiros.

Os dois rapazes ficaram olhando para ela até que finalmente Bran disse:

— Você tem um plano, não tem, Charlie?

— Branwell. Meu querido. Já lhe pedi inúmeras vezes para não me chamar de Charlie. Por favor, tente se lembrar disso. — Ela então se voltou para o Sr. Blackwood e infundiu confiança em sua voz. Ele veria o valor dela. *Ah, se veria!* Ela levantou os óculos e encontrou a parte das anotações que procurava no caderno. — Ah, sim, aqui está! Há uma senhorita atualmente residente nos Leas, uma certa Srta. Blanche Ingram, que dizem ser uma possível parelha para o Sr. Rochester.

— Uma possível parelha?

— Todos na cidade estão falando sobre como os dois, o Sr. Rochester e a Srta. Ingram — e ela então enunciou cuidadosamente — *provavelmente* se casarão. É provável que, dentro de duas semanas, dizem eles, ela vá até Thornfield Hall para passar um tempo na companhia dele e para ver se ele, de fato, pedirá a mão dela. Isso é fato notório na cidade.

— O que isso tem a ver com nossa missão? — perguntou o Sr. Blackwood. — Por que me interessaria em saber com quem o Sr. Rochester pretende se casar?

— Porque ela é o nosso bilhete de entrada em Thornfield Hall. Pediremos a ajuda dos Ingram sobre o assunto. Diremos que somos membros da Sociedade em missão secreta e perguntaremos se podem permitir que três pessoas se juntem à comitiva deles por um curto período de tempo, que fiquem em Millcote e que os acompanhem quando forem visitar o Sr. Rochester.

— Três pessoas?

— O senhor, Bran e eu, é claro. Mas vou precisar de uma máscara.

— Calma, calma, calma... — O Sr. Blackwood franziu mais uma vez a testa. — Por que a senhorita precisaria de uma máscara?

— Porque vou me passar por membro da Sociedade também. Pelo menos até eu me tornar membro oficial, precisarei fingir.

— Não. Nada de máscara. — O Sr. Blackwood cruzou os braços.

A Srta. Brontë olhou para ele com frieza.

Ele a olhou de volta.

Ela não pestanejou.

A boca dele torceu em desgosto.

— Na verdade, considerando os planos possíveis, esse aí parece brilhante — emendou Branwell.

Charlotte sorriu para o irmão com gratidão.

O Sr. Blackwood suspirou mais uma vez. (Foram tantos suspiros que o ar quase rareou dentro da pousada.)

— Tudo bem — disse ele, finalmente. — Tenho uma máscara extra.

* * *

Tudo aconteceu exatamente como Charlotte tinha planejado. (Não, estamos brincando. Por mais habilidosa que Charlotte fosse ao elaborar planos loucos-porém-geniais, eles quase nunca saíam do jeito que ela planejava. Lembre-se disso para futura referência, caro leitor.)

O primeiro problema foi chegarem à casa de Lady Ingram e não a encontrarem lá. Foram autorizados a entrar na sala, mas informados de que a dona da casa estaria fora a tarde toda. Gostariam de esperar por ela? Era incerto a que horas retornaria.

— Gostaríamos — respondeu Charlotte no exato momento em que o Sr. Blackwood perguntou *"Há mais alguém com quem possamos conversar?"*.

Foram, então, apresentados à jovem Srta. Ingram, a filha, aquela que, segundo Charlotte, se casaria com o Sr. Rochester em breve.

— Ora, vejam, se não é uma divertida trupe de circo — debochou a jovem senhorita, que estava deitada em sua *chaise* revestida de cetim na sala de estar. Ela olhou Charlotte de cima a baixo com aqueles grandes olhos negros e uma expressão de total desdém. A beleza da Srta. Ingram era inegável. Charlotte nunca tinha visto uma mulher tão bonita. Seu cabelo estava penteado com uma coroa de tranças brilhante e preta, seu tronco era alto e fino, seu pescoço era como o de um cisne, ou seja, sua compleição era perfeita. A Srta. Ingram poderia ter inspirado poetas. Charlotte imediatamente tomou notas para um futuro esboço de personagem. Mas também achou a maneira que a Srta. Ingram olhou para Bran indelicada, pois ao notar que ele usava os óculos sobre a máscara, abriu um sorriso irônico, como se aparentasse alguém bobo e nervoso. Depois, seu olhar pousou sobre o Sr. Blackwood e ela abriu um sorriso mais generoso.

— E quem são vocês, exatamente? — perguntou ela.

Charlotte começou a responder, mas Bran limpou a garganta. Com isso, ele queria dizer "Permita que o Sr. Blackwood fale por nós, por favor", o que ela sabia que era a maneira correta de agir. Ela cerrou os dentes e ouviu o Sr. Blackwood explicar que eles eram membros da Sociedade e que tinham sido encarregados de uma missão secreta de extrema importância.

— Que tipo de missão? — A Srta. Ingram quis saber.

— Do tipo secreto — disse Bran.

Charlotte lançou um olhar repreensivo a ele.

A Srta. Ingram soltou uma risada sarcástica.

— Ah, do "tipo secreto"! E isso envolveria vocês ficarem na nossa casa, se servirem da nossa comida e desfrutarem da nossa companhia. — Ela olhou fixamente para o Sr. Blackwood novamente. — Olhe, eu não me importaria se *você* ficasse.

— A Sociedade estaria disposta a compensá-los por quaisquer despesas que pudéssemos gerar — o Sr. Blackwood respondeu. Charlotte notou que o maxilar dele estava travado. Ele também não tinha gostado da Srta. Ingram. Era uma amostra de seu bom caráter.

— E vocês usariam essas máscaras o tempo todo? — a Srta. Ingram perguntou.

— Não — explicou Alexander pacientemente. — Gostaríamos de ser apresentados como novos conhecidos seus que os estão visitando a seu pedido. Usaríamos identidades falsas. E, como mencionei, seria apenas por um curto período.

— Parece um tanto escandaloso — disse ela.

— Agiríamos em perfeita civilidade — prometeu ele. — Só estaríamos presentes, e por pouco tempo, como eu disse, para participar de certos eventos sociais. A senhorita mal notaria a nossa presença.

A Srta. Ingram não estava convencida.

— É um pedido muito estranho.

— A Sociedade ficaria muito grata por sua cooperação. Eles nunca nos enviariam para cá em tal diligência se não fosse imperativo.

— Eu concordaria se fosse apenas você — disse a Srta. Ingram, olhando de novo para o rosto dele. — Você é encantador.

Ele balançou a cabeça.

— Não. Nós três trabalhamos juntos.

Ela suspirou.

— Puxa, então, temo que devo recusar a proposta. Não permitimos que indivíduos estranhos se hospedem na nossa casa. Somos uma família importante e não podemos nos dar ao luxo de cometer nenhum pequeno deslize que possa manchar a nossa reputação.

Eles teriam sido deixados à própria sorte ali, mas a Sra. Ingram entrou às pressas na sala, ornada com cetim preto e pérolas.

— Meu Deus! — ela exclamou quando viu as três pessoas mascaradas de pé ali. — Os senhores são membros da Sociedade, por acaso?

— Somos, madame. — O Sr. Blackwood se curvou em um arco curto e gracioso, seguido por um cumprimento estranho de Bran e uma reverência ainda mais esquisita de Charlotte.

— Não temos nenhum fantasma aqui no momento — disse a Sra. Ingram, chegando perto da filha arrogante. — Mas há alguns anos tivemos um grande problema com o espírito do avô do Sr. Ingram. Ele se recusava a deixar a casa e nos causou todo tipo de humilhação antes que a Sociedade tivesse a gentileza de realocá-lo. Honestamente, não tenho como agradecer o suficiente à Sociedade. O que posso fazer por vocês, senhor?

Alexander sorriu.

— Senhora, estou tão feliz que tenha perguntado.

* * *

Em pouco menos de uma hora, eles combinaram que acompanhariam os Ingram na visita a Thornfield Hall. Também decidiram que seriam apresentados como "os Eshton", uma família que se mudara recentemente para a região dos Leas.

Charlotte usou um vestido novo. Era branco, com rendas transparentes, mangas volumosas e uma faixa azul. Ela nunca tinha vestido algo tão fino em toda a sua vida e não podia deixar de levantar os óculos para ver seu reflexo no espelho. Se não precisasse dos malditos óculos, poderia até se considerar atraente.

— Você está bonita — disse Bran quando ela saiu para se apresentar. — Qual é o seu nome, novamente?

Ela estendeu a mão para ele.

— Amy. Amy Eshton, prazer em conhecê-lo.

— E eu sou seu querido irmão, Louisa — disse ele.

— Louis.

— Certo.

— Tudo isso é tão emocionante — declarou a Sra. Ingram de sua grande poltrona no canto. — Meu falecido marido teria ficado tão contente. Ele adorava se manter a par do que a Sociedade estava fazendo.

A Srta. Ingram rosnou conspicuamente de seu assento junto ao piano.

— Acho a Sociedade estranhíssima, esse foco no sobrenatural e em fantasmas desagradáveis e afins. Se querem saber, o que fazem me parece questionável.

— Mas ninguém perguntou sua opinião, querida — disse a Sra. Ingram.

Charlotte se inclinou devagar e se sentou em uma *chaise*. Para que ela coubesse naquele lindo vestido, tiveram de apertar o espartilho com ainda mais força. Ou seja, ela não estava conseguindo respirar direito. Se fosse fazer uma comparação, considerando o sofrimento que o espartilho causava, era preferível vestir aniagem.

O Sr. Blackwood entrou na sala de súbito. Ele também parecia desconfortável sem a máscara. E era a primeira vez que Charlotte o via sem máscara, na verdade. Ela decidiu, ao levantar os óculos até os olhos, que ele tinha um rosto bonito, parecia uma daquelas estátuas gregas clássicas angulosas nas maçãs do rosto e no nariz, com aqueles grandes olhos escuros e cabelos pretos penteados.

Ele a viu e se aproximou.

— Amy, se não me engano? — Ele parecia nervoso em chamá-la pelo seu primeiro nome, mesmo que falso.

Ela assentiu com a cabeça.

— E o senhor é o meu querido primo, o Sr. Eshton. O novo magistrado.

— E eu sou Louis — lembrou Bran.

A Srta. Ingram rosnou novamente.

— Então, quando a senhora acredita que poderemos ir a Thornfield Hall? — O Sr. Blackwood se virou para perguntar à Sra. Ingram. — Estamos ansiosos.

O Sr. Blackwood — aliás, Sr. *Eshton*, como Charlotte vinha tentando renomeá-lo em sua mente — estava um pouco pálido. A ideia de ludibriar o Sr. Rochester ainda não lhe agradava. Para alguém com uma vida tão envolta em segredos, ele parecia surpreendentemente desacostumado a uma mentirinha.

A Srta. Ingram se levantou.

— Diga-me exatamente do que querem tratar em Thornfield Hall. Tem algo a ver com o Sr. Rochester?

Bran se virou para a Srta. Ingram com uma expressão simpática.

— A senhorita gosta dele, não é mesmo?

O Sr. Blackwood e Charlotte trocaram olhares. O que Bran estava fazendo?

— Sim — disse a Srta. Ingram com firmeza. — Pode-se dizer que sim.

— E a senhorita consegue guardar um segredo? — perguntou Bran.

Charlotte pegou o braço do irmão.

— Bran, *não*, Louis — ela sussurrou perto da orelha dele.

Ele a sacudiu suavemente.

— E, então, consegue? — insistiu com a pergunta à Srta. Ingram.

Os olhos escuros dela queimaram de curiosidade.

— É claro.

Ele dobrou a cabeça para mais perto da dela.

— Não deve dizer a ninguém — ele murmurou perto do ouvido dela como se conspirasse algo.

— Eu... Eu prometo — ela concordou. Parecia um pouco assustada. — Há algo de errado com o Sr. Rochester?

— Posso ter uma palavrinha com o senhor? — o Sr. Blackwood disse com firmeza.

Bran, incrivelmente, o ignorou.

— Não, não é nada disso — disse ele à Srta. Ingram. — Digo, não há nada de errado com o Sr. Rochester. É que ele tem um fantasma.

— Um fantasma? — ela franziu a testa. — O senhor está me dizendo que há um fantasma em Thornfield Hall?

— É exatamente o que estou dizendo — confirmou Bran. — E o Sr. Rochester, na verdade, por acaso gosta desse fantasma, mas se trata de um fantasma perturbador. Um fantasma malévolo, de fato.

— Isso explica muita coisa — disse a Srta. Ingram. — Mas, desculpe, o senhor sabe quem é esse fantasma?

— Bem...

Bran não fazia ideia. Charlotte olhou para o Sr. Blackwood. Ele também não fazia a menor ideia. Charlotte levantou o queixo.

— É o fantasma do irmão dele — disse ela. Charlotte tinha ouvido, em sua busca por informações no vilarejo, que o Sr. Rochester tinha tido atritos com o irmão na época da morte dele. Algo sobre um infeliz incidente nas Índias Ocidentais, muitos anos antes.

Os grandes olhos da Srta. Ingram estavam redondos como pires.

— É claro. O irmão dele.

— Fomos enviados para remover essa aparição de Thornfield Hall. — O Sr. Blackwood entrou suavemente na conversa. — Mas o Sr. Rochester não pode saber que essa é a nossa missão. E também não devemos alertar o fantasma sobre a nossa presença, porque, quanto mais perturbado um fantasma fica, mais difícil é removê-lo.

— Entendo. — A Srta. Ingram balançou a cabeça. — Os senhores deveriam ter me dito isso desde o início. Eu não teria feito tanto alarido. Mandarei notícias de que quero visitá-lo o mais rápido possível.

— Perfeito — disse o Sr. Blackwood. — Obrigado.

Depois que a Srta. Ingram se foi, Bran suspirou.

— Ela tem um perfume tão bom, não tem?

Charlotte deu um chute na canela dele.

— Ai! Mas tem mesmo!

— Você não tem nada que ficar cheirando a Srta. Ingram. — Ela se voltou para o Sr. Blackwood. — Então está tudo correndo bem, não está?

— Sim — ele admitiu a contragosto. — Parece que sim.

Charlotte pensou em Jane, tão perto dali, sem saber da grande surpresa que estava prestes a lhe acontecer. Ela se perguntava o que Jane estaria fazendo naquele momento e se estaria satisfeita em sua nova posição como preceptora. Charlotte esperava, para seu próprio bem, que ela não estivesse.

Apostava alto na ideia de que entraria em Thornfield Hall, conversaria com Jane em particular e convenceria a sua amiga a se tornar uma agente da Sociedade.

Ela continuou elucubrando o que diria, mas se perguntava se seria o bastante. Se Jane recusasse novamente os apelos da Sociedade, Charlotte sabia que as próprias ambições de se tornar uma agente — ou, se não exatamente uma agente, pelo menos uma assistente ou funcionária de algum setor — provavelmente fracassariam.

Naquela noite, ela se ajoelhou ao lado da cama e enviou aos céus uma oração sincera.

— Meu amado Deus — ela sussurrou. — Estive pensando. Por favor, se não for pedir muito, o senhor poderia fazer algo acontecer a Jane em Thornfield Hall. Nada muito sério, não, só alguma coisa que a fizesse repensar sua posição por lá, por favor. — Ela então parou. Nunca tinha desejado mal a ninguém antes. Mas ali o assunto era sério. Tanto o futuro de Jane quanto o dela própria estavam na balança. — Por favor — disse Charlotte novamente. — Será que o senhor poderia enviar para Jane só um probleminha?

CAPÍTULO ONZE

Jane

A cama do Sr. Rochester estava pegando fogo.

Literalmente, a cama do Sr. Rochester estava pegando fogo e ele estava bem no meio dela, mergulhado em um sono profundo.

Mas, espere, vamos recuar um pouco no tempo. Jane já vinha trabalhando em Thornfield Hall há vários dias e raramente via o patrão. Naquela noite em particular, tinha ido para a cama com o estômago cheio e os pés quentinhos. O sono tinha chegado rapidamente, pois era o tipo de sono que vinha fácil quando a pessoa estava aquecida e alimentada.

Mas um barulho estranho, no meio da noite, a despertou. Helen também se pôs logo de pé.

— Você ouviu alguma coisa? — Jane disse.

— Sim. E você? Ouviu? — Helen disse.

— Devo ter ouvido, já que estou acordada. Vamos ficar quietas e prestar atenção.

Ambas se sentaram na cama e não disseram um pio. As tábuas do assoalho rangeram do outro lado do corredor. De lá também veio o som fraco de uma risada. Ou, quem sabe, talvez, aqueles fossem os sons normais de uma velha mansão.

Depois de alguns momentos, veio outro som, como se algo tivesse varrido os painéis da porta do quarto.

— Seja o que for, está bem aí fora — sussurrou Helen.

— Helen, você é um fantasma — sussurrou Jane. — Não precisa sussurrar. E, já que você é um fantasma, por que não espreita o corredor e vê o que está acontecendo?

Helen estremeceu e a cama tremeu junto. Deve ter ficado com muito medo.

— Você acha que isso aí fora é algo vivo ou algo... não vivo? — Jane perguntou. Helen não gostava da palavra "morto".

Helen balançou a cabeça.

— Deve ser o Pilot — disse Jane. — Na outra noite, ele veio e arranhou a nossa porta, sem dúvida procurando por você. Deve ser ele — repetiu, como se a repetição pudesse tornar o que disse verdade.

O som de algo escovando a porta veio novamente.

— Então vai *você* lá fora — disse Helen.

— Você não vai querer desapontar o Pilot, vai, querida?

As duas ficaram sentadas lá, paradas, por tanto tempo que a mente de Jane começou a imaginar que ela tinha ouvido o barulho novamente.

Uma risada maníaca quebrou o transe dela. Parecia ter vindo do buraco da fechadura da porta delas. Jane e Helen saltaram da cama.

— Quem está aí? — Jane perguntou.

Uma porta de algum lugar do corredor rangeu e depois bateu.

Jane voou da cama e abriu a porta de uma vez.

— Não! — exclamou Helen.

O corredor estava sombrio, com apenas duas velas acesas, obscurecidas pela fumaça. Jane correu por ele, indo atrás do que ela acreditava ser a fonte da fumaça. Ela se virou e se viu correndo por outro corredor, indo parar em frente a uma porta por debaixo da qual ainda mais fumaça se espalhava. Era o quarto de dormir do Sr. Rochester.

Ela abriu a porta de uma vez. Dane-se se aquilo era apropriado ou não. Mas é claro que, logo antes de fazê-lo, conferiu se a camisola estava perfeitamente abotoada até o alto, porque, bom, não se dane tanto assim o que era apropriado.

Um fogo baixo estava queimando a borda de uma das cortinas penduradas nos quatro postes do dossel da cama do Sr. Rochester. Lançava uma luz quente através da escuridão e iluminava o rosto dele. Aquele brilho até o deixava mais bonito; enquanto dançava, a luz daquelas chamas suavizava as linhas severas das sobrancelhas e dos lábios dele.

— Por favor, apaixone-se por mim — sussurrou Jane. Não deveria ser algo totalmente fora do reino das possibilidades. Afinal de contas, o Sr. Darcy tinha se apaixonado pela quase totalmente miserável Elizabeth Bennet. Poderia ser como uma daquelas histórias que Charlotte e as outras garotas de Lowood estavam sempre contando, mas aquelas com pretendentes ricos e bonitos, não aquelas sobre assassinato.

Espere.

Assassinato.

A cama ainda estava pegando fogo!

Enquanto ela ficou admirando o patrão, as chamas tinham subido pelo dossel e um pedaço de tecido em chamas tinha caído sobre a cama, acendendo os cobertores.

— Senhor! — Jane gritou. — Senhor, acorde!

Ela queria agitá-lo, despertá-lo, mas não conseguia alcançá-lo sem que ela mesma se visse tomada pelo fogo.

— Helen! — ela gritou. — Me ajude! — Ela não achava que Helen apareceria, pois era a pessoa que tinha mais medo de se machucar que Jane conhecia.

Mas, de repente, Helen saltou através das chamas e alcançou a cama. Olhou para Jane.

— O que eu faço?

— Pule!

Talvez, se estivesse com bastante medo, ela conseguiria sacudir a cama, como tinha feito no quarto delas nem dez minutos antes.

Helen assentiu com a cabeça, frenética, e começou a pular, mas só conseguiu sacudir um pouco os lençóis.

— Senhor! — Jane exclamou novamente. O Sr. Rochester não se mexeu. Como alguém poderia dormir tão profundamente em meio à fúria daquele incêndio? Talvez ele tivesse bebido vinho demais no jantar.

As chamas se arrastaram pela cama, cada vez mais perto do dono da casa.

Jane correu para o lavatório dele. Felizmente, a bacia estava cheia de água. Ela a carregou e inundou a cama, molhando também o rosto do Sr. Rochester. Mesmo assim, nenhum movimento. Jane jogou a bacia para cima e por cima das chamas.

O objeto atingiu o Sr. Rochester bem na testa.

— Ah! — ele grunhiu. — Mas que diabos...?

Levou um momento para que ele entendesse o que estava acontecendo. Logo estava de pé, rasgando lençóis e cortinas e usando os retalhos para abafar as chamas restantes.

O quarto caiu em uma escuridão fumegante.

— Jane Eyre, é você que está aí? — disse ele com aspereza. Tossiu algumas vezes.

— Sim, senhor.

— A senhorita acabou de me bater com alguma coisa?

Helen não acreditou.

— Essa deveria ser a menor das preocupações dele no momento.

— O senhor foi quase queimado vivo! — disse Jane. — Ouvi um barulho, uma risada, e então segui a fumaça até o seu quarto — ela disse estreitando os olhos na tentativa de ajustar sua visão ao escuro. Então se lembrou das velas acesas no corredor. — Espere. Volto já.

— A senhorita está me deixando aqui sozinho para tropeçar no escuro? — disse ele.

Jane correu porta afora, seguida de perto por Helen.

— Tropeçar... — disse Helen zombando. — Como se ele nunca tivesse caminhado no escuro antes.

Jane a mandou ficar quieta e pegou as duas velas do corredor. Voltou ao quarto do Sr. Rochester e entregou uma a ele.

Seus rostos iluminados por velas se entreolharam por um longo momento. O brilho iluminava as feições dele de tal forma que Jane decidiu ali mesmo que o rosto dele deveria ser sempre iluminado por luz de velas.

E era bem melhor que luz de fogaréu.

Helen olhava de um rosto para o outro.

— Para o que estamos olhando?

Jane a ignorou.

— Senhor, alguém tentou matá-lo. O senhor precisa descobrir quem foi. Devo chamar a Sra. Fairfax?

— O que raios a Sra. Fairfax poderia fazer a respeito? Não, deixe-a dormir. — Ele pegou um roupão e se cobriu. — Fique aqui, Srta. Eyre. Fique aqui e eu vou descobrir o que está acontecendo.

— Mas... — Jane estremeceu.

— A senhorita está com frio? — o Sr. Rochester perguntou suavemente. Ele tirou o roupão e o colocou sobre os ombros de Jane. Em seguida, a levou para a poltrona no canto do quarto, a sentou e colocou seus pés em um banco. — Voltarei em breve. Por favor, fique aqui até eu voltar.

Dito isso, ele se foi.

E o coração acelerado de Jane começou a abrandar.

Helen se sentou no banquinho ao lado dos pés de Jane.

— Que estranho — ela observou.

— O que é estranho? — Jane disse.

— "O que é estranho?" — Helen repetiu. — Pense bem: uma risada maníaca, arranhões na nossa porta, fogo na cama. E agora ele só quer que você fique sentada aqui e espere?

— Claro que quer. Faz todo sentido. — Jane pegou a gola do roupão e a segurou em frente ao rosto, inalando o cheiro do Sr. Rochester, enquanto olhava para o corredor com uma expressão melancólica. Leitor, aquilo cheirava a fogo.

— Como faz sentido? — Helen colocou as mãos na cabeça. — O lunático que tentou matar o seu patrão está à solta *dentro de Thornfield*, e ele a deixa aqui, *bem no local do crime,* sozinha, desprotegida!

— Todo mundo sabe que o incendiário não voltaria ao local do crime — disse Jane e, em seguida, tocou a bochecha exatamente no local onde a mão do Sr. Rochester a tinha tocado. Estava quente. Seria da excitação ou do toque dele?

— Não concordo — disse Helen. Ela agitava as mãos e olhava, nervosa, para a porta.

— Não concorda com *o quê?*

Helen grunhiu. Jane olhou fixamente para a porta, cada segundo parecia mais e mais longo. O corredor estava escuro como breu. Onde o Sr. Rochester estaria? Será que o criminoso o pegou em outra parte da casa? Ele estaria caído no chão, sangrando em algum lugar?

Finalmente, o Sr. Rochester reapareceu e Jane suspirou de alívio. Ela ficou de pé e foi até ele. Sentia-se flutuando toda vez que estava perto dele.

— Descobri o que aconteceu — disse ele, ofegante. — Foi o que eu pensava.

— E o que foi?

Ele cruzou os braços e olhou para o chão, e então disse em um tom peculiar:

— Bom... eu... esqueci. Quem a senhorita disse ter visto no corredor?

— Ninguém — disse Jane. — Só ouvi alguém rir.

— E a senhorita já tinha ouvido aquela risada antes?

— Sim. Acho que Grace Poole ri daquele jeito.

Ele assentiu com a cabeça.

— Sim, Srta. Eyre, a senhorita resolveu a questão sem nenhuma ajuda minha. De fato, foi Grace Poole. São quase quatro da manhã. Os criados vão acordar nas próximas duas horas. Eu vou dormir na biblioteca. E, Jane, espero que a senhorita não diga nada a respeito do que aconteceu. Eu explicarei tudo. Agora, por favor, volte ao seu quarto.

— Mas, senhor...? — Jane protestou.

— Por favor, faça o que eu digo — disse o Sr. Rochester. Jane achou aquela atitude mandona um tanto charmosa.

— Sim, senhor. Boa noite — disse Jane, dando um passo para trás.

— Espere, a senhorita me deixaria assim? — disse ele, em uma reviravolta completa do que tinha acabado de ordenar que ela fizesse.

Jane deslizou imediatamente para a frente.

— Mas... o senhor me pediu para ir.

— Não dessa maneira. A senhorita salvou minha vida esta noite e estava prestes a ir embora como se eu fosse um estranho que conhecera na estrada.

Helen disse em meio à sua tosse causada pela fumaça:

— Mas ele *é* um estranho que você conheceu na estrada.

Jane deu uma ligeira cotovelada entre as costelas de Helen, batendo apenas no ar, é claro.

— Ao menos se despeça com um cumprimento — disse o Sr. Rochester. Ele estendeu a mão. Jane a pegou e ele então cobriu a mão dela com as duas dele. Algo como um choque correu por ela quando ele a tocou daquela maneira, e ela se perguntou, e assim esperava, se ele a puxaria para mais perto.

— Eu sabia que você me faria bem desde o primeiro momento em que coloquei os olhos em você — disse o Sr. Rochester, com seu olhar feroz perfurando a alma dela.

— Não foi o momento em que ele chamou você de bruxa? — disse Helen.

Agora não, pensou Jane. Pela primeira vez em sua vida, ela estava tendo um Grande Momento! Pela primeira vez, desde que Helen e Jane se conheceram, ela desejava estar sozinha. Não sozinha *sozinha*, é claro. Sozinha com o Sr. Rochester. É. Claro, podia não ser o Grande Momento com o qual ela tinha sonhado, considerando o fogo, a risada estranha, os ruídos assustadores, o persistente cheiro de fumaça, o medo de perder a vida e a estranha necessidade que o Sr. Rochester sentiu de levantar os pés dela e colocá-los no banco como se ela mesma não pudesse fazer isso. Mas era um Grande Momento ainda assim e ela quis aproveitá-lo.

— Alguém vai dizer alguma coisa? — Helen disse.

O Sr. Rochester suspirou.

— Mas se a senhorita precisa ir, então precisa ir. Boa noite, Srta. Eyre. Estou em dívida para com a senhorita.

— O senhor não tem nenhuma dívida comigo. — Ela tentou sair, mas o aperto de mão do Sr. Rochester permaneceu apertado.

— Então... ele quer que você vá ou não? Estou confusa — murmurou Helen.

— Por que me sinto relutante em deixá-la ir?

A respiração de Jane estava difícil e ela não conseguia encontrar palavras.

— Jane, prometa-me que este incidente não vai assustar você.

— Mas... por que o senhor acha que eu iria embora?

— É que a senhorita é jovem. Os jovens adoram viajar. Viver aventuras.

— Os jovens com algum dinheiro, talvez — disse Jane. — Mas eu não vou embora.

Ele finalmente soltou a mão dela.

— Durma bem, Srta. Eyre.

* * *

O sono foi parar bem longe de Jane. Ela estava revivendo cada momento daquela noite. O medo que sentiu de, ao entrar no quarto do Sr. Rochester, encontrá-lo morto. O pânico que sentiu tentando acordá-lo. O som da bacia o acertando na cabeça. A maneira como os dedos dele passaram pela bochecha dela enquanto ele colocava o roupão sobre os ombros dela.

O calor de seu toque ao embalar a mão dela.

— Quem poderia querer machucar o Sr. Rochester? — Helen disse, quebrando o devaneio de Jane.

— *Shhh* — sussurrou Jane. — Estou dormindo.

— Oh! Tudo bem.

Jane voltou à contemplação. O Sr. Rochester tinha todas as qualidades que alguém podia querer em um homem. Era bonito, gentil, interessante, atencioso.

— Bom, ele *realmente* tem um cachorro legal — disse Helen.

Muitos qualidades que nunca o levariam a se interessar por alguém pobre e sem graça como Jane. Ele poderia escolher dentre quaisquer damas mais elegíveis e em situações financeiras muito melhores. Sequer Elizabeth Bennet era tão pobre a ponto de não ter criados. Não precisou arrumar emprego, como Jane precisou.

Jane deu as costas para Helen e cobriu sua cabeça com o lençol macio.

Mas eles tinham tido um Grande Momento, não tinham? Ele a tinha segurado como se nunca mais quisesse deixá-la ir. E depois pediu que ela fosse embora. Mas em seguida não pareceu disposto a deixá-la ir.

Foi tudo muito confuso, sim. Mas romântico?

Ela tinha salvado a vida dele. Isso tinha de significar alguma coisa.

(Leitor, as narradoras aqui entendem que Jane se apaixonou pelo Sr. Rochester rápido demais. As razões para isso ter acontecido podem ser divididas em três: primeiro, estamos na Inglaterra pré-vitoriana, e a corte de um cavalheiro a uma moça podia durar o tempo do cozimento de um ovo. Segundo, considere a falta de experiência de Jane com homens. E, terceiro, lembre-se da *percepção* que Jane tinha dos homens, totalmente calcada em livros e arte que tendiam a glorificar os altos, mais morenos e mais sérios. Quanto mais sério, melhor. E o Sr. Rochester estava entre os mais sérios.)

Mas de volta a Jane Eyre. Sim, Jane tinha se apaixonado completamente e, sim, tinha apenas "romance" na cabeça e, pela primeira vez em sua vida, ela se permitiu acreditar que, talvez, apenas talvez, merecesse um final feliz.

* * *

Jane acordou após o almoço. Ficou surpresa de que ninguém a tivesse despertado, mas talvez o Sr. Rochester tivesse dito tudo o que aconteceu à Sra. Fairfax. Que atencioso da parte dele!

— Você dormiu um bocado — disse Helen.

Jane se espreguiçou

— Pois é.

Jane desceu as escadas com um pulinho mais alegre em cada passada. Ela esperava vislumbrar o Sr. Rochester, mas não havia sinais do dono da casa. Talvez ele também estivesse dormindo. Ela foi à cozinha, com esperança de encontrar o Sr. Rochester, mas se decepcionou. A Sra. Fairfax estava conversando com uma das empregadas. Um prato coberto com uma toalha repousava sobre a mesa. Jane presumiu que era para ela.

Helen atravessou a porta.

— Ah, olhe! Comida. Para você. De novo. Meu Deus, eles estão sempre alimentando você por aqui, não é?

Jane sorriu e começou a andar em direção ao prato quando um movimento no canto chamou sua atenção. Era Grace Poole, sentada em uma cadeira de balanço perto do fogo, remendando as cortinas do Sr. Rochester. (Dados o tamanho e a violência do incêndio, estamos tão surpresas quanto você que ainda houvesse algo a se consertar, mas fizemos uma pesquisa mais apurada e descobrimos que Grace Poole estava de fato consertando as cortinas. Pois é.)

— Boa tarde para a senhorita — disse Grace, sem levantar os olhos da costura. Ela não aparentava nervosismo, nem remorso nem culpa, nem qualquer outro sentimento que Jane imaginava que uma pessoa pudesse ter se tivesse causado um incêndio.

— O que aconteceu? — perguntou Jane.

— O patrão adormeceu com a vela ainda acesa. Ela tombou e pegou fogo nas cortinas. O patrão acordou e as molhou antes que o fogo se espalhasse.

Grace Poole disse tudo isso de maneira despreocupada, sem alterar nem um pouco o tom de sua voz.

— Mas isso não está certo — disse Helen. — Foi Jane quem apagou as chamas.

— E ele está bem? — Jane disse, e depois acrescentou apenas em sua cabeça: *"Ele disse alguma coisa sobre mim?"*.

A Sra. Fairfax as interrompeu.

— Prepare-se, Srta. Eyre, pois tenho notícias de que o Sr. Rochester planeja receber um grupo de pessoas em Thornfield Hall daqui a pouco, assim que voltar.

— O quê? Onde ele está? — Jane tentou não parecer muito ansiosa, mas logo em seguida derrubou sua taça de água.

A Sra. Fairfax levantou as sobrancelhas.

— Digo... ele não está em Thornfield?

— Não, ele foi à cidade para falar com o contador. Mas enviou um mensageiro e disse que devemos nos preparar.

— E quem estará nesse assim chamado "grupo de pessoas"?

A Sra. Fairfax inclinou a cabeça, como se fosse uma pergunta estranha de se fazer.

— Algumas famílias proeminentes da cidade. Elas virão acompanhando os Ingram. — Ela se inclinou para perto de Jane. — Acredita-se que a filha de Lady Ingram logo desposará o patrão.

— Quem?

— Blanche Ingram. Ela é de uma família rica. Ela é bastante conhecida por ser linda e ter muitos talentos.

Tudo o que Jane não era.

— Ele vai se casar com ela? — Jane ficou confusa. Ainda ontem à noite, lá estava ele segurando sua mão. Falou sobre o bem que ela faria a ele. Eles tinham tido um Grande Momento.

— O Sr. Rochester é um solteiro disponível e, devo acrescentar, financeiramente independente, o que o torna mais que atraente.

Jane bateu o pé sob a barra do vestido.

— Então por que não nos casamos todas com ele, não é mesmo?

A Sra. Fairfax levantou as sobrancelhas, mas Jane saiu como um raio.

Assim que chegou ao seu quarto, remexeu nas suas coisas (que preenchiam apenas uma gaveta, não tinha muito o que remexer), tirou de lá as telas e os pincéis e começou a pintar seus sentimentos.

Ela imaginou uma jovem vestida com o mais fino vestido de seda, com mangas bufantes, sapatos brancos brilhantes, uma sombrinha rendada. A pele do rosto era de porcelana e perfeita, as bochechas rosadas. O cabelo era preto e penteado com uma intrincada trança, de modo que não deixava dúvidas de que uma criada, talvez até duas, tinha a auxiliado. Ela emergiu do pincel de Jane com um sorriso autoconfiante.

Então, Jane colocou o cavalete ao lado do espelho e se autorretratou. Cabelos castanhos que qualquer garota de família pobre poderia ter penteado sem ajuda. Olhos castanhos que nunca dançavam, não importava a luz. Pele bronzeada em pontos onde não tinha outra escolha a não ser os expor ao sol enquanto trabalhava. Costelas e clavículas evidentes por anos de nutrição inadequada. Olheiras.

Quando terminou, deu um passo para trás e avaliou a obra. Helen espreitou por cima de seu ombro.

— O que está fazendo, querida? — disse Helen.

Jane franziu a testa.

— Tentando me lembrar de quem eu sou.

CAPÍTULO DOZE

Alexander

O grupo chegou a Thornfield Hall com muito mais estardalhaço que o necessário. As carruagens, uma após a outra, foram conduzidas pela longa entrada da casa escura e imponente. Parecia um lugar frio. Definitivamente assombrado. (Alexander era um especialista em identificar casas assombradas, afinal de contas.)

Um nó em seu peito se apertou quando as carruagens pararam, os condutores desmontaram e uma governanta abriu a porta da frente para permitir a entrada de todos.

E que grupo era aquele! Lady Ingram e suas duas filhas, Blanche e Mary. Sir e Lady Lynn e seus filhos Henry e Frederick Lynn. O Coronel Dent e a Sra. Coronel Dent. E, claro, a "família Eshton": Sr. Eshton (Alexander) e seus primos Amy (Srta. Brontë) e Louis (Branwell).

Resumindo: era mais gente do que Alexander gostaria, e ele não entendia por que os Lynn e os Dent estavam ali.

Honestamente, o resto do pessoal também não entendia por que os Eshton estavam ali.

— O senhor parece distraído — a Srta. Brontë comentou em voz baixa enquanto o grupo caminhava para a porta. Ela estava muito bonita naquele dia, ele não pôde deixar de notar. O vestido de dia que ela estava usando combinava com ela, era verde-floresta com acabamentos em marfim, e um pouco de sono e de alimentação adequada tinham dado à sua tez um tom mais saudável do que quando ele a viu pela primeira vez.

Ela olhou para ele e levantou uma sobrancelha.

Não seria apropriado comentar como ela estava bonita naquele momento.

— Apenas ansioso para encerrar esse assunto. — Ele abaixou o rosto para esconder o rubor arrepiante. Sem a máscara, Alexander sentia como se todos os seus pensamentos pudessem ser lidos em seu rosto. Especialmente pela Srta. Brontë. Mesmo sem os óculos, ele sabia que ela não perdia um detalhe.

As famílias entraram na casa, saudadas por uma figura sombria em seu interior. Rochester. Um homem um tanto quanto protetor da preceptora.

A Srta. Brontë tocou no ombro de Alexander.

— Vamos conseguir convencê-la — disse ela. Depois de uma semana em Millcote juntos, ele estava apreciando muito a presença de Charlotte. A de Branwell também, até certo ponto.

A sensação de ser vigiado chamou a atenção dele, e ele olhou para cima.

Duas faces espreitavam por uma janela do segundo andar. Uma era a de uma menina jovem, com pequenos cachos emoldurando seu rosto angelical. A outra era a de Jane Eyre.

— Não olhe — murmurou ele à Srta. Brontë —, mas a sua amiga está lá em cima.

— Tenho certeza de que ela vai ficar espantada ao me ver.

Deve ter sido difícil para ela não olhar. A Srta. Eyre certamente não reconheceria Alexander — não naquele contexto e sem a máscara —, mas ele precisava ser cuidadoso. Ele teria de dar à Srta. Brontë tempo o bastante para ela conversar com a Srta. Eyre e persuadi-la para aderir à causa deles. Depois, a Srta. Eyre teria de ajudá-los a organizar uma partida graciosa.

Pouco antes de Alexander voltar os olhos novamente à porta, ele conseguiu enxergar um vestígio de alguém atrás das duas garotas na janela. Uma terceira garota, talvez quatro ou cinco anos mais jovem que ele. Havia algo de estranho nela. Ela não era exatamente... sólida.

Um fantasma.

De repente, a Srta. Brontë e o Branwell passaram pela porta da frente e Alexander teve de seguir atrás deles.

O Sr. Rochester estava de pé, no outro lado da sala, cumprimentando seus convidados. Havia algo familiar nele, embora Alexander não conseguisse identificar o quê. Certamente não tinha encontrado aquele homem em tempos recentes, mas...

Um clarão se fez em sua memória: um homem sentado do outro lado da mesa, junto do pai de Alexander, rindo de uma daquelas piadas que o seu pai contava. E ele *sempre* as contava.

Será que eles tinham sido amigos?

Rochester apertou as mãos de Lady Lynn e, então, eles se cumprimentaram com beijinhos nas bochechas um do outro. Depois, o Coronel Dent o cumprimentou, seguido pela Srta. Blanche Ingram, que agitou seus cílios na direção dele como se ele não fosse pelo menos vinte anos mais velho.

O homem era alto. Alto demais, alguns poderiam dizer. (Não, ninguém, de fato, diria isso. Como já mencionamos, o excesso de altura era considerado atraente naquele tempo e Alexander estava bem ciente de que sua altura era apenas mediana.) Além de uma vantagem vertical, Rochester tinha olhos muito escuros, profundamente escuros. Aqueles olhos agora se voltavam para Alexander e ele esperava por alguma centelha de reconhecimento, considerando que, por toda a sua vida, lhe tinham dito que ele era a cara do pai.

Mas não aconteceu nada.

Então Lady Ingram apresentou os três, ele, a Srta. Brontë e Branwell, como "a família Eshton", e Alexander sorriu.

— Boa noite — ele disse, e estendeu sua mão. — É um prazer conhecê-lo, senhor.

Rochester pegou a mão oferecida, a apertou e foi isso. Eles tinham conseguido entrar em Thornfield. O plano da Srta. Brontë tinha funcionado. Agora ela só precisava de um momento com a Srta. Eyre.

* * *

Naquela tarde, todos saíram a cavalo, o que impossibilitou a Srta. Brontë de se afastar do grupo e localizar a Srta. Eyre.

Apenas perto da hora do jantar eles voltaram para a casa, mas a Srta. Eyre, naturalmente, não estava à mesa.

Após o jantar, o grupo se deslocou para a sala de visitas.

— Oh, que amor de criança! — exclamou uma das senhoras quando viu uma menina, a tal que a Srta. Eyre estava ali para educar.

Alexander se sentou próximo ao centro da sala, lugar onde conseguiria fingir que estava envolvido nas conversas, mas na verdade apenas queria observar o grupo. Contudo, mesmo antes de todos terem entrado, o espaço já tinha sido ocupado por três meninas, duas vivas e uma morta.

A Srta. Eyre se sentou ao lado de um fantasma no banco da janela, um local com uma bela vista da sala, mas também fora do caminho. Ela parecia quieta demais naquela noite. Ele não a conhecia para fazer esse tipo de observação, mas sua lembrança dela saindo de trás do balcão em Oxenhope ainda era muito vívida. Considerando o que ele já conhecia dela, porém, talvez o ambiente mais expansivo e a companhia mais grandiosa pudessem ter algo a ver com sua quietude.

Ainda assim, o cabelo dela estava trançado e ela estava usando um vestido muito mais bonito do que ele a tinha visto usar no Bar Tully e na Escola Lowood.

Então, tanto a moça quanto o fantasma viram a Srta. Brontë.

— É a Charlotte! É a Charlotte! — O fantasma bateu palmas e deu pulinhos. — Vamos dizer olá!

De sua parte, a Srta. Eyre parecia surpresa ao ver a Srta. Brontë, mas pediu silêncio ao fantasma e murmurou:

— Sim, é a Charlotte, mas ela deve estar tramando alguma coisa, está disfarçada. Fique sentada.

O fantasma caiu no chão.

Alexander se forçou a ficar com uma expressão vazia no rosto. A Srta. Eyre e a moça fantasma eram *amigas*? Isso complicava as coisas.

A última coisa de que ele precisava era que Branwell tivesse visto aquela troca de palavras e começasse uma conversa com o fantasma, o que, como todos sabemos, terminaria em desastre.

Mas Alexander não precisava se preocupar com Branwell. O ruivo estava totalmente ocupado em uma discussão sobre arranjos florais com Mary Ingram e a Sra. Dent.

— Texturas — ele estava dizendo. — É muito importante ter uma variedade de texturas a fim de acrescentar interesse visual.

— Ah, eu concordo. — A Sra. Dent pegou um vaso de flores silvestres e os três começaram a criticar o conteúdo.

Enquanto isso, a jovem aluna da Srta. Eyre se viu rodeada por um monte de homens e mulheres que, ela acreditava erroneamente, a admiravam, pois a adulavam com comentários como "Que vestido bonito!" e "Que brincos adoráveis".

— Sr. Rochester, pensei que o senhor não fosse um fã de crianças — Blanche Ingram olhou para a menina como se ela fosse um esquilo raivoso.

— Mas não sou. — Rochester mal tirava os olhos da jovem com a qual todos diziam que ele se casaria.

— Então o que o levou a tomar conta de uma bonequinha tão pequena como essa? — Ela apontou para Adele. — Onde o senhor a conseguiu?

— Não a "consegui". Ela foi deixada aos meus cuidados.

Do outro lado da sala, a Srta. Eyre se inclinou para o fantasma e sussurrou:

— Não é bonito da parte dele? Tão compassivo.

O fantasma franziu a testa.

— Ele fala da Adele como se ela fosse uma cadelinha desgarrada. Frequentemente a chama de "pirralha".

A Srta. Eyre apenas balançou a cabeça e continuou olhando para Rochester.

— O senhor deveria tê-la mandado para a escola. — A Srta. Ingram não parecia nada afetada pela natureza generosa de Rochester.

— Eu não teria dinheiro para isso. Escolas são muito caras — respondeu Rochester.

Alexander olhou ao redor da casa luxuosamente decorada, com pelo menos vinte quartos e duas cozinhas, um estábulo, pomares e campos e jardins ao redor, sem mencionar um abrigo de carruagem cheio de veículos, todos ostentando o brasão de Thornfield.

Ah, sim! Escolas eram *tão* caras.

— Mas o senhor contratou uma preceptora. Isso é ainda mais caro. Agora, precisa manter as duas. O senhor sabe como as preceptoras gostam de tomar conta da casa, e as crianças exigem tanta comida e, depois, se recusam a comer as coisas. — A Srta. Ingram dirigiu um olhar mordaz para a Srta. Eyre, que até se encolheu. — Mas, oh, veja, ela está bem aqui! Por que os senhores acham que ela está aqui embaixo, socializando, nos obrigando a cuidar dela?

— Porque — disse a amiga fantasma — esse aí *ordenou* que ela descesse!

A Srta. Eyre se inclinou novamente para a frente, como se esperasse que o Sr. Rochester a defendesse, mas o dono da casa parecia indiferente ao assunto.

— Bem, ela está mesmo aqui — disse ele.

— Ele a encurralou no corredor mais cedo — continuou o fantasma. — Ela tentou dizer que preferiria ficar lá em cima, mas não lhe foi dada escolha.

— Ah, não é tão ruim assim — murmurou a Srta. Eyre, com seu olhar ainda fixo em Rochester. — Eu não me importo. Pense em como este lugar é muito melhor do que Lowood.

Alexander se inclinou para a Srta. Brontë, querendo lhe dizer que aquele poderia ser um bom momento para falar com a Srta. Eyre, mesmo que certa senhorita chamada "Amy Eshton" não conhecesse a preceptora. Mas a conversa se aproximou um pouco demais de Alexander para que ele pudesse transmitir suas instruções em particular.

Blanche Ingram se virou para a irmã.

— Lembra como nossas preceptoras costumavam nos chamar de "crianças do inferno"? Ah, elas nos odiavam tanto!

— Todas as cinquenta! — Mary Ingram riu e voltou seu olhar para a Srta. Brontë. — E quanto a você, querida Amy? Teve muitas preceptoras?

A Srta. Brontë deu uma risadinha nervosa, falando um pouco mais agudo do que o normal.

— Ah, Louis e eu tivemos apenas uma ao longo dos anos, e ela nunca teve problemas conosco. Fazíamos o que queríamos. Sempre destruíamos sua mesa de trabalho e seus livros, e mesmo assim ela nos dava doces.

Ambas as Srtas. Ingram riram.

— Isso é bom demais — disse Mary Ingram. — É bom demais!

Alexander olhou para a Srta. Eyre para ver a reação dela à história da Srta. Brontë, mas Jane ainda estava encarando Rochester como se esperasse que ele pusesse um fim àquela conversa grosseira sobre sua profissão.

Rochester não fez nada. Não defendeu os seus, nem pediu aos convidados que fossem menos rudes, nem que cumprimentassem a Srta. Eyre. E isso era bem estranho, já que ele a tinha protegido quando Alexander lhe escreveu. Ele tinha agido de maneira mais calorosa antes, mas, agora, estava frio e quase cruel.

Que homem confuso! Será que ele gostava da preceptora ou a odiava? Era impossível dizer.

— Elas são sempre tão sem graça, também, não acha? — A Srta. Ingram olhou para a Srta. Brontë, cuja boca caiu aberta, mas nenhum som emergiu. — E esta é particularmente simples. Ora, eu nunca vi uma garota tão sem graça em toda a minha vida!

As bochechas da Srta. Eyre ficaram vermelhas, os olhos dela iam de Rochester para a Srta. Ingram.

— O quê? — A amiga fantasma fechou as mãos em punhos.

Enquanto isso, alguns dos convidados tentavam desesperadamente mudar de assunto.

— Deveríamos fazer algo divertido — disse Lady Lynn. — Vamos jogar um jogo?

— Adivinhações? — perguntou Branwell/Louis. — Adoro adivinhações!

— Como assim? — exclamou o fantasma próximo à janela. (Alexander se esforçou muito para não olhar diretamente para ele.) Helen passou a andar para a frente e para trás na frente da Srta. Eyre. — Será que ninguém vai lidar com o fato de que hoje mais cedo Rochester ordenou que você descesse aqui e agora ele está apenas a ignorando? E isso é especialmente rude porque você está *incrível* hoje, mas acho que ninguém se importa!

— Ah, Helen! Eu estou com a mesma cara de sempre. Você sabe disso.

Embora a Srta. Eyre tenha mantido sua voz baixa e seu rosto voltado para baixo, lágrimas encheram seus olhos.

— Adivinhações podem ser divertidas — disse o Coronel Dent. — Não me importaria.

— Eu! Me! Importo! — Helen bateu forte o pé e, de repente, o chão tremeu. — Jane é ótima e vocês são todos péssimos!

Abruptamente, aquela alegria toda no lado mais popular da sala parou.

— O que foi isso? — perguntou um dos convidados.

— Fui eu! — Helen gritou.

— Helen! — Jane chamou a atenção dela entre os dentes. Mas, desta vez, o grito da amiga fantasma tinha sido realmente alto e cheio de emoção para que todos pudessem ouvir... alguma coisa.

— Que som estranho. — Lady Ingram olhou para Alexander antes de se voltar para Rochester. — Meu caro, algo está muito errado aqui.

— Mas o quê? — Rochester olhou em volta, como se estivesse confuso sobre a mudança de assunto. — Eu não ouvi nada.

— Eu ouvi — disse Adele. — Foi um barulho assustador.

— Meu amigo — disse o Coronel Dent —, veio um som de lamento verdadeiramente inquietante dali, daquele lado. — Ele apontou para a janela onde a Srta. Eyre estava sentada.

Todos os olhos correram na direção dela.

— Não fui eu — ela gaguejou.

— Parem de ser tão maus com a Jane, seus horrorosos... Estão vendo? É por isso que ninguém gosta dos vivos. Desses humanos!

Alexander tentava não olhar diretamente para o fantasma. Ninguém mais podia vê-la, exceto Branwell, é claro, e ele não estava fazendo um trabalho muito bom em esconder o fato de que a via tão claramente quanto o dia. Não que ela mesma tenha notado. Àquela altura, Helen estava gritando, xingando todo mundo, lançando insultos e sendo o tipo de fantasma que Alexander era pago para realocar.

— Sr. Rochester — disse Alexander —, o senhor já ouviu algum barulho como esse antes?

Rochester balançou a cabeça, visivelmente assustado, embora seu medo fosse provavelmente porque ele sabia que aquela era uma situação real de assombração, e não apenas um estranho assobio do vento passando por uma fresta na janela.

As Ingram olharam umas para as outras com um olhar compreensivo. Achavam que aquele era o fantasma que a Sociedade tinha ido buscar. Alexander quase podia vê-las decidindo que os agentes disfarçados esclareceriam a situação a qualquer momento. Mary Ingram chegou ao ponto de sussurrar algo muito suave para a Srta. Brontë, mas Alexander não conseguiu ouvir sob os gritos de Helen.

— Vocês são tão maus com ela — continuava Helen. — Como se atrevem a chamá-la de "sem graça"?

Naquele momento, as flores silvestres sobre as quais Branwell e a Sra. Dent estavam conversando antes — assim como todas as outras flores da sala — simplesmente explodiram em cachoeiras de laranja, rosa e verde. O lodo do fundo dos vasos salpicou todo o chão.

Toda sem jeito, a Srta. Eyre se afastou da janela.

— Minha nossa, que tempestade lá fora...

Através do vidro, via-se o céu perfeitamente limpo.

— Não é uma tempestade! — Helen gritou. Um vaso voou através da sala, passando pertinho da cabeça de Rochester antes de se espatifar contra uma parede. — Fui eu!

— Helen — a Srta. Eyre sibilou. — Sente-se e pare de ser uma peste.

Helen imediatamente se afundou no chão, os lábios apertados em uma linha translúcida.

— Sr. Rochester — anunciou um dos Lynn. — Creio que está na hora de chamar a Sociedade.

Os olhos de Helen se arregalaram. A Srta. Eyre também empalideceu.

— Mas que Sociedade? — Um leve tremor encontrou caminho em meio à voz de Rochester.

— Ora, a Sociedade para a Realocação de Espíritos Instáveis! — respondeu a Sra. Dent. — Todos a conhecem.

— E todos sabem que a Sociedade caiu em desgraça. — O olhar do Sr. Rochester vagou pela sala, como se fosse encontrar o fantasma... ou um agente da Sociedade escondido atrás das cortinas.

— Em desgraça, sim, mas isso não quer dizer que não continue atuando — disse Lady Ingram. — Eles ainda podem ser chamados.

— Claramente o senhor tem um problema aqui — acrescentou Lady Lynn. — Não viu as flores?

— Não creio que haja um problema — Rochester falou muito rápido. — Qual seria a utilidade da Sociedade aqui?

— Eles poderiam realocar o fantasma — disse o Coronel Dent.

— Eu não tenho um problema de fantasma! — Rochester gritou. — A Sociedade não virá aqui, o barulho é apenas uma tempestade e o vaso caiu por causa do vento. E ponto-final!

Do outro lado da sala, Helen lançava olhares apunhalando Rochester, mas havia um medo real em sua expressão.

A Srta. Eyre olhou de Helen para Rochester, seu rosto agora perfeitamente branco.

— É a tempestade — ela concordou. — Não há fantasmas aqui. Perguntei à Sra. Fairfax logo que cheguei.

— Estão vendo? — Rochester se pôs de pé. — Está confirmado. A tempestade fez tudo isso.

Todos ficaram quietos por um momento, para ouvir melhor a tempestade. Lá fora, para além das cortinas, Alexander ouvia o tênue chilrear dos pássaros cantando ao cair da noite.

— Muito bem — disse a Srta. Ingram. — Seja como for, o barulho parece ter acabado. A tempestade deve ter passado.

— Que tempestade rápida — murmurou a Sra. Ingram, olhando para o lodo das plantas no chão.

— Estranho — concordou Branwell/Louis.

— Então... — O Coronel Dent limpou a garganta. — Talvez não haja espíritos aqui. Mas talvez devêssemos convocar um e fazer perguntas a ele.

Imediatamente, Adele encontrou o "tabuleiro falante" (o que hoje em dia chamamos de "tabuleiro Ouija"). Mas, mesmo quando todo o grupo se reuniu em torno de uma mesa para invocar fantasmas, Alexander continuou a observar a Srta. Eyre, e sua mente ainda ecoava a recente conversa que teve com Wellington.

Todos os sinais estavam claros. Jane Eyre era definitivamente um Farol.

CAPÍTULO TREZE
Charlotte

Charlotte aproveitou que o pessoal estava ocupado com o tabuleiro falante para se esconder atrás das cortinas perto de onde Jane estava sentada. Era sua chance de tentar conversar.

— Jane — ela sussurrou com urgência. — Aqui, Jane!

Jane não lhe deu atenção.

— Estou atrás da cortina, Jane — Charlotte sussurrou um pouco mais alto.

Jane coçou o nariz.

— Jane! Jane! — sussurros mais frenéticos de Charlotte.

Nada. De repente, Jane se aprumou como se alguém a tivesse espetado nas costelas. Olhou em volta e viu Charlotte espreitando por trás das pesadas cortinas de veludo. Charlotte acenou para ela, depois se abaixou completamente atrás das cortinas. Logo em seguida, deslizou para o lado da amiga.

— Sou eu! — Charlotte anunciou, depois lembrou que estava disfarçada e abaixou o tom da voz. — Surpresa!

Jane estava mais confusa do que feliz em vê-la ali.

— Eu sabia que era você. Mas o que está fazendo aqui?

— Eu me disfarcei de moça nobre para entrar na casa. — Charlotte deu um rápido abraço na Jane. — E funcionou.

Jane não a abraçou de volta.

— Mas por que você faria isso?

— Para falar com você, Jane.

Jane se afastou.

— Por que quer falar comigo? Você ouviu o que disseram sobre preceptoras.

Charlotte a encarou. Os olhos de Jane estavam frios, e com razão. As senhoras tinham sido muito cruéis com ela minutos antes. E Charlotte tinha até tido certa participação naquilo. A conclusão a encheu de vergonha.

— Foi horrível — disse ela. — Elas nunca deveriam ter falado de você daquela maneira. E eu não deveria ter...

Jane balançou a cabeça.

— Então, o que você quer, Charlotte?

— Bom... — Ela estava tão certa do que ia dizer até aquele momento. — Eu vim por causa daquele trabalho. Na Sociedade.

Jane levantou os braços no ar.

— Ah, pelo amor de Deus! Você ainda está falando daquela oferta ridícula de emprego? Eu já disse...

Charlotte prosseguiu.

— É mais importante do que você imagina, Jane. Eu vim com o Sr. Eshton... Sr. Blackwood. Ele é o agente da Sociedade para a Realocação de Espíritos Instáveis. Ele é...

— Aquele agente! — Jane quase se engasgou, levando a mão na testa como se pensar no Sr. Blackwood lhe fizesse doer a cabeça. — Aquele com o malévolo relógio de bolso! Eu sabia que havia algo de familiar nele.

Charlotte não sabia nada sobre malévolos relógios de bolso, mas Jane estava obcecada por eles.

— O Sr. Blackwood... que aqui é o Sr. Eshton, está desesperado em tê-la como parte da Sociedade, Jane. Acontece que eles estão precisando muito de novos agentes. Veja, a Sociedade está em declínio e é muito urgente que...

Jane balançou a cabeça com firmeza.

— Charlotte, não adianta. Eu nem sei por que eles me querem. Estão enganados.

Charlotte agarrou a mão de Jane.

— Você vê gente morta?

A boca de Jane se fechou tão rápido que quase deu um estalo. Ela olhou bem nos olhos de Charlotte.

— Me diga a verdade — Charlotte implorou. — Somos amigas, não somos?

— Sim — Jane murmurou. — Sim, eu vejo os mortos.

Bolas, Charlotte queria ter seu caderno em mãos ali, naquele momento. Tinha tantas coisas para registrar!

— Não diga a ninguém — disse Jane.

— É por isso que eles querem você, sua boba. É um dom incrível e valioso esse que você tem, Jane. O Sr. Blackwood me instruiu para passar a você a seguinte oferta: se você viesse a Londres conosco, seria empossada como agente da Sociedade e receberia um salário decente. Você poderia negociar o valor exato, mas seria muito mais do que qualquer mulher receberia fazendo qualquer outra coisa. Quando passasse por todo o treinamento necessário, ganharia uma máscara (e elas são confortáveis de verdade, posso lhe dizer por experiência própria) para fazer seu trabalho secretamente, por assim dizer. E você teria um alojamento particular.

Jane a encarou, em silêncio. Por um momento, pareceu que Charlotte tinha conseguido convencê-la. Porque... quem poderia resistir a uma oferta daquelas? A maioria dos empregos não vinha com um apartamento em Londres, muito menos com um uniforme tão elegante.

Mas, de repente, a expressão de Jane ficou, digamos, horrorizada.

— Bom... é verdade que o trabalho implica interagir com fantasmas — prosseguiu Charlotte, porque percebeu que o "fator fantasma" não era atraente para todo mundo —, mas você não teria de falar com eles, só capturá-los e devolvê-los à sede da Sociedade. É isso que o Sr. Blackwood faz. E eu acho muito emocionante, sabe. Você pode viajar pelo país todo.

A boca de Jane se abriu. E depois se fechou. Por fim, ela disse:

— Quero ser apenas uma preceptora.

— Você não quer, Jane. *Ninguém* quer ser apenas uma preceptora.

— Eu quero.

— Não acredito em você. Pense no prestígio que você ganharia trabalhando em uma instituição tão respeitada. Poderia se dar ao luxo de comprar um vestido bonito e sapatos bons. Você viveria em Londres. Pense na comida, Jane. *Pense apenas na comida.*

Jane balançou a cabeça.

— Eu como bem aqui.

— Mas você ganharia um salário! Um salário decente!

— Eu já tenho um salário decente.

— Mas...

— Não, Charlotte. Sinto muito que você tenha tido de viajar até aqui só para isso. Mas a minha resposta continua sendo não. Não quero ter nada a ver com a Sociedade.

— Mas... por quê?

— Porque o negócio deles é prender fantasmas indefesos, fantasmas que não fizeram nada de errado a não ser se expressarem, talvez, com um pouco mais de entusiasmo do que deveriam. Vi com os meus próprios olhos como eles trabalham.

— No Bar Tully? — Charlotte adivinhou. — O que exatamente você viu no Bar Tully?

— O suficiente para entender que a Sociedade é maligna.

— A Sociedade não é maligna. Ora, o meu irmão é um agente!

— Ela é maligna.

— Não é.

— É, sim.

— Não é.

— E se você pudesse comprovar isso por si mesma? — Charlotte mudou de tática. — Venha conosco, inspecione a Sociedade e sua sede, conheça o Duque de Wellington, julgue pelos fatos e não só por um encontro fugaz que você deve ter compreendido mal.

Jane franziu a testa.

— Então você é agente da Sociedade agora?

O queixo de Charlotte se levantou.

— Espero me tornar. Qualquer dia desses. — E tudo dependia da resposta de Jane.

— Mas pensei que você quisesse ser escritora.

— Posso ser as duas coisas — Charlotte prosseguiu. — Você está errada sobre a Sociedade. Eles precisam de você, Jane. Real e verdadeiramente precisam de você. Com que frequência alguém como nós duas pode ser útil de verdade? Você não vai pelo menos dar uma chance a eles?

A boca de Jane estava fechada em uma linha, mas não disse não novamente. Já era alguma coisa.

— Por favor, Jane — acrescentou Charlotte. — Pelo menos diga que vai considerar a oferta. Tire um tempo para pensar. Vamos ficar aqui por mais três dias, eu acho. No fim desses três dias, você pode dar sua resposta final.

— Muito bem. Mas não alimente esperanças. — Jane inclinou a cabeça como se pudesse ouvir algo que Charlotte não ouviu. — Estão procurando por você. É melhor ir.

— Estamos de acordo, então?

Jane apertou a mão dela.

— Sim, estamos de acordo. Daqui a três dias, falo não para você outra vez.

— Talvez você fale sim. — Charlotte saiu de trás da cortina. E pensou em uma última coisa que queria dizer. Voltou para de trás da cortina. — Sinto muito por agora há pouco. Estava com muitas saudades suas.

E saiu antes que Jane lhe respondesse.

* * *

— Ah, aí está você! — disse o Sr. Blackwood quando ela retornou ao grupo. — Estávamos começando a nos preocupar. — Ele se inclinou na direção dela e cochichou. — Então? Falou com a Srta. Eyre?

— Fui dar um breve passeio no jardim, querido primo — disse ela, e então cochichou de volta. — Ela está considerando a oferta. Disse que nos dará uma resposta em três dias.

Tudo bem e tudo certo, muito embora ela não fizesse ideia do que eles fariam para convencer Jane em três dias. A decisão dela já tinha sido tomada de maneira. Charlotte precisava repensar sua abordagem.

— E como foi a sua conversa com os mortos? — perguntou ela, agora sem cochichar, ao Sr. Blackwood.

Ele piscou os olhos por alguns segundos antes de perceber que ela estava se referindo ao tabuleiro falante.

— Ah, foi muito interessante! Como homem da ciência, considero improvável a noção de comungar com os falecidos. Mas é uma ideia divertida, para dizer o mínimo.

— O senhor está desempenhando muito bem esse papel — sussurrou ela.

Um sorriso suavizou os lábios dele.

— Obrigado — cochichou ele de volta. — A senhorita também não está nada mal.

Ela sentiu o rosto corar e, por um momento, ficou sem saber o que dizer, o que não lhe era comum. Então, se lembrou de que tinha a tarefa de reportar a conversa que teve com Jane.

— Ela também disse algo sobre um "relógio de bolso malévolo".

Ele ficou intrigado.

— Um reló...? Ah, o talismã! Do Bar Tully. Conto a respeito mais tarde.

— Ah, estou muito ansiosa para saber o que aconteceu no Bar Tully! — exclamou Charlotte.

Uma gargalhada alta, que soou um tanto falsa, se fez ouvir do outro lado da sala. Charlotte e o Sr. Blackwood se viraram e viram a Srta. Ingram praticamente arqueada sobre o ombro do Sr. Rochester. Em seguida, viram Bran tropeçar na borda do tapete e molhar o rosto com a própria taça de ponche. Quase todos na sala riram do pobre irmãozinho dela. Mas o Sr. Blackwood não riu e Charlotte era grata por isso. Ele ainda estava encarando o Sr. Rochester com as sobrancelhas bem juntas.

— Há algo de muito estranho naquele homem — disse ele, quase que para si mesmo.

— O que o senhor quer dizer?

Ele se voltou para ela.

— Nada. É apenas uma impressão. Então, me fale mais sobre a sua conversa com a Srta. Eyre. Ela ao menos pareceu mais receptiva à ideia de se juntar a nós?

Ele disse *nós*. Ela deu um pequeno suspiro. *Nós*, como em "parte de um coletivo". Como se Charlotte já fosse um membro da Sociedade.

— Bem... não — ela admitiu olhando para o chão. — Eu disse que haveria um salário, a máscara, um alojamento próprio, mas Jane não se impressionou. Ela ficou... — Charlotte parou. Como Jane ficou? Diferente, de alguma forma. Algo tinha mudado nela nessas poucas semanas longe de Lowood. Como se tivesse se transformado de menina em mulher no espaço de um mês. Além disso, não estava mais tão magra nem tão sem graça; tinha mais confiança, mais maturidade. Entre outras coisas, tinha uma espécie de brilho.

As bochechas dela estavam mais rosadas, Charlotte percebeu. Jane estava *feliz* ali em Thornfield Hall.

Mas por quê? Charlotte concordava com o Sr. Blackwood que havia algo de errado com o dono da casa. Ele era assustador, sem dúvida. E tinha ficado parado, sem dizer nada, mesmo sendo a única pessoa que poderia ter impedido aquelas mulheres de atacar Jane. Certamente, ele e a Srta. Ingram se mereciam. A menina, Adele, era bonitinha e tudo mais, mas não era encantadora. Quanto a Jane, todos ao seu redor pareciam tratá-la com aquele leve desdém reservado aos serviçais, quando não com absoluto desprezo. Charlotte pensou, com certa culpa, em seu envolvimento na zombaria com Jane mais cedo. Como Jane poderia estar feliz ali?

Era mais um mistério em torno de Jane Eyre. Charlotte não sabia se conseguiria lidar com mais mistérios. Seu romance já estava se tornando tão complicado com a forma como tudo vinha acontecendo, com fantasmas e tudo mais.

— E Helen estava com ela? — perguntou o Sr. Blackwood.

Charlotte piscou.

— Helen?

— A amiga fantasma dela.

— A o *quê*?

O Sr. Blackwood acenou com a cabeça.

— Ah, a senhorita não sabia! Claro, não tinha como saber. Não consegue vê-la. Nas duas vezes em que a vi aqui, a Srta. Eyre estava acompanhada do fantasma de uma jovem de talvez 13 ou 14 anos. Cabelo dourado, vestido branco.

Charlotte soube na mesma hora de quem ele estava falando. Era a moça nos quadros de Jane. Ela era real. Era um fantasma. Charlotte sentiu uma série de solavancos dolorosos por dentro, primeiro pela forma como o Sr. Blackwood dissera "Você não consegue vê-la", e depois pela ideia de Jane ter um fantasma como amiga — um fantasma real, em carne e osso, ou melhor, *não em carne e osso, mas real* — em Lowood, e Jane nunca ter contado isso para ela.

— A senhorita está se sentindo mal? — perguntou o Sr. Blackwood, olhando para o rosto de Charlotte, que empalideceu rapidamente.

— Helen? — Charlotte mal conseguiu pronunciar. — O senhor disse que o nome do fantasma é Helen?

— Sim... — O Sr. Blackwood limpou a garganta como se referir-se a uma jovem apenas pelo primeiro nome o machucasse fisicamente. — Foi assim que Srta. Eyre a chamou. Não deu um sobrenome.

— Burns — Charlotte murmurou. Ela não tinha conhecido Helen Burns. A menina tinha sucumbido à doença do cemitério antes de as irmãs Brontë chegarem a Lowood. Mas as outras alunas falavam com frequência e com carinho de Helen Burns. Diziam que era a garota mais inteligente, mais bonita, mais bondosa e mais correta de todos os tempos daquela escola. Existia até um dito a respeito de Helen, usado toda vez que alguém fazia algum tipo de bobagem. Como era mesmo? Ah, sim: *Nem todas podemos ser Helen Burns, sabe.*

A mente de Charlotte ficou acelerada. Ela foi juntando todas as informações rapidamente: era Helen Burns a amiga — e não Charlotte, afinal — que Jane não queria deixar para trás em Lowood. Era com Helen Burns que Jane estava conversando quando Charlotte a acompanhou para fora de Lowood em seu último dia. Era com Helen que ela estava conversando todas as vezes em que parecia falar sozinha. E Charlotte pensava que era a única amiga de Jane — mas a verdade é que Jane tinha outra amiga. Mais bonita. Uma melhor amiga.

— A Srta. Burns foi o espírito que se revelou na sala de estar mais cedo — disse o Sr. Blackwood, enquanto o coração de Charlotte se partia em silêncio. — Foi ela quem quebrou o vaso e fez aquela loucura com as flores. Ao observar a interação da Srta. Eyre com a Srta. Burns, fiquei bastante convencido de que a Srta. Eyre é realmente um Farol.

Charlotte passou brevemente a manga do vestido nos olhos e olhou para cima.

— Um "Farol"? Mas Jane não era uma vidente?

O Sr. Blackwood explicou a Charlotte, então, sobre a natureza dos

Faróis. Normalmente, Charlotte teria considerado o tema fascinante —
uma pessoa que podia atrair e comandar espíritos; que excitante! —, mas
o máximo que ela conseguiu dar como resposta naquele momento foi um
aceno de cabeça e um sorriso amarelo.

Charlotte queria estar feliz pela amiga. Queria mesmo. Queria achar
maravilhoso Jane ser mais do que apenas uma vidente. Jane era rara. Jane
era especial. Jane possuía habilidades poderosas e místicas relacionadas
ao mundo espiritual. Jane seria tão útil para a Sociedade. Poderia corrigir
todos os problemas, como bem explicou o Sr. Blackwood, que estavam
acontecendo por lá. O trabalho do Sr. Blackwood seria salvo. E o de Bran.
E se Jane apenas concordasse em ser uma agente (como poderia recusar,
considerando que Charlotte lhe dissera o quão importante ela era?), então
o Sr. Blackwood e Jane continuariam em seus importantes deveres como os
agentes mais importantes da Sociedade, Jane e Alexander juntos, Alexander
e Jane, corrigindo os erros do mundo.

Charlotte nunca tinha se sentido tão desnecessária.

CAPÍTULO QUATORZE

Jane

Jane (totalmente alheia à angústia que estava causando em Charlotte) estava no jardim, pintando. Helen estava de pé, bem sem jeito, junto a um riacho, posando com os braços entrelaçados e as palmas das mãos voltadas para cima, como se estivesse esperando que uma borboleta pousasse nelas com toda a suavidade que lhes confere.

— Você nunca me pediu para posar antes — disse Helen, tentando não mover os lábios.

Helen tinha razão. Jane tinha lhe pedido para posar e ficar bem quieta, para que ela parasse de falar sobre o, entre aspas, "comportamento estranho" do Sr. Rochester e sobre a revelação de Charlotte de que Alexander Black... Esht... quem quer que fosse, estava em Thornfield Hall para tentar recrutá-la para a Sociedade. Jane tinha vivido uma vida bem entediante até aquele ponto — uma vida na qual a coisa mais excitante tinha sido tentar não morrer da doença do cemitério. Mas agora a excitação estava um pouco exagerada.

— Fique quieta, amiga — disse Jane, mal contendo a tensão em suas palavras. — Falar prejudica as suas linhas de... graça — explicou. "Linhas de graça"? Jane nem sabia o que isso significava. — É uma técnica nova que estou praticando.

Jane acordou cedo naquela manhã para colocar seus sentimentos na tela. Adele ainda estava dormindo, tinha ficado acordada até muito tarde, e Jane não estava com disposição para conversar com Charlotte novamente, então, pegou seu cavalete, sua tela e seus pincéis e partiu assim que o sol começou a nascer.

— Você não está animada por Charlotte estar aqui? — perguntou Helen.

O pincel de Jane tremeu, conferindo um imenso bigode à andorinha que ela estava pintando.

— Silêncio, por favor, querida. Caso contrário, você vai estragar tudo.

Helen não notou a irritação de Jane porque algo chamou a atenção dela. A própria Jane, então, se virou e viu o Sr. Rochester cavalgando para longe da casa e em direção a ela. Jane o observou se aproximando cada vez mais, seu cabelo cada vez mais esvoaçante e a cauda de sua jaqueta de montaria ondulando atrás dele enquanto galopava. Ela esperou que ele seguisse pela estrada que o levaria à cidade, mas não foi o que ele fez. Foi direto ao seu encontro. Ela estendeu a mão para domar uma mecha do cabelo desgrenhado.

— Jane Eyre — disse ele. — O que a senhorita está fazendo?

— Pintando, senhor. — Ela fez um gesto mostrando o riacho. Ao olhar para a pintura, se encolheu. Sua mente devia estar ocupada demais com qualquer outra coisa, porque aquela era a pior pintura que já tinha produzido. Mesmo antes da bagunça escura que tinha rabiscado no meio da tela, o quadro estava repleto de pinceladas duras e texturas atravessadas, uma borboleta que mais parecia uma centopeia voadora e raios de sol que prometiam destruição a quem quer que se aproximasse deles.

O Sr. Rochester olhou para a obra de arte com uma sobrancelha levantada.

— É um tanto... elegante.

Jane levantou o nariz.

— É apenas um aquecimento.

— Ah...

Uma leve brisa soprou entre eles, enquanto ambos ficaram em silêncio. Rochester olhou à sua volta.

— Thornfield é um lugar lindo no verão, não é?

— Sim, senhor.

— As pessoas chegam aos lugares, se instalam, mas logo desejam partir. A senhorita se sente assim, Srta. Eyre?

Jane se perguntou se ele tinha alguma ideia de que o Sr. Blackwood estava lá para recrutá-la para a Sociedade.

— Não. — Jane fez menção de acrescentar que estava particularmente relutante em deixá-lo, mas isso forçaria demais os limites da decência. Teria rompido qualquer limite. Ou, mais precisamente, teria posto fogo nos limites e os reduzido a cinzas no chão.

O Sr. Rochester inclinou a cabeça.

— Então, adeus por ora, Srta. Eyre. Voltarei em breve. Mas me prometa que estará presente no salão esta tarde com o restante dos convidados.

Jane assentiu com a cabeça.

Ele pôs a mão no coração de uma maneira tão sutil que Jane não sabia se era um movimento inocente ou um gesto deliberado. Quis acreditar que era o segundo caso.

O Sr. Rochester e seu cavalo galoparam para longe na estrada.

— Estranho que o dono da casa se ausente mais uma vez. Para onde ele está indo? — disse Helen. — Justo em um dia em que tem convidados? *Quem* faria isso?

Jane a ignorou. Enquanto observava o Sr. Rochester desaparecer pelo caminho, ela também pôs a mão no coração.

* * *

Jane cumpriu a promessa que fez ao Sr. Rochester e se sentou no salão com os outros convidados para o chá da tarde. Blanche Ingram se sentou perto do fogo e passou a atirar olhares desagradáveis na direção de Jane, seguidos de comentários sussurrados para sua mãe. Ela provavelmente estava falando de seu desprezo pela presença de empregados, a julgar pelos olhares desconfortáveis de Charlotte para Jane. Por parte de Jane, ela estava mais preocupada com o quão elegante uma senhorita podia parecer mesmo sendo tão desagradável. E é claro que o Sr. Rochester preferiria alguém tão elegante como esposa.

Jane se perguntava se a Srta. Ingram também tinha recebido um adeus particular do Sr. Rochester mais cedo. Será que ele colocou a mão no coração enquanto se despedia dela? Será que ele fez algo mais?

O Sr. Blackwood também ficou olhando para Jane e parecia nervoso. Sem dúvida, ele queria muito falar com ela a respeito daquela propostazinha idiota da Sociedade, mas era impedido pelas regras pré-vitorianas que ditavam sobre nobres falando com a criadagem.

O chá tinha acabado de ser servido quando uma batida forte ressoou na entrada principal do casarão. Logo em seguida, a porta do salão se abriu.

Jane ficou de pé no mesmo instante, esperando ver o Sr. Rochester. Em vez dele, um homem robusto entrou correndo, seguido por um criado que ofegava com dificuldade e tentava acompanhá-lo. Jane sentou-se novamente.

— O Sr. Mason — anunciou o criado.

O recém-chegado Sr. Mason fez uma pausa momentânea, olhando pela sala como se estivesse procurando alguém. Em seguida, se recompôs e fez uma reverência.

— Um bom-dia a todos — disse ele. — Estou aqui para ver o Sr. Rochester.

O grupo todo ficou de pé, curvando-se e fazendo uma reverência, e então a Srta. Ingram deu um passo à frente.

— O Sr. Rochester está fora, cuidando de negócios, mas voltará esta noite. Por favor, sente-se.

Jane achou que parecia um tanto presunçoso da Srta. Ingram assumir a tarefa de dar as boas-vindas.

Quando os convidados e o Sr. Mason se instalaram, e as devidas apresentações foram feitas, Lady Ingram falou.

— Diga-nos, Sr. Mason, como o senhor conhece o Sr. Rochester?

O Sr. Mason pareceu desconfortável com a pergunta.

— Nós... viajamos juntos.

— Oh, que emocionante! — disse Blanche Ingram.

Helen olhou de relance para Jane.

— Mas *por que* seria...?

Jane deu de ombros.

— E para onde os senhores viajaram? — disse Lady Ingram.

— Por uns lados e outros. Por aí — o Sr. Mason pigarreou.

— "Oh, que emocionante!" — disse Helen.

— Sr. Mason, o senhor está de fato aguçando nossa curiosidade — disse a Srta. Ingram. — Precisa nos dizer mais.

— O que a senhorita gostaria de saber, Srta. Ingram?

A Srta. Ingram apertou as mãos.

— Por qual razão o senhor está visitando o Sr. Rochester? O que o traz aqui?

O Sr. Mason franziu a testa.

— Estou aqui pelo... clima. — E assim que ele disse isso, uma trovoada sacudiu as janelas. — O clima apropriado para a caça.

— Ah — disse Lady Ingram.

Todos pareciam muito intrigados. O Sr. Mason ficou ainda mais desconfortável e passou a focar o olhar na entrada da sala, ansioso pelo retorno do Sr. Rochester. Quase tão ansioso quanto Blanche Ingram. Quase tão ansioso quanto Jane.

E havia ainda Charlotte e o Sr. Blackwood, que continuavam encarando Jane. Eles também estavam ansiosos para falar com ela, mas não lhes era dada nenhuma oportunidade.

Assim, se considerarmos a Srta. Ingram e Jane e o Sr. Mason e o Sr. Blackwood e Charlotte, a sala toda estava... bem ansiosa.

CAPÍTULO QUINZE

Alexander

Era uma noite escura e tempestuosa.

Depois que todos foram dormir, Alexander escreveu uma carta para Wellington. Escreveu à luz de uma única vela, fazendo o mínimo barulho possível ao arranhar o papel com o metal. Na cama que ficava perto da porta, Branwell estava apagado. Alexander não queria acordá-lo, pois as coisas eram geralmente mais seguras quando Branwell estava dormindo.

A carta dizia o seguinte:

> *Prezado Senhor,*
> *Rastreei a Srta. Eyre até uma propriedade chamada Thornfield Hall. Tendo visto ela comandar os mortos em várias ocasiões, estou mais convencido do que nunca de que ela é um Farol.*
> *Embora eu esteja confiante de que ela será persuadida a se juntar a nós, gostaria de oferecer a ela um salário de cinco mil libras por ano. Percebo que é uma quantia um tanto exorbitante, mas sendo ela um Farol, acredito que a despesa valeria a pena.*
> *Seu fiel empregado,*
> *A. Black*

Assim que a tinta secou, ele prendeu a carta em um dos pombos-correio da Sociedade e abriu a janela. O pássaro partiu, e Alexander tentou dormir.

Mas os roncos de Branwell impediram que o sono chegasse até ele, então, Alexander ficou deitado na cama repassando cada momento do dia.

Rochester permanecia ausente de Thornfield, o que fazia sentido, dada a tempestade, mas... por que ele tinha abandonado seus convidados para começo de conversa? Algo ainda o perturbava a respeito daquele homem.

Alexander seguia procurando, em meio a suas lembranças mais antigas, fragmentos da sua infância, de antes que a explosão matasse seu pai.

Ele se lembrava de passear com o pai à margem do rio Tâmisa. O pai mostrava para ele as lojas em que tinha levado a mãe de Alexander antes de ela sucumbir à doença do cemitério. Depois, se lembrou de ir com o pai a Westminster, que pairava sobre a água com suas torres e arcos e sinos. Seu pai conhecia todos na cidade, ao que parecia, desde os comerciantes, cujos barcos iam e vinham na correnteza, até os meninos que vendiam jornais em cada esquina. Quando a multidão crescia e Alexander não conseguia mais enxergar por cima da cabeça dos adultos, o pai o colocava sobre os ombros. Empoleirado lá em cima, Alexander se sentia tão grande, alto e seguro. Quando a brisa atravessava seu cabelo, perfumada com os odores de fumaça e pessoas e lixo no rio, Alexander imaginava que estava voando.

Ele também se lembrava de ter ido a Westminster para ver Wellington, que afagou sua cabeça, e de ter passado por um escritório onde trabalhava um dos amigos de seu pai. Era Rochester, ele tinha certeza. O homem era mais jovem na época, com menos linhas de expressão em torno dos olhos e da boca, e tinha sido afável e generoso com o pequeno Alexander, oferecendo-lhe um doce e divertindo-o ao falar algo em francês.

Agora seu pai estava morto. Tinha partido.

Nem todas as pessoas se tornavam fantasmas, é claro. E era melhor, não era, quando um espírito conseguia ir adiante e encontrar a paz? Mas, ainda assim, uma dor morava dentro de Alexander. Ele tinha procurado o fantasma do pai no início, convencido de que deveria estar por ali em algum lugar, apenas esperando que Alexander o encontrasse. Mas, gradualmente, teve de enxergar a realidade. O pai tinha ido embora. Para sempre, parecia. Permanecia apenas na memória e no desejo de Alexander de vingar o assassinato dele.

— Um dia... — sussurrou Alexander em meio à noite. — Eu prometo.

O ronco de Branwell estava piorando, rivalizava com os trovões lá fora. Não conseguiria dormir.

Cansado, Alexander pegou seu roupão e saiu do quarto. Por um tempo, vagueou pela casa labiríntica, pelos corredores iluminados por velas, deixando seus pés levá-lo para onde quisessem. Tinha retomado aquelas lembranças, a sensação de ser colocado no alto, sobre os ombros do pai, bem acima do mundo e de todos que nele habitavam.

Estava pensando muito no pai desde que chegou a Thornfield Hall — desde o momento em que percebeu que Rochester tinha sido amigo do pai.

— O que o senhor está fazendo aqui fora? — A voz vinha da figura translúcida da Srta. Burns, que flutuava em sua direção do extremo oposto do corredor.

Alexander olhou ao redor antes de responder; eles estavam sozinhos.

— Não consegui dormir.

— Nem eu.

Eles olharam um para o outro; chegaram a algum tipo de impasse depois daquela breve interlocução.

— Bem... — Ele limpou a garganta. — Suponho que devo deixá-la voltar a assombrar os corredores.

— O senhor vai me prender em um relógio de bolso?

Ele franziu a testa.

— Não. Por que a senhorita pensaria está dizendo isso?

— Jane está preocupada que o senhor vá fazer isso. Ela não confia no senhor nem em seu relógio de bolso, e eu concordo com ela.

— Então, não há nada com que se preocupar. Não estou aqui para realocá-la, mas sim para oferecer um emprego à Srta. Eyre.

Talvez, sabendo daquilo, a Srta. Eyre mudasse de ideia. (E Alexander guardaria segredo sobre o incidente de antes, a explosão das flores.)

— É bom saber.

— A senhorita vai dizer isso para ela? — ele perguntou.

— Não tenho de fazer nada do que o senhor diz. O senhor não é meu chefe.

— E é por isso que eu elaborei a frase como uma pergunta, Srta. Burns.

Ela bateu o dedo no queixo.

— Talvez eu diga a ela. Se o assunto vier à tona novamente.

Ela flutuou para longe. Na direção que ele precisava ir.

Prezado leitor, sabe aquela sensação de quando você se despede de alguém e depois caminha na mesma direção da pessoa, mas já se despediram e aí a situação fica muito embaraçosa?

Alexander estava desesperado para evitar essa sensação. Então, se virou e tomou um rumo diferente.

Assim que se virou, viu outra pessoa. No sentido da ala leste, um homem totalmente vestido com um terno cinza escuro tentava girar uma maçaneta, mas a porta estava trancada. O homem olhou por cima do ombro, depois tirou algo do bolso. Algo como uma chave mestra brilhou sob a luz das velas só por um instante antes que ele se atrapalhasse e o pedaço de metal caísse no chão.

Enquanto o homem se apressava em encontrar o objeto caído, Alexander deu um largo passo à frente.

— Boa noite — disse ele. — Sr. Mason.

O homem se assustou e se levantou.

— Oh! Sr. Eshton, certo? Não o vi aí.

— Não conseguiu dormir? — Alexander apontou em direção aos trajes diurnos que o outro homem usava.

— O quê? Ah, sim! Eu sou meio que uma criatura noturna. — Ele deu um passo para o lado, como se bloqueasse a porta que estava tentando abrir, sem conseguir. — E quanto ao senhor? Parece preocupado, desculpe-me a indiscrição.

O Sr. Mason estava se comportando de maneira suspeitíssima, mas Alexander não tinha se tornado o agente-estrela da Sociedade mostrando seu jogo. Deixou o Sr. Mason continuar acreditando que não tinha sido pego tentando invadir a ala leste.

— Eu estava ponderando como é estranho o Sr. Rochester partir poucos dias depois de receber convidados em sua casa.

— É realmente muito estranho — concordou o Sr. Mason.

— O senhor o conhece há muito tempo, presumo. — Alexander enfiou as mãos nos bolsos. — Ele sempre foi assim?

O Sr. Mason hesitou.

— Já faz algum tempo que não o vejo, devo admitir, mas me lembro de ele ser mais... hum... atencioso no passado.

— E por que o senhor esteve afastado por tanto tempo?

O Sr. Mason mudou de posição, estava desconfortável.

— Por... n-n-nada em particular. Quero dizer, há anos me foi pedido um favor e já faz tanto tempo...

Alexander esperou que ele terminasse.

— É um assunto de família. Eu não deveria dizer nada.

Que intrigante! Alexander queria anotar tudo aquilo em seu caderno.

— Não se preocupe, senhor. — Alexander forçou um sorriso. — É melhor eu ir me deitar. Boa noite, Sr. Mason.

Quando Alexander voltou para o quarto, um pombo-correio molhado o esperava no parapeito da janela. As penas dele estavam chamuscadas por um raio e o bilhete estava preso ao redor de um tornozelo. Aparentemente, ainda estava chovendo. Ele tirou o bilhete com cuidado e ofereceu um pouco de pão ao pássaro. Logo depois, o pássaro voou de volta para a tempestade. (Aqueles pássaros da Sociedade eram um tanto quanto durões.)

Os roncos de Branwell encheram a sala. Ele dormia tão profundamente que nem se mexeu quando Alexander riscou um fósforo e acendeu uma vela.

O bilhete dizia:

Volte para Londres imediatamente.

Que estranho! Mais do que ninguém, Wellington sabia da importância de ter um Farol na Sociedade. E, além disso, Alexander ainda tinha dois dias para convencer a Srta. Eyre.

Não, Wellington não deve ter entendido o bilhete. (E nem importava que isso nunca tivesse acontecido antes.) Wellington deve ter ignorado a parte em que Alexander confirmava que ela era um Farol.

Talvez aquela fosse a primeira vez que Alexander desobedeceria deliberadamente às ordens de Wellington, mas *talvez* tenha sido também a primeira vez que Wellington tinha se enganado feio.

Alexander não deixaria Thornfield Hall sem Jane Eyre.

CAPÍTULO DEZESSEIS
Charlotte

— Cinco mil libras! — Charlotte olhou fixamente para o Sr. Blackwood, com a boca aberta e em estado de choque. — Mas espere! E o que a assistente da Jane faria?

Cinco mil libras era uma quantia enorme. Era difícil de saber o que Jane faria com tanto dinheiro. Charlotte só viu Jane gastar dinheiro com materiais de pintura, mas tendo cinco mil libras por ano, Jane poderia, praticamente, comprar o Louvre!

Ela inclinou a cabeça.

— O senhor não disse que a Sociedade estava passando por dificuldades financeiras?

Blackwood assentiu com a cabeça.

— É, achava que sim.

— Mas o Duque de Wellington aprovou oferecer a Jane cinco mil libras por ano?

O Sr. Blackwood coçou a nuca e olhou para longe. Eles tinham escapulido para o jardim antes do café da manhã, a fim de discutir os planos para o recrutamento de Jane. Um dia já havia se passado desde a oferta inicial que Charlotte tinha feito a Jane atrás das cortinas da sala de estar. Isso significava que eles ainda tinham que esperar dois dias para Jane dar a resposta final.

Mas Charlotte achava que só precisaria daquele dia. Ninguém recusaria uma oferta de cinco mil libras por ano.

— Bem... — O Sr. Blackwood estava sem palavras, o que não era típico dele. — Bem... sobre o dinheiro, vamos atravessar essa ponte quando chegarmos lá.

— Mas, Sr. Black...?

— Essa conversa sobre dinheiro é um tanto inapropriada, a senhorita não acha?

Inapropriada? Ela franziu a testa. A última coisa que ela queria era ser inapropriada, mas como eles discutiriam os planos para Jane sem discutir...

— Então, como a senhorita pretende se aproximar da Srta. Eyre desta vez? — perguntou ele. — Há planos de irmos a um piquenique mais tarde. Talvez possamos encontrar uma razão para trazer Adele junto. E assim, também, a Srta. Eyre.

— Em vez de ir ao piquenique, pensei em ficar em casa — disse Charlotte. — Poderia dizer que estou com dor de cabeça ou me sentindo mal.

— Sim, faça isso — disse o Sr. Blackwood sem entusiasmo. — Isso é bom.

Ao ouvir a resposta dele, com uma voz tão chocha, ela levantou os óculos para observá-lo melhor. Havia um pequeno corte em seu queixo, que ele deveria ter feito ao se barbear, e olheiras. Sua expressão estava cansada e pensativa.

— O senhor está bem? — perguntou ela.

Ele não respondeu.

— Sr. Blackwood?

Ele tentou abrir um sorriso.

— Estou bem. Tive dificuldade para dormir ontem à noite, só isso.

— A tempestade estava bastante forte.

— Sim.

Ela sabia que havia algo mais na mente dele do que a falta de sono.

— O Sr. Rochester ainda não voltou? — perguntou ela.

O sorriso dele se desvaneceu.

— Não.

— Isso é estranho, não acha?

— Bastante.

Tudo ficou quieto por um momento. O Sr. Blackwood franza a testa, mergulhado profundamente em seus pensamentos, e Charlotte o observava. Então ela perdeu a paciência e deixou sair a pergunta.

— O que o senhor sabe sobre o Sr. Rochester que não me contou?

O olhar dele se desviou para o rosto dela.

— O quê?

— Desde que chegamos aqui, parece que o senhor está incomodado com algo. Ou com alguém. Com o Sr. Rochester, eu acho. O senhor sempre o encara quando ele está presente na sala com uma expressão de... — Ela parou de falar e desviou o olhar, subitamente envergonhada por ter revelado que prestava atenção nele. — Está claro que o senhor tem um interesse maior pelo Sr. Rochester. Por que isso?

— Eu... — O Sr. Blackwood ficou surpreendido com a aspereza da pergunta. Então, suspirou e disse: — Creio que o Sr. Rochester era um amigo do meu pai.

— Era?

— É que o meu pai já faleceu. — Ele inclinou a cabeça e olhou para baixo como se os seus pés o intrigassem.

— Sinto muito — ela disse. — Quando foi isso?

— Há quatorze anos — disse ele. — Eu era só um menino quando aconteceu, mas...

Ela se viu tentada a pousar a mão no ombro dele, mas as pessoas que estavam caminhando pelo jardim teriam achado aquele gesto inapropriado, mesmo entre supostos primos. Então, em vez disso, ela lhe ofereceu um sorriso simpático.

— Conheço um pouco essa sensação de perder um dos pais. Minha mãe morreu quando eu tinha mais ou menos a mesma idade. Eu era tão jovem que mal me lembro dela, só guardo algumas imagens.

Ela se lembrava de uma vez quando tinha tido febre. Da frieza da mão de sua mãe contra o seu rosto e de como tinha sido reconfortante aquele único toque.

Ela levantou os olhos de novo para o Sr. Blackwood. Ele a estava encarando com aqueles olhos castanhos. Ela sentiu as bochechas esquentarem.

— Bem, de qualquer forma... — ela continuou. — Então, o Sr. Rochester conhecia o seu pai?

— Eles eram melhores amigos, eu acho. As lembranças estão vindo a mim cada vez mais nítidas. — O Sr. Blackwood arfou. — Consegui até me lembrar de jantares aqui, nesta mesma casa. O Sr. Rochester e sua... — Ele fez uma pausa. — Sua esposa. Ele tinha uma esposa. Eu a achava muito bonita.

— Ela deve ter...

— Sim, ela deve ter morrido — disse o Sr. Blackwood. — É uma pena.

— E agora ele vai se casar com a Srta. Ingram, o que é uma pena ainda maior — acrescentou Charlotte. — Considerando que ela é um ser humano tão insuportável.

O Sr. Blackwood deu uma risada inesperada. Charlotte também riu. Depois eles sorriram um para o outro, quebrando o clima sombrio que tinha se formado.

— Então o senhor pretende dizer ao Sr. Rochester que é filho do seu pai? — perguntou Charlotte.

O Sr. Blackwood assentiu com a cabeça.

— Pensei que ele fosse me reconhecer. Sei que parece absurdo, mas sou a cara do meu pai.

— Mas se o senhor contasse ao Sr. Rochester sobre essa conexão, isso revelaria que o senhor não é, de fato, o Sr. Eshton — Charlotte concluiu. — Então foi sorte ele não o reconhecer.

— Sim — ele concordou. — Foi sorte.

Ela estava prestes a dizer outras coisas, mas Bran apareceu à sua frente como um cachorrinho feliz.

— Vamos fazer um piquenique! — disse ele, entusiasmado. — Eu adoro piqueniques!

O Sr. Blackwood e Charlotte trocaram olhares sorridentes.

Charlotte sorriu e disse:

— Acho que sinto uma dor de cabeça vindo...

* * *

Após todos terem partido, Charlotte procurou Jane e a encontrou na biblioteca, onde Adele estava conjugando verbos irregulares.

— Oh, olá, Charlotte. — Jane suspirou quando olhou para cima e viu Charlotte de pé diante dela.

— Você tem um minuto? — perguntou Charlotte. — Para conversar?

Jane suspirou novamente.

— Acho que sim.

Elas foram para um canto onde não seriam ouvidas. Charlotte endireitou os ombros e respirou fundo.

— Eu preferiria mesmo que você não se incomodasse — disse Jane antes que ela começasse a falar. — Nada mudou desde a última vez em que nos falamos.

— Ah, mas mudou! — disse Charlotte. — Jane, você não vai acreditar nisso, mas a Sociedade está disposta a lhe oferecer cinco mil libras por ano para se tornar uma agente.

Jane apenas olhou para ela.

— Você me ouviu? — perguntou Charlotte. — Você ouviu eu dizer cinco mil libras?

— Sim — disse Jane com uma voz baixa e embargada. — Mas por quê?

— Você se lembra da Sarah Curshaw, lá de Lowood?

— Aquela dos olhos verdes?

— Sim. E de como ela entrou naquela igreja naquele dia aleatório e conheceu o Sr. Bourret, que foi cativado tão imediatamente por Sarah e seus olhos verdes e simplesmente teve de se casar com ela? Foi o maior escândalo, porque a família de Sarah não tinha um tostão, e o Sr. Bourret ganhava quatro mil libras por ano.

Jane parecia cansada.

— O que você quer dizer, Charlotte?

— Se você se tornasse agente, seria mais rica do que a Sarah Curshaw, a garota mais rica que nós já conhecemos. Estaria bem-arranjada para a vida inteira.

— Eu não entendo — disse Jane. — Por que eles estariam dispostos a me pagar tal quantia?

— Porque você é especial, Jane — respondeu Charlotte, tentando abafar a facada de ciúmes que sentia no peito só por dizer aquilo. — Você é o que eles chamam de Farol. Você pode...

Jane ergueu a mão.

— Pare. Não fale mais, Charlotte. Não quero ouvir mais nada.

— Mas...

— Eu não sou nada especial — disse Jane. — Sou só uma garota. Vejo fantasmas, sim, mas isso só me trouxe problemas!

— Mas, Jane, se você apenas...

— Não. Não preciso nem de mais um minuto para dar minha resposta final. Não. Não, não. Vá embora, Charlotte! Pare de jogar esse joguinho.

Charlotte sentiu o calor tomar seu rosto.

— Você é uma garota egoísta, Jane Eyre. Foi dada a você uma oportunidade que alguns de nós... não exatamente mataria para ter, mas desejaria muito ter e estaria disposto a trabalhar duro para alcançá-la. Essa oportunidade *milagrosa* lhe é oferecida, assim, de mão beijada, mas você torce o nariz. Está jogando tudo fora, Jane! Você é uma tola!

Fez-se um momento de silêncio retumbante. Então Jane disse, tomando fôlego:

— Sinto muito. Não quis dizer isso. Você sabe que eu não quis dizer isso. Você não é um problema.

Charlotte pensou que Jane estivesse tentando se redimir, mas percebeu que não estava falando com ela. Estava falando com Helen.

— Ela está aqui agora mesmo, não está? — perguntou ela. — Helen Burns?

Os olhos de Jane tremeluziram de surpresa.

— Como você sabe?

— O Sr. Blackwood consegue vê-la. Ele não está aqui para realocá-la — Charlotte acrescentou rapidamente, ao ver o rosto de Jane se encher de preocupação. — Gostaria que você mesma tivesse me falado a respeito de tudo isso. Pensei... pensei que fôssemos amigas.

— Nós somos — disse Jane.

— Então me diga a verdadeira razão para você não aceitar a oferta da Sociedade.

Jane mordeu o lábio.

— Não tem nenhuma "verdadeira razão". Eu me contento em ficar aqui em Thornfield Hall.

— Mas por quê?

— Aqui é quente, tão quente que meus dedos dos pés ficam confortáveis e chamuscados todas as noites, nunca mais tive frieiras... A comida é muito boa e estou me afeiçoando muito à minha pequena aluna... e também, bem, tem... — Jane suspirou. — O Sr. Rochester.

— Rochester?

— O Sr. Rochester é um homem bom e decente. Ele tem sido tão gentil comigo. Ele não tem uma beleza clássica, eu sei, mas ele é alto e moreno, pelo menos. E tem algo de tão lindo naquele jeito sério dele. Aquela cara amarrada é sempre tão... atraente. E, às vezes, quando conversamos, sinto que ele é a única pessoa que realmente me entende. É como se a minha alma comungasse com a dele. É como se ele...

— Ah, caramba! Você está apaixonadinha pelo Rochester — observou Charlotte. E, de repente, tudo fez muito mais sentido.

O rosto de Jane estava corado.

— Não. É claro que não estou apaixonada pelo Sr. Rochester. Isso seria totalmente inapropriado. Ele é o meu patrão. Ele é... — Charlotte ficou olhando fixamente para ela. — É assim tão óbvio?

— Jane... — começou Charlotte.

— Eu sei que ele é um pouco mais velho do que eu. Mas isso só o faz mais sábio, não acha?

— Ah, Jane...

Aquele era um desdobramento angustiante. Charlotte poderia argumentar contra a baixa autoestima de Jane, contra seu preconceito injusto em relação à Sociedade, contra sua relutância em se ver como alguém respeitável ou rica. Mas, se Jane estava apaixonada, bem, era o fim. Ela não iria a Londres com eles nem se juntaria à Sociedade.

O amor ultrapassava tudo na vida de uma mulher. Era maior do que a ambição. Do que o respeito. Do que o bom senso. Conforme ambas aprenderam, o amor estava acima de tudo.

— Então você está apaixonada por Rochester — disse Charlotte com um pequeno suspiro. — Quando isso aconteceu? Como isso aconteceu?

Jane balançou a cabeça.

— Eu não sei. Ele me levou a amá-lo sem nem mesmo olhar para mim.

Charlotte não sabia como isso funcionava, mas disse:

— E você acha que esse amor é recíproco?

Ela assentiu com a cabeça.

— Uma vez, ele colocou seu roupão em volta de mim quando pensou que eu poderia estar com frio.

Charlotte ofegou.

— Isso é tão romântico. E escandaloso. Jane!

— Eu o salvei quando a cama dele estava pegando fogo — ela confessou, e depois contou todas as histórias, incluindo o incomum encontro na estrada, a esquisitice que era Grace Poole, o incidente com o fogo e aquele momento entre eles no jardim, no dia anterior. No fim das histórias, até Charlotte estava convencida de que Jane e Rochester eram, de fato, almas gêmeas.

— E então ele me disse: "Eu sabia que você me faria bem desde o primeiro momento em que coloquei os olhos em você" — Jane terminou.

Charlotte apoiou a cabeça na mão e suspirou, sonhadora.

— Ele disse isso? Soa exatamente como o Sr. Darcy.

— Pois é! Foi isso que eu disse para Helen! E ele me disse isso mais de uma vez, na verdade. Então, veja, sou útil aqui. Estou fazendo bem a ele.

Charlotte franziu a testa.

— Mas por que, então, ele está levando todos a acreditar que vai se casar com a Srta. Ingram?

Jane ficou com um olhar perdido de novo. Charlotte notou que as mãos da amiga estavam tremendo.

— Então é verdade? O Sr. Rochester vai se casar com a Srta. Ingram... — ela sussurrou.

— Sim, eles vão se casar. Pelo menos é o que todos estão dizendo. Incluindo a própria Srta. Ingram.

— Ela nem é tão bonita assim — murmurou Jane. — Quem precisa de um cabelo tão lustroso, afinal? E o pescoço dela...

— Como o de um cisne. — Suspirou Charlotte.

— As pessoas realmente não deveriam ter pescoços de cisnes — disse Jane. — É um absurdo. É um pescoço de passarinho, isso que é!

— Além disso, a Srta. Ingram é a pior pessoa, tão arrogante e indelicada. Eu sentiria pena de qualquer um que fosse se casar com ela — acrescentou Charlotte.

Jane olhou para ela e sorriu um sorriso largo. O sorriso a transformou de bem sem graça em linda em apenas um instante.

— Ah, obrigada por dizer isso! Estou me sentindo muito melhor.

— Disponha. — Charlotte sabia que Jane era um ser humano muito superior à Srta. Ingram. — Mas a Srta. Ingram está com a impressão de que ficará noiva de Rochester...

Jane agarrou a mão de Charlotte.

— Mas *por que* a Srta. Ingram pensa que vai se casar com o Sr. Rochester? Ele já a pediu? Certamente não a pediu em casamento, caso contrário, não agiria tão amigavelmente com...

— Ele não a pediu em casamento ainda — disse Charlotte.

Outro sorriso transformador.

— Não?

— Ela acha que ele vai pedi-la em casamento durante esta visita que estamos fazendo.

A expressão de Jane escureceu, como que tomada por nuvens.

— Ah, ela acha, não acha?

— Não se preocupe com a Srta. Ingram — disse Charlotte generosamente. — Tenho certeza de que vai dar tudo certo. Parece mesmo que ele ama você.

— Parece, não parece?

— Sim. Agora vejo por que você não quer deixá-lo.

— Mas você não vai dizer a ninguém, não é? Somos amigas, não somos?

— Sim. Somos amigas. Vou dizer ao Sr. Blackwood que não adianta tentarmos mais nada. Você já tomou a sua decisão — disse Charlotte.

Ela só estava pensando de que maneira ele receberia aquela notícia.

CAPÍTULO DEZESSETE

Jane

Os convidados voltaram do piquenique e o Sr. Rochester ainda não tinha retornado. Jane refletiu sobre a conversa que teve com Charlotte. Ela não acreditava que seus sentimentos por Rochester eram assim tão óbvios. E era ainda mais desanimador todos naquele grupo pensarem que Rochester estava prestes a pedir Blanche Ingram em casamento.

Outra coisa desanimadora era a pressão que ela agora sentia para se juntar à Sociedade odiadora de fantasmas.

— *Cinco mil libras!* — disse Helen.

Jane estava tentando se concentrar no trabalho com Adele, mas Helen, andando de um lado para o outro e lembrando Jane de todo aquele dinheiro, estava dificultando as coisas.

Mesmo assim, ela preferia tentar ensinar Adele a lidar com os convidados na sala de estar. O Sr. Rochester nem sequer tinha voltado. Nem ficaria sabendo que ela não tinha ficado lá.

— Você sabe o que dá para fazer com cinco mil libras? — Helen disse.

— Por favor, me diga — sussurrou Jane. Adele ainda estava conjugando verbos e não a ouviu.

— Você pode... pode... comprar toda a aniagem do mundo e queimá-la em uma grande fogueira, o que a manteria aquecida por um bom tempo.

Jane não conseguiu evitar um sorriso.

— Além disso, o Sr. Rochester não é, de forma alguma, uma certeza na sua vida, mas essas cinco mil libras são!

Jane franziu a testa.

Uma batida veio da porta, e a Sra. Fairfax entrou no aposento.

— Srta. Eyre, tenho um pedido bastante peculiar para lhe fazer.

Uma velha adivinha veio a Thornfield Hall. Ela pediu a todas as senhoras da casa que a visitassem no escritório do patrão para que seus destinos sejam revelados.

Jane lançou a ela um olhar incrédulo.

— Eu não tenho destino nenhum, Sra. Fairfax, muito menos algum que pudesse ser revelado.

— Ainda não — Helen disse. — Mas se você for embora com o Sr. Blackwood...

— Por favor, Srta. Eyre. Ela é bastante persistente, e a senhorita é a única dama que ainda não se consultou.

— Mas por que só as damas? — perguntou Jane.

A Sra. Fairfax ignorou a pergunta e fez um gesto como se a estivesse empurrando em direção à porta.

Jane olhou para Helen, que deu de ombros. Talvez Jane precisasse mesmo de algo que lhe tirasse da mente o Sr. Rochester. E Charlotte. E a Sociedade. E as malditas senhoritas Ingram.

— Muito bem! Vou descer imediatamente.

A Sra. Fairfax indicou o caminho para o escritório, seguida por Jane e Helen.

— Bem, isso é muito emocionante — disse Helen. — Talvez ela lhe diga alguma coisa glamorosa sobre o seu futuro. Como cinco mil libras.

Jane não respondeu.

Quando chegaram à porta, encontraram-na fechada e trancada.

— Creio que a Srta. Ingram esteja terminando — disse a Sra. Fairfax.

Realmente, momentos depois, a porta se abriu e a Srta. Blanche Ingram saiu com o rosto fechado e a testa bem franzida.

— Srta. Ingram, a senhorita está se sentindo bem? — perguntou a Sra. Fairfax.

— Estou muito bem — disse ela com um tom ríspido. — Só considero desagradável ter perdido um quarto de hora ouvindo tolices.

Ela se afastou para se juntar aos outros na biblioteca.

A Sra. Fairfax se virou para Jane.

— Ela parece chateada com o futuro. Um conselho que lhe dou, Jane, é de não levar tão a sério as palavras dessa vidente. Ela só deve ter mentiras para contar.

— Não se preocupe, Sra. Fairfax. Nem vou ouvir o que ela vai me dizer.

Dentro do escritório, havia uma tapeçaria pendurada, separando parte da porta e da janela. Apenas uma cadeira solitária se postava ao lado da cortina.

— Ah, a última das senhoritas solteiras da casa! Por favor, sente-se — disse uma voz rouca do outro lado da tapeçaria.

Jane se sentou, e Helen se ajoelhou ao seu lado.

— Você está tremendo, garota? — perguntou a velha.

— Não.

— Por que não?

— Porque eu não tenho medo.

— Você não está preocupada com os meus dons sobrenaturais?

— Eu não acredito neles — disse Jane.

— Você fala com muita confiança para alguém que esconde um segredo tão grande.

A respiração parou na garganta de Jane.

— Alto lá! — disse a vidente. — Vejo que isso a afetou.

— Não tenho nenhum segredo — disse Jane, embora sua voz tremesse.

— Eu sei que você é órfã.

Novamente, Jane respirou fundo.

— Você não gostaria de se sentar mais perto do fogo? — perguntou a adivinha. — Acho que, na Escola Lowood, você ansiava por mais calor.

Bom, aquilo ali já estava ficando ridículo. E um pouco assustador.

Helen ficou de pé e atravessou a tapeçaria. E se a vidente tivesse realmente dons de ocultismo e pudesse vê-la?

Mas Helen voltou quase imediatamente.

— É o Sr. Rochester!

Jane levantou as sobrancelhas em resposta.

— Sim! É ele! É ele! Prometo para você.

— Você me ouviu, garota? — disse a adivinha/Sr. Rochester. Agora que Jane estava prestando atenção, conseguiu perceber a semelhança com a voz rouca do patrão.

— Ouvi. Sim, aprecio o fogo, mas tenho certeza de que há pouquíssimas pessoas que não o apreciem. Exceto, talvez, o Sr. Rochester, que quase foi queimado durante o sono há algumas noites.

Do outro lado da cortina veio o som de um pigarro.

— E quanto a esse segredo que você tem? — perguntou Rochester. — Não há ninguém em quem você possa confiar?

— Não. Na verdade, não — disse Jane, se perguntando a que segredo Rochester estaria se referindo. Com toda certeza ele não sabia que ela podia ver fantasmas.

— O que você acha desse grupo de convidados aqui em Thornfield? Acho que há um em particular que ocupa seus pensamentos, não é mesmo? Alguém por quem você possa nutrir sentimentos? — o Sr. Rochester sondou.

Jane não podia negar o fato de que era o rosto do patrão que, ultimamente, vinha dominando seus pensamentos.

Ainda bem que o Sr. Rochester não podia vê-la, nem ouvir seu coração acelerado.

— O rosto de ninguém, em particular. Embora a Sra. Fairfax sempre pareça agradável.

— Mas e o dono da casa? O que você acha dele?

Jane era esperta e sabia que não deveria buscar essa resposta diretamente em seu coração. Ela se valeu da descrição que a Sra. Fairfax tinha feito naquele primeiro dia.

— Ele é um bom patrão. Leal. Paga seu pessoal em tempo hábil, embora ele me deva quinze libras que ainda não vi. Mas isso fica entre mim e a senhora.

O Sr. Rochester tossiu algumas vezes.

— Mas e quanto ao caráter do patrão?

— Vou deixar qualquer descrição do caráter dele a cargo da mulher que capturar seu coração. — Ela fez uma pausa para efeito dramático. — A Srta. Ingram, é claro — continuou Jane. — Acredito que o noivado deles é algo já resolvido. Portanto, pretendo me anunciar para um novo local de trabalho.

A tapeçaria voou para o lado e, de trás dela, saiu o Sr. Rochester.

— A senhorita não vai partir!

Jane franziu a testa.

— Sr. Rochester, eu sabia o tempo todo que era o senhor.

— Ah! — gritou ele. — A senhorita é uma bruxa.

Jane virou os olhos.

— Não tenho qualquer intenção de ir para outro lugar até que seja necessário. Mas, senhor... fingir-se de vidente para me fazer falar o que quer ouvir?

Rochester abriu a boca como se quisesse discutir, mas depois balançou a cabeça e sorriu.

— A senhorita está certa, Jane. Não é justo. Mas de que outra forma eu poderia descobrir o que se passa em sua mente?

Helen bateu o pé e a mesinha do fundo que estava perto dela chacoalhou.

— Ele não podia perguntar essas coisas para você? Conversar com você? Recebê-la na frente de outras pessoas? Há um milhão de coisas que ele poderia ter feito para descobrir o que se passa na sua cabeça!

— Eu faria qualquer coisa para saber o que a senhorita está pensando — disse o Sr. Rochester.

Jane corou. Por que alguém como o Sr. Rochester se importaria com o que ia dentro da cabeça de uma humilde criada? Ela estava sem palavras. O que poderia dizer? O silêncio se arrastou.

Mas Helen sabia exatamente o que dizer.

— Nunca, em nenhum romance de Jane Austen, o interesse amoroso fingiu ser uma vidente — disse Helen. — Por que alguém faria isso? Jane, você deve exigir uma resposta.

Jane estava tendo dificuldade em ignorar a amiga. É claro que ninguém podia esperar que alguma pessoa real competisse com o Sr. Darcy.

— O senhor sabia que há outro visitante em Thornfield? — ela disse.

— Não — disse ele. — Quem é?

— Ele disse que é um velho amigo. Um certo Sr. Mason.

A expressão do Sr. Rochester permaneceu inalterada.

— Entendo. Bem, a senhorita pode se retirar.

Jane franziu a testa.

— Devo receber o meu novo convidado.

Jane caminhou rigidamente até a porta.

— E espero vê-la na sala de visitas.

— Sim, senhor — disse Jane.

— É... Isso foi estranho — disse Helen. — Até você tem de admitir que foi estranho.

Jane assentiu com a cabeça lentamente.

— Admito.

As duas foram para a sala de visitas, onde Jane tomou um lugar ao lado de Adele, parcialmente escondida atrás de um painel.

Sim, pela enésima vez, alguém está se escondendo atrás de um painel. Pelo jeito, na Inglaterra pré-vitoriana, havia painéis por toda parte, e as pessoas se escondiam atrás deles. Com muita frequência. Pelo que descobrimos na nossa pesquisa completa sobre o assunto, os comerciantes anunciavam seus painéis dizendo quão bem alguém poderia se esconder atrás de um deles.

Então, Jane estava sentada atrás de um painel, como de costume, quando o Sr. Blackwood entrou.

— Sr. Blackwood! — Helen exclamou, acenando. — Olá! O senhor teria emprego para um fantasma? Posso ser muito útil.

Jane dirigiu a ela um olhar confuso e disse:

— Sente-se, querida.

Helen caiu no chão. Antes que Jane questionasse Helen sobre seu súbito entusiasmo pelo Sr. Blackwood, o Sr. Rochester abriu de uma vez a porta da sala de visitas e entrou.

— Sinto muito pela minha ausência, meus estimados convidados. A tempestade me obrigou a tal.

O Sr. Mason cruzou a sala com a mão estendida.

— Rochester, meu caro amigo.

Os olhos do Sr. Rochester se estreitaram e ele deu um ligeiro e pequeno passo para trás.

— Sr. Mason.

O Sr. Mason hesitou com a fria recepção, e os dois homens se cumprimentaram mecanicamente.

— Muito bem — disse o Sr. Rochester. — Entendo que todos vocês tiveram suas sortes lidas. Mal posso esperar para ouvir a respeito, mas, agora, o jantar está servido. Se puderem me seguir...

Ele ergueu o cotovelo em direção à Srta. Ingram e ela tomou o braço oferecido com um pouco menos de entusiasmo do que fizera no passado, percebeu Jane. Ela e Adele assistiram à cena do grupo saindo, de dois em dois, da sala de estar. O Sr. Blackwood e Charlotte formaram o par final, e ambos olharam por cima dos ombros para Jane quando saíram.

Helen os viu sair e depois balançou a cabeça.

— Cinco *mil* libras.

CAPÍTULO DEZOITO
Alexander

Como regra geral, Alexander achava tudo muito suspeito. Por exemplo: por que as roupas femininas não tinham bolsos? E por que a maioria dos mamíferos anda sobre quatro pernas enquanto os humanos usam só duas? E, especialmente, por que vemos apenas um lado da lua? O que o outro lado estaria escondendo?

Rochester agia de maneira suspeita o tempo todo. E Mason, que estava perambulando pela casa no meio da noite. Qual era a relação entre eles? O cumprimento deles tinha sido tão estranho e desconfortável, como se tivessem tido alguma rusga no passado. Depois do jantar, Mason até tentou se aproximar de Rochester, mas o anfitrião o repudiou de maneira áspera, dizendo: "Ela não está aqui. Você deveria ir embora".

Aquele não era o tipo de amizade calorosa e próxima que Mason tinha indicado quando chegou.

Então, quando Mason e Rochester se separaram, Mason percebeu o olhar de Alexander e viu que ele tinha testemunhado a conversa.

— Assuntos de família — ele murmurou, franzindo a testa, só que parecia mais confuso e magoado do que qualquer outra coisa.

Os tais "assuntos de família" não despertaram o interesse de Alexander, mas o que aquela interação significava sobre o relacionamento entre Mason e Rochester?

Esses fatos só pareceriam suspeitos para Alexander e sua natureza desconfiada; como dissemos, para ele, era prudente levantar uma sobrancelha para toda e qualquer situação ou pessoa. E isso foi o suficiente para ele não pregar os olhos por mais uma noite. (Isso e o fato de que ele não estava usando sua máscara há mais de uma semana. Ele se sentia exposto. Praticamente nu.)

Do outro lado do quarto, Branwell roncava profundamente; de repente, gemeu e se virou.

Decidido a encontrar respostas, Alexander se vestiu e começou a sair do quarto, quando se deu conta de que Branwell estava esperando-o de pé na porta. Totalmente vestido.

— O que estamos indo fazer? — perguntou o aprendiz.

— Bisbilhotar.

— Adoro bisbilhotar!

— Não acho que...

— Estou indo junto. — Sem esperar pelo convite, Branwell já estava porta afora com Alexander.

Se ele tivesse de ter alguma "ajuda", pensou, teria sido melhor se contasse com a Srta. Brontë; a jovem tinha provado sua esperteza em colocá-los dentro de Thornfield Hall, embora, naquela noite, ela o tenha evitado antes do jantar e durante o jantar. Quando ele tentou puxar conversa com ela depois do jantar, ela só quis falar da sopa de tomate. Bom, mas não seria apropriado ele ficar se esgueirando pela casa na companhia de uma jovem senhorita. Estremeceu ao imaginar o que diriam.

— E quem vamos bisbilhotar? — perguntou Branwell enquanto caminhavam pelo corredor.

— Você deveria ter me perguntado isso antes de decidir vir junto.

— Vou continuar por aqui, só quero saber os detalhes.

— Rochester.

Branwell deu um pulinho.

— Oh, mal posso esperar!

Em pouco tempo, chegaram ao escritório de Rochester. Branwell ficou de vigia enquanto Alexander abria a fechadura com um canivete. À primeira vista, encontraram... bem, tudo em perfeita ordem. Nenhum artefato estranho que pudesse alterar a memória. Nenhum dispositivo que removesse a capacidade de falar francês.

— O que o senhor está procurando? — Branwell ao menos mantinha a voz baixa.

— Qualquer coisa que me informe sobre o relacionamento dele com o meu pai, ou por que o Sr. Mason está aqui e se comporta tão... esquilisticamente.

— "Esquilisticamente", senhor?

— É uma palavra, Branwell.

— Imagino que sim, senhor, mas não é algo que pensei que o senhor usaria.

— Há muitos esquilos em Londres. Estou familiarizado com a forma como eles se comportam. E Mason está se comportando como um esquilo.

Branwell assentiu com a cabeça.

— E Rochester? O senhor vai se referir a ele como um animal também?

Alexander apertou o queixo. É verdade, ele teria preferido ir sozinho, se Branwell ficasse fazendo aquelas perguntas todas.

— Talvez ele não seja um sujeito tão ruim, e o senhor não gosta dele porque não gosta mesmo das pessoas. — Branwell foi dizendo enquanto arrastava o dedo pelas lombadas dos livros em uma estante.

— Não é verdade. Eu gosto de muita gente — Alexander respondeu, focado na grande mesa de mogno, abrindo gavetas e folheando papéis.

— De quem o senhor gosta? — Branwell perguntou. — Diga uma pessoa.

Alexander teve de parar e pensar. Havia Wellington, um homem que ele respeitava profundamente, embora respeitar não fosse o mesmo que gostar, ele supôs; ele não conhecia Wellington como pessoa para dizer que *gostava* do homem, apenas não *desgostava* do homem.

E, bem, havia...

— Ah!

Ao procurar pelas gavetas, Alexander tinha encontrado um fundo falso. Tirou as canetas e frascos de tinta da frente, depois usou o canivete para abrir o compartimento secreto. Estava cheio de cartas antigas, papéis já amarelados com o tempo.

— O que é isso? — Branwell deixou sua busca pelas estantes e levou sua lamparina para mais perto. — O senhor encontrou algo incriminador?

Alexander passou os olhos pelas folhas, tentando identificar nomes e datas. Tirou várias cartas do compartimento e deu uma olhada no texto.

— A maioria fala sobre a falecida esposa de Rochester — disse ele. — Sua doença, os tratamentos, algo sobre uma mulher chamada Grace Poole. Nada que seria remotamente útil para nós no momento.

Mas então ele fez uma pausa. Em uma das cartas mais para o fundo, um nome familiar saltou aos olhos: o de seu pai.

— Quem é este? — perguntou Branwell. — O senhor o conhece?

— Ninguém importante — murmurou Alexander. — Não é nada. Não tem nada aqui.

Branwell franziu a testa.

— O senhor parece um tanto chateado com algo que não é nada.

— Sinto muito, Branwell. Você deveria voltar para a cama.

— Então eu o ajudei a invadir o escritório de Rochester por nada?

— Temo que sim.

As mãos de Alexander tremiam enquanto ele enfiava a carta no bolso. Branwell viu tudo, com certeza, mas não comentou nada. No entanto, saiu do escritório com um olhar preocupado no rosto.

Finalmente, Alexander ficou sozinho naquele aposento. Ele engoliu em seco e passou o dedo na carta até chegar onde o nome "N. Bell" tinha sido cuidadosamente assinado. Era a assinatura do pai dele. Restavam-lhe tão poucos itens do pai após a explosão, mas ali estava uma carta escrita de próprio punho.

Alexander ficou um pouco inquieto e, em seguida, se apoiou na lateral da mesa. A carta implorava para ser lida, mas se a lesse naquele momento, não teria mais nada de novo na vida. Não teria mais o que descobrir.

Ele fechou os olhos e respirou fundo, tentando se acalmar. Alimentava suspeitas sobre Rochester. Por isso se esgueirou para dentro do escritório do cavalheiro e vasculhou sua mesa.

Lembranças são persistentes e engraçadas. Elas se revelavam nos momentos mais inconvenientes.

O pai de Alexander tinha feito parte da Sociedade para a Realocação de Espíritos Instáveis, anos e anos antes, durante o reinado do Rei George III. Ele tinha trabalhado na tesouraria, não como agente; até onde Alexander sabia, seu pai não via fantasmas. Mas acreditava neles e tinha feito sua parte para melhorar a vida dos cidadãos da Inglaterra.

O dia em que seu pai morreu estava gravado em sua memória. Ele tinha repetido a sequência de acontecimentos em sua mente durante anos, polindo-a de forma a finalmente sentir que se lembrava de cada detalhe. Wellington o advertiu de que alguns detalhes poderiam ser fantasiosos. Alexander era tão jovem! Como alguém tão jovem poderia se lembrar de tudo com exatidão? Mas Alexander sabia a verdade. Ele tinha ouvido a discussão entre o assassino e o pai. Tinha sentido a raiva do pai quando o assassino saiu da casa deles em um rompante. E ele se lembrava do impacto de suas passadas quando ele mesmo, ainda uma criança, correu atrás do assassino.

Então veio a explosão.

Naquele momento, o homem se virou. Parecia triunfante.

Enquanto o assassino assistia à casa de Alexander se arder em chamas, e a vida de seu pai se extinguir lá dentro, Alexander voltou correndo na direção da casa para salvá-lo.

Tentou entrar na casa, ficou tossindo com a fumaça, as cinzas faziam arder seus olhos.

Ele mesmo morreu ali.

Só por um momento.

Foi quando Wellington o encontrou e o levou correndo a um médico. Ele tinha respirado muita fumaça, apenas isso, e depois ficou bem (pelo menos fisicamente). Mas tinha morrido. Brevemente.

E esse tinha sido o seu gatilho. Foi por isso que começou a ver fantasmas.

Mas não o do pai.

E agora Alexander segurava aquela carta escrita pelo pai. Para Rochester. Enviada apenas algumas semanas antes da explosão.

Ele respirou fundo e começou a lê-la.

Meu querido amigo Rochester, assim começava a carta.

Alexander tinha razão, o pai tinha conhecido o Sr. Rochester. Eles tinham sido amigos. Não apenas conhecidos, mas realmente próximos, pelo "querido".

O início da carta era só formalidades, atualizando Rochester sobre as atividades em Londres e sobre a vida de conhecidos em comum. Havia até uma nota sobre Alexander — *Meu filho está cheio de energia e curiosidade. Temo não poder acompanhá-lo* —, o que ele leu repetidamente, entalhando a fogo as palavras em seu coração. Ele queria se lembrar para sempre de alguns dos últimos pensamentos de seu pai a respeito dele.

Seguia: *Sei que você e eu não concordamos no passado sobre o que fazer com AW, mas eu ainda gostaria de evitar violência se assim pudermos. Devemos nos reunir pessoalmente para discutir como podemos salvar a Sociedade e pôr um fim a esta farsa.*

Alexander leu a carta mais cinco vezes. Outras centenas de vezes. Lentamente, as peças começaram a se encaixar. Rochester tinha ido a Londres para ver o pai de Alexander. Para discutir algo sobre a Sociedade. Para evitar violência.

Mas a violência *se materializou*. A explosão.

Talvez a discordância tivesse sido mais forte do que o pai achava.

E se a morte do pai tivesse tido as mãos de Edward Rochester?

CAPÍTULO DEZENOVE
Charlotte

A vela estava quase apagada, mas Charlotte continuou escrevendo. Sentiu uma onda de inspiração desde a conversa daquela manhã com Jane. Era uma história nova, melhor do que qualquer outra que já tinha criado. O misterioso assassinato do Sr. Brocklehurst tinha desaparecido de sua mente. A história que ela estava escrevendo agora — aquela pela qual ela vinha esperando, aquela que ela sabia que estava *destinada* a criar — não era uma história de investigação. Afinal, histórias de investigação são um tanto triviais, não é mesmo? Também não era uma história de assombração, embora pudesse ter elementos sobrenaturais, ou assim supunha Charlotte. Não, essa nova história era um romance. Era derivada em grande parte da situação de Jane. Chegou à Charlotte pronta, aos borbotões, quando ela ouviu Jane contar sobre o relacionamento dela com o Sr. Rochester. Um brilho próprio do amor estava presente nos olhos de Jane. Jane Eyre — a pequena e sem graça Jane — estava apaixonada. Ela não tinha direito nenhum de estar apaixonada, é claro, imagine, uma mulher da classe social dela, especialmente quando o homem pelo qual está apaixonada é o dono da casa. Mas Jane estava apaixonada. E parecia que aquele amor era, pelo menos sob algum aspecto, correspondido.

Charlotte conseguia imaginar tudo de maneira tão clara! Jane e o Sr. Rochester estavam unidos pelo destino, não importava quão impróprio parecesse. Charlotte suspirou. Um dia ela encontraria o amor também. Ou ele a encontraria, como aconteceu com Jane. Como Jane tinha descrito mesmo? "Ele me levou a amá-lo", ela disse, "sem nem mesmo olhar para mim".

Por enquanto, Charlotte teria de se contentar em escrever sua versão da história deles. Ela já tinha preenchido um quarto do caderno com seu pequeno e laborioso rabisco sobre a apaixonada Jane. No momento, enquanto a vela queimava, com a iluminação perigosamente perto de se extinguir, estava tentando escrever uma descrição perfeita do Sr. Rochester.

O fogo brilhava intenso em seu rosto, escreveu Charlotte, segurando o lábio entre os dentes e o mordendo enquanto sua mente girava com as palavras. *Eu...* Tinha escrito até então em primeira pessoa porque lhe parecia mais natural tentar se sentir como ela pensava que Jane tinha se sentido e, então, dar à personagem uma voz — não a voz de algum narrador sábio, presumivelmente masculino, sempre a julgando, mas a própria voz, pura, falando por si mesma. (E também, se formos ser honestas, escrevendo dessa maneira, Charlotte também poderia "viver" um pouco da vida de Jane.) *Conheci meu viajante, com suas espessas e...* Ela franziu a testa... *negras...* sim, negras... *sobrancelhas, sua testa quadrada, ainda mais quadrada por causa da disposição horizontal de seu cabelo preto. Reconheci seu nariz tão decisivo, mais notável por seu caráter do que pela beleza.* Ela sorriu ao ler aquela linha, mergulhou sua caneta no tinteiro e continuou a tentar descrever o rosto dele. *A boca, o queixo e a mandíbula tão austeros — sim, todos os três eram um tanto austeros e sem margem para erros.*

Ela fez uma pausa. Havia, de fato, algo de austero e de sombrio no Sr. Rochester. Algo sinistro. Ela sentia isso toda vez que estava na presença daquele homem. Mas aquele era o homem que Jane amava. Charlotte, como amiga de Jane, deveria tentar ser solidária. E o amor era cego, não era? O Sr. Rochester possuía todas as qualidades pelas quais uma jovem senhorita deveria ansiar. Ele era bem mais velho, ela admitia, mas não era débil nem senil. Era rico. Ele tinha um talento divertido: sabia atuar, conforme tinha visto quando jogaram adivinhações mais cedo. E tinha um cão muito simpático.

Ele seria bom o suficiente. E Jane o amava, e isso era o que realmente importava.

Charlotte se voltou para o seu trabalho. *O contorno dele, agora despido de seu manto — suponho que fazia uma boa figura no sentido mais atlético do termo — um tórax largo e flanqueado, embora não fosse nem alto nem gracioso.*

Ela fez uma nova pausa. Por alguma razão misteriosa, sua mente se desviou para o Sr. Blackwood. E o Sr. Blackwood *era* gracioso. Em sua mente, ela conjurou a maneira como ele andava, de forma tão determinada e, ainda assim, leve. Como ele dobrava as mãos quando se sentava. Sua expressão séria — e a maneira como ele tentava não sorrir mesmo quando algo lhe parecia engraçado. A maneira como seus olhos o entregavam e aquela mínima reviravolta no canto de sua boca que aparecia por um piscar de olhos antes que ele a desfizesse. Ela gostava daquele sorriso, mesmo que significasse que ele talvez não a levasse muito a sério, supunha. Ultimamente, quando ele lhe dizia "Vá para casa, Srta. Brontë", aquele sorriso escondido também se fazia presente, como se ele só o dissesse por hábito, mas não quisesse realmente dizer aquilo. Ele a queria por perto.

Charlotte afastou uma mecha errante que teimava em lhe enfeitar a testa. *Mantenha o foco*, disse a si mesma. De volta ao Sr. Rochester. Ela se concentrou em imaginar o rosto do homem, suas feições tão austeras e a expressão pesada, seus olhos e suas sobrancelhas quase juntas que pareciam... *cheios de ira e frustração*. Sim.

Mas o Sr. Blackwood... ele também era um pouco austero. Naquela mesma noite, por exemplo, ele tinha sustentado um ar de resoluta determinação ao persegui-la pela casa. Queria falar sobre a conversa dela com Jane. Esperava um relatório sobre a resposta de Jane à proposta de cinco mil libras.

E Charlotte, bem, fugiu dele o dia todo. Ainda não estava pronta para informar que o esforço deles em recrutar Jane era inútil. Para ela, Jane tinha apenas posto para fora todos os segredos profundos do coração de uma mulher. O Sr. Blackwood nunca a entenderia.

E, claramente, ele também estava lutando com os próprios sentimentos em relação ao Sr. Rochester.

Ela suspirou. Talvez ainda não estivesse pronta para admitir para si mesma que tudo o que tinha feito até ali tinha sido em vão. Que Jane não se tornaria uma agente e, portanto, a vida de Charlotte voltaria a ser como era antes. Chata. Faminta. Lânguida em Lowood.

E ela e o Sr. Blackwood não teriam motivos para manter contato. Ela nunca o conheceria da maneira como sentia que o estava conhecendo nesses últimos dias.

É verdade... mas estávamos falando sobre o *Sr. Rochester*. Charlotte voltou aos seus escritos. Ela supunha que, se o Sr. Rochester fosse muito bonito, Jane teria ficado intimidada por ele. Ela fez que sim para si mesma e então escreveu: *eu mal tinha visto na vida um jovem bonito; nunca sequer tinha falado com um. Mantinha uma reverência apenas teórica e uma admiração pela beleza, pela elegância, pela galanteria, pelo fascínio; mas se eu tivesse encontrado aquelas qualidades encarnadas em uma forma masculina, deveria entender instintivamente que elas não tinham nem poderiam ter simpatia por nada de mim, e deveria evitá-las como se fossem o fogo, os relâmpagos ou qualquer outra coisa que brilha, mas se faz adversa.*

Charlotte se reclinou e esticou os braços, se sentindo satisfeita consigo mesma. (Mas era uma escritora, então, ao passo que estava se achando de certa forma brilhante naquele momento, dali a pouco se veria atormentada pela dúvida paralisante de ter mesmo ou não um dom com as palavras. É assim com todos os escritores. Acredite em nós, leitor.) Ela gostou do que tinha escrito porque sentia que era verdadeiro. *Era melhor que um rapaz não fosse ostensivamente bonito*, pensou ela, *se a moça fosse simples*. Era melhor que houvesse simplesmente partes individuais do referido rapaz a serem admiradas. Como a forma de suas mãos. Ou um sorriso. Ou...

De repente, ouviu uma batida suave na porta dela. Charlotte se assustou e quase derrubou o frasco de tinta. A noite estava muito silenciosa, não se percebia movimentação na casa. Talvez ela tivesse imaginado aquele som. Ela tentou ouvir com mais atenção. E veio novamente uma batida suave e sequenciada na porta de seu quarto. Ela ficou de pé, vestiu o robe e foi abri-la. Então, levantou os óculos para ver quem era.

O Sr. Blackwood estava ali de pé, não em sua roupa de dormir, mas completamente vestido, ainda que estranhamente amarrotado, franzindo o rosto todo, como se estivesse chateado.

— O que há de errado? — perguntou de imediato. — O senhor parece ter visto...

Bem, seria ridículo dizer que ele tinha visto um fantasma. Ele estava acostumado a ver fantasmas, afinal de contas.

— Isto... isto é muito inapropriado — ele disse sem emoção. — Eu... eu não deveria ter vindo. Eu... eu só...

Ela não sabia o que fazer. Não deveria convidá-lo para entrar em seu quarto.

Ela deu um passo atrás e manteve a porta aberta para ele.

— Entre.

Ele passou por ela e atravessou direto para o outro lado do quarto, como se manter alguma distância entre eles pudesse criar alguma aparência de decência. Ele afastou as cortinas e olhou pela janela. A noite estava tomada pela lua. Charlotte fechou a porta devagar.

— Deseja se sentar? — perguntou ela, apontando para uma poltrona.

— Sim. — Ele foi em direção à poltrona e se sentou, e depois se levantou novamente. — Não. Não, não posso.

— O senhor está bem?

— Rochester assassinou meu pai — ele disse, esfregando a mão no rosto. — Bem, pelo menos eu acho que sim.

Ela sentiu um arrepio instantâneo.

— O Sr. Rochester.

— Ele estava lá, naquela noite, na noite da explosão. Eles discutiram. Houve gritos. Eu me lembro disso.

— Explosão?

O Sr. Blackwood rapidamente repassou com ela os detalhes da morte do pai, sua voz vacilava. O coração dela se apertou imaginando o garotinho que ele era quando tudo aconteceu. Tudo o que ele tinha passado.

Ele tirou uma carta do bolso e a entregou. Ela a leu.

— Então eles tiveram um desentendimento, aparentemente sobre a Sociedade. Mas...

— Rochester é um traidor — o Sr. Blackwood disparou. — Um vilão da pior espécie. Eu... — Suas mãos estavam tremendo. — Deve ter sido ele. Quem mais teria motivos para ferir o meu pai? Não há outra explicação.

— Oh, Alexander, eu sinto tanto...

A expressão dele se endureceu.

— É ele quem vai sentir. Vou matá-lo!

Ela sentiu a cor se esvair de sua face.

— Bem, essa é uma péssima ideia.

Ele fechou a cara.

— Suponho que a senhorita preferiria que eu confrontasse o Sr. Rochester sobre o crime e que as autoridades lidassem com ele.

— É claro que sim — afirmou ela. — Soa muito mais razoável.

— E a senhorita supõe que o Sr. Rochester simplesmente confessará o crime? Que o acusarei desse ato vil, um crime digno de morte, e ele apenas responderá com um "Sim, sim, é exatamente o que aconteceu. Prenda-me, por favor"?

— O senhor precisará de provas, obviamente — ela concordou. — Precisará construir toda uma argumentação contra ele.

— Eu o ouvi discutindo com o meu pai. Vi o sujeito sair do prédio pouco antes da explosão. Eu vi tudo!

— Nada disso prova que ele tenha assassinado o seu pai — salientou Charlotte. — O senhor não tem provas que não sejam circunstanciais.

— É por isso que, mais uma vez, digo que deveria simplesmente matá-lo. É o que ele merece. Tudo na minha vida me trouxe até este ponto.

Ela balançou a cabeça.

— Então o senhor será preso por assassinato, o que seria uma grande vergonha para a Sociedade, imagino. E não conseguirá fazer a justiça que procura. É um plano horrível, percebe?

— Suponho que a senhorita tenha um melhor.

— Claro que tenho. — Ela sorriu para ele, sua mente se agarrando a várias ideias loucas. Ela se fixou em uma. — O senhor continuará com o nosso plano. Continuará sendo o Sr. Eshton.

— Impossível — disse o Sr. Blackwood. — Não consigo mais fingir.

— Agora não é a hora, Sr. Blackwood, de clamar por vingança e revelar todas as suas cartas. Espere. Observe. Permanecer aqui, em silêncio, lhe permitirá o acesso à casa e à vida privada do Sr. Rochester. Dessa maneira, o senhor poderá reunir as provas de que precisa para denunciá-lo.

— Não sou um ator muito bom — confessou ele.

— Está indo bem — garantiu Charlotte. — O senhor tem se portado de maneira espetacular até o momento.

— Mas agora é diferente.

— Eu sei. A nova situação é mais importante.

Parte daquele fogo inicial parecia tê-lo deixado. Ele ficou quieto por um longo momento.

— Tudo bem. Vou continuar sendo o Sr. Eshton. Por enquanto.

No decorrer da conversa, Charlotte tinha atravessado lentamente o quarto, de modo que agora estava bem à frente dele. Ela colocou a mão no braço do Sr. Blackwood.

— Eu o ajudarei.

— Obrigado. — Uma consciência súbita da inadequação daquela situação lhe tomou de pronto. Esfregou a testa, depois deu um passo atrás. — Eu... peço desculpas. Não deveria ter entrado aqui. Eu...

— O senhor precisava falar com alguém.

Ele assentiu com a cabeça.

— Devo ir agora. É muito tarde. — As sobrancelhas dele se juntaram. — Por que a senhorita não estava dormindo?

— Estava escrevendo. — Ela fez um gesto em direção à pequena mesa e ao seu caderno. A vela já tinha se apagado há muito tempo. — Tenho me sentido inspirada ultimamente.

— E o que está inspirando a senhorita? — perguntou ele.

Ela olhou para longe.

— Bem...

Ela não podia dizer a ele que estava escrevendo um romance. E a estrela era ninguém mais, ninguém menos, que o Sr. Rochester. Oh, céus! O Sr. Rochester era considerado um potencial assassino agora. Não poderia mais ser um cavaleiro de armadura lustrosa destinado à Jane.

A história estava arruinada!

Ou talvez melhor do que nunca! Charlotte não sabia ainda. Mas era importante que Jane fosse informada sobre o suposto crime do Sr. Rochester. Oh, duplos céus! Que coisa horrível ter de contar isso a ela! Como dizer a uma amiga que o homem por quem ela está apaixonada pode ser um vilão nefasto?

Naquele exato momento, um grito medonho atravessou a noite. (Charlotte escreveria depois sobre aquele momento e o descreveria como "um som estridente que correu Thornfield Hall de ponta a ponta".)

Ela e o Sr. Blackwood congelaram. O grito veio da ala leste.

— Que barulho foi esse? — disse o Sr. Blackwood.

— Parecia alguém pedindo ajuda — respondeu Charlotte, tremendo.

— Socorro! Socorro! Socorro! — gritou a voz.

— Está vendo?

— NINGUÉM VAI ME AJUDAR?

Eles saíram correndo até o corredor. Os vários convidados da casa também estavam lá. Charlotte viu Bran com um ar atordoado e as Ingram e o Coronel Dent, todos se espremendo e exclamando coisas como "Quem está ferido?", "O que aconteceu?", "Há ladrões aqui?".

Então o Sr. Rochester apareceu na ponta do corredor, segurando uma vela. A Srta. Ingram correu até ele e agarrou seu braço.

— Que evento terrível há de ter acontecido? — ela gritou.

A expressão do Sr. Rochester estava de arrepiar: completamente calma.

— Está tudo bem — respondeu ele. — É apenas um ensaio de *Muito barulho por nada*.

Hein? Mas... hein? Por que ele estava falando de uma peça de teatro?

— Um criado teve um pesadelo; é só isso — acrescentou ele. — Agora, todos vocês, voltem para a cama. Já resolvi tudo. Não há nada a temer.

Era um ensaio ou foi um criado que teve um pesadelo? A história não estava fazendo sentido.

Os convidados começaram a se embaralhar de volta a seus respectivos quartos. Charlotte olhou de relance para o Sr. Blackwood. Seus olhos escuros ainda estavam fixos no Sr. Rochester. Seu queixo cerrado. Suas mãos em punhos. Ela tocou no ombro dele.

— Agora não — sussurrou ela. — Lembre-se do plano.

Ele pestanejou, depois olhou em volta como se tivesse esquecido onde estava por um momento. Então, se voltou novamente para Charlotte.

— Onde está a Srta. Eyre? — perguntou ele.

Charlotte prendeu a respiração. Ela olhou para todos os cantos. Todos estavam lá, todos... exceto o Sr. Mason. E Jane.

Onde estaria Jane?

CAPÍTULO VINTE
Jane

Alguém bateu forte na porta do quarto de Jane. Ela se assustou.

— Jane. — Era a voz do Sr. Rochester. — Srta. Eyre, preciso da sua ajuda.

Jane ainda estava tentando se recuperar do susto daquele grito. Quando ela foi ver o que tinha acontecido, a Sra. Fairfax a interceptou e disse que o dono da casa precisava da ajuda dela, e que ela deveria ficar em seus aposentos até ser chamada.

A espera foi tensa.

Jane apertou um pouco mais o roupão e abriu a porta. O Sr. Rochester estava lá com uma vela.

— Venha comigo!

Helen se colocou ao seu lado.

— Não estou gostando nada disso. E por que ele precisa da *sua* ajuda?

— E em silêncio — sussurrou Rochester.

Ele seguiu por um corredor e entrou no seguinte. Jane teve de se esforçar para se manter junto a ele sem fazer nenhum som. Helen desistiu de andar e decidiu flutuar.

— Estou com um mau pressentimento — ela disse.

Jane não queria admitir que também estava, mas era no meio da noite, e tinha escutado aquele grito. É claro que elas teriam um mau pressentimento sobre qualquer coisa que acontecesse.

O Sr. Rochester abriu uma porta no pé da ala leste e eles começaram a subir uma escadaria em espiral.

— Jane, a senhorita desmaia ao ver sangue?

— Bem, isso com certeza soa ameaçador — disse Helen.

— Eu acho que não — disse Jane.

No topo da escada, Rochester abriu uma porta que dava para uma pequena antecâmara. O Sr. Mason estava deitado ali em um sofá, pálido e encharcado de suor. Uma bola de trapos ensanguentados estava ao seu lado, a mais recente delas ainda tingida de um vermelho bem vivo.

— O que aconteceu com ela? — ele gemeu. — Ela... me... matou! Ela ficou louca!

Helen escancarou a boca.

— Qual. É. O. Problema. Com. Essa. Gente. Viva?!

— Jane, sente-se com Mason — disse o Sr. Rochester. — Pressione os trapos sobre a ferida. Estou indo à cidade e trarei o médico. — Ele empurrou Jane para uma cadeira e enfiou mais trapos em sua mão. — E não diga nada a Mason, nem converse com ele. Ele está fraco demais para falar. Está me ouvindo, Mason? Você está fraco demais para falar.

Dito isso, ele abriu a porta de uma vez. Jane pressionou os trapos sobre a ferida e Mason gemeu.

— Helen? Estou com medo — sussurrou Jane.

Mas Helen não estava mais olhando para Mason. Ela estava andando pela sala, puxando os cabelos.

— Alguma coisa não está certa aqui — disse ela. — Alguma coisa está muito estranha!

— Mais estranho do que o fato de que este homem está sangrando até a morte bem na nossa frente? — Jane disse.

— Eu estou...? — Mason gemeu, aparentemente mais lúcido do que Jane havia pensado.

— Não, não, senhor. O senhor vai ficar bem. Apenas... *shhhhhhhhhh*. Mason fechou a mão em punho.

— Eu deveria saber que ela não me queria aqui. Eu nem teria vindo, mas...

Helen reclamou.

— Por que o Sr. Rochester pediria *a você* para fazer isso? Você é preceptora, não médica.

— Fique calma, Helen. Temos de manter a cabeça fria — disse Jane.

Uma porta na extremidade oposta da sala se agitou. Em seguida, tremeu forte. Era como se alguém a estivesse chutando.

— O que é isso? — disse Helen.

— Não sei — disse Jane. — Atravesse a parede e descubra.

Naquele momento, Mason levantou a cabeça, fazendo esguichar um novo fluxo de sangue.

— Atravessar a parede? Você está me dizendo para deixar este mundo mortal?

— Não, não — disse Jane. — O senhor está alucinando. Vai ficar bem. Durma. *Shhhh.*

Helen foi em direção à porta, tremendo o caminho todo, mas, quando chegou lá, ela parou.

— Ela... não está me deixando passar — disse Helen. E tentou novamente.

De repente, um grito veio do outro lado da porta. E então Helen gritou. Jane congelou.

— Não consigo atravessar a parede nem a porta! — Helen começou a girar em círculos e puxar o cabelo. — Eu não sei o que está acontecendo!

A porta se agitou mais uma vez e, então, uma janela se abriu e uma rajada forte de vento apagou as velas. A sala ficou escura e silenciosa.

— Helen? — Jane sussurrou. Não houve resposta. — Sr. Mason? — Ela estendeu a mão e sentiu a testa dele. Estava fria e úmida. — Sr. Mason?

Novamente, não houve resposta.

E, então, o tempo parou.

* * *

Quando você conta o tempo considerando o número de vezes que o ar entra em seus pulmões, ele se move muito lentamente, e era isso que Jane estava fazendo. Ela já estava nas centenas de respirações. Talvez até milhares. Era tudo o que podia fazer naquela sala minúscula: ouvir o som da sua respiração e sentir sua mão pressionando a ferida do Sr. Mason.

O que tinha acontecido ali? De quem o Sr. Mason estava falando quando disse que *ela* o tinha matado? Grace Poole tinha incendiado a cama do Sr. Rochester. Poderia ser a mesma culpada? Será que o Sr. Mason estaria falando de Grace Poole?

Helen voltou para dentro. Por alguma razão, ela não conseguia ficar naquele quarto por muito tempo. Jane nunca a viu tão angustiada.

— Alguma coisa está muito errada aqui — disse ela.

Jane tinha de concordar.

Um som de passadas veio da escada, e o Sr. Rochester entrou rapidamente pela porta, seguido pelo médico. Finalmente, fez-se a luz de uma vela!

Jane recuou e deixou o médico se aproximar do Sr. Mason.

A porta do outro lado da sala se agitou ruidosamente.

— O que é isso? — Jane disse.

— Eu não ouvi nada, nada aconteceu com a porta — rosnou Rochester. Seu rosto ficou austero.

Jane ficou ali, boquiaberta, enquanto Rochester e o médico levavam Mason porta afora. Quando se foram, ela desabou de uma vez na poltrona ao lado do sofá. Só sabia que não tinha desmaiado porque ainda estava ciente de que não deveria se jogar no sofá ao lado com todo aquele sangue que estava ali.

— Ele quase morreu — ela disse a Helen.

— Pois é.

— Por que o Sr. Rochester age como se as coisas que deveriam importar não importassem realmente, e as coisas que não importam...? — Jane não conseguiu nem terminar a frase.

— Pois é — disse Helen.

Os olhos de Jane ardiam e lágrimas se formavam nos cantos.

— Estou tão confusa! E tão assustada.

Helen ficou de pé e estendeu a mão.

— Venha, amiga. Vamos para a cama. E vamos nos lembrar de trancar a porta.

Mas, de supetão, o Sr. Rochester entrou na sala.

— Jane! A senhorita me acompanharia em uma caminhada?

— Não! — disse Helen.

— Sim, senhor — disse Jane.

Helen suspirou alto.

— Eu vou me deitar.

Jane seguiu o Sr. Rochester. Eles desceram as escadas e saíram para o jardim. O sol começava a iluminar as rosas.

— Jane, eu sabia que você me faria bem desde o primeiro momento em que coloquei os olhos em você.

Já era talvez a terceira ou quarta vez que ele lhe dizia exatamente aquelas palavras.

— O senhor diz aquele momento em que torceu seu tornozelo?

— A senhorita enfeitiçou o meu cavalo. E não só o meu cavalo.

Jane olhou para o chão.

— A senhorita passou uma noite estranha aqui. Ficou assustada quando eu parti?

— Sim, senhor. O que aconteceu?

— Sente-se, por favor. — Ele mostrou um banco.

Jane obedeceu.

— Não posso lhe dar os detalhes do que aconteceu esta noite. É um assunto particular de família. Mas posso dizer que cometi um erro há muitos anos e ainda estou pagando por ele. Depois do que aconteceu, fiquei atolado em angústia e desespero durante muito tempo. Até que alguém entrou em minha vida. Alguém nova e saudável, sem nenhuma mácula nem vício. Será que eu deveria arriscar me sujeitar ao julgamento dos outros para tê-la?

Será que ele poderia estar falando dela? E aquele julgamento seria a respeito da disparidade de situações de ambos?

Jane estava prestes a dizer "Sim, se arrisque!". Mas então o Coronel Dent apareceu. O Sr. Rochester se levantou rapidamente.

— Então, sim, estou muito satisfeito com o atendimento às necessidades educacionais de Adele. Isso é tudo, Srta. Eyre. Bom dia, Coronel Dent. O Sr. Mason já se levantou e se despediu da nossa companhia, mas ainda há muitos aqui para entretê-lo. Venha, vamos para os estábulos.

E Jane ficou ali, sentada, com o coração na garganta. Mas não ficou sozinha por muito tempo.

— Jane! — Charlotte apareceu no arco que dava para o jardim. Correu para o lado dela e pegou sua mão. — Ficamos tão preocupados!

O Sr. Blackwood a tinha seguido. Ele fez um cumprimento com a cabeça.

— Estou bem — disse Jane. — Por que vocês estavam me procurando?

— Porque aconteceu de ouvirmos aquele grito horrível no meio da noite e não a encontramos em lugar nenhum. Você não ouviu o grito?

— Sim. Mas eu estava bem. O Sr. Mason teve um acidente e eu estava cuidando dele enquanto Rochester... o Sr. Rochester chamava um médico.

— Que tipo de acidente? — disse o Sr. Blackwood.

Jane apertou os lábios. O Sr. Rochester tinha dito que era um assunto de família. Ela protegeria a privacidade dele.

O Sr. Blackwood limpou a garganta.

— Não creio que a senhorita entenda a natureza do que está se passando aqui.

— Entendo o suficiente — insistiu Jane. — E, quando não entendo, confio nas intenções do Sr. Rochester.

— Mas por quê? — disse o Sr. Blackwood. — A senhorita mal o conhece.

— Conheço-o melhor do que o senhor. — As palavras saíram mais alto do que Jane pretendia.

Charlotte pôs a mão no ombro de Jane.

— Jane, querida, por favor, não fique chateada. Estamos apenas pensando em você. Há algo estranho acontecendo aqui e, se pudermos, queremos ajudá-la. Você pode nos dizer algo sobre o que aconteceu?

A expressão no rosto de Charlotte era tão sincera, tão compreensiva. Ela conhecia o coração de Jane e não a tinha julgado por isso. Jane suspirou.

— Alguém feriu o Sr. Mason — disse Jane, escolhendo cuidadosamente as palavras. — Ele sangrou profusamente.

O Sr. Blackwood cerrou os punhos.

— Rochester — ele grunhiu.

— Ele não teve nada a ver com isso — disse Jane. — Ele só pediu que eu tratasse do ferimento do Sr. Mason enquanto ia buscar ajuda. O Sr. Mason partiu com o médico não faz muito tempo.

— O Sr. Rochester não é quem a senhorita pensa — disse o Sr. Blackwood. — As intenções dele não são nobres nem honestas.

Jane ficou de pé.

— O senhor não o conhece — disse ela novamente.

— Nem a senhorita, Srta. Eyre.

Charlotte levantou a mão para o Sr. Blackwood.

— Por favor, Sr. Blackwood. — E se voltou para Jane, parecendo procurar as palavras certas. Instaurou-se um longo momento de silêncio. Por fim, ela soltou: — Jane, você está em perigo, amiga.

A sobrancelha de Jane se eriçou.

— O que você quer dizer com isso?

— O Sr. Rochester pode ser um vilão nefasto! — exclamou Charlotte.

— Ela tem razão — disse o Sr. Blackwood. — Ainda precisamos reunir provas, mas, enquanto isso, seria mais seguro se a senhorita deixasse Thornfield Hall.

— Mas por que vocês estão dizendo isso?

— Não estou preparado para lhe dar os detalhes — disse o Sr. Blackwood.

Jane fechou os olhos e balançou a cabeça.

— O que acontece com os homens que são "incapazes de dar detalhes"? Eu me sinto em casa aqui! Encontrei o meu lugar e nada do que o senhor possa dizer me levaria a sair daqui.

— O senhor deseja que Jane vá embora? — Veio uma voz rouca do arco do jardim. O Sr. Rochester tinha retornado de forma bastante inesperada.

— Sim — disse Alexander, endurecendo suas costas. — Não creio que esta seja uma boa situação para ela.

— Estou vendo — disse o Sr. Rochester. — Nesse caso, suma.

— O quê? — o Sr. Blackwood disse.

— O senhor pode se retirar de Thornfield imediatamente. O senhor obviamente não sabe nada de nossa vida aqui e sabe, menos ainda, apreciá-la. Então, como dono da casa, peço-lhe gentilmente que desocupe nossas instalações. E, por favor, leve seus primos com o senhor.

Jane ficou sem palavras por alguns momentos. Seus sentimentos por Rochester eram fortes e, no entanto, ela não tinha certeza de que lado deveria se colocar.

— Jane? — disse Charlotte.

Sim, tinha sido de fato uma noite bem estranha. Mas o Sr. Rochester a enxergava. Apreciava quem ela era. E o Sr. Blackwood não tinha detalhes e nenhuma prova de qualquer ato ilícito. Os sentimentos dela estavam confusos, mas sua lógica estava correta. Ela virou a cabeça para a direção contrária à de Charlotte.

O Sr. Blackwood fez uma vênia.

— Não mais nos imporemos à sua hospitalidade.

Ele se retirou, e Charlotte relutantemente o seguiu.

E, muito embora Jane sentisse que suas ações eram justificadas, não pôde deixar de sentir como se estivesse em um navio abandonado.

CAPÍTULO VINTE E UM
Alexander

Ser expulso não era o pior que poderia acontecer.

Os prós eram que Alexander poderia finalmente voltar a usar sua máscara (até que enfim!) e... bem, talvez esse fosse o único benefício mesmo.

A lista de contras era um pouco maior.

Primeiramente, ele tinha perdido a Srta. Eyre.

Segundamente (nós adoramos seguir "primeiramente" com "segundamente"), havia Rochester. Ele era o assassino, Alexander estava (na maior parte) certo disso. Mas ele precisava de mais provas do que apenas a carta, e agora tinha sido colocado para longe de Thornfield Hall e de todas as provas que poderiam estar escondidas na propriedade.

No entanto, ainda havia o Sr. Mason.

(Isso poderia contar como um pró de ser expulso, mas era bem difícil dizer no momento. Alexander estava bastante confuso com aquela coisa de listas.)

O Sr. Mason sabia algo sobre Rochester e, se Alexander pudesse interrogá-lo, todas as suas suspeitas sobre Rochester seriam justificadas. Mas eles tinham ido ao médico ver Mason, entretanto, ele nunca esteve lá. O rumor pela cidade (que a Srta. Brontë conseguiu descobrir em cinco minutos, é claro) era que Mason estava voltando para as Índias Ocidentais.

Isso significava que Alexander e os Brontë precisavam ultrapassar Mason na estrada, interrogá-lo e, então, todos poderiam retornar a Thornfield Hall e prender Rochester. Certamente, uma vez que se soubesse que Rochester era um bandido da mais vil categoria, a Srta. Eyre consideraria outras oportunidades de trabalho.

Enquanto a carruagem ia pulando pela estrada — com Branwell narrando tudo o que via pela janela e a Srta. Brontë escrevendo em seu caderno —, Alexander fechou os olhos e virou seus pensamentos para dentro.

A carta queimava um buraco em seu bolso. Era até um pouco alarmante. O que significava "salvar a Sociedade e pôr um fim a esta farsa"? E quanto ao misterioso "AW" sobre o qual eles queriam fazer algo? Poderia ser Arthur Wellesley.

Mas o Duque de Wellington nunca faria nada para prejudicar a Sociedade. Ele era um herói de guerra. O próprio Beethoven tinha composto uma peça de quinze minutos em sua homenagem. (Chama-se "A vitória de Wellington". Pode procurar, ela existe.) Então, o que significaria se o pai dele quisesse fazer algo a respeito do líder da Sociedade?

Certamente seu pai não os tinha traído.

— O senhor está cismado com algo — comentou a Srta. Brontë. Ela o observava com os óculos levantados e batia seu lápis contra o caderno de anotações. Fez uma careta franzida com os cantos dos lábios virados para baixo.

— Eu não cismo com nada. Estava apenas de olhos fechados. Não dormi ontem à noite.

— Reconheço cisma assim que a vejo, Sr. Blackwood. Não negue.

— Vá para casa, Srta. Brontë.

Ela torceu o nariz.

Ele não queria mesmo que ela fosse para casa. Ela era inteligente e atenciosa e realmente tinha todos os ingredientes de um verdadeiro agente da Sociedade. (Sem dúvida, aquele era o maior elogio que Alexander sabia dar a alguém.) Ele estava contente com a presença dela e pelo seu bom senso.

— Sinto muito por não ter conseguido convencer Jane a aderir à nossa causa — disse ela após alguns momentos.

— Não foi culpa sua. Rochester é o culpado.

Era Rochester o verdadeiro xis da questão em tudo aquilo. E o que quer que significassem aqueles problemas na Sociedade de que falava a carta, Rochester era provavelmente o culpado por eles também.

— Eu sei — disse a Srta. Brontë —, mas prometi que faria isso e não fiz. No entanto, pretendo compensar o fracasso. E não é realmente um fracasso. É um contratempo temporário, — Ela rabiscou algo em seu caderno e murmurou: — Contratempo temporário. — Então, ficou olhando para ele novamente. — Atitude é tudo. Não podemos chamar algo de fracasso se não for de fato.

Alexander não tinha tanta certeza, mas estava sem energia para discutir com ela. Ele só queria se encontrar com Mason o mais rápido possível e descobrir o que esse homem sabia sobre Rochester.

O grupo partiu apenas algumas horas depois de Mason, mas uma tempestade os forçou a seguir lentamente no primeiro dia, de modo que não o alcançaram em Nottingham. Uma roda quebrada os atrasou no segundo dia, então eles não o alcançaram em Leicester. E um dos cavalos perdeu uma ferradura no terceiro dia, então eles não o alcançaram em Northampton. Alexander tinha medo de que alguém aparecesse com disenteria (espere, essa é outra história), então eles pegaram um trem para chegar a Londres.

Da estação de trem, foram direto para a doca das Índias Ocidentais. Alexander deixou os irmãos Brontë perto de um bar com toda a bagagem e foi perguntar quais eram os horários dos navios.

A tarefa era mais difícil do que Alexander esperava, porque, apesar de ter crescido em Londres, ele sabia muito pouco sobre embarques, docas ou com quem deveria conversar. Assim, sua busca começou com perguntas a homens estranhos sobre seus superiores.

— Vá ver o Fred ali. Ele é o responsável por esta área — disse um homem, que apontou para uma pequena barraca.

Alexander não viu um homem.

— Está se referindo àquele pombo?

— Não, quero dizer o... — O homem olhou em volta e deu de ombros. — Acho que ele já foi embora. O senhor pode tentar o mestre de docas.

— Onde está esse mestre de docas?

— Ele pode estar em qualquer lugar. Tem muitas docas para coordenar.

Alexander balançou a cabeça.

— E o escritório dele? Talvez eu tente lá primeiro.

— Boa ideia!

O homem deu algumas orientações simples e colocou Alexander no caminho, mas as docas eram muito mais confusas e movimentadas do que ele esperava e logo se perdeu. Teve de pedir instruções de como chegar ao escritório do mestre de docas diversas outras vezes. O sol da tarde estava muito forte e a multidão de homens gritando e puxando peso só piorava o calor. O fedor de peixe e salmoura enchia o ar sufocante, e vários vigias dos armazéns lhe dirigiam olhares desconfiados. Provavelmente, por causa de sua máscara.

Até que ele, por fim, chegou ao escritório (que, na verdade, ficava bem perto da entrada das docas. Era possível que todos os estivadores com quem ele tinha conseguido instruções estivessem se divertindo vendo-o andar em círculos). Ele entrou e viu um homem de aparência desleixada sentado em uma grande mesa com pilhas e pilhas de papéis. E mais papéis ainda se derramavam de arquivos à sua volta.

Mesmo com as janelas abertas, a sala estava abafada. O suor estava escorrendo por detrás da máscara de Alexander quando ele se aproximou da escrivaninha.

— Boa tarde. Sou Alexander Blackwood, da Sociedade para a Realocação de Espíritos Instáveis.

— Ah, tenho certeza de que é. E eu sou o Rei William IV — o homem disse. E então olhou para cima. — Oh! Vejo que você é mesmo da Sociedade. Reconheço sua máscara.

— Sim, as pessoas dizem muito isso.

— Eu sou o Guy.

— Guy?

— Sim. Em que posso ajudá-lo?

— Estou procurando o Sr. Mason — disse Alexander.

Guy apontou com o polegar para a janela às suas costas, em direção às docas lotadas.

— Está vendo aquilo ali?

Alexander assentiu com a cabeça.

— Tem pelo menos seiscentos navios ali. Isso dá milhares de tripulantes. Milhares de estivadores. Centenas de guardas. Não conheço essas pessoas todas pelo nome e, certamente, não conheço esse seu Sr. Mason.

— Não é *meu* Sr. Mason.

Mas... espere! Isso não vinha ao caso. Alexander procurou em sua memória tudo o que tinha ouvido sobre o Sr. Mason durante sua estada em Thornfield.

— Esse Mason que procuro é dono de um negócio e de pelo menos vinte navios. Ele deve estar em um dos navios que vai partir em breve.

— Oh! — disse Guy. — *Esse* Sr. Mason. Esse eu conheço!

— Sério?

— Não. — Guy deixou cair o rosto em uma das pilhas de papéis e começou a folhear. — Mas acho que já ouvi a respeito dele, agora que você mencionou. Os navios dele sempre passam por aqui com açúcar, melaço e outras mercadorias desse tipo. É um sujeito popular. Sempre gentil, ouço dizer. Ele tem um sobrinho encantador. Trabalha duro, aquele garoto. Ele...

— Certo... — Tudo bem, era ótimo que ele soubesse tudo aquilo, mas Alexander não precisava de fofocas no momento. Só tinha de encontrar o próprio homem.

Depois de alguns minutos, Guy bateu com o dedo em uma das páginas.

— Ah, sim, ele está no *PurlAnn*. Ele foi adicionado à lista de passageiros ainda hoje e o navio parte em... — Ele estreitou os olhos para ver a página — ...trinta minutos.

Alexander respirou aliviado. Não tinha se desencontrado totalmente do homem, afinal. Mas trinta minutos não era muito tempo. Ele teria de ir atrás de Mason imediatamente.

— Suponho que o senhor possa me mostrar qual navio é o *PurlAnn*...

Guy se levantou da mesa com dificuldade e mancou em direção à porta. Sua perna de pau ia batendo no chão.

— É aquele ali. — Guy apontou para um galeão de quatro mastros. Suas velas azuis e verdes estalavam ao vento. — Boa sorte — disse, voltando ao seu escritório.

— Obrigado!

Alexander começou a ir em direção ao *PurlAnn*, mas seu instinto — uma intuição que nunca falhava — o levou a dar uma conferida nos Brontë antes. Ele olhou em direção à saída das docas e esperou a multidão da rua fazer uma pausa.

Lá estava a Srta. Brontë, escrevendo em seu caderno, como sempre. De vez em quando, ela levantava os óculos e olhava ao redor, como se as palavras certas simplesmente aparecessem diante dela. E, quando ela o apanhava olhando, sorria e acenava.

E então havia Branwell, curvado e oferecendo algo a uma criança desabrigada.

Uma... xícara?

A xícara de chá.

E ele não estava usando luvas.

— Não! — gritou Alexander, e saiu em uma disparada louca. — Branwell, não!

O grito atraiu olhares enquanto ele se embrenhava pelas docas lotadas e ia abrindo caminho pela rua movimentada. Mas era tarde demais. Branwell se endireitou, seus ombros jogados para trás.

Já estava possuído. Por Brocklehurst.

Por que aquele rapazinho tolo não estava usando luvas? Alexander não tinha explicado muito bem a ele que a xícara (assim como o relógio de bolso e a bengala) era perigosa?

Alexander abriu caminho através da multidão, gritando:

— Srta. Brontë, cuidado! — Porém ela não precisava de instruções nem de ajuda.

Ele, sim.

Branwell/Brocklehurst girou em direção a Alexander quando a multidão abriu caminho e, então, recuou, pois provavelmente percebeu que algo terrível estava prestes a acontecer. O agente da Sociedade possuído levantou a xícara no ar e disse:

— "Qual xícara seria"? — Branwell/Brocklehurst gritou em tom de ironia e investiu em direção a Alexander.

Aquele movimento todo iniciou uma correria entre as pessoas. Todos corriam tentando escapar do maluco com a xícara de chá. A Srta. Brontë tentou se mover para interceptar o irmão.

A xícara voou e bateu com um estalo na cabeça de Alexander.

— "Qual xícara seria"? — Brocklehurst gritava do corpo de Branwell. — Você gostaria que eu fizesse isso com você?

Ao redor deles, as pessoas gritavam e tentavam fugir, mas também um monte de gente queria ver um agente da Sociedade ser agredido com uma xícara de chá, o que tornava uma debandada mais eficiente algo bem difícil.

Alexander lutou com Brocklehurst, tentando pegar a xícara da mão dele, mas o fantasma recuou e começou a gritar com as pessoas na multidão:

— Não deixem esse sujeito chegar perto do chá de vocês!

Os cidadãos e cidadãs britânicos exemplares que ali estavam exclamavam indignados, alguns segurando sacos de papel junto ao peito. O brasão da loja de utensílios domésticos local estava estampado na frente da xicarazinha.

— Não deixem que ele se aproxime da porcelana de vocês! — Brocklehurst gritou.

Naquela hora, empregados da loja que carregavam caixas ali perto recuaram, alarmados com o aviso.

— Ele vai prender todos vocês em xícaras de chá!

Alexander pulou em Brocklehurst e agarrou a xícara, mas a porcelana bateu contra sua têmpora e o fez ver estrelas por um momento. Era uma xícara incrivelmente resistente.

— Me dê essa xícara! — Os dedos de Alexander rasparam contra a cerâmica, não o suficiente para pegá-la, mas o suficiente para que o cabo escorregasse dos dedos de Brocklehurst/Branwell e a xícara caísse no chão.

E ela se espatifou.

Não era tão resistente, afinal.

Brocklehurst gritou em triunfo enquanto mil pedaços de cerâmica se espalharam pela rua.

— Morra, sua xícara do mal!

A Srta. Brontë apareceu no canto do olho de Alexander, carregando uma tábua de madeira enorme no alto da cabeça, pronta para atacar.

Brocklehurst, então, saiu do corpo de Branwell.

Antes que Alexander pudesse dar o aviso, a ripa de madeira acertou Branwell direitinho na cabeça, e o assistente despencou nos paralelepípedos com o baque.

— Finalmente livre! — gritou o fantasma de Brocklehurst pulando rua afora, invisível para a maioria das pessoas.

— Engula essa! — gritou a Srta. Brontë.

— Srta. Brontë, Brocklehurst já se foi. — Alexander ficou de pé e tirou a poeira de cerâmica das calças.

— E eu o peguei?

— Não, a senhorita acertou seu irmão.

Ela levantou os óculos.

— Não foi o Brocklehurst?

— Como eu disse, ele se foi. Já tinha ido embora.

— O senhor está preso. — Veio a voz de um policial, que colocou uma das mãos enluvadas no ombro de Alexander.

Alexander soltou um lamento. Será que aquele dia poderia ficar pior? Ele se virou e endireitou sua máscara.

— Boa tarde, senhor policial. Meu nome é Alexander Blackwood. Sou da Sociedade para a Realocação de Espíritos Instáveis.

O policial franziu a testa.

— A Sociedade...?

— Trabalho para o Duque de Wellington. Ficarei feliz em colocá-lo em contato com ele se o senhor tiver alguma dúvida.

O policial franziu o rosto todo com mais força, como se quisesse informar Alexander de que a Sociedade estava em franco declínio, mas ambos sabiam que ele não poderia prender ninguém ali. Fantasmas ainda eram a área de atuação da Sociedade.

— E quanto a este sujeito? — O policial fez um gesto para Branwell, que estava naquele momento voltando a si. Um belo galo já crescia em sua cabeça.

— Ele é meu assistente — admitiu Alexander.

— E esta senhorita? — O policial olhou para a Srta. Brontë.

— Ela é assistente do meu assistente. — Alexander olhou por cima do ombro do oficial, em direção às docas e ao *PurlAnn*. Estaria o navio no mesmo lugar que antes? Era difícil dizer. — Agora, se o senhor me dá licença, realmente preciso ir...

— Muito bem. — O policial fez menção de partir. — Tenha uma boa-noite.

Logo depois, Alexander avistou o *PurlAnn*, com suas velas azuis e verdes cheias de vento, desaparecendo em direção ao Tâmisa.

O Sr. Mason tinha ido embora.

CAPÍTULO VINTE E DOIS
Charlotte

— Bom, é aqui — o Sr. Blackwood murmurou enquanto o grupo exausto se dirigia aos trancos e barrancos para o terceiro andar do apartamento na Baker Street. — Lar, doce lar. Fiquem à vontade.

Charlotte levantou os óculos ao rosto. O apartamento do Sr. Blackwood era bem limpo e arrumado, muito semelhante ao próprio Sr. Blackwood. Mas não tinha muita mobília. Ela viu um par de pequenas cadeiras no canto da sala de estar e se pousou sobre uma com cuidado, juntando as mãos sobre o colo. Bran ficou de pé perto da porta como se esperasse que lhe pedissem para sair, ainda com profundo remorso pelo que tinha acontecido com a xícara de chá e com o fantasma do Sr. Brocklehurst. Nenhum dos Brontë parecia à vontade.

— Bem, então... — disse o Sr. Blackwood. — Posso oferecer um chá aos senhores?

Bran gemeu e deixou cair o rosto em suas mãos.

— Acho que nunca mais voltarei a tomar chá. Não consigo suportar esse peso.

— Bran, querido, não é preciso ser tão radical. — Charlotte tentou um sorriso simpático. — Foi um erro. Todos nós cometemos erros.

— Mas eu cometo mais erros do que qualquer outra pessoa.

Isso era verdade.

— Isso é verdade — disse o Sr. Blackwood, não de forma indelicada. — Mas você é um novo iniciado. Está aprendendo.

Bran olhou para ele com um ar de esperança.

— Por acaso *o senhor* já lidou com um talismã da maneira errada e acabou possuído pelo espírito que ele continha?

O Sr. Blackwood limpou a garganta.

— Vamos cuidar desse chá.

Ele foi para outro cômodo. Charlotte foi até Bran e colocou um braço em volta dele.

— Levante esse queixo — ela o instruiu. — Nem tudo está perdido, querido irmão.

Ela tentava animar o irmão, mas, enquanto disse aquilo, estava pensando em como, com a partida de Mason, eles não conseguiriam provar que Rochester tinha um caráter sombrio, nem conseguiriam reunir qualquer prova substancial no caso do assassinato do pai do Sr. Blackwood. Além disso, eles tinham retornado a Londres sem Jane Eyre. E Jane estava aparentemente apaixonada por um vilão nefasto.

De fato, parecia que quase tudo estava perdido.

— Eu estraguei tudo — Bran suspirou.

— Vamos conseguir consertar as coisas de alguma forma.

— Como?

Charlotte não sabia a resposta.

O Sr. Blackwood voltou com uma bandeja de prata sobre a qual havia uma chaleira e a quantidade apropriada de xícaras e colocou tudo sobre a mesa de fundo. Charlotte foi ajudá-lo a servir o chá, enchendo e passando uma xícara para Bran, que a pegou sem comentar nada. Todos sorveram a bebida calmamente por instantes. Então, Charlotte perguntou:

— O que devemos fazer agora?

— Devemos ir a Westminster e escrever os relatórios à Sociedade.

— É claro — disse Charlotte. Borboletas nervosas se agitavam em seu estômago. A Sociedade. Finalmente. Mas agora ela sentia que sua oportunidade de fazer parte da Sociedade lhe havia escapado. — Quando devemos partir?

❊ ❊ ❊

Charlotte nunca tinha estado em Londres. Já tinha lido as melhores descrições da cidade em livros, é claro, mas nada a tinha preparado para a agitada grandiosidade da cidade, especialmente de Westminster. Ela ficava o tempo inteiro colocando a cabeça para fora da janela da carruagem, com os óculos plantados na ponta do nariz, tentando captar os menores detalhes — os bandos de pássaros que se movimentavam de um lugar para o outro acima deles; a majestade de pedra e mármore dos edifícios; os quilômetros e quilômetros de janelas brilhantes; as pessoas que se acotovelavam andando e conversando; todo tipo de carruagem que passava pelas ruas de paralelepípedos; o cheiro levemente pútrido do rio; o toque oleoso de fumaça que pairava no ar. Os dedos dela coçavam para documentar todas as suas impressões no caderno, mas a carruagem saltava demais. Seu grupo (ela mesma, o Sr. Blackwood ligeiramente aborrecido, e o Bran ainda um pouco abatido) tinha permanecido quieto a viagem toda. O Sr. Blackwood, em particular, parecia impaciente para chegar ao destino.

Pararam abruptamente. O Sr. Blackwood saltou da carruagem e estendeu a mão para ajudar Charlotte a desembarcar.

— Por aqui — disse ele, e subiu rapidamente as escadas. Bran seguiu logo atrás, de perto, enquanto Charlotte se deteve por um instante para contemplar a magnificência bruta do edifício. Naquele momento, ela desejou ter a habilidade de se expressar por meio da pintura, como fazia Jane, para capturar a forma como a luz incidia sobre aquela construção de pedra. Palavras eram ótimas, sim. Mas às vezes elas simplesmente não eram o suficiente.

— Venha — disse o Sr. Blackwood da porta.

Charlotte acelerou para recuperar o atraso. Seguiu Bran e o Sr. Blackwood até o corredor principal da Câmara dos Lordes e depois para um corredor mais distante, em que um discreto conjunto de escadas descia até o subterrâneo onde, em certo momento, houve uma capela. Era um pouco mofado lá embaixo, mas lindamente decorado, com tetos arqueados e pisos de madeira brilhantes.

— Por que a Sociedade fica sediada no edifício do Parlamento? — perguntou Charlotte enquanto caminhavam.

— Porque, em certo momento, antes da rixa com o rei, muitos membros não videntes da Sociedade eram também membros do Parlamento — respondeu o Sr. Blackwood dando de ombros. — Era uma questão de conveniência.

No final do andar subterrâneo, eles chegaram a uma grande porta de carvalho. O Sr. Blackwood bateu duas vezes.

— Qual é o seu propósito neste mundo? — perguntou uma voz do outro lado.

Charlotte achou aquela pergunta pessoal demais.

O Sr. Blackwood deu um sorrisinho curto, um pouco envergonhado.

— Investigar os grandes mistérios do mundo e servir ao bem-estar da humanidade, tanto o dos vivos quanto o dos falecidos — disse ele rapidamente.

A porta se abriu. Um gigantesco homem de cabelo laranja estava de pé do outro lado.

— Bom dia para o senhor, Sr. Blackwood. Branwell... — Seus olhos tremeluziram para Charlotte. — Senhorita...

— Stephen — o Sr. Blackwood respondeu. — Estamos aqui para ver o duque.

— Ele está à sua espera. — O homem deu um passo atrás para permitir que eles passassem pela porta.

Atravessaram outro corredor longo, desceram mais um pequeno conjunto de escadas e pararam do lado de fora de mais uma porta. O Sr. Blackwood não bateu desta vez. Apenas abriu a porta e entrou, com Bran e Charlotte logo atrás dele. A sala era uma biblioteca, forrada de parede a parede com estantes, cada uma delas se curvando sob o peso de livros volumosos e de aparência oficial. Livros! Mas a atenção de Charlotte foi imediatamente capturada pela grande mesa no centro da sala, à qual estava sentado um homem esbelto, impecavelmente vestido, com cabelos grisalhos.

Ela o reconheceu de imediato. Arthur Wellesley — que tinha sido, segundo lhe contara seu pai, o responsável quase sozinho pela derrota de Napoleão em Waterloo. A mente militar mais aguçada do mundo, diziam alguns. O político mais corrupto do mundo, diziam outros, especialmente se esses outros fossem do partido Whig, então é claro que suas opiniões não eram confiáveis. O "Duque de Ferro", como alguns o chamavam. O Duque de Wellington.

(Ela ficou um pouco deslumbrada, verdade seja dita. Nunca tinha estado perto de alguém famoso antes.)

E então o duque se levantou para abraçar o Sr. Blackwood calorosamente, como se ele fosse seu filho.

— Alex, meu rapaz — disse ele. — Estou tão contente em vê-lo. Você veio mais tarde do que eu esperava.

— Eu realmente fui atrasado pelas circunstâncias, senhor — respondeu o Sr. Blackwood. — Tenho muito para dizer ao senhor.

O duque se virou para olhar para Charlotte.

— Mas primeiro... Ela é bem pequenina em estatura, como você disse. Mas adorável. E os óculos... dão um belo toque.

Charlotte se sentiu sorrindo e corando. Então o Sr. Blackwood já tinha escrito para Wellington sobre ela. E parece que favoravelmente.

— Vossa Graça. — Ela tentou fazer uma mesura embaraçosa. — Como está o senhor?

— Minha querida. — O duque se dirigiu a ela e pegou sua pequena mão entre as dele, bem maiores. Ele também estava sorrindo. — É uma honra finalmente conhecê-la. Alexander me falou de suas muitas habilidades impressionantes.

Charlotte tinha habilidades? Bem, sim, claro que tinha. Naquele momento, entretanto, não conseguia se lembrar bem de quais eram, mas sabia que estavam por ali.

— Obrigada, senhor. É uma honra conhecê-lo também.

— Estou encantado com o fato de a senhorita ter decidido se juntar à nossa austera organização.

Ela olhou de relance para o Sr. Blackwood, depois para Bran, seu espírito quase levitando por dentro.

— Então o senhor deseja que eu seja admitida na Sociedade? — ela disse avidamente. — Eu sabia!

— Mas é claro. É pouco ortodoxo para nós iniciarmos uma mulher — disse o duque. — Muito raramente empregamos mulheres. Houve um caso com uma agente feminina alguns anos atrás que não terminou bem, mas estou disposto a creditar esse fracasso à constituição inadequada daquela senhora em particular, em vez de atribuir a culpa ao gênero como um todo.

O duque era um homem bastante razoável, concluiu Charlotte.

— Então, com isso, dou as boas-vindas à senhorita: seja bem-vinda à Sociedade para a Realocação de Espíritos Instáveis — concluiu o duque. — Estamos muito felizes em tê-la conosco, Srta. Eyre.

Ai.

Ai, não.

— Vossa Graça... — Ela começou a falar, mas seu estômago se fechou inteiro.

— Há um engano, senhor. — O Sr. Blackwood interveio. — Esta não é a Srta. Eyre.

O duque franziu o rosto e recuou para longe dela.

— O quê? Não é a Srta. Eyre? Bem, então quem diabos é ela?

— Esta é Charlotte Brontë — disse o Sr. Blackwood com firmeza, pronunciando a parte "Brontë" do nome de Charlotte como se tivesse um significado estranho. — Ela se mostrou de utilidade vital em minha atual missão.

— Ela é minha irmã, Vossa Graça — acrescentou Bran, na tentativa de ajudar.

Charlotte levantou os óculos. O duque estava olhando para ela com uma expressão que Charlotte achou completamente inescrutável. Uma mistura de aborrecimento e curiosidade, talvez?

— Mas... e quanto à Srta. Eyre? — perguntou ele. — Você ainda não está convencido de que ela é um Farol?

— A Srta. Eyre é, sim, um Farol.

— Então por que me trouxe a Srta. Brontë em vez dela? *Ela* é um Farol? Ou, pelo menos, uma vidente?

— Não, senhor. — Alexander limpou a garganta levemente. — Mas como ela é parente do Sr. Bran... de Branwell Brontë, talvez o traço também esteja em seu sangue. Creio que a Srta. Brontë jamais tenha experimentado a morte ou a ressurreição, portanto é impossível ter certeza.

O duque olhou novamente para Charlotte, como se valesse a pena matá-la temporariamente só para descobrir. Ela engoliu em seco.

— A Srta. Brontë possui uma rara inteligência e uma disposição que são adequadas para o tipo de trabalho que é feito dentro da Sociedade — acrescentou rapidamente o Sr. Blackwood. — Eu a recomendaria sem reservas para indução em nossas fileiras.

— Ah, você recomendaria? — O duque olhou do Sr. Blackwood para Charlotte e suspirou. — E o que a senhorita faz, Srta. Brontë?

— Bem, senhor, eu... — *"Escrevo coisas"* era o que ela estava prestes a dizer, mas então pensou um pouco melhor. — Bem, sou excelente em questões que exigem observação. E eu poderia usar esses poderes de observação para resolver mistérios.

— Que mistérios?

Bem, na verdade, ela ainda não tinha resolvido mistério algum. Antes de continuar, ela olhou de relance para o chão.

— Também sou muito boa em fazer planos. Em estratégia. Quando o Sr. Blackwood precisou arranjar um jeito de entrar em Thornfield Hall, por exemplo, eu...

— Estou vendo... — O duque parecia pouquíssimo impressionado. Ficou olhando fixamente para os óculos dela, que teve de segurar no rosto durante toda aquela conversa só para ver o que estava acontecendo. Ela mesma supôs que estivesse parecendo um tanto boba.

Charlotte levantou o queixo.

— Senhor, eu consideraria uma grande honra ser útil à Sociedade.

— Claro que consideraria — disse ele. — É a maior honra e não costumamos agraciar alguém com essa honra por capricho. — Ele se voltou abruptamente para o Sr. Blackwood. — Mas e a Srta. Eyre? Se você sabe que ela é um Farol, por que não a trouxe para cá?

— A Srta. Eyre é uma das mais astutas videntes do sobrenatural que eu já encontrei, senhor — disse o Sr. Blackwood. — E, sim, ela é um Farol.

— O que é um Farol? — Bran interveio.

Pobre Bran, pensou Charlotte. *Ninguém lhe diz nada.*

— Um Farol é um tipo especial de vidente, querido, que atrai os fantasmas e pode até mesmo controlá-los.

— Controlá-los? — Bran parecia magoado por ela saber tal coisa e ele não.

— Os fantasmas são incapazes de recusar uma ordem direta de um Farol — disse Alexander. — Quando um Farol diz a um fantasma para fazer algo, ele deve fazê-lo.

— Ah, entendo — disse Bran. — Isso seria muito útil. Assim, em vez de perseguir um fantasma ou fazer *puf!* nele, a Srta. Eyre poderia simplesmente ordenar ao espírito que entrasse no talismã. E ele não teria outra escolha senão obedecê-la. Aposto que o senhor gostaria de ser um Farol, Sr. Blackwood. Seria realmente bom nisso.

— Seria de fato... — O olhar do Sr. Blackwood não estava nada feliz, Charlotte notou. Jane poderia ser mais eficiente na captura de fantasmas do que o Sr. Blackwood jamais seria. E ela sabia que ele se orgulhava de ser o melhor agente da Sociedade.

Ainda assim, ele tinha feito a Jane a oferta de emprego. Tinha tentado levá-la até ali. *Quão nobre da parte deste senhor,* pensou Charlotte. *Atender aos interesses da Sociedade acima dos dele.*

Ele, então, passou a dizer asperamente:

— Fiz o melhor que pude para persuadir a Srta. Eyre a se tornar uma agente, mas ela simplesmente não está interessada no cargo. Ela não pôde ser convencida.

O duque parecia muito insatisfeito com aquela informação.

— Todas as pessoas podem ser convencidas com o incentivo certo.

— Não Jane — Charlotte balançou a cabeça. — A decisão dela já está tomada. Ela deseja ficar em Thornfield.

Ele escarneceu.

— O que Thornfield Hall tem que é melhor do que o que temos para oferecer a ela aqui?

— Sim, ainda mais considerando que oferecemos à Srta. Eyre um salário de cinco mil libras por ano — disse Bran.

— O quê? — O duque se virou para o Sr. Blackwood, que ficou com o rosto ruborizado.

— Pensei que recuperaríamos esse investimento assim que a Srta. Eyre nos ajudasse a restaurar a Sociedade à sua antiga glória — murmurou ele.

— Estou vendo — disse o duque. — E mesmo assim ela recusou?

Todos os homens daquela sala estavam olhando para Charlotte, como se ela representasse todas as mulheres, e esperavam que ela soubesse exatamente as razões de Jane. E Charlotte sabia quais eram mesmo, mas seria tão indelicado falar sobre isso. Na verdade, não era da conta deles. Era assunto de Jane.

— Bem... — disse ela lentamente. — A comida em Thornfield Hall é muito boa e é farta. Jane não recusa uma boa refeição. Nossa verba individual era bastante modesta na escola.

— Cinco mil libras por ano poderiam proporcionar à Srta. Eyre as refeições mais deliciosas que ela poderia ter na vida — disse o duque.

— Ela... bem... tem um carinho muito especial pela criança que está instruindo.

— A criança que ela conheceu há apenas algumas semanas? Bobagem. Se a Srta. Eyre aceitasse nosso emprego, viveria uma vida muito mais elevada. Em um alojamento de bom gosto. Com belas vestimentas. Uma reputação muito melhor.

Todas as coisas que a própria Charlotte já tinha apontado para Jane em vão.

— Jane não tem esse desejo de uma vida mais elevada — disse Charlotte. — E ela tem uma impressão um tanto negativa da Sociedade, temo eu.

O duque franziu a testa.

— Mas por quê?

O Sr. Blackwood deu um passo à frente.

— Talvez a culpa seja minha, senhor. Na primeira vez em que encontrei a Srta. Eyre, como o senhor se lembrará de nossa conversa anterior, capturei o fantasma de Claire Doolittle na presença dela. Eu...

Charlotte se espantou, esquecendo-se totalmente de onde estava.

— O senhor realmente fez isso? O que aconteceu naquela noite? Eu estava morrendo de vontade de saber. Como capturou aquele fantasma? O senhor diz que o nome dela é Claire Doolittle? E onde ela está agora?

— Aqui. — O Sr. Blackwood tirou de seu bolso um lenço embrulhado. Ao desembrulhá-lo, um relógio de bolso de aparência bastante comum se revelou.

— O relógio de bolso! Bem, aí está um mistério resolvido! — Charlotte exclamou e, como não podia evitar, tirou imediatamente seu caderno do bolso e começou a tomar nota. Quando olhou para cima novamente, todos estavam olhando para ela. — É... É que Jane parece duvidar que a Sociedade "realoca" de maneira inteiramente ética os espíritos que captura. — Charlotte levantou os óculos para olhar com seriedade para o duque. — Então, *o que exatamente* os senhores fazem com eles? O que farão, por exemplo, com esse fantasma no relógio de bolso?

O duque e o Sr. Blackwood trocaram olhares. Então o duque disse:

— Bem, suponho que não há mal nenhum em mostrar à senhorita.

Ele os conduziu de volta pelo corredor escuro até outra escadaria que levava a uma parte do andar que Charlotte não tinha notado antes, um pequeno enclave cheio de várias prateleiras de madeira esculpidas de forma ornamental. Nas prateleiras, havia diversos itens sortidos: um garfo, um pente, um acordeão, uma viseira de cavaleiro, uma fita de cabelo de seda... cada um descansando em uma almofada especial ou colocado em uma série de gavetas compridas, da mesma forma como alguém poderia exibir borboletas ou peças de arte.

— Não toque em nada — disse o Sr. Blackwood a Bran em voz baixa.

— Claro que não, senhor, eu nunca... — Bran não conseguiu nem terminar a frase, de tão envergonhado que estava. — Claro que não, senhor.

O duque e o Sr. Blackwood se aproximaram de um conjunto vazio de prateleiras. O Sr. Blackwood colocou o relógio de bolso gentilmente sobre uma almofada de veludo preto. O braço de Charlotte começou a tremer com o esforço de segurar seus malditos óculos o tempo inteiro, mas não podia abaixá-los. Segurou a respiração de um jeito que a impedisse até de piscar, porque não queria perder o que aconteceria em seguida.

Mas, por um momento, nada aconteceu.

E então, por outro momento, nada aconteceu.

E por um outro momento... nada.

— Então é isso? — perguntou ela. — Os senhores só os mantêm aqui?

— Chamamos aqui de Sala de Coleta — disse o duque. — É onde armazenamos todos os artefatos que encontramos.

Charlotte sentiu uma testa franzida se aproximando de seu rosto rapidamente.

— Então, a Sociedade recolhe os fantasmas e depois os mantém aqui indefinidamente. Não é verdade, é?

O Sr. Blackwood mudou de apoio como se estivesse desconfortável.

— Não é tão simples assim.

— Então, o senhor não os está "realocando", exatamente. Só os está "colecionando".

— Estamos prestando um serviço às pessoas a quem os fantasmas estão incomodando.

— Mas fantasmas também são pessoas. — A franzida de testa de Charlotte tinha chegado com força total agora. — Talvez a preocupação de Jane tenha sido justificada, afinal. Não é correto aprisionar pessoas, vivas ou mortas.

— Não existe outra maneira — disse o Sr. Blackwood, ao mesmo tempo que o duque respondeu:

— Há outra maneira.

— O quê? — O Sr. Blackwood pareceu confuso.

— Há um quarto que eu nunca lhe mostrei — disse o duque. — Venham.

Ele os conduziu apenas a uma porta trancada perto dali. Tirou um molho de chaves e a destrancou. Dentro, havia um grande conjunto de câmaras com uma série de candelabros e cortinas de veludo vermelho. Havia algo que se parecia com um altar no centro da sala e uma estranha sensação de formigamento deixou os nervos de Charlotte em polvorosa.

— Isso é o que costumávamos chamar de Sala de Prosseguimento — disse o duque. — Anos atrás, quando a Sociedade estava no auge, trazíamos o fantasma recolhido para cá, dizíamos algumas palavras do *Livro dos Mortos* e obrigávamos o referido fantasma a ir para o outro mundo, aquele além deste. Então o fantasma estava em paz. E o nosso trabalho estava completo.

— Então por que o senhor não os traz para cá agora? — Charlotte quis saber.

O duque estava sorrindo novamente, o que pareceu estranho a ela.

— A cerimônia requer um Farol. Somente um Farol pode ler o livro. Somente um Farol pode ajudar a alma rebelde a seguir em frente.

— Um Farol... — o Sr. Blackwood murmurou. — Por que eu nunca soube disso?

— Não temos um Farol na Sociedade desde que eu o acolhi — explicou Wellington. — Portanto, não havia necessidade de você saber sobre isso. Mas, como há a possibilidade de termos no grupo um Farol agora...

— O que é isso a respeito de um livro? — perguntou Charlotte. — Que tipo de livro é um *Livro dos Mortos*? É egípcio? Posso ver esse livro?

— Você vê agora como é importante conseguirmos a Srta. Eyre? — Continuou o duque para o Sr. Blackwood como se Charlotte não tivesse falado nada. — Se ela é realmente um Farol, poderia libertar todas estas pobres e infelizes almas.

O Sr. Blackwood estava acenando com a cabeça.

— Se explicássemos isso a ela, certamente enxergaria um propósito. Ela gosta dos fantasmas. Ela gostaria de ajudá-los. Ela viria.

— Não, ainda assim ela não vai sair de Thornfield — disse Charlotte, cheia de certeza.

— Mas...

E lá estava armada a situação. Ela teria de contar a eles.

— Jane não deixará Thornfield Hall porque... — Charlotte respirou fundo. — Porque ela está apaixonada.

— Apaixonada? — Wellington, Bran e o Sr. Blackwood disseram todos juntos.

— Mas por quem? — perguntou o Sr. Blackwood.

Charlotte mordeu o lábio.

— Pelo Sr. Rochester.

— Pelo Sr. Rochester? — o Sr. Blackwood disse, incrédulo. — Mas ele é...

— Mais velho. Bem mais velho. Eu sei. Mas o coração deseja o que o coração deseja.

Ela não deveria estar discutindo com outras pessoas a relação entre Jane e Rochester. Era inadequado. Até escandaloso. Mas aquela era a real razão pela qual Jane nunca deixaria Thornfield. Eles precisavam saber.

— E a senhorita acredita que o afeto da Srta. Eyre é correspondido pelo Sr. Rochester? — questionou o duque.

— Ele disse algumas coisas para ela, coisas muito boas, que fazem parecer que sim.

— Interessante... — O duque estava sorrindo mais uma vez. Mas era uma espécie de sorriso arrepiante, que fazia os cabelinhos na nuca de Charlotte se levantarem. De pronto, ela então percebeu que o duque não era exatamente o que parecia. — Bem, talvez possamos fazer uso disso — ele disse quase que para si mesmo.

— Como assim "fazer uso disso"? — perguntou o Sr. Blackwood.

— Acontece que eu conheço o Sr. Rochester — disse o duque. — Eu fiz a ele um grande favor há algum tempo e ele tem uma dívida comigo. Talvez eu possa ter alguma influência sobre ele para convencer a Srta. Eyre. Sim. Mas que afortunada reviravolta! Enviarei imediatamente uma mensagem a Rochester.

Charlotte levantou os óculos para ver o rosto do Sr. Blackwood. Ele estava pálido. A boca apertada. Ela esperou que ele contasse a Wellington sobre a carta encontrada e as suspeitas dele de que Rochester tinha assassinado seu pai. Mas ele não disse nada.

— Agora, se vocês não têm mais nada que exija a minha atenção hoje, há muito a ser feito — disse o duque.

— Desejo falar com o senhor — disse o Sr. Blackwood com urgência. — Em particular.

— Muito bem. Volte para o meu escritório. De fato, há outro trabalho que requer sua atenção também — o duque disse e fez uma curta mesura para Bran e Charlotte. — Despeço-me dos senhores.

— Mas... — Bran engoliu o fôlego. — E quanto... e quanto à minha irmã, senhor, e seu desejo de entrar para a Sociedade?

O duque fez apenas um gesto de desdém.

— Ah, veja, muita gente desejaria entrar para a Sociedade, não é verdade? Se ela me provar que pode nos oferecer algo que ninguém mais pode, talvez eu considere a oferta. Tenham um bom-dia. — O duque caminhou rapidamente de volta para o corredor principal, mas depois fez uma pausa. — Ah! Alexander, você ainda está de posse de um artefato, não está? Aquele que contém o diretor. Sr. Brocklehurst, creio que era esse o seu nome. Devemos acrescentá-lo à Sala de Coleta antes de voltarmos à superfície.

O rosto de Alexander ficou vermelho.

— Eu tenho a bengala do fantasma da carruagem, senhor, mas não tenho mais a xícara de chá. Ela... se perdeu.

A surpresa se fez no rosto do duque.

— Você não comete erros com frequência, meu rapaz. O que aconteceu?

— Ela... se perdeu — repetiu Alexander.

Charlotte queria dar nele um abraço. Por toda a estranheza que ele deveria estar sentindo naquele momento em relação a Jane e Rochester. E por proteger Bran.

Bran, por sua vez, não queria ser protegido. Ele limpou a garganta.

— Senhor, a culpa foi minha. Manipulei o talismã de maneira inadequada, o espírito do Sr. Brocklehurst me possuiu por um tempo e, então, eu... quebrei a xícara.

O duque tirou os óculos.

— Então o fantasma escapou.

Bran mais uma vez engoliu em seco, o que causou um solavanco em seu proeminente pomo de adão.

— Sim, senhor.

— Entendo — disse o duque.

— Aguardo seu castigo, senhor, na verdade com avidez, como sei que muito mereço — disse Bran.

Charlotte interveio.

— Ele tinha boas intenções, senhor. Estava tentando ajudar uma criança necessitada.

O duque se virou e caminhou sem cerimônias de volta à biblioteca.

Ele se sentou na escrivaninha, reacendeu seu cachimbo e deu uma longa e austera olhada em Bran.

— Gostaria de falar com o Sr. Brontë em particular por um momento.

— Senhor — disse o Sr. Blackwood em protesto. — Eu também tenho culpa. Não deveria tê-lo deixado sozinho.

O duque pareceu nem ter ouvido. Simplesmente esperou que eles atendessem ao seu pedido. O Sr. Blackwood suspirou e saiu da sala. Charlotte ficou. Sentiu que poderia explodir com tudo o que queria dizer. Tinha sido apenas um erro do irmão. Qualquer um poderia ter cometido um erro daqueles. Bem, talvez não "qualquer um". Mas Bran tinha boas intenções. Ele sempre tinha boas intenções.

As mãos de Charlotte se apertaram em punhos indefesos.

— Charlie — Bran disse. — Vai.

Charlotte e o Sr. Blackwood esperaram no salão por longos minutos. Então Bran emergiu novamente, com o rosto pálido, mas sorrindo corajosamente.

— Você está bem? — perguntou o Sr. Blackwood.

— Tudo bem — disse Bran. — Foi só uma chamada de atenção, afinal. Eu fico bem. Tudo vai ficar bem.

— Bem, isso é um alívio — disse o Sr. Blackwood. — Você teve sorte. O duque não é do tipo que dá segundas chances. Vou acompanhá-los até a saída agora. Tenho mais alguns assuntos a tratar com o duque.

Os olhos dele se encontraram com os de Charlotte e ela tentou lhe dar um sorriso encorajador.

— Sinto muito, Srta. Brontë — ele disse enquanto voltavam para a entrada principal. — Sei que a senhorita queria se tornar uma agente.

Ela assentiu com a cabeça.

— Bem. Queria. Quero, sim. Mas... — Ela mordeu o lábio novamente. — Sr. Blackwood, o senhor já teve a sensação de que o duque não está lhe contando tudo?

— Wellington é como um segundo pai para mim — disse ele. — Ele praticamente me criou. É claro que ele me conta tudo.

— Ele não lhe contou sobre a Sala de Prosseguimento — ela apontou.

— Não houve uma ocasião certa na qual ele pudesse me contar — disse o Sr. Blackwood com firmeza, afastando-se um pouco dela. — Como ele disse, não temos um Farol na nosso Sociedade desde antes de eu vir para cá.

— Mas esse é um detalhe bastante significativo para ele deixar de fora.

— É um detalhe. Mais nada.

— E o senhor não acha estranho que ele esteja familiarizado com o Sr. Rochester? E não acha que...

— Srta. Brontë, aprecio sua preocupação — disse ele usando uma voz que transmitia a sensação de que, na verdade, não apreciava nada a preocupação. — Mas está tudo bem com Wellington. Eu o conheço. Vou falar com ele e resolver tudo.

— É claro. Mas há algo importante que ainda não sabemos. Sinto isso.

— Sinta isso sempre que quiser. — Ele cruzou os braços. — A senhorita deve parar de intrometer seu gracioso narizinho de botão onde ele não pertence.

— Meu o quê? — Ela balançou a cabeça. — Mas Sr. Blackwood... O senhor não acha tudo isso um pouco suspeito? Não acha que...

— Não. Não acho.

Eles já estavam na rua, de modo que era mais difícil ouvi-lo com a agitação das pessoas se movimentando. Bran estava logo atrás deles. Ele não tinha dito nem mais uma palavra desde seu *tête-à-tête* com Wellington.

— Sr. Blackwood... — Charlotte tentou novamente.

— Apenas pare — disse ele. — Pare de repensar tudo. Pare de tentar tanto. Apenas aceite que as coisas são o que são. Não há nenhum grande mistério aqui, Srta. Brontë. Não há história.

— Mas...

— Vá para casa, Srta. Brontë — disse ele.

E, dessa vez, ela sentiu, ele realmente quis dizer o que disse.

Ela se elevou até a sua máxima e nada imponente altura.

— Muito bem. Foi um prazer trabalhar com o senhor, Sr. Blackwood. Sinto muito que, aparentemente, não poderemos trabalhar juntos no futuro. Eu posso... posso encontrar meu caminho para casa.

Ele suspirou. Estava óbvio que tinha ferido os sentimentos dela.

— Srta. Brontë, eu...

— Bom dia, Sr. Blackwood. — Ela fez uma reverência sem vontade, sem levantar os óculos de propósito, pois não queria olhar para ele.

— Srta. Brontë. — O Sr. Blackwood inclinou o chapéu, depois girou nos calcanhares e voltou para o prédio, deixando Charlotte e Bran na rua.

— Você está bem, Charlie? — Bran perguntou depois de um tempo.

— Não me chame de Charlie! — Ela suspirou. — Que dia estranho! — Ela descobriu que estava tremendo. E seus olhos estavam um pouco molhados. — Vamos lá, vamos. Estou animada para ver seu apartamento, irmão.

— É só um quarto, não um apartamento inteiro. E a senhoria é má.

Ela esperava que ele fosse chamar uma carruagem, mas ele disse que preferia andar a pé. Então eles caminharam e caminharam, mais de uma milha, até chegarem a uma casa dilapidada em uma rua escura — o tipo de rua onde coisas desagradáveis aconteciam durante a noite. Bran destrancou a porta da frente e conduziu Charlotte rápida e silenciosamente por um corredor que subia as escadas dos fundos. Para uma sala do tamanho de um armário.

Charlotte se sentou na cama, porque era o único lugar disponível para se sentar. Sentiu um forte cheiro de mofo. E de fezes de rato.

— É muito bonito, Bran — disse ela, bem baixinho. — Muito aconchegante.

Bran tirou o chapéu e o atirou em um canto. Passou as mãos pelo cabelo vermelho desgrenhado, deixando-o ainda mais desgrenhado. Então, olhou em volta e deu uma risada amarga.

— Bem, pelo menos tem isso de bom. Não terei de suportar mais este lugar miserável.

— O que você quer dizer? Eles encontraram um lugar melhor para você? — Ela tremeu. — Mais quente, talvez?

Era estranho como ela tinha se acostumado a ficar bem aquecida depois de apenas algumas semanas na casa dos Ingram e em Thornfield Hall.

— Não — disse Bran. — Mas me foi dado até o final do mês para desocupar este.

— Mas por quê? — perguntou ela.

— Fui dispensado da minha posição como aprendiz do Sr. Blackwood — relatou ele. — E fui expulso da Sociedade.

O coração dela doeu por ele.

— Ah, Bran, sinto muito!

Bran engoliu em seco.

— O duque disse que eu não possuo as qualidades de um verdadeiro membro.

Ela agarrou a mão dele e a apertou.

— Ele ficou compreensivelmente irritado com o incidente com a xícara. Mas talvez reconsidere. Afinal de contas, eles precisam de agentes. Talvez...

— Não — disse Bran com a voz rouca. — Você ouviu o que o Sr. Blackwood disse. O duque não dá segundas chances.

— O que você vai fazer? — perguntou ela.

— Vou para casa, eu acho. Ajudar o pai com a igreja.

— Não, você não pode! — gritou Charlotte. — Foi apenas um erro. O duque não pode despedi-lo por um simples erro.

— Ah, mas ele pode! — disse Bran. — Ele não estava com raiva. Não me desejou nada de mau, Charlie. Mas ele não pode tolerar incompetência dentro da Sociedade. Eles são como a máquina de um relógio, e eu tenho me provado uma engrenagem defeituosa. Precisava ir embora.

— Mas, Bran — disse ela. — Certamente, ele...

— Ele não quer ter nada a ver comigo. Sempre achei um espanto que eu tenha sido admitido na Sociedade para início de conversa. Além disso, não quero trabalhar para uma instituição que não aceita você também. Eles são tolos se não conseguem ver o quanto você é valiosa, Charlie. Você seria uma agente magnífica. — Ele suspirou e se aproximou dela, abraçando-a como se fosse ele quem a reconfortava. — Então... é isso. Eu vou para casa. Você volta para a escola. E as coisas voltarão ao normal.

— Eu não gosto do normal — disse ela.

— Nem eu — disse Bran.

— Eu detesto o normal.

— Eu odeio — ele concordou.

— Eu simplesmente abomino o normal — disse ela, e Bran deu uma risada fraca. E então eles se levantaram e fizeram um chá.

CAPÍTULO VINTE E TRÊS
Jane

— Chegou uma carta para a senhorita — disse a Sra. Fairfax no café da manhã.

— Para mim? — Jane disse. Charlotte e o Sr. Blackwood tinham acabado de deixar Thornfield, e Jane não podia imaginar quem poderia ter lhe enviando uma carta.

A Sra. Fairfax empurrou o papel pela mesa em direção a Jane, que a abriu com curiosidade.

Era de Bessie, a antiga babá de Jane na casa da tia Reed.

Prezada Srta. Eyre,
Sua tia Reed adoeceu e está confinada à cama. Ela pediu para falar com você. Por favor, apresse-se, pois o tempo dela neste mundo não há de ser longo.

Jane franziu a testa.

— Está tudo bem, Srta. Eyre? — perguntou a Sra. Fairfax.

— Não. É a minha tia. Ela está morrendo e pediu para me ver.

— Oh, sinto muito. A senhorita deve arrumar suas coisas imediatamente. Eliza! — Ela chamou e uma empregada da cozinha entrou. — Por favor, ajude a Srta. Eyre a arrumar suas coisas.

— Mas a senhora pode me dispensar para fazer tal viagem? — Jane perguntou.

— Podemos e assim faremos — disse a Sra. Fairfax.

— Agradeço muito. Mas não vou precisar da ajuda de Eliza. Meus pertences são poucos.

— Muito bem — disse a Sra. Fairfax.

Jane baixou o olhar.

— No entanto, precisarei de algum dinheiro. Ainda não recebi o meu salário.

— A senhorita deve levar esse problema ao patrão — disse a Sra. Fairfax, retornando sua atenção ao correio da manhã.

— Certo — Jane murmurou, não queria ter uma conversa tão desconfortável.

Ela voltou ao seu quarto para arrumar os parcos pertences.

Helen não guardou para si mesma os sentimentos que tinha sobre aquela viagem.

— Essa sua tia Reed não merece nem mesmo cuspir no mesmo ambiente que você.

— Ela deve estar bastante desidratada e não cuspiria nada — disse Jane.

— No entanto, fico feliz que você esteja deixando Thornfield Hall e o Sr. Rochester. Ele não é um homem bom.

Jane franziu a testa.

— Você não sabe disso.

— Ele é um enganador.

— Não temos como saber isso de fato.

— A história da vidente. O homem ensanguentado. Gritos por trás da porta... — Com o dedo no ar, Helen ia riscando os itens de sua lista mental.

— Certo, talvez, em algumas ocasiões, ele não tenha sido totalmente comprometido com a verdade... — Jane teve de admitir que sua amiga fantasma tinha um quê de razão.

Quando foi procurar o Sr. Rochester para falar do probleminha com o salário, ela o encontrou na sala de visitas cochichando com Blanche Ingram. Jane sentiu uma pontada no peito.

— Aquela criada quer falar com o senhor? — disse a Srta. Ingram.

O Sr. Rochester olhou para a porta e, quando viu que era Jane, pediu licença imediatamente, deixando a Srta. Ingram com cara feia.

— O que é, Jane?

— Senhor, preciso partir agora.

— O quê? — Ele nem se deu o trabalho de esconder a decepção em sua voz. — Não me diga que todo esse imbróglio com os Eshton mudou sua opinião sobre continuar aqui.

— Não, não é isso. Estou com uma tia doente. Ela pediu para me ver. — Jane tirou a carta do bolso e a entregou a ele.

Ele a pegou, deu uma olhada e a devolveu.

— Essa é a tia que expulsou a senhorita de casa e a enviou para Lowood?

— Sim. Mas não vou negar a uma mulher moribunda seu pedido. Devo me ausentar por apenas uma semana ou algo assim.

— Uma semana inteira ou algo assim? — Ele suspirou e abaixou a cabeça. — Bem, se a senhorita precisa, então precisa.

— Há mais uma coisa que queria tratar com o senhor... — disse Jane, se sentindo constrangida. — Eu não tenho dinheiro. O senhor ainda não me pagou.

— Não paguei? Mas não é uma das coisas que o meu pessoal diz sobre mim, que eu pago em tempo hábil? — Ele sorriu e o coração dela quase explodiu. — Quanto eu lhe devo?

Ela abaixou a voz.

— Quinze libras.

Ele puxou a carteira e escavou o conteúdo.

— Aqui estão cinquenta.

— Não posso pegar cinquenta, senhor!

Ele rolou os olhos e depois olhou de novo em sua carteira.

— Então eu só tenho dez.

— Vai servir, senhor. Mas o senhor ainda me deve cinco — disse Jane com um sorriso.

— Então me prometa, Jane, que a senhorita não vai gastar um minuto a mais do que o necessário com a sua tia horrível. — Ele pegou a mão dela, e Jane viu Blanche Ingram desviar o olhar. — Prometa-me também que voltará para pegar suas cinco libras.

— Eu prometo — disse Jane em um sussurro, quase sem fôlego.

*　*　*

— Ele não tinha mais cinco libras? — Helen perguntou, incrédula. Elas estavam na carruagem, viajando até a casa da tia Reed, e Helen não conseguia lidar com o fato de o patrão não ter pagado a Jane o que devia.

— Tenho certeza de que ele tinha, mas não ali com ele, naquela hora.

— Você sabe o que é melhor do que cinco libras? Cinco *mil* libras a mais!

A carruagem ia batendo e avançando ao longo da estrada e, nas poucas horas que elas levaram para chegar à tia Reed, Helen perguntou não menos do que sete vezes sobre o Sr. Rochester não ter o dinheiro do salário da amiga.

Já na casa da tia, Bessie encontrou Jane na porta.

— Estou tão feliz que tenha vindo, Srta. Eyre! Nossa, como você se tornou uma moça elegante! Não é assim tão linda, mas isso não importa. Você chegou mesmo a tempo. Ela já morreu uma vez, pouco antes de mandar chamá-la. Temo que, da próxima vez, a morte seja permanente.

Ela conduziu Jane imediatamente ao quarto de dormir, onde a figura frágil da tia mal formava um caroço no colchão. Um homem alto e translúcido estava ao lado dela, observando-a. Era o fantasma do tio de Jane.

Helen se escondeu atrás de Jane.

— Quem é essa? — Veio uma voz muito grave da cama.

— É Jane Eyre — disse Jane. — A senhora mandou me chamar, tia Reed.

— Jane Eyre. Eu odiava aquela criança ingrata.

Helen soltou uma baforada indignada e deu um passo à frente.

O fantasma do tio Reed balançou a cabeça e falou para o caroço debaixo dos lençóis.

— Não foi isso que conversamos, minha querida.

Tia Reed se virou para longe dele. Jane então, oh, percebeu: a tia podia vê-lo agora. Sua curta luta com a morte tinha a transformado em uma vidente. Aquilo seria interessante.

— Tia, sou eu, Jane Eyre. A senhora mandou me chamar.

Tia Reed a olhou de cima a baixo.

— Você é Jane Eyre. Vejo que trouxe uma das suas amigas excomungadas.

Helen olhou para a direita e para a esquerda.

— Ela está falando de mim? — Enrolou a manga fantasmagórica de seu vestido fantasmagórico. — Você está falando *de mim*?

— Quieta, querida — disse Jane. — Tia Reed, como eu posso lhe ser útil?

Ela tossiu e arfou.

— Creio que devo me confessar e fazer reparações antes de morrer.

— O que a senhora deseja confessar?

Tia Reed pressionou os lábios. Ela era teimosa, mas o tio Reed a cutucou sob as costelas. Ela se encolheu.

— Prometi ao seu tio que cuidaria de você. E que a amaria. E não fiz isso.

— Eu sei. Já sabia disso, tia.

— E...? — Tio Reed emendou.

— E... — Ela disse a parte seguinte como se fosse uma palavra só. Uma palavra de poucas letras. — Acreditoemvocêsobreverfantasmas.

Ela se encolheu outra vez, como se fosse fisicamente doloroso admitir tal coisa.

— Obrigada, tia. — Jane se virou para sair, mas o tio fantasma dela limpou a garganta.

— Mais uma coisa — disse a tia. Ela gesticulou para a mesa, em cima da qual tinha uma carta. — Três anos atrás, recebi uma mensagem de um tio que você nunca soube que existia. Ele perguntou sobre o seu paradeiro. Ele queria que você morasse com ele. Queria que você herdasse sua fortuna. Escrevi de volta e disse que você tinha morrido.

— O quê? — Jane disse.

— Eu sou a razão pela qual você não herdou as vinte mil libras dele.

— O quê?! — Helen disse.

Mas Jane não estava preocupada com a parte do dinheiro.

— Eu tenho outro tio? — disse ela. — Eu tenho família e a senhora escondeu isso de mim?

— Sim. Eu não suportava vê-la feliz.

Tio Reed curvou sua cabeça.

— Sinto muito por você, Jane.

Por um momento, Jane ficou com raiva. E, dada aquela revelação, ela deveria ter continuado com raiva. Família: a única coisa que ela tinha desejado na vida. E agora ficava sabendo que poderia tê-la tido?

— Vinte mil libras? — disse Helen. — Você poderia ter tido *vinte mil libras*? — Ela deu alguns passos em direção à cama. — Não, nós *nunca* vamos perdoar a senhora!

— Helen, por favor — disse Jane.

Jane sentia pena da tia. De ela ter tanto ódio. De abrigá-lo dentro de seu coração, e de nutri-lo com tanta paixão que ele a comia viva.

— Eu perdoo a senhora — disse Jane.

— O quê?! — Helen exclamou.

— Se eu não a perdoar, acabarei tão desgraçada quanto ela está agora — disse Jane a Helen.

Tio Reed deu um suspiro de alívio. Então, olhou para o rosto de Jane como se a estivesse vendo pela primeira vez.

— Jane Eyre, você é uma visão digna de se contemplar. E pensar que era uma criança tão simples...

— Eu amo o senhor, tio — disse Jane. — Espero que possa seguir em frente, agora que isto está feito.

Tio Reed acenou com a cabeça.

— Cuide-se, querida sobrinha.

Ela molhou um pano na bacia ao lado da cama da tia Reed e depois o colocou na testa dela.

— Durma bem, tia. E saiba que não guardarei rancor da senhora.

Jane e Helen saíram, deixando o tio se despedir da esposa com privacidade.

* * *

Quando elas voltaram a Thornfield, todos os convidados já tinham ido embora. Jane pensou que o Sr. Rochester tivesse saído também, mas a Sra. Fairfax disse que ele se encontrava na residência.

— Mas creio que ele não ficará aqui por muito tempo — disse ela durante o chá. — Acredito que haverá uma proposta muito em breve. Ingram Park fica a apenas um dia de viagem e tenho certeza de que o patrão se esforçará muito para fazer a viagem muito em breve e com muita frequência.

Jane franziu o rosto todo.

— Qual é o problema, querida? A senhorita mal tocou no biscoito.

Naquela noite, o Sr. Rochester encontrou Jane na biblioteca.

— Srta. Eyre. Já estava na hora de voltar para nós. O que a atrasou?

— Estive fora por apenas três dias, senhor — disse Jane. Ela literalmente não poderia ter voltado mais rápido.

— É tempo demais. Venha, vamos dar uma volta. Está uma noite adorável.

Eles foram para o jardim, e Jane decidiu de uma vez por todas que não suportava mais ter dúvidas. Ela sabia lidar com qualquer coisa — tia Reed, o tio perdido, até com o Sr. Rochester se casando —, mas não podia mais lidar com a dúvida.

Helen apontou o dedo para Rochester.

— O senhor vai se casar com a Srta. Ingram, sim ou não?

Jane sinalizou para Helen ficar quieta. Mas o fantasma tinha razão.

— Senhor — Jane começou. — Estou questionando meu futuro nesta propriedade e deteto ser indelicada, mas... devo colocar anúncio para um novo cargo de preceptora?

O Sr. Rochester parou debaixo de uma árvore, cujos longos galhos serviam como uma manta para a grama.

— Jane, a senhorita sabe que me casarei em breve. — Ele meteu a mão no bolso e arrancou uma bolsinha de veludo. Abriu as amarras e tirou dela um colar de pérolas. — Estas pérolas devem ser um presente para a futura Sra. Rochester. O que a senhorita acha?

Jane franziu a testa, tentando imaginar o colar em Blanche Ingram.

— Vão ficar bem no pescoço de galin... bem, em volta do pescoço dela, senhor — *porque tudo cai muito bem em alguém como Blanche Ingram*, ela pensou. — Creio que vou começar a pensar no meu anúncio.

O Sr. Rochester grunhiu.

— Srta. Eyre, me escute. Creio que, dentro da senhorita, há uma corda abaixo de sua costela que se estende através de classes e idades e chega até mim, e ela também está presa abaixo da minha costela. Se a senhorita encontrar outra ocupação e, por conseguinte, me deixar, a senhorita puxará a corda para fora. E eu sangrarei.

— O que... o que o senhor quer dizer com isso? — Jane disse.

— Parece bastante óbvio. E um pouco nojento — disse Helen. — Ele vai sangrar.

O Sr. Rochester colocou as mãos nos ombros dela.

— Jane, não desejo me casar com a Srta. Ingram.

Jane olhou para cima.

— Perdão...?

— Desejo me casar com você.

Helen se engasgou.

— O quê?

O Sr. Rochester agarrou a mão de Jane.

— Diga que sim, Jane. Diga que você vai me aceitar.

— Não — disse Helen. Ela fez um movimento para agarrar a outra mão de Jane, mas é claro que passou direto. — Por favor, Jane, minha amiga mais antiga e mais querida. Por favor, não responda de imediato.

Jane olhou do Sr. Rochester para Helen, de volta para o Sr. Rochester e de volta para Helen. Ele era tudo com que ela sonhava. Alto. Moreno. Sério. Mas também tinha uma propensão a mentir, a fazer Jane pensar que era louca e a não lhe contar a história completa.

— Por favor, Jane — disse Helen. — Por mim. Diga que você precisa de tempo para pensar.

Ele era bonito e encantador, e a Sra. Fairfax disse que suas frequentes explosões de raiva não eram assim tão frequentes.

Mas o Sr. Blackwood e Charlotte tinham duvidado que ele tivesse boas intenções e tinham questionado a própria natureza daquele homem.

Por mais que Jane acreditasse estar apaixonada pelo Sr. Rochester, um pouco de tempo para pensar certamente não lhe faria mal.

— Senhor, vou considerar sua proposta.

Rochester parecia incrédulo.

— O quê? — Ele apertou a mão dela. — Jane, nunca falei tão sério em relação a nada na minha vida. Diga que você acredita em mim!

Jane tentou se livrar, mas o aperto de mão ficou ainda mais apertado. (Sim, nós sabemos o quanto isso é esquisito. Trememos só de pensar.)

— Por favor, senhor, posso tirar a noite para me recompor e organizar meus pensamentos?

Rochester suspirou profundamente pelas narinas. Sua voz se tornou um rosnado furioso.

— Mas que inferno, Jane! Teria sido muito mais fácil se você tivesse simplesmente dito "sim".

Ele agarrou o colar de pérolas e, antes que ela pudesse se afastar, o jogou sobre sua cabeça e ao redor de seu pescoço.

Neste ponto, caro leitor, as suas fiéis narradoras se afastarão da mente de Jane, porque aquelas pérolas eram um talismã que abrigava um espírito. E esse espírito agora habitava o corpo de Jane. E isso significava que o espírito de Jane estava espremido para o lado de uma maneira muito desconfortável e frustrante (para Jane).

— Minha querida — disse o Sr. Rochester. — Nós nos casaremos em duas semanas.

Jane-alternativa olhou para ele com um largo sorriso.

— Mal posso esperar.

CAPÍTULO VINTE E QUATRO

Alexander

Alexander sempre sentiu que formava um par ideal com o escritório de Wellington, em parte porque todos diziam que o duque o estava preparando para assumir seu cargo um dia (e isso significava que Alexander deveria mesmo ir praticando a arte de se sentir confortável naquela sala), mas principalmente porque ele nunca tinha se metido em problemas. Afinal de contas, ele era o agente-estrela.

Ou pelo menos já tinha sido algum dia.

Ele tentou não parecer desmazelado ao se aproximar do duque, que estava de pé à frente de sua mesa com as mãos atrás das costas e com os ombros postos de maneira pensativa.

— O que se passa pela sua mente, Alexander?

O que *não passaria* pela mente dele? Seu peito ainda doía com a forma cruel que tratou a Srta. Brontë quando se separaram. Ele deveria ter sido mais gentil. Afinal, as perguntas dela tinham sido justas. Por que Wellington não tinha contado a ele tudo sobre os Faróis e também que conhecia Rochester? Tinha passado tempo de sobra para conversar sobre esses assuntos. O próprio bilhete que tinha lhe enviado, dizendo a Alexander para não ficar em Thornfield, poderia ter mencionado esse fato.

Entretanto, o agente continuava a pensar que *deveria* ter sido mais gentil com a Srta. Brontë e, como não era apropriado que um homem solteiro escrevesse cartas a uma jovem senhorita solteira (quanto mais visitá-la!), aquela poderia muito bem ser a maneira como ela se lembraria dele para o resto da vida.

Alexander tocou a carta em seu bolso.

— Senhor, é sobre Rochester.

Wellington assentiu com a cabeça.

— O que tem ele?

— Acredito que Edward Rochester seja o homem que assassinou o meu pai. — Alexander tirou a carta do bolso, cuidando para não amassar ainda mais o papel.

Wellington pegou a carta e a leu duas vezes antes de dobrá-la e entregá-la de volta a Alexander.

— Esta é a sua prova?

Alexander assentiu com a cabeça e guardou a carta de novo.

— Ela não prova nada.

— Eu me lembro de vê-lo naquela noite.

— Você tinha 4 anos. — Wellington colocou a mão no ombro de Alexander. — Eu acredito em você. Acredito mesmo. Mas isso aí não é prova suficiente para fazer algo a respeito.

Alexander fechou os olhos e exalou. Ele sabia que o que estava ouvindo era verdade. Sabia mesmo. Mas tinha esperado muito tempo para conhecer a identidade do assassino e, naquele momento, sentia que tinha esperado tempo *demais*.

— A carta leva a entender que eles eram amigos — murmurou ele. — E, quando fui apresentado a Rochester em Thornfield Hall, ele me pareceu familiar, como se já tivéssemos nos conhecido antes. Porém, ele não me reconheceu.

Wellington assentiu com a cabeça.

— Eles eram amigos. Aqui, sente-se por um momento. — Ele mostrou a Alexander a cadeira mais próxima e se sentaram. — Você talvez não saiba disso, embora os registros sejam públicos, mas Rochester já foi membro da Sociedade. E a esposa dele também.

— É por isso que o senhor o conhece? — Alexander adivinhou.

— Sim — disse Wellington. — A Sra. Rochester era nosso Farol na época e a melhor agente que a Sociedade já tinha conhecido. O Sr. Rochester se juntou a nós por causa dela. Embora o casamento deles tivesse sido arranjado, eles pareciam sentir um afeto verdadeiro um pelo outro.

— E o que aconteceu com ela?

— O estresse do trabalho se tornou excessivo para ela. Sabe, as mulheres têm compleições delicadas demais.

E ali estava algo que não fazia sentido algum. É verdade que Alexander tinha pouca experiência com o sexo oposto, mas as senhoritas Brontë e Eyre eram duas das pessoas mais fortes que ele tinha conhecido.

— Essa não é a impressão que tenho, senhor.

Wellington franziu a testa apenas por um momento.

— Bem, foi verdade no caso de Bertha Rochester. Ela ia se saindo muito bem até que um dia o estresse deste trabalho a desgastou. Para falar sem rodeios, ela enlouqueceu e, pouco depois, morreu.

— Isso é muito triste.

— A perda de Bertha Rochester abalou toda a Sociedade. Como eu disse, ela era um Farol e sua morte infligiu um grande golpe em nossa produtividade. Sentimos essa perda até hoje. — Wellington se recostou na cadeira e suspirou. — Temo que sua morte tenha sido o que levou o Sr. Rochester a abandonar a Sociedade.

— E onde meu pai se encaixa nessa história?

— Ele foi assassinado... — A voz de Wellington se perdeu. Ele fez uma pausa e depois tentou retomar a fala. — Sempre acreditei que a morte dele foi um dos acontecimentos que levaram a Sra. Rochester ao limite. Eles eram amigos, como você bem sabe. Quando ele morreu, ela ficou louca e morreu. E então Rochester partiu.

— Mas por que Rochester mataria o meu pai? Eu não entendo.

— Nem eu — Wellington balançou a cabeça. — Talvez...

— Talvez o quê?

— Nessa carta que você tem... — Wellington apontou na direção do bolso de Alexander —, Nicholas escreveu sobre a "farsa" na Sociedade e que eu... bem, eu tenho certeza de que eu sou o "AW" mencionado... então, que eu deveria ser impedido.

Alexander ficou calado. É claro que ele tinha ficado curioso sobre aquela menção ao duque, mas também inseguro sobre como trazer o assunto à baila.

— Receio que a tal farsa tenha sido eu enviar a Sra. Rochester de volta a Thornfield Hall para descansar. Ela estava trabalhando tanto que o estresse começava a afetá-la. Eu queria que ela tivesse tempo para se recuperar e, depois, voltar, mas talvez não tenha sido claro em minhas intenções. Os três, tanto os Rochester quanto o seu pai, acreditaram que eu a tinha demitido porque ela era mulher. Seu pai queria me confrontar, e o Sr. Rochester pretendia deixar a Sociedade permanentemente. No entanto, não consigo entender como essa discordância levou à morte de seu pai. Fico tão chocado quanto todos. E agora a nossa nova Farol está com ele...

A cabeça de Alexander estava girando com tanta informação nova. E, na verdade, veja como Wellington estava sendo direto. A Srta. Brontë tinha ficado preocupada sem razão.

— Vou escrever para Rochester — disse Wellington. — Vamos conseguir nosso Farol. Agora, tome um tempo para se recompor, pois preciso de você em outra tarefa. Tenho certa urgência.

— Essa tarefa pode esperar? Eu gostaria de buscar mais provas contra Rochester. — Alexander não costumava contradizer as diretrizes de Wellington (exceto aquela vez em que ele ignorou completamente a carta que lhe dizia para voltar para casa), mas certamente o presidente da Sociedade entenderia que aquele era um caso especial, um no qual ele viera trabalhando desde os 4 anos. Ele tinha pistas. Tinha um suspeito. Aquele não era o momento para outro trabalho envolvendo algum fantasma aleatório.

Wellington cruzou os braços.

— Não vai levar muito tempo. E é o seu dever. O seu propósito.

Alexander suspirou. Wellington tinha razão. Claro que tinha. Era muito difícil se ver livre do desejo de se vingar quando a vingança, que fugia dele há tanto tempo, finalmente estava ao seu alcance.

— É um privilégio servir sob o seu comando, senhor. — Alexander ficou de pé e esperou por suas ordens.

— Fico feliz que você pense assim. — Wellington abriu uma gaveta na enorme mesa e retirou um grande envelope. — Como eu disse, isso aqui não vai demorar muito. Todo o trabalho já está feito, exceto, é claro, pela captura do fantasma. Nós temos um endereço. Temos uma chave. Temos até o talismã. Só precisamos do vidente para ver o fantasma e capturá-lo.

Soava como algo bastante simples. A maioria dos trabalhos não chegava a ele tão mastigadinha, e sempre cabia ao agente fazer grande parte da investigação.

— Vou enviar uma nota a Branwell e pedir a ele que se encontre comigo no local.

— Isso não será necessário — disse Wellington rapidamente. Talvez até... rápido demais? — Não precisa incomodá-lo com isso. Branwell tem outras coisas em mente neste momento, tenho certeza.

Uma ponta de culpa afligiu Alexander. Ele deveria ter se esforçado mais para defender Branwell, mas pelo menos o garoto não tinha sido dispensado.

Wellington pigarreou.

— Vou capturar o fantasma imediatamente, senhor.

— Espero o talismã de volta até o final do dia. — Wellington deslizou o envelope sobre a mesa, e Alexander o pegou. — Ah, e a propósito... — Wellington disse quando Alexander começou a se retirar do escritório.

— Pois não?

— Vamos pegar Rochester. Só vai levar um tempo.

Alexander acenou com a cabeça.

— Obrigado, senhor.

— Agora — disse Wellington —, traga-me esse fantasma.

* * *

Mas algo estava estranho.

O talismã.

Fiel às palavras de Wellington, o envelope continha tudo de que Alexander precisaria, incluindo uma lista de queixas contra o fantasma, que ia desde soltar paralelepípedos do chão a passar rasteira nas pessoas que andavam pela rua, fazer galhos baterem contra janelas que eles normalmente não alcançariam e, em geral, fazer muito barulho.

Mas o talismã era uma coisa estranha, porque era um anel. E não um anel qualquer, mas uma pesada tira de ouro com o brasão do rei da Inglaterra gravado em cima.

Era o anel de sinete do rei.

E isso de fato levantava a pergunta: por quê?

Geralmente, os talismãs eram objetos que tinham feito parte de um assassinato (como a xícara de chá) ou itens de importância para o fantasma (o relógio de bolso), de modo que aquilo era no mínimo incomum.

Talvez tenha sido um erro.

Ou era uma cópia.

Mas não, Alexander já tinha visto anéis de sinete antes e aquele ali tinha o peso e a consistência de ouro real, além de que os detalhes no brasão estavam todos corretos. Embora não fosse um especialista, Alexander sabia que aquele em suas mãos era um anel autêntico.

As informações no dossiê não lhe deram nenhuma pista nova; talvez o fantasma estivesse disposto a oferecer respostas. Alexander já tinha lidado com um bocado de fantasmas que queriam falar (e falar e falar...) sobre suas vidas. A Srta. Brontë diria que eles queriam alguém que os ouvisse e, se ele o fizesse, talvez eles ficassem mais dispostos a ganhar o *puf!* na cabeça.

Aquele fantasma do caso em questão tinha falecido recentemente, pelo jeito, e a família não poderia vender a casa até que o espírito incômodo desaparecesse. E era aí que a Sociedade entrava.

Sabendo disso, e supondo que o fantasma ficaria furioso ao perceber que a família estava mais preocupada em vender a casa do que com a morte dele, Alexander poderia se oferecer como um amigável ouvinte e obter algumas respostas, satisfazendo sua curiosidade.

A casa em questão era uma modesta moradia não muito longe do coração de Londres, em uma rua arborizada cheia de crianças brincando e flores a enfeitando. Seria tida por qualquer pessoa como muito bonita se não soubessem que havia um fantasma rude nas redondezas.

Alexander se aproximou da casa com cautela e tomou nota das possíveis rotas de fuga, do número de pessoas ao redor e até do ângulo em que o sol batia nas janelas, para que, se o fantasma tentasse combatê-lo, ele não arriscasse ficar cego pela luz do sol fazendo um movimento errado.

Ele deu alguns saltos na ponta dos pés, mexeu os ombros para trás algumas vezes e, após respirar profundamente, marchou até a casa.

O fantasma estava sentado em um sofá coberto com um lençol, esperando por ele.

— Olá — ele disse.

Era um sujeito de aparência tímida, com cabelos castanhos ensebados e olhos estreitados o tempo inteiro. Vestia calças que não cobriam as pernas inteiras, assim como as mangas da jaqueta não cobriam totalmente os braços. Não era um homem grande; só não deve ter aprendido a se vestir bem ao longo da vida e ficou preso daquele jeito até na vida após a morte.

Muito embora fosse um tipo de fantasma dos mais insuspeitos para causar tal tumulto, isso não era o mais surpreendente a respeito dele.

Não: a parte mais interessante era que Alexander conhecia aquele fantasma.

— David Mitten?

O fantasma assentiu com a cabeça.

— Como você está, querido rapaz? Está com boa aparência. Assim como o seu pai.

— O senhor... é um fantasma?

O Sr. Mitten assentiu com a cabeça novamente.

— E bastante irritado a respeito disso, como você pode imaginar.

— Mas o senhor parece estar lidando bem com o fato — Alexander segurou o anel com a mão enluvada.

— Certamente você ouviu as reclamações sobre o barulho — disse o Sr. Mitten. — É por isso que está aqui, certo?

Alexander deu de ombros.

— Sr. Mitten, por que o senhor é um fantasma?

— Porque eu morri.

— Quando?

— Há dois dias.

— Como?

— Escorreguei e bati a cabeça.

Alexander retorceu o rosto.

— Isso não parece o tipo de coisa que aconteceria com o senhor.

O Sr. Mitten deu de ombros. Atrás dele, um tipo de lodo verde escorregava pela parede.

— O que é isso? — perguntou Alexander.

— O que é o quê?

— Essa gosma atrás do senhor.

— Não tem gosma atrás de mim. — O Sr. Mitten nem se virou. — Mas o que é essa gosma atrás *de você*?

Alexander olhou por cima do ombro. Com certeza, a gosma verde já tinha alcançado a porta. E estava por toda parte. Que coisa insalubre!

Muito bem. Então David Mitten era o fantasma que ele deveria entregar. E estava com disposição de conversar. Mas isso trazia à tona ainda mais questões do que antes, porque o Sr. Mitten trabalhava para a Sociedade... e para o rei. Na verdade, ele tinha sido adido e secretário do rei, o que explicava (talvez) sua conexão com o anel. Ele deve ter manuseado aquela coisinha mais do que o próprio rei.

Então isso significava que o rei *poderia* ter dado o anel à Sociedade... mas será que ele não esperaria que fosse devolvido? Como isso funcionaria, ainda mais com um fantasma preso dentro dele?

E por que Wellington não tinha lhe dito que era o Sr. Mitten?

E por que o Sr. Mitten estava (supostamente) se comportando tão mal?

E qual era a história com aquela gosma?

— Bem... — o Sr. Mitten disse. — Ande logo com isso. Estou pronto.

— Para entrar aqui? — Alexander segurava o anel com o indicador e o polegar.

O Sr. Mitten assentiu com a cabeça.

— Tudo bem. — Alexander hesitou, porque aquela história estava muito estranha e ele gostaria muito de obter algumas respostas. No entanto, o relógio tocou seis horas e ele sabia que Wellington certamente estaria esperando por ele. Além disso, aquela gosma era nojenta. — Muito bem — disse Alexander. — Fique parado.

Com cautela, ele se aproximou do fantasma, meio que esperando algum tipo de resistência. Mas o Sr. Mitten se manteve calmo e quieto enquanto Alexander bateu com o anel na cabeça dele.

Imediatamente, o fantasma foi sugado para dentro do anel. O ouro tremeu, brilhou e... tudo certo! David Mitten ficou preso no anel, pronto para ser entregue a Wellington.

* * *

— Bom trabalho, como sempre. — O duque colocou o anel sobre a mesa, depois guardou o lenço que tinha usado para inspecioná-lo de volta no bolso. — Você prestou um grande serviço à Inglaterra.

Não parecia nada de mais, na verdade. Capturar o Sr. Mitten tinha sido muito fácil.

— O senhor não me disse que era o Sr. Mitten, senhor.

Wellington ofegou.

— O Sr. Mitten. Morto. — Ele balançou a cabeça, com os cantos da boca se retorcendo levemente em decepção. — Eu não estava ciente da identidade do fantasma. Se soubesse, teria lhe dito. É claro, lamento tanto a morte de David Mitten quanto todos aqui. É uma verdadeira tragédia o que aconteceu com ele.

— Ele disse que escorregou e caiu.

— É simplesmente horrível, não é? A vida é tão breve. Pode terminar em um instante. Creio que nunca sabemos quando nosso tempo neste mundo acabou.

— Suponho que seja assim. — Alexander franziu a testa. Os membros da Sociedade estavam indo embora em um ritmo alarmante. — E quanto ao rei?

— O que você quer dizer?

— Não podemos dar o anel de volta ao rei. Não com o Sr. Mitten preso dentro dele.

— Você está certo, claro. Não seria seguro. O rei está ciente do problema e já encomendou um novo anel. Deve ficar pronto na quinta-feira.

— Que bom que Sua Majestade pôde deixar de lado sua antipatia pela Sociedade e nos ajudar com o Sr. Mitten — disse Alexander. Talvez o rei (mais ou menos) acreditasse em fantasmas, afinal de contas? Ou, mais provavelmente, talvez ele não quisesse causar um grande alvoroço público com a Sociedade, imaginando que ela desapareceria em breve e essa seria uma boa desculpa para conseguir um novo anel.

Alexander teria de perguntar para ter certeza, mas não era o tipo de agente que questionava o superior. Fazer perguntas intrometidas era o trabalho da Srta. Brontë. Ela não teria hesitado em perguntar por que o rei, de repente, tinha se tornado tão cooperativo. Ou por que o anel de sinete era o talismã, ou...

Wellington cruzou os braços.

— O que é?

— É que... o senhor parecia estar com tanta pressa de pegar esse fantasma.

Wellington juntou as mãos.

— A família do falecido...

O Sr. Mitten.

— ...desejava vender a casa imediatamente. Eles não podiam esperar.

— Mas ele trabalhava tanto para a Sociedade quanto para o rei. Certamente deixou aos familiares muito dinheiro. Por que não esperar até quinta-feira, quando o anel do rei vai chegar? — Alexander enfiou as mãos atrás das costas e cravou as unhas nas palmas das mãos.

— Você está muito curioso esta noite, Alexander.

— É que... era o Sr. Mitten — disse Alexander. — É algo muito pessoal. Todos nós gostávamos dele.

— Claro que gostávamos — concordou Wellington.

(Não importava que Alexander — e a maioria das pessoas — se esquecesse até da existência de David Mitten. Ele tinha sido praticamente invisível durante a vida, quase um fantasma. Só na morte alguém se importou com ele. Uma verdadeira tragédia.)

— Então, por que não esperar? — Maldita influência da Srta. Brontë, com suas perguntas contagiosas.

— Você sempre foi um agente perfeito — disse Wellington. — O agente-estrela.

Alexander sentiu que ali vinha um "mas...".

— Mas o consideramos o agente-estrela sobretudo por estar disposto a fazer seu trabalho sem questionar. Nós, que não podemos ver fantasmas, só podemos trabalhar com nossas mentes. Contamos com você para agir, para investigar e capturar, porque nós não podemos. Agora você está preocupado demais com o trabalho que lhe foi atribuído. Gostaria que confiasse no fato de que todos nós pensamos em todas as possibilidades e que elaboramos os melhores planos que podemos. Nós somos a mente, Alexander. Você é a espada.

— Estou vendo. Sinto muito se lhe causei algum transtorno, senhor.

Wellington acenou em direção à porta.

— Descanse um pouco. Você teve um mês agitado e tenho certeza de que gostaria de algum tempo sozinho depois da companhia constante que vinha tendo.

— Obrigado, senhor.

Alexander saiu da sede da Sociedade e caminhou em direção ao seu apartamento. Será que era assim que alguém se sentia quando era repreendido? A sensação era tão estranha para ele que não sabia se estava decepcionado consigo mesmo, confuso com as palavras de Wellington ou se era algo completamente diferente.

Mas o duque estava certo. Talvez lhe fizesse bem ter finalmente algum tempo para si mesmo, algum espaço para esticar as pernas sem se preocupar com os outros, alguma liberdade para andar em sua casa com a gravata afrouxada, por assim dizer.

Então, ele foi para casa. Sozinho.

E fez chá. Sozinho.

E se sentou em sua sala. Sozinho.

Poucos dias antes, a Srta. Brontë estava empoleirada naquela cadeira desconfortável e Branwell estava amuado junto à porta. Ele não tinha achado ruim a companhia deles.

Mas agora ele estava sozinho.

Ele gostava de estar sozinho.

Chá para um.

Seu apartamento era... tão quieto. Não havia fantasmas por ali naquela noite. E não havia nem mesmo o som de uma caneta arranhando o papel enquanto a Srta. Brontë ia registrando tudo o que acontecia. Não que houvesse algo para registrar ali, porque nada estava acontecendo.

— Olá? — Ele testou sua voz para ter certeza de que ela ainda tinha corpo.

Nem mesmo um eco respondeu.

Sim, ele estava definitivamente sozinho. E, pela primeira vez na vida, talvez também estivesse se sentindo solitário. Ninguém, jamais, tinha se sentido tão solitário quanto ele.

CAPÍTULO VINTE E CINCO

Charlotte

Charlotte passou a bolsa de alça quebrada para seu outro ombro e suspirou. Um trem parou na estação, mas não era o dela. O trem que a levaria para casa chegaria dentro de, pelo menos, quinze minutos. Charlotte gostava de chegar cedo a todos os lugares, sobretudo para ter tempo de localizar para onde deveria ir, dados sua visão ruim e seu terrível senso de direção. Mas chegar cedo também significava ter mais tempo para pensar. Normalmente, ela não achava isso nada ruim; afinal, pensar era o que sabia fazer melhor. Naquela tarde, no entanto, os pensamentos que rodopiavam por sua cabeça estavam terrivelmente sombrios. Ela se via sem opções: teria mesmo de voltar para Lowood, onde provavelmente acabaria morrendo de fome ou sucumbindo à doença do cemitério. Ou, no mínimo, passaria um bocado de frio, de fome e ficaria completamente entediada.

Ela fez questão de se lembrar de que as condições em Lowood estavam bem melhores desde a morte do Sr. Brocklehurst. Mas esse pensamento não a animou como deveria. O nome de Brocklehurst só trazia a ela uma lembrança agridoce: o Sr. Blackwood correndo pela sala de visitas, brandindo uma xícara de chá no ar, logo no primeiro dia em que ela o conheceu. E então a xícara a fez pensar em Bran.

(Suspiro...) Ah, o Bran! Por duas semanas, ela tinha visto seu irmão cambalear pelo quarto e empacotar seus parcos pertences para retornar à casa do pai e ao presbitério. Ele deu a entender que estava tudo bem só para deixá-la mais animada.

— Descobri que estou com saudades de casa — confidenciou a ela enquanto dobrava sua roupa de dormir em um baú. — Ficarei feliz em dormir na minha cama novamente. Esta aqui nunca foi minha de verdade.

Quando eles se sentaram no chão vazio, bebendo chá morno e sem açúcar, ele murmurou:

— Então, fui demitido. Poderia ser pior. — Mas sem explicar como poderia ser pior.

Poucos momentos antes, na estação, enquanto subia no trem rumo ao norte, ele suspirou.

— Tenho certeza de que serei um pastor terrível. Mas não preciso ser pastor assim que chegar lá, né? O pai é o pastor e ele é um exemplo de boa saúde. Muitos anos passarão até que seja necessário eu assumir o lugar dele. Portanto, posso seguir adiante com os meus estudos e praticar um pouco de desenho.

Bran gostava de desenhar, quase tanto quanto Charlotte gostava de escrever. Nesse sentido, ele era muito parecido com Jane.

Jane. Elas tinham se despedido de um jeito tão ruim. Charlotte nem sabia o que pensar sobre a situação da amiga. Ela estava apaixonada. Parte de Charlotte estava com muita inveja, enquanto outra parte estava feliz por Jane. Apaixonar-se, mesmo em circunstâncias nada convenientes, devia ser uma coisa maravilhosa. Mas aquela paixão, no caso, tinha como alvo o Sr. Rochester, um homem que alguns poderiam descrever como tendo graves falhas. Isso estava claro. E ainda havia uma grande possibilidade de ele ser um assassino.

O que seria de Jane?

Charlotte suspirou mais uma vez. A metade não quebrada da alça de sua bolsa beliscava a pele dela. O trem que não era o dela estava prestes a partir. O maquinista se inclinou e gritou:

— Todos a bordo para Canterbury! Última chamada para Canterbury!

Depois de alguns instantes, o trem começou a se movimentar lentamente para a frente. E então uma voz gritou:

— Espere! Espere por mim! Pare! — E Charlotte foi quase jogada no chão quando alguém trombou nela por trás.

Isso foi a gota d'água para a bolsa. A outra alça se arrebentou em seu ombro, e suas roupas, seus livros e os frascos de tinta e as penas se espalharam por toda parte. Charlotte, então, soltou uma palavra nada apropriada às senhoritas sob um sussurro e começou a se mexer para pegar suas coisas. O homem que tinha se chocado com ela ficou assistindo impotente quando o trem partiu sem ele. Então, ele se virou e se abaixou para ajudá-la.

— Está tudo bem — ela disse com certa agressividade. — Consigo sozinha.

— Sinto muitíssimo — ele disse, erguendo um par de pantalonas dela e depois as deixando cair como se estivessem pegando fogo. — Sinto tanto. Lamento imensamente.

Havia algo familiar em sua voz. Ela levantou os óculos. E depois se engasgou.

— Sr. Mason!

Ele inclinou a cabeça para ela e franziu o rosto.

— Já nos conhecemos, senhorita...?

— Brontë. — Ela completou, depois balançou a cabeça loucamente. — O senhor me conheceu como Srta. Eshton, é claro. Mas não era meu nome verdadeiro. Isso agora não vem ao caso, porque o senhor é mesmo o Sr. Mason! Mas... como? O senhor estava em um navio com destino às Índias Ocidentais! Então não estava no navio!

— Não — ele concordou. — Eu estava...

— Isso é maravilhoso! — ela exclamou, pressionando as mãos no rosto como se estivesse tentando evitar que sua cabeça explodisse. — Devemos contar isso ao Sr. Blackwood!

— Sr. Blackwood? — O Sr. Mason ainda parecia muito confuso.

— Ele era "Sr. Eshton" para o senhor. Não se lembra dele? Oh, o Sr. Blackwood ficará tão contente por não termos perdido o senhor. — Ela agarrou o Sr. Mason pela mão. — Venha! Temos de ir falar com ele imediatamente.

O Sr. Mason abriu a boca como se fosse protestar, mas ela balançou a cabeça novamente.

— O senhor está com tempo de sobra. Acabou de perder o trem e o próximo para Canterbury não passa antes das seis horas. Então, o senhor me acompanhará até o Sr. Blackwood.

E assim foi decidido.

— Mas... sobre o que... o Sr. Eshton... deseja... falar comigo? — O Sr. Mason começou a arfar enquanto Charlotte o ia arrastando para a carruagem de aluguel mais próxima, então o empurrou para dentro dela e depois ordenou ao condutor que os levasse para Baker Street o mais rápido possível.

— Sobre o Sr. Rochester, é claro!

O Sr. Mason pareceu ficar verde de repente. Mas poderia ter sido por causa do balançar da carruagem. Estavam indo em velocidade um tanto acelerada em direção ao apartamento do Sr. Blackwood.

No entanto, Charlotte era toda sorrisos.

Ela seria útil, afinal de contas.

* * *

Quando chegaram a Baker Street, Charlotte correu pelas escadas para o apartamento do Sr. Blackwood, subindo dois degraus de cada vez — um feito impressionante, considerando o volume de suas saias. Ela mal podia esperar para ver a expressão dele quando apresentasse o Sr. Mason. Aquele homem era a chave para o mistério de Rochester. Ela sentia isso em seus ossos.

Estava ficando tarde, quase na hora do jantar. Certamente o Sr. Blackwood estaria em casa àquela hora, ela pensou ao chegar ao topo das escadas, e então irrompeu pela porta sem pensar em bater.

— Sr. Blackwood! — ela gritou. — Alexander!

Ao ouvir o grito dela, ele veio correndo de uma sala dos fundos.

— Charlotte...? Quero dizer, Srta. Brontë? A senhorita está bem? Alguma coisa errada? — Seu olhar a varreu da cabeça aos pés, procurando por ferimentos. — O que aconteceu?

— Eu... encontrei... — Ela não deveria ter subido as escadas tão rápido. Ainda mais usando um espartilho. Ela se dobrou na cintura e se concentrou em respirar fundo por vários momentos. Depois se endireitou. — Eu... encontrei... o senhor... — Ela levantou os óculos ao rosto para poder captar a expressão dele quando ela contasse. — Oh, Deus — disse ela. — O senhor não está vestido.

Ele estava usando calças, graças aos céus. Ele deveria estar se barbeando quando ela o interrompeu, porque ainda havia traços de creme em seu rosto. Seu cabelo estava molhado e brilhante, pingando em seus ombros desnudos. Seus ombros... desnudos. Porque ele não estava usando camisa. O que significava que, para padrões pré-vitorianos, estava mais ou menos completamente nu.

Um rubor brilhava nas bochechas dele.

— Srta. Brontë.

E ela podia sentir que um rubor também aquecia o seu rosto.

— Oh, meu Deus! — Ela abaixou os óculos. — Eu deveria ter batido.

Naquele exato momento, uma batida soou à porta. O Sr. Blackwood deu uma guinada para olhar. Charlotte ficou feliz de ser interrompida.

— E esse lá fora seria o Sr. Mason — disse ela.

— O... Sr. Mason? — O Sr. Blackwood não acreditou.

Ela assentiu com a cabeça.

— Sim, eu o encontrei na estação de trem.

— Mas ele não estava naquele navio rumo às Índias Ocidentais? — disse o Sr. Blackwood, franzindo o rosto todo como se, mais do que qualquer outra coisa, não acreditasse que lhe tinham sido dadas informações erradas.

— Pois é.

— Mas... por que ele não foi?

— Porque ele... — Ela parou. — Na verdade, eu não sei. Deveríamos perguntar a ele.

Ela foi abrir a porta. Do outro lado estava, previsivelmente, o Sr. Mason. Ele olhou de Charlotte para o Sr. Blackwood, em seu estado despido, e deu uma pequena e escandalizada engasgada. Porque éramos todos pré-vitorianos.

— Ah, está tudo bem. Não consigo ver nada sem os óculos. — Charlotte se sentiu compelida a explicar.

O Sr. Blackwood limpou a garganta.

— Sr. Mason. Estou surpreso em vê-lo.

— E eu em ver o senhor — disse o Sr. Mason. — Mas... Sr. Blackwood? Pensei que fosse Sr. Eshton. Um magistrado, correto?

Charlotte observou a conversa com certo amargor. Ah, sim, ele então se lembrava de Alexander! Ela, no entanto, tinha significado para aquele homem nada mais que uma cadeira ou uma mesa quando estavam todos em Thornfield Hall.

— Sou um agente da Sociedade para a Realocação de Espíritos Instáveis — esclareceu o Sr. Blackwood. — Estava em Thornfield em missão.

— Estou vendo — disse o Sr. Mason, claramente não vendo nada. — Que tipo de missão?

— Assuntos da Sociedade — o Sr. Blackwood disse, assertivo. — Mas, enquanto estávamos em Thornfield, chegamos à conclusão de que o Sr. Rochester era...

Charlotte levantou os óculos. Sua testa ficou franzida. Alexander estava pensando em seu pobre pai. Então ela foi lembrada novamente de que ele não estava devidamente vestido e abaixou os óculos de novo.

— ...culpado de certos crimes — concluiu ele.

O Sr. Mason acenou com a cabeça.

— Eu acreditaria em quase tudo a respeito do Sr. Rochester. Depois desse recente encontro com ele, penso que ele não é nada menos que um vilão nefasto.

— É isso mesmo que nós pensamos! — Charlotte exclamou. — O mais nefasto!

— Mas por que o senhor acredita que ele é assim? — perguntou o Sr. Blackwood. — Que mal ele lhe causou?

— Não a mim, senhor — disse o Sr. Mason. — A não ser o mal de me manter afastado de alguém que amo muito.

Charlotte não pôde deixar de levantar os óculos novamente até o rosto.

— Alguém que o senhor ama?

— Minha irmã — disse o Sr. Mason.

— Quem é a sua irmã? — O Sr. Blackwood quis saber. Ele estava praticamente tremendo com a excitação de tudo aquilo, cada músculo das costas tenso como se estivesse se preparando para enfrentar o próprio Sr. Rochester naquele exato momento.

— Sr. Blackwood! — Charlotte explodiu. — O senhor poderia, por favor, vestir uma camisa?

O rosto do Sr. Blackwood ficou vermelho novamente.

— Sr. Mason, Srta. Brontë, por favor, me perdoem a falta de um traje adequado. Não gostariam de se sentar na sala até que eu possa retificar a situação?

— Claro — disse o Sr. Mason.

— Graças aos céus! — Charlotte concordou.

O Sr. Blackwood assentiu com a cabeça.

— Por favor, fiquem à vontade — instruiu ele, e saiu apressado da sala.

Charlotte levou o Sr. Mason para as duas cadeiras nada confortáveis no canto. Ambos se sentaram. O Sr. Mason cruzou as pernas e, depois, as descruzou. Olhou em volta, para as paredes, mas não havia quadros para examinar nem qualquer decoração. Olhou de relance para Charlotte e depois desviou o olhar. Em seguida, viu um jornal na pequena mesa ao seu lado. Aliviado por ter encontrado algo com o que se ocupar, o apanhou e começou a lê-lo.

Eles esperaram. O Sr. Blackwood não aparecia. Um relógio na parede oposta fazia um tique-taque opressivo, contando os segundos de sua ausência. Charlotte ficava mudando de posição desconfortavelmente. (Aquelas cadeiras eram, sem dúvida, as mais desconfortáveis de toda a Inglaterra. Nós verificamos.) Se o Sr. Mason fosse um cavalheiro, ela pensou, deveria oferecer a ela uma parte do jornal. Mesmo assim, não seria apropriado sugerir tal coisa. Ela poderia se levantar e fazer-lhes uma xícara de chá. Um chá naquele momento seria bem calmante. Mas, para fazer chá ali, ela teria de assumir um nível escandaloso de familiaridade com a cozinha do Sr. Blackwood. Como de costume, Charlotte se viu empacada por questões de etiqueta.

— A senhorita gostaria de ler? — O Sr. Mason ofereceu uma seção do jornal. Ela quase suspirou, aliviada. Ele era um cavalheiro, afinal de contas.

Mas o que ele lhe passou foi a página de casamentos e obituários. Não era a mais cativante das leituras, para dizer o mínimo.

Ela suspirou e levantou os óculos.

Sr. e Sra. Charles Durst têm o prazer de anunciar o noivado de sua filha, Srta. Cecilia Cecily Durst, com o estimado Conde de Lancaster, Jonathan

Fraser Northrop. O casamento será realizado na propriedade rural dos Durst no dia 15 de setembro de 1834.

Charlotte torceu o nariz. Ela se divertiu sozinha durante os minutos seguintes reescrevendo os anúncios do casamento de modo a apimentar um pouco as histórias que eles contavam.

O Sr. Henry Woodhouse está esfuziantemente feliz em anunciar o enlace de sua mais preciosa e mais jovem rebenta, a Srta. Emma Woodhouse, com o Sr. George Knightley. O casamento será imediatamente realizado na igreja mais próxima disponível. Afinal, a noiva é linda e rica, e desfrutou de um breve flerte com um certo Sr. Churchill, o que deixou a todos bastante preocupados, mas por fim ela vislumbrou o engano de suas atitudes e acabou por escolher o rapaz adequado.

O Sr. Edgar Linton, de Thrushcross Grange, gostaria de anunciar seu noivado junto à adorável Srta. Catherine Earnshaw. O casamento ocorrerá no dia 21 de setembro, muito embora a senhorita em questão preferisse desposar um rufião de nome Heathcliff. Mas ela renunciará à sua paixão com vistas a assegurar suas ambições sociais.

Charlotte segurou uma risadinha. Pelo menos, quando a situação assim exigia, ela era competente o suficiente para se divertir sozinha. Estava passando para o anúncio seguinte quando o Sr. Blackwood ressurgiu, desta vez totalmente vestido. Ele sorriu para ela com um toque de nervosismo. Ela retribuiu o sorriso.

— Posso oferecer aos senhores um chá? — perguntou ele em uma voz que retratava bem o fato de que só o estava fazendo porque ali era a Inglaterra e era o correto a se fazer. Mas ele preferiria mesmo era continuar com o interrogatório.

— Eu adoraria uma xícara de chá — respondeu o Sr. Mason com uma risada desconfortável.

Charlotte suspirou e voltou seus olhares para o jornal. O anúncio que leu em seguida pareceu saltar em cima dela.

— Srta. Brontë? — perguntou o Sr. Blackwood.

— Não! — ela se sobressaltou.

— Nada de chá?

— Não é possível!

— O que é isso... sempre é possível tomar um chá — disse ele.

— Não! — Ela se levantou e enfiou o papel nas mãos dele. — Veja! Veja isso!

Os olhos dele passaram pela página.

— O que eu devo procu...?

E então ele leu.

— "O Sr. Edward Fairfax Rochester, de Thornfield Hall, tem o prazer de anunciar seu noivado com a Srta. Jane Eyre, também de Thornfield Hall, com vistas a um casamento que ocorrerá no dia 10 de setembro de..." — A voz dele se esvaiu. — Não é possível.

— O Sr. Rochester? — O Sr. Mason também já estava de pé. Seu rosto estava sem cor. — O Sr. Rochester vai se casar?

— Ah, Jane... — Charlotte respirou.

— Mas o Sr. Rochester não pode se casar — disse o Sr. Mason furiosamente. — Simplesmente não pode.

— Mas por quê? — perguntou o Sr. Blackwood.

Ele então lhes disse o porquê. E eles partiram imediatamente para Thornfield Hall.

* * *

Chegaram quase tarde demais. Jane e Rochester estavam quase na parte do "Aceita esta mulher para ser sua esposa" da cerimônia quando o Sr. Blackwood e Charlotte (e o Sr. Mason logo atrás) invadiram a minúscula igreja de pedra.

— Pare! — O Sr. Blackwood correu pelo corredor central. Jane e Rochester se viraram lentamente para olhar para ele.

Charlotte levantou os óculos. Em seu elegante vestido de noiva feito de seda, Jane estava adorável. Um simples, mas belo véu cobria seu cabelo. Um deslumbrante colar de pérolas brilhava em torno de seu pescoço. Meninas sem graça podiam ficar lindíssimas quando a situação assim exigia. Charlotte sorriu e acenou. *Belo vestido,* ela disse sem deixar sair a voz.

Jane olhou para ela sem expressão. Era quase como se não reconhecesse Charlotte.

— O que significa isso? — perguntou o padre.

— Este casamento não pode continuar — disse o Sr. Blackwood. — Declaro a existência de um impedimento.

Mas Rochester apenas se virou de volta e pegou a mão de Jane.

— Continue — ele instruiu o padre.

— Sim — murmurou Jane. — Apenas continue. Não conhecemos essas pessoas.

Ah, essa parte doeu!

— Mas... — O padre obviamente queria saber o que raios estava acontecendo.

— Diga "marido e mulher" — estrilou Rochester. — Marido e mulher!

— Marido e... — O padre franziu a testa. — Não — ele disse. Dirigiu-se ao Sr. Blackwood. — Que impedimento é esse de que fala?

— O Sr. Rochester não pode se casar, pois já é casado.

— Não importa! — exclamou Jane apaixonada. — Eu o amo, ele me ama e agora estaremos juntos para sempre.

— Calma, você sabia da esposa dele? — Charlotte disse, surpresa. Rochester balançava a cabeça.

— Eu não tenho esposa nenhuma. Quem disse que eu tenho esposa? Todos aqui sabem que eu sou solteiro. Certo, querida?

— Oh — disse Jane. — Certo. Não sei de nenhuma esposa. Exceto de mim, muito em breve.

— Vocês não podem provar nada — disse Rochester.

O Sr. Blackwood tirou um pedaço de papel do bolso.

— Tenho uma declaração aqui. — E limpou a garganta para ler. — "Afirmo e posso atestar que, no dia 20 de outubro... (de uns vinte anos antes; já mencionamos que Rochester era bem mais velho, né?) Edward Fairfax Rochester, de Thornfield Hall, se casou com minha irmã, Bertha Antoinetta Mason, filha de Jonas Mason, comerciante, e de Antoinetta, sua esposa, na Igreja de Santa Maria, em Spanish Town, na Jamaica. A certidão de tal casamento pode ser encontrada entre os registros da igreja e uma cópia dela se encontra no momento em minha posse. Assinado, Richard Mason."

— Certo, então eu fui casado... em dado momento — admitiu Rochester. — Mas esse documento não prova que a mulher em questão ainda está viva, ou prova? — Ele se voltou para o padre. — Diga "marido e mulher".

— Ela estava viva três semanas atrás — disse o Sr. Blackwood.

— Como o senhor sabe? — perguntou o padre.

— Temos uma testemunha ocular — disse Charlotte . E prosseguiu: — cujo depoimento, até mesmo para o senhor, há de ser incontroverso. — E então ela se virou e gesticulou para o Sr. Mason, que tinha estado quieto no fundo da igreja aquele tempo todo. — Sr. Mason, venha à frente, por favor. Precisamos ouvir o senhor agora.

O Sr. Mason estava pálido. Tremendo. Estava claramente aterrorizado com o Sr. Rochester, e com razão, já que parecia que o noivo pularia no pescoço do pobre homem a qualquer momento e o despacharia para o além com suas próprias mãos.

— Seja corajoso, Sr. Mason — Charlotte sussurrou para ele. — Diga a verdade.

— Bertha é a minha irmã — disse o Sr. Mason com uma voz miúda.

— Visitei Thornfield Hall há cerca de um mês e a vi lá com meus próprios olhos. Minha irmã, a mulher do Sr. Rochester, está muito viva. Talvez ela tenha enlouquecido, mas quem não ficaria louco depois de tudo o que ele fez com ela? Ele a manteve trancada no sótão por quinze anos!

Todos na igreja se sobressaltaram.

— Garanto a todos que tenho uma explicação muito boa para tudo isso! — Rochester exclamou. Mas então ele deu um rugido repentino e se lançou em direção ao Sr. Mason como se sua solução para aquele impedimento um tanto intransponível às suas núpcias fosse simplesmente eliminar a testemunha. O Sr. Mason apagou e logo em seguida desfaleceu no chão como se tivesse morrido. O Sr. Blackwood e o escrivão da igreja correram para conter o Sr. Rochester.

Charlotte correu até Jane.

— Ah, Jane, lamento tanto ser a portadora desta notícia. Realmente lamento. Mas, graças a Deus, chegamos aqui a tempo de impedi-lo.

— Impedir? Quem é você? — Jane disse com frieza, agarrando Charlotte pelos ombros. — Isso tudo é obra sua, não é? Eu deveria finalmente estar livre. Estar viva de novo. Ao lado do amor que eu pensava ter perdido. Mas agora você estragou tudo.

— Bem, não foi tudo obra minha — Charlotte a contradisse. — Apesar de que fui eu quem localizou o Sr. Mason. É até uma história meio engraçada que...

Mas as pequenas mãos de Jane já estavam ao redor da garganta de Charlotte, que logo deixou de acreditar que sua história era assim tão engraçada.

— Jane — ela arfou. — Se eu disse algo que a ofendeu, peço desculpas. Mas agora você está vendo que é melhor não se casar com... Roch... est...

Ela nem conseguiu falar a última sílaba. Ficou sem ar. Jane era surpreendentemente forte para uma garota de diminuto tamanho. E todos naquele recinto bastante lotado estavam olhando para o Sr. Rochester, que lutava com o Sr. Blackwood, ou para o Sr. Mason, totalmente apagado no chão.

— Jane...! — Charlotte ainda tentou.

Jane apertou com ainda mais força. Manchas escuras piscavam diante dos olhos de Charlotte. O mundo estava se desvanecendo. Ela deu um último empurrão desesperado em sua amiga que a atacava... e seus dedos atingiram o colar de pérolas ao redor do pescoço esbelto de Jane. Ela puxou e o colar arrebentou.

Pérolas rolaram ao redor delas. As mãos de Jane caíram, e Charlotte pôde respirar novamente. Então os olhos de Jane rolaram para cima e ela se desmanchou no chão sem qualquer cerimônia.

CAPÍTULO VINTE E SEIS
Jane

Havia algo como um nevoeiro nos olhos de Jane. Uma densa neblina que a impedia de ver qualquer coisa ou ouvir qualquer pessoa. As vozes falavam com ela, mas, antes que os sons pudessem se unir para formar palavras, o nevoeiro as capturava e as envolvia em seu algodão feito de nada, despojando-as de todo significado.

Aquela nuvem na cabeça pareceu estar estacionada ali por muitos dias, mas então, como se de uma vez, foi embora, e Jane se encontrou estatelada de costas sobre uma superfície dura e fria, olhando para várias caras que flutuavam acima dela.

Sr. Blackwood. Charlotte. Rochester. Sr. Mason? E um homem de vestes brancas segurando uma bíblia?

— Charlotte? — disse Jane. — Onde estou?

— Ah, querida — Charlotte disse, com a voz rouca, e depois tossiu. — Você não se lembra de nada?

— Não — disse Jane. — Eu devo ter batido a cabeça. Ah, não! Eu bati a cabeça? Foi isso?

O Sr. Blackwood se agachou ao lado dela.

— Talvez devêssemos ajudá-la a se levantar.

— Talvez devêssemos contar a ela o que aconteceu antes que ela fique de pé — Charlotte disse.

Discutiram mais um pouco e decidiram que ajudariam Jane a chegar a uma cadeira, na qual ela se sentaria — definitivamente não ficaria de pé — para ouvir o que de fato tinha acontecido. A situação toda já estava deixando Jane muito nervosa, mas não tão nervosa quanto no momento seguinte, quando ela descobriu o que estava vestindo.

— Por que eu estou toda chique assim? — Jane perguntou, alisando a seda mais macia que ela já tinha visto em sua vida. — Eu não roubei isso, hein? — Ela sentiu a necessidade de deixar aquilo *bem claro* de antemão.

Rochester caminhou para o outro lado da sala, na defensiva.

— Alguém, por favor, me diga o que aconteceu! — insistiu Jane.

— Bem... — disse Charlotte. — Para explicar da forma mais sucinta possível... você estava possuída por um fantasma, que, então, usando o seu corpo, concordou em se casar com o Sr. Rochester, e o sujeito, ao que parece, tem uma esposa secreta trancada no sótão. Quando você estava prestes a confirmar os votos, nós corremos aqui e interrompemos o casamento, e eu arrebentei o colar de pérolas que você estava usando. Ele era o talismã do seu fantasma e, então, você desmaiou e... bem... aqui estamos nós.

— Estamos todos, não estamos? — Rochester resmungou.

O Sr. Blackwood cerrou os punhos.

— O senhor não tem o direito de dizer nada.

Charlotte se colocou ao lado dele.

— Deveríamos chamar as autoridades.

— E dizer o quê? — disse Rochester com um sorrisinho sarcástico.

— Espere — disse Jane, esfregando a testa. — Espere.

— Eu sei, eu sei — disse Charlotte, se voltando para Jane. — Ser possuída por um fantasma não tem como ser uma experiência agradável.

Jane se desvencilhou da mão de Charlotte e ficou de pé.

— Rochester é casado? *Você é casado?*

O olhar de Rochester pousou nas faces de todos os presentes, um por um.

— Não é o que você está pensando. — A voz dele falhou.

— Ah, sério? Porque o que eu estou pensando é que *você é casado e tentou ficar noivo de uma mulher que não era essa sua esposa e depois a fez ficar possuída!*

— Bem, colocando a situação dessa maneira, é mesmo o que você está pensando. Mas eu posso explicar.

Jane cruzou os braços e, então, ao lado dela, Charlotte também cruzou os braços. Só que, naquele momento, Jane notou que estava faltando alguém.

— Onde está Helen? — Jane disse.

— Quem é Helen? — disse Rochester.

— Aqui estou eu — disse Helen, voando para dentro do salão. — Quando você estava possuída e eu percebi que não conseguia mais falar com você, pensei em ir procurar ajuda. Mas não sabia para onde ir, nem o que fazer sem a minha amiga Jane. A tarefa exigiria muita reflexão, por isso vaguei por Thornfield Hall, pensando. Até que hoje eu vi as carruagens todas vindo para cá. Para o casamento.

— Pois eu estou de volta agora — Jane disse, se virando para Rochester. — Explique-se.

— Por favor, *por favor*, venha comigo. — Rochester estendeu sua mão. Jane não a pegou. Ele abaixou a mão. — Eu mostrarei tudo a você.

— Você não deveria ir com ele — disse Helen.

— Eu preciso saber.

Jane e o resto do grupo seguiram Rochester para fora da igreja, descendo a colina e voltando para Thornfield Hall.

Todos entraram na mansão em polvorosa. As criadas e os criados jogaram arroz e pétalas de flores no casal.

— Malditos sejam esses desejos de felicidade! — Rochester rosnou. — Não houve casamento nenhum.

O pessoal se dispersou como baratas sob um facho de luz.

Jane e companhia seguiram Rochester escada acima até o último andar da ala leste, onde o Sr. Mason tinha sido ferido.

Quando Helen percebeu para onde estavam indo, ela se virou e começou a voltar.

— Vou esperar aqui embaixo — disse ela. — É insuportável ficar naquela sala.

Rochester de fato os levou até aquela mesma antessala onde Mason tinha ficado deitado. Lá dentro, Grace Poole estava sentada perto do sofá, com um tecido no colo e uma agulha na mão. Ela pousou o bordado quando todos entraram.

— Como está nosso fardo? — perguntou Rochester.

— Um tanto sensível, senhor — respondeu Grace Poole.

— Por favor, nos leve até ela — disse Rochester.

Grace franziu o rosto.

— Não acho que seja uma boa ideia. Ela anda bem agressiva ultimamente.

Jane se lembrou do barulho que veio de trás daquela porta na noite em que Mason foi ferido. O ruído da maçaneta. Os gemidos que se misturavam com o vento. Um arrepio correu por ela quando viu Grace abrir a porta.

Rochester atravessou a soleira, seguido por Jane e pelo resto do grupo. Dentro, havia uma cama grande forrada com um tecido de um vermelho profundo. Tapeçarias vermelhas se dependuravam do teto. Uma delas saía por uma janela aberta como se alguém tivesse tentado escapar, mas a peça ficara alta demais. No canto, uma mesinha. Em cima dela, dois copos. Um deles estava tombado, com líquido ao lado.

Jane não conseguiu ver ninguém ali dentro, até que uma brisa forte forçou uma fina cortina para o lado, e atrás dela viu-se uma mulher com cabelos pretos de ébano sentada em uma cadeira. Era magra a ponto de parecer desnutrida. Havia arranhões e cortes nos braços dela e sua cabeça estava dependurada em frente ao corpo, como se ela estivesse dormindo. Jane não conseguia parar de olhar para ela. Ela era luminescente, como se lá do fundo dela viesse um brilho.

— Conheçam a minha esposa — disse Rochester. — Eu era casado com ela antes de descobrir que a família dela tinha um histórico de histeria.

Ao ouvir a voz dele, a mulher levantou a cabeça.

— Você não é meu marido — disse ela em tom cansado. Então ela notou o Sr. Mason.

— Você... — Ela avançou em direção ao homem, mas as amarras do pulso a contiveram. — Você prometeu ficar longe! *Tu as promis!*

Jane observou que ela se repetiu em francês.

— Bertha, está tudo bem. Este é o seu irmão. — Rochester se voltou para Mason. — É melhor você ir embora. Está perturbando ela. Na verdade, todos nós deveríamos ir embora.

— Não! — A Sra. Rochester gritou. — Não. Este não é o meu marido. Por favor.

— Está vendo? — Rochester fez um gesto para ela. — Não há cura para esse tipo de loucura. Ela está histérica. Agora, peço a todos que gentilmente saiam para que eu possa cuidar da minha esposa.

A Sra. Rochester parecia frustrada. Exausta. Resignada.

Mas não parecia louca.

Leitor, você deve ter notado que havia uma propensão naquela época de rotular as mulheres como "histéricas". Esse termo era lançado a torto e a direito e, na humilde opinião das narradoras, com facilidade excessiva. Isso criava um ciclo vicioso: quanto mais elas protestavam, mais eram tachadas de "loucas". Vamos deixar registrado, aqui, que esse tratamento era usado de maneira leviana.

O Sr. Blackwood deu um passo em direção a Rochester.

— Esperaremos por você, *senhor*.

O Sr. Mason, o Sr. Blackwood, Charlotte e Jane saíram.

— Ela me atacou naquela noite — disse o Sr. Mason. — Eu não tinha ideia de que estava tomada por tal loucura.

Jane segurou a mão de Charlotte.

— Estou me sentindo bem fraca.

— Sim, pobre Jane! Você ficou traumatizada.

O Sr. Blackwood e o Sr. Mason se curvaram quando as senhoritas saíram, como se o protocolo pré-vitoriano importasse àquela altura.

* * *

Charlotte acompanhou Jane até seu quarto de dormir. Elas ficaram quietas enquanto Charlotte ajudou Jane a desabotoar o vestido, dobrá-lo e depois tirar o véu e colocá-lo em cima do vestido.

Jane vestiu o vestido cinza de sempre e, depois, as duas se sentaram na beirada da cama.

— Então eu estava possuída? — disse Jane.

Charlotte assentiu com a cabeça.

— Ainda não consigo acreditar que ele fez isso com você. Ele deveria ser preso.

— As pessoas nunca acreditariam no que aconteceu — Jane lamentou, ouvindo a exaustão em sua voz.

— Você se lembra de alguma coisa que aconteceu enquanto estava possuída?

Jane balançou a cabeça.

— Não. Em um minuto eu estava falando com o Sr. Rochester e no outro... nada.

— E então você descobre que ele tem uma esposa — disse Charlotte e logo tirou seu caderno do bolso.

— É sério que você vai...? — Jane disse.

Charlotte corou e colocou o caderno de lado.

— Temos de sair daqui imediatamente. — Jane foi até o guarda-roupa, tirou de lá seu outro vestido e começou a dobrá-lo. — Sobre essa esposa dele, o Sr. Rochester ficava dizendo que ela estava louca, mas não foi isso o que eu vi — ela dizia enquanto punha o baú sobre a cama. — Frustrada, sim. Exausta, sim. Mas louca?

Charlotte tirou as meias de Jane de uma gaveta e as dobrou.

— Concordo, querida. Mas nunca conheci alguém que fosse tida como louca.

— Quase pareceu que... — Jane fez uma pausa. — Quase pareceu que, se soltássemos as amarras dela e nos sentássemos para um chá, poderíamos ter uma boa...

Ela foi interrompida por uma batida insistente na porta.

— Jane? — Ouviu a voz de Rochester através da grossa porta de carvalho.

Jane segurou o indicador em frente aos lábios e olhou nos olhos de Charlotte.

— Eu só quero ir embora — sussurrou Jane. Charlotte assentiu com a cabeça e colocou as meias no baú.

Helen se revelou e notou que elas estavam fazendo as malas.

— Ótimo, estamos indo embora.

Mais três golpes contra a porta.

— Jane, por favor, abra. Sinto muito que tudo tenha acontecido como aconteceu, mas eu estava desesperado. Você já esteve desesperada dessa maneira, Jane? Já teve tanta fome que faria qualquer coisa por um pão? Ou tanto frio que faria qualquer coisa por calor? Ou esteve tão cansada que faria qualquer coisa para descansar?

Jane fechou os olhos. Ela conhecia aquele sentimento. E sabia que Charlotte também o conhecia. Mas Helen não se importava. Sua cabeça parecia explodir em chamas, cabelos em pé e olhos arregalados, e tinha razão de estar furiosa. Jane nunca teria enganado alguém da maneira como o Sr. Rochester a tinha enganado. Isso sem mencionar o fato de que ela nunca levaria alguém a ser possuído só para fazer qualquer coisa que *ela* quisesse.

O pensamento fez seu estômago se revirar.

Outra batida.

— Jane. Você é a pessoa mais radiante que eu já vi na vida. Lembra quando enfeitiçou o meu cavalo naquela estrada?

Charlotte levantou as sobrancelhas para Jane, e Jane balançou a cabeça e apontou para Helen, que balançou a cabeça flamejante e apontou de volta para Jane.

— Naquele momento eu soube que você tinha chegado para mudar a minha vida. Vi que a felicidade, que até então tinha escapado de mim, finalmente estava perto, ao meu alcance.

Jane não se segurou.

— Como o senhor pode dizer essas coisas? De qualquer ângulo, eu sou apenas simples.

— Você viu *com o que* eu era casado? — Rochester disse.

— Ah, que peninha! — Helen zombou.

Jane enrolou seus esboços e suas pinturas, e Charlotte guardou os pincéis.

— Jane, não importa meu estado civil, porque ficaria satisfeito só de tê-la como companheira. Uma irmã, quase. Poderíamos viver em uma propriedade que tenho no sul da França — ele continuou, batendo de novo e com mais força. — Jane, teríamos quartos e áreas da casa separados, e só trocaríamos um beijo na bochecha nos aniversários.

— Por favor, pare de falar, Sr. Rochester! — disse Jane. — Não estou interessada em nada disso.

— Você é o amor da minha vida.

— De que vida o senhor está falando? Porque parece estar vivendo tantas...

— Mas nós tínhamos algo especial, não tínhamos? Eu sei que você também sentiu.

Jane bateu o pé.

— O senhor mente e manipula tudo até conseguir o que quer. O senhor me pediu em casamento mesmo tendo uma esposa, que está convenientemente trancada no sótão. Quando eu pedi um tempo para pensar, o senhor me fez ficar possuída! Então, não, acho que não vou morar com o senhor no sul da França como uma porcaria de irmão e irmã!

As chamas no cabelo de Helen foram diminuindo. Charlotte ficou congelada. Os olhos de Jane estavam arregalados como se ela mesma não acreditasse nas palavras que tinham acabado de sair da sua boca.

Jane estava prestes a abrir um sorriso, quando ele bateu bem mais forte na porta. E depois outra. E outra.

— Jane, abra a porta! — A voz de Rochester estava, agora, enfurecida. — Abra a porta!

Ele começou a bater cada vez mais forte na porta, como se estivesse jogando todo o peso do corpo contra o carvalho sólido.

Jane procurou algo para defendê-las, mas havia apenas uma escova de cabelo e peças de mobília que eram grandes demais para usarem como armas.

— Talvez a janela? — disse Charlotte.

— Não podemos usar a janela como arma — disse Jane.

— Não, não. Para fugir.

Elas correram pelo quarto e olharam pelo vidro, mas o quarto de Jane estava no terceiro andar. E, lá embaixo, o chão era só terra, poeira e grama.

— Eu vou primeiro — disse Helen. Ela atravessou a janela e flutuou até o chão. — Agora você!

Jane acenou para ela.

— Rápido, Charlotte. A cômoda!

Tum.

— Jane, você não consegue enxergar a verdade agora, mas, em breve, farei você entender tudo!

Tum.

Jane e Charlotte colocaram todo o peso contra a cômoda. Ela se movia um centímetro de cada vez. Elas empurraram e empurraram, e, de repente, a cômoda tombou de lado, indo se deitar um pouco antes da porta, sem bloqueá-la.

— Não! — exclamou Jane.

Tum.

Um pedaço do batente da porta atravessou o cômodo.

Jane e Charlotte se agarraram uma à outra.

Tum.

A parte de cima da porta se quebrou da dobradiça e depois a coisa toda caiu no chão. Rochester estava de pé, ali, formando uma silhueta contra a luz do corredor.

— Eu pedi educadamente — ele rosnou.

— O senhor não acredita nisso de verdade, não é? — Jane disse.

Rochester levantou o pé, indo em direção a elas, mas logo em seguida uma figura apareceu do nada e saltou com tudo para cima dele.

— Alexander! — Charlotte exclamou.

— Senhoritas, corram! — Ele arfou com o esforço.

Rochester ficou atordoado com o golpe. Jane e Charlotte passaram por ele e correram pelo corredor, seguidas pelo Sr. Blackwood. Minutos depois, as passadas de Rochester se fizeram ouvir.

— Mais rápido! — disse o Sr. Blackwood.

— Estamos indo o mais rápido que podemos — disse Charlotte. — O senhor já viu os sapatos que somos obrigadas a usar?

Os três chegaram ao grande salão e quase o atravessaram, mas Rochester os alcançou e se lançou contra o Sr. Blackwood. Os dois rolaram pelo chão.

Jane e Charlotte pararam.

Os dois homens ficaram deitados, arfando profundamente enquanto tentavam recuperar o fôlego.

— Sr. Blackwood, o senhor está bem? — Charlotte disse.

— Sim — disse ele, e tossiu.

Os homens se levantaram tirando a poeira do corpo, se aprumando, de frente um para o outro, com os joelhos dobrados e as mãos em posição de combate.

— Vão! — o Sr. Blackwood disse a Jane e Charlotte.

— Encontre-nos em Haworth — disse Charlotte. — Vamos para Haworth!

— Vou encontrá-las! Agora, vão! — o Sr. Blackwood disse, e saltou para alcançar uma espada na parede.

As duas moças voaram porta afora e partiram em meio à noite fria e escura.

CAPÍTULO VINTE E SETE
Alexander

Alexander tirou uma espada do suporte na parede. Aquela não teria sido sua primeira escolha como arma, mas ele certamente sabia como usá-la. Não era como se pessoas como Rochester tivessem pistolas expostas nas paredes. (Enquanto isso, nos Estados Unidos...) *Uma pistola teria aumentado bastante o grau de intimidação*, ele pensou.

O olhar de Rochester se fixou nele. Na espada. Na posição de luta que ele tinha assumido.

— Você está arruinando tudo — rosnou Rochester. — Ela deveria ser minha!

— Ela não vai ficar com você! — disse Alexander.

— Vou tê-la de volta, custe o que custar!

— Esqueça!

Rochester passou os olhos pela sala em busca de outra arma. Ali. Uma segunda espada.

— Nós estávamos destinados a ficar juntos! — Rochester deslizou a lâmina do suporte.

Seria, então, um duelo. Ótimo. Alexander sabia duelar.

— Você precisou possuí-la com um fantasma para fazê-la concordar em se casar com você.

E quem teria sido aquela mulher fantasma? Ela tinha sido jovem e bela, e vestida em um traje, bem... interessante que fizera Alexander desviar os olhos dela imediatamente. No entanto, de alguma forma, ela lhe parecia familiar. Ele já tinha visto aquele traje interessante antes.

— Ela é como o sol e eu sou a terra sentindo seus raios!

— O sol e a terra nunca ficarão juntos! — Alexander franziu o rosto ao pensar no absurdo. A Srta. Eyre era encantadora, claro, mas "como o sol"? Pareceu exagero demais. — Quem era aquela mulher? Aquele fantasma com quem você estava prestes a se casar.

— Alguém que já tinha sido minha.

Rochester atacou com uma sequência de manobras que teria assustado Alexander se ele estivesse menos preparado. Mas ele bloqueou o adversário tão bem que o aço de uma espada correu contra o da outra e os dois homens se puseram em uma complicada dança da morte.

O fogo incendiava as veias de Alexander. Aquilo era tudo o que ele tinha almejado desde sempre.

— Eu sei que foi você! — disse ele. — E agora você vai me pagar!

Rochester executou a manobra "queda da marionete", um movimento que envolveu vários movimentos menores e muitas fintas.

— Sabe que fui eu? O que foi que eu fiz?

Alexander contra-atacou o ataque de Rochester com outra manobra, a "maldição do artista".

— Meu nome é Alexander Blackwood. Você matou meu pai. Prepare-se para...

— Quem era seu pai?

— Nicholas...

— Nunca conheci ninguém chamado Nicholas.

Mentira! Alexander sabia que era mentira. Muita gente se chamava Nicholas.

Ele atacou usando um novo movimento chamado "sorte das três senhoras", pensando que seu oponente poderia não saber como combatê-lo, mas Rochester era claramente um homem que tinha continuado seus estudos com a espada ao longo da vida, porque, com dois estalos entre as lâminas, Alexander se viu bloqueado.

— Você está derrotado, rapaz. Sou um mestre espadachim, ao contrário do meu... quero dizer, de você. Ao contrário de você. — Rochester rosnou enquanto a luta dos dois se espalhava pela sala, ao redor de sofás e cadeiras, pondo em perigo pobres pinturas e vasos de plantas.

— Prepare-se para morrer. — Alexander se atirou para a frente, tentando surpreender Rochester com um golpe direto no coração do homem, mas o vilão se arrojou para o lado e desviou a espada de Alexander. — Meu pai era seu amigo!

— Eu realmente não sei do que você está falando — disse Rochester enquanto a luta se movia para a sala de visitas. — Eu nunca matei ninguém.

Por que aquele homem estava negando tal fato? Com qual objetivo?

Alexander investiu com a "sorte das três senhoras" novamente, esperando que Rochester não esperasse a manobra uma segunda vez. Mas ele estava preparado. Era melhor espadachim que ele, Alexander tinha de admitir. Mas então Rochester escorregou em um par de pequenos óculos que alguém tinha deixado cair, se viu desequilibrado e Alexander ganhou vantagem e o empurrou para o chão.

Com o peito arfando, Alexander cravou a ponta de sua espada na garganta de Rochester.

— Esperei quatorze anos para vingar o assassinato do meu pai.

— Eu não o conheço! — disse Rochester. — Eu não sei de quem você está falando!

Alexander olhou para baixo, o ódio fazendo sua mão tremer. Sangue começou a fluir no ponto onde a espada começara a perfurar a pele do inimigo. Ele nunca tinha matado um homem e não haveria retorno depois que desse aquele passo.

— Eu não o matei! — repetiu Rochester.

No pescoço do homem, uma pequena chave de ferro brilhava e vários pensamentos se precipitaram de uma só vez pela mente de Alexander: a Sra. Rochester insistindo que aquele homem não era seu marido; o olhar confuso e as repetidas alegações sobre não conhecer o pai de Alexander; a descrição da beleza da Srta. Eyre.

Alexander correu a espada para a esquerda, cortando a corrente. A chave saiu patinando pelo chão e, abruptamente, o fantasma de um homem mais jovem foi arrancado do corpo de Rochester.

Rochester — o verdadeiro Rochester — caiu para o lado.

Alexander pulou para pegar a chave.

O fantasma olhou fixamente para ele.

— Seu tolo intrometido! Este lugar era meu. Eu tinha tudo o que queria. E eu teria me safado também, se não fosse por...

Alexander bateu com a chave na cabeça do fantasma, sugando-o de volta para dentro do talismã.

* * *

Vários minutos mais tarde, depois que Alexander já tinha arrastado Rochester para o quarto dele e o deitado na cama, ele foi procurar a Sra. Fairfax e o resto do pessoal da casa. Não explicou a situação. Mas agora que ele usava a máscara, eles pareciam entender que algo de sobrenatural tinha ocorrido ali naquela noite.

— A senhora viu as senhoritas Brontë e Eyre? — ele perguntou enquanto esperava que a Sra. Fairfax terminasse de preparar a bandeja de chá.

— Elas correram por aqui como se cães de caça estivessem atrás delas. Ora, eu nunca vi garotas se moverem tão rápido em toda a minha vida.

Alexander tinha muitas perguntas para fazer a ela, o que ela sabia sobre o que acontecia ali, mas então o chá ficou pronto e ele o levou escada acima, junto com um pequeno cofre contendo a chave de ferro.

Rochester estava sentado em sua cama, confuso, e inspecionava o quarto. Levantou as mãos e deixou os lençóis deslizarem entre os dedos.

Alexander serviu uma xícara de chá e a ofereceu a ele.

— O senhor consegue falar?

O homem assentiu com a cabeça lentamente.

— Eu... acho... que sim. — Sua voz não era rouca como antes. É claro que tinha sido usada recentemente, mas, depois de estar possuído por anos, talvez ele tivesse esquecido como usá-la, como formar as palavras por conta própria.

O chá ajudaria, no entanto. Chá sempre ajudava.

— Beba. — Alexander sentou-se e fez um gesto para a xícara para a qual Rochester estava olhando. — Tenho algumas perguntas.

— Eu devo... — Rochester tentou ficar de pé, mas caiu de volta na cama. — Minha esposa. Onde...?

Antes que Alexander encontrasse uma maneira gentil de contar a ele que sua esposa estava trancada no sótão por uma década e meia, a compreensão das coisas tomou o rosto de Rochester.

— Ah, não! — Ele abaixou o rosto em suas mãos e gemeu. — Ele prendeu minha esposa. Aquele desgraçado. Ele...

— *Ele*? — disse Alexander. — Ele quem?

— Meu irmão Rowland. Sempre o lacaio de Wellington.

— O que o senhor quer dizer? — Finalmente parecia que Alexander poderia obter algumas respostas.

Mas Rochester se pôs depressa sobre as duas pernas, passando por Alexander e o chá.

— Preciso encontrar a minha esposa.

— Espere — disse Alexander. — Ainda tenho perguntas!

Para alguém que não usava as próprias pernas há anos, Rochester foi bem rápido.

Alexander o seguiu, bem a tempo de ouvir Rochester dizer:

— Você! Você sabe que jamais deveria vir aqui. Volte lá para baixo.

— Me perdoe. Eu vim porque...

Naquele momento, Alexander emergiu da sala e viu Rochester nas escadas rumo ao terceiro andar, com Mason logo abaixo. Os dois homens se calaram quando ele apareceu.

— Conversaremos mais tarde — Rochester admoestou. Então subiu as escadas, dois degraus de cada vez.

— O que foi isso? — disse Alexander.

Mason balançou a cabeça.

— Não foi nada.

Nada? Nem pensar!

Mas Alexander não tinha tempo para mais mistérios àquela altura.

— Então, boa sorte com o seu "nada", senhor.

Ele desceu as escadas e saiu da casa. Esperava alcançar a Srta. Brontë e a Srta. Eyre antes que elas fossem muito longe. Mas não as viu na estrada. Charlotte tinha dito que elas iriam para Haworth. Ele teria de se encontrar com elas lá, mais tarde, é claro, depois de tirar um tempo para interrogar apropriadamente o verdadeiro Sr. Rochester.

No entanto, assim que ele entrou de novo na casa, descobriu que os Rochester já tinham sumido dali e ninguém sabia para onde. Até Grace Poole tinha desaparecido.

Como Alexander conseguiria as respostas se todos continuassem sumindo?

Naquele momento, um pombo-correio pousou no parapeito da janela e arrulhou para ele. Um pequeno bilhete estava enrolado em seu tornozelo. *Reporte-se a mim imediatamente*, dizia a caligrafia de Wellington.

Antes que Alexander saísse, voltou ao quarto onde o fantasma de Rowland tinha atacado as moças. Lá, encontrou o caderno da Srta. Brontë e o enfiou no bolso interno do casaco, descansando a mão sobre ele por apenas um momento.

Em seguida, juntou o pequeno cofre com a chave e o resto de seus pertences e deixou Thornfield.

* * *

Em Westminster, passou rapidamente por todos os rituais de entrada no prédio e nas salas secretas, e então se dirigiu para a grande biblioteca com o pequeno cofre debaixo do braço. A ansiedade fez seu coração bater mais rápido. Bateu na porta e esperou que Wellington respondesse.

Então, ele entrou.

— Boa noite, Sr. Blackwood — disse o duque. — O que você trouxe para mim?

Alexander se aproximou da escrivaninha e colocou o cofre perto dele.

— Um fantasma.

— A oferta de sempre, então. — Wellington sorriu calorosamente. — Eu estava me perguntando para onde você tinha ido tão rápido. Mandei um mensageiro ao seu apartamento no outro dia, mas sua senhoria disse que você tinha saído com pressa na companhia da Srta. Brontë e de um outro homem.

— Sim, senhor. Havia um assunto urgente em Thornfield Hall. Recebi a notícia de que a Srta. Eyre estava em perigo e corremos para ajudá-la.

— E ela está a salvo agora? — perguntou Wellington.

Alexander assentiu com a cabeça.

— Ela foi forçada a fugir de Rochester. O senhor não acreditaria no que ele tentou fazer.

O rosto de Wellington se transformou em um pavor curioso, exatamente da forma que Alexander esperava.

— O quê? — disse ele. — Não me deixe nesse suspense. O que aquele vilão nefasto ia fazer com a Srta. Eyre?

— Ia se casar com ela. Ele a fez ficar possuída.

— Oh!

— O talismã era um... — Então, enquanto ele estava parado ali na biblioteca se reportando, uma antiga discussão sobre um colar de pérolas voltou como um raio à sua memória. Sim, eles tinham conversado sobre um colar de pérolas antes. Ali mesmo. Anos antes. O mesmo colar de pérolas com que ele tinha capturado aquela cantora de ópera, uma tal Selene, e levado de volta para o duque. Mas como as pérolas tinham chegado a Rochester?

A menos que...

A menos que Wellington tivesse dado as pérolas para Rowland; Rochester tinha chamado seu irmão de "lacaio de Wellington".

— Oh... — Wellington fez uma expressão sarcástica. — Estou vendo em seu rosto que você finalmente entendeu tudo. Acabou de se lembrar das pérolas, não foi?

— Que pérolas? — Alexander disse aquilo e ficou procurando uma arma pela sala, mas não havia nada ao seu alcance. — Então o senhor tem mentido para mim todo esse tempo. Não passa de um... mentiroso que é mentiroso e mente mentiras.

Wellington suspirou.

— É claro que eu venho mentindo. Sou um político, afinal.

— Mas por quê? — O coração de Alexander se apertou e seu mundo inteiro começou a desmoronar.

— Por dinheiro. Por poder. Para silenciar aqueles que tentam agir contra mim.

— Como o meu pai?

— Seu pai não tinha visão e decidiu me deter, se unindo com os tolos dos Rochester. Eu tive de cuidar daquilo.

E, com essas simples palavras, todo o mundo interior de Alexander se viu despedaçado.

— Seu pai foi a parte fácil. Foram aqueles Rochester que me causaram problemas todos esses anos, mesmo depois de eu conseguir que ele fosse possuído e ela, trancafiada. Mas não preciso mais deles, agora que tenho a Srta. Eyre.

— O senhor está com a Srta. Eyre? — elas já teriam chegado a Haworth, pensou Alexander. A menos que Wellington as tivesse interceptado de alguma forma.

— Não, mas a terei em breve. — E, ao dizer aquilo, Wellington golpeou a cabeça de Alexander com o pequeno cofre. Estrelas tomaram a visão dele, e o sangue começou a se derramar do corte. E, embora Alexander tenha feito menção de lutar, caiu rapidamente.

Nos momentos seguintes, ele foi e voltou entre diversos estados de consciência, entendendo só o suficiente para perceber que estava sendo arrastado por um salão desconhecido — todo tingido de vermelho brilhante por causa do sangue respingado em seus olhos — antes que o fedor do rio o dominasse.

— Eu esperava que não tivesse de chegar a esse ponto — disse Wellington. — Realmente me importava com você. Esperava que você visse as coisas do jeito que eu vejo, já que fui eu quem o criou, mas você é muito parecido com o seu pai.

Então, o traidor jogou Alexander no Tâmisa.

O último pensamento que passou pela mente de Alexander foi: *Pelo menos a Srta. Brontë e a Srta. Eyre estão a salvo.*

CAPÍTULO VINTE E OITO
Charlotte

— Estamos andando em círculos — observou Jane.

— Não é possível!

Charlotte levantou a mão para proteger os olhos e observou as charnecas varridas pelo vento, que se espalhavam ao redor delas para todos os lados. Não havia nenhuma cidade, nem casa, nem qualquer sinal de atividade humana para macular aquela paisagem. Não que Charlotte estivesse realmente vendo a paisagem. Em algum momento, durante a luta em Thornfield Hall, ela tinha perdido seus óculos. (Gostaríamos de fazer uma pausa aqui para fazer um minuto de silêncio pelos óculos de casco de tartaruga de Charlotte Brontë, que encontraram seu fim prematuro quando ela os deixou cair enquanto fugia de Thornfield Hall e foram, posteriormente, pisoteados pelo Sr. Rochester, que estava possuído, e que salvaram inadvertidamente a vida de Alexander.) Assim, tudo o que Charlotte via das charnecas era um borrão avermelhado e dourado, além da rocha enorme que brotava da colina ao lado delas.

— Eu sei que esse pedregulho de granito escurecido por musgo pode parecer familiar — disse ela para tranquilizar Jane —, mas não é o mesmo pedregulho de granito escurecido por musgo por que passamos uma hora atrás. É uma pedra diferente. Estou certa disso.

Jane apenas olhou para ela.

— Helen diz que não consegue andar mais — ela disse com a voz rouca. — Ela precisa descansar.

Charlotte não teve energia suficiente para salientar que Helen estava morta e não tinha corpo e, portanto, não tinha como descansar mais do que já estava descansando. Mas as pernas de Charlotte doíam e ela mal conseguia manter os olhos abertos. Então ela fez que "Sim, tudo bem" com a cabeça. O trágico pequeno grupo parou para descansar ao lado do já familiar pedregulho de granito escurecido pelo musgo (sim, *era* o mesmo; ela percebeu em um segundo momento) e se sentou por um instante na grama pantanosa.

Como elas tinham chegado a um lugar tão desolado? As coisas até tinham corrido bem no primeiro dia. Depois de terem fugido de Thornfield Hall, caminharam até chegar a uma estrada, onde por acaso uma carruagem estava passando. Acenaram para ela e o condutor parou. Elas perguntaram para onde ele estava indo e ele identificara uma cidadezinha não muito longe de Haworth, onde Charlotte tinha dito a Alexander para encontrá-las. Haworth era o lar de Charlotte, mais ou menos, embora ela não tivesse passado muito tempo lá, e era um lugar seguro, e o pai dela e Bran estariam lá. O condutor disse que as levaria por trinta xelins. Juntando as duas, Charlotte e Jane tinham conseguido amealhar apenas vinte. Por aquela escassa quantia, o condutor as levaria no máximo até Whitcross, que não era uma cidade, só um ponto onde quatro estradas faziam um cruzamento. Mas era razoavelmente perto de Haworth, e Charlotte tinha presumido que elas poderiam facilmente seguir a pé pelo resto do caminho. Sugeriu que seria mais rápido ir direto pelas charnecas em vez de pegar o caminho mais longo pela estrada.

E então ali estavam elas. Perdidas, com frio e em perigo.

— Helen também diz que está com fome — relatou Jane.

O estômago de Charlotte roncou alto. A fome não era estranha a ela — nem à Jane, conforme ela bem sabia —, mas aquela fome ia além de qualquer coisa que já tivesse experimentado antes. Elas não tinham comido nada a não ser um punhado de bagas questionáveis que tinham catado no mato nos dois dias desde que tinham deixado Thornfield Hall. No primeiro dia, a fome tinha sido uma presença bem aguda e persistente no estômago delas. Mas, àquela altura, tinha chegado a um estado de vazio assombroso.

E, como dissemos antes, não havia nenhuma cidade à vista.

— Sinto muito que tenhamos nos perdido — disse Charlotte. — Não tenho senso de direção.

— Está tudo bem — murmurou Jane. — Pelo menos estou de posse do meu próprio corpo. Já é alguma coisa. Há coisas piores do que estar perdido.

Como morrer de fome, pensou Charlotte. Ou morrer de exposição ao tempo. Ambas pareciam ser possibilidades bem razoáveis em um futuro próximo. Era por correr o risco de passar por coisas como aquela que Charlotte sempre se considerou uma garota do tipo caseiro.

Naquele momento, todas ouviram o nítido badalar de um sino. Charlotte e Jane se sentaram de imediato.

— A Helen está perguntando: "O que foi isso?" — disse Jane.

— Um sino de igreja! — Charlotte ofegou. — Você conseguiu identificar de onde veio?

— Veio desse lado aqui. — Jane tomou a dianteira dessa vez, passando pela urze na direção do som. Mas, após um momento, o bater do sino parou e o único som que elas escutavam era o da voz persistente do vento e, ainda assim, não conseguiam ver nenhuma cidade.

— Mas que coisa! — disse Charlotte. — Não podemos estar muito longe de Haworth.

— Helen diz que seus pés estão doendo — disse Jane.

Charlotte estava com uma bolha no dedão do pé. E tinha quase certeza de que Helen não estava com uma bolha no dedão do pé. Ela suspirou. Estava ficando escuro. Dali a pouco ficaria muito escuro e ainda mais frio do que estava. E, pela cara das nuvens escuras que ia se amontoando acima delas, estava prestes a chover.

Ela sentiu uma gota em seu rosto. Depois outra no topo da cabeça. Elas tinham saído sem seus chapéus. Charlotte não estava nem com a bolsa de tapete com a alça quebrada. Fechou os olhos e inclinou a cabeça para o alto quando a chuva começou a cair com tudo. Estava disposta apenas a respirar e tentar não pensar no perigo real em que se encontravam. Imaginou o Sr. Blackwood chegando em cima de um cavalo. Procurando por elas. Preocupado. Chamando seus nomes. Talvez ele já tivesse chegado a Haworth. Se assim fosse, já as teria dado como desaparecidas e estaria procurando por elas. A qualquer momento ele as encontraria.

Mas não, o Sr. Blackwood não estava ali. Ela engoliu o nó que se formava em sua garganta. Percebeu que aquele era o tipo de experiência transformadora sobre a qual os grandes escritores sempre escreviam. Aquele momento poderia ser o ponto mais profundo de seu desespero. Algo a ser documentado.

Foi quando ela percebeu que também tinha deixado seu caderno para trás. Era a perda mais sentida de todas. Mas, naquela hora, ela nem poderia ter escrito nada, mesmo que o tivesse em mãos. Ainda estava sem óculos. E não havia sensibilidade suficiente em seus dedos gelados para segurar uma caneta.

— Sinto muito, Charlotte — ela ouviu Jane dizer com uma voz hesitante.

Ela abriu seus olhos. Jane estava de pé diante dela, seu cabelo e toda a parte superior de seu vestido encharcados de chuva, sua expressão com a perfeita imagem e semelhança do total desânimo que Charlotte estava sentindo naquele momento. Era difícil dizer, com a chuva, mas Jane podia até estar chorando.

— Por que você sente muito? — perguntou Charlotte. — Fui eu quem fez nós nos perdermos.

— Mas tudo isso é culpa minha — disse Jane. — Você nem estaria aqui se não fosse por mim. E agora nós podemos morrer.

— Nós não vamos morrer — Charlotte respondeu. Seus dentes estavam começando a bater com o frio.

— Já vi três fantasmas por aqui — disse Jane. — Todos morreram não muito longe deste lugar.

— E você pode perguntar a eles o caminho para Haworth? — Charlotte cobriu a curta distância entre ela mesma e Jane, e segurou a mão fria da amiga. As duas tentaram sorrir uma para a outra.

— Helen diz que estar morta não é assim tão ruim.

— Olhe... — Charlotte disse gentilmente — ...a Helen não está ajudando muito.

Jane franziu a testa.

— Mas Helen também está dizendo que tem uma luz bem atrás de você.

Charlotte girou o corpo. O céu escurecia rapidamente, com a noite caindo, mas Jane tinha razão: junto a uma colina ao longe, como se fosse uma estrela de boas-vindas, havia uma luzinha fraca e brilhante, mas distante, em meio à chuva. Ou pelo menos ela pensava que a tinha visto. Não conseguia enxergar muito bem.

— Helen diz que devemos ir em direção à luz — disse Jane.

Elas arrastaram lentamente seus corpos exaustos naquela direção. Para chegar à luz, precisariam atravessar um pântano. Charlotte seguia o tempo inteiro tropeçando e caindo na lama, mas Jane estava sempre lá para ajudá-la a se levantar. Juntas, elas lutaram com o terreno pantanoso e chegaram ao que acabou sendo uma estrada. Uma estrada! E aquela estrada levou a um portão, e o portão levou a uma casa, e na porta da casa as pernas de Charlotte pararam de funcionar e ela se afundou junto à soleira ensopada. Sentiu o corpo de Jane desfalecer bem ao seu lado. De dentro da casa vinham vozes.

— Bom, preciso admitir que é muito bom estar em casa — disse uma das vozes, que era de uma garota. — Mesmo que seja só por pouco tempo.

— Por quanto tempo você acha que poderemos ficar? — Veio a outra voz, agora de uma menininha muito mais jovem.

— A casa terá de ser vendida — disse a primeira. — Provavelmente teremos até aquela data.

Aquelas vozinhas eram familiares. Charlotte teve a insanidade de devanear que as doces vozes pertenciam a suas irmãs Emily e Anne, o que naturalmente era impossível, já que as duas ainda estavam em Lowood. Eram vozes de anjos, ela decidiu.

— Devíamos bater à porta — Jane disse quase sem voz.

Mas elas estavam exaustas demais.

— Você bate à porta, Helen — disse Charlotte. Mas nenhuma batida soou.

Assim, naquele momento, elas se deitaram junto à porta, uma ao lado da outra, ficando cada vez mais encharcadas pela chuva, até que se fizeram passos repentinos no breve caminho que levava até a porta, seguidos por uma exclamação abafada de surpresa. Quando Charlotte abriu os olhos novamente, o rosto de Bran pairava sobre ela.

Ela não esperava que um anjo se parecesse com Bran.

— Charlie! — Bran gritou. — E... Jane? Srta. Eyre! O que vocês estão fazendo aqui em casa?

Ela soltou uma risada estrangulada. Ainda estavam vivas, pelo jeito. E em casa. Todo aquele tempo vagando sem rumo e aí ela tinha ido pousar na frente da porta da sua própria casa. Ela riu novamente, depois gemeu.

— Emi! Annie! — Bran chamou. — Venham, rápido!

Os minutos que se seguiram passaram como borrões. Emily e Anne — sim, eram mesmo suas irmãs que estavam ali! — correram e ajudaram Bran a arrastar Jane e Charlotte para dentro da casa e a colocá-las em frente à lareira da sala de estar. Então Bran se retirou para a cozinha enquanto as irmãs de Charlotte buscavam roupas frescas e secas para a infeliz dupla. Ganharam uma sopinha rala, servida colher a colher em suas bocas. Ganharam cobertores enrolados no corpo. Ganharam uma dose de conhaque cada uma para esquentar. E, passado um tempo, Charlotte descobriu que tinha se recuperado o suficiente para pelo menos conversar.

— O que vocês estão fazendo aqui? — perguntou ela primeiro a Emily e Anne. Sentiu um vazio no estômago que não tinha nada a ver com fome. Emily e Anne deveriam estar em Lowood. Não havia razão para elas estarem ali em Haworth, a não ser...

— O pai morreu — disse Annie gentilmente.

— Foi muito repentino — disse Emily. — Foi o coração dele.

— Ele foi enterrado ontem. Teríamos mandado buscar você, é claro

— disse Bran —, mas você não estava em Lowood e eu não sabia onde encontrá-la. Deveria ter voltado para a escola, Charlie, depois que eu deixei você na estação de trem. Por que não voltou?

Ele apertou os lábios de certa maneira que lembrou Charlotte da carranca que o pai deles fazia. Aquilo lhe fez doer o peito. Ela e o pai nunca tinham sido particularmente próximos — ele tinha sido uma figura distante, quase fria, durante grande parte da vida dela. Mas, mesmo assim, era seu pai. E agora ele tinha ido embora.

— Peguei outro caminho — ela disse a Bran.

— Deixe para lá — disse ele, acariciando a mão dela. — Você está aqui agora, não está?

— Sim. Estou aqui agora. E aqui está você. No comando de tudo.

Ele assentiu com a cabeça corajosamente. Parecia ter aceitado aquela súbita mudança de vocação na sua vida. Um pastor. O homem que atenderia às necessidades religiosas da comunidade. Ela não acreditaria que ele fosse dar conta da responsabilidade, mas constatou que, no espaço de apenas uma semana desde que os dois tinham se separado na estação de trem, seu irmão tinha mudado, amadurecido. Ele tinha completado 16 anos — tinha perdido o aniversário dele também. E agora ele estava agindo e se comportando como se tivesse 20, no mínimo.

— Você tem notícias do Sr. Blackwood? — ela perguntou.

— Do Sr. Blackwood? — A expressão de Bran se apertou um pouco como se a menção do Sr. Blackwood ainda trouxesse lembranças embaraçosas de seu tempo na Sociedade. — Não. Eu deveria ter ouvido algo a respeito do Sr. Blackwood?

— Ele distraiu o Sr. Rochester para que Jane e eu pudéssemos escapar — explicou Charlotte. — Disse que nos encontraria aqui.

— Não, eu não o vi — disse Bran.

Um arrepio desceu pelas costas de Charlotte, como um resquício do frio que ela tinha passado no pântano.

— Bem, então ele deve estar chegando a qualquer momento. Podemos esperá-lo.

Uma semana se passou, e nada do Sr. Blackwood. Nos primeiros dias, Charlotte saltava a cada passada que ouvia lá fora, certa de que ele finalmente teria chegado, mas nunca aconteceu de ser o ilustre Sr. Blackwood. E, lentamente, ela começou a amadurecer a ideia de que algo tinha dado muito errado para atrasá-lo daquela maneira. Algo tinha acontecido.

— O Sr. Blackwood sabe cuidar de si mesmo — Bran dizia a ela sempre, mas Charlotte ainda estava preocupada.

— Ele provavelmente voltou a Londres para se reportar à Sociedade — disse Jane enquanto elas andavam pelo jardim.

— Mas ele disse que viria nos procurar — argumentou Charlotte. — Ele disse e eu cito as palavras que ele usou: "Vou encontrá-las".

Jane deu de ombros. Ela estava um pouco nervosa naqueles últimos dias. Todos estavam. Todo o grupo — Bran e Charlotte, Emily e Annie, Jane e até Helen, aparentemente, pelo que Jane relatava — estava sentindo uma sensação de desgraça iminente. Sabiam que, no mínimo, haveria alguma grande mudança. A casa em Haworth teria de ser vendida, como as irmãs estavam conversando na noite em que Charlotte e Jane chegaram. O pai deles não tinha deixado herança. Apenas o presbitério, que Bran agora assumiria.

Sendo assim, Emily e Anne seriam em breve enviadas de volta a Lowood. Charlotte não podia suportar a ideia de voltar, então conseguiu um cargo de professora na cidade vizinha, que vinha junto de um minúsculo quarto anexo à casa onde funcionava a escola. Não era um trabalho muito glamoroso. Mas era alguma coisa.

— Suponho que devo procurar outra posição como preceptora — disse Jane, enquanto elas iam se arrastando ao longo do caminho do jardim. Ela estremeceu. — Mas precisa ser um anúncio que não peça referências.

— Se é que vale de alguma coisa, achei você uma excelente preceptora — disse Charlotte.

Jane não respondeu. Ficou olhando para um pedaço do jardim que abrigava roseiras mortas, e estava enxergando ali algo mais. Thornfield Hall, talvez. Helen ainda estava claramente unida a Jane, mas o verdadeiro fantasma que parecia assombrar a amiga de Charlotte era o Sr. Rochester.

Um rompimento é algo difícil.

Charlotte chutou uma pedra solta no caminho. Odiava a ideia de Jane arranjar um emprego em outro lugar e nunca mais vê-la. Ela teria adorado se todos pudessem ficar em Haworth — Emily e Annie e Bran e Jane — e formar uma família feliz.

Mas não era para ser.

— Só vou ficar mais uma semana, duas, no máximo — disse Jane. — E então parto para encontrar uma nova aventura no reino da criação de crianças. Viva!

— Viva... — Charlotte concordou sem entusiasmo.

Atrás delas, uma voz de homem limpou a garganta. Jane e Charlotte se viraram e viram Bran. Charlotte levantou os óculos. (Sim, sabemos, sabemos. Os óculos de casco de tartaruga se perderam na luta em Thornfield Hall, mas Charlotte tinha descoberto um par de óculos sobressalentes, ligeiramente mais desgastados, na gaveta da cômoda do seu quarto em Haworth.) Então, naquele momento, ela conseguiu enxergar seu irmão perfeitamente bem.

Ele estava vestido com algumas das melhores roupas do pai, embora as calças lhe caíssem mal. E tinha tentado domar sua crina selvagem de cabelos ruivos com um pente e água. Empurrou os óculos para o alto do nariz.

— Olá, Charlie. Srta. Eyre. — Ele fez uma pequena mesura constrangedora.

— Bom... Oi, Bran — disse Charlotte. — O que há com você?

Ele se equilibrou entre um pé e o outro.

— Eu estava pensando... se não for muito incômodo... se a senhorita seria tão gentil... a ponto de me conceder uma... audiência privada por um momento.

— Hein? — Charlotte não entendeu.

— Com a Srta. Eyre. — O rosto de Bran ia ficando cada vez mais pálido. Suas sardas se destacavam horrivelmente. — Há algo a respeito do qual desejo falar com ela.

Fez-se um silêncio durante o tempo de vários batimentos cardíacos, pois tanto Charlotte quanto Jane estavam genuinamente confusas quanto ao que Bran poderia querer. Então Charlotte disse:

— Tudo bem, o que você quiser, querido. — E se aproximou da casa, deixando Jane e Bran sozinhos no jardim. Bem, praticamente sozinhos.

Charlotte parou depois de dar alguns passos e tentou ouvir a conversa deles. Mas o vento soprava — como parecia soprar o tempo todo naquela parte da Inglaterra — e ela só conseguiu discernir algumas palavras. *Presbitério* — ele definitivamente disse a palavra "presbitério". *Humilde pastor. Deveres. Família. E... amor?*

Foi aí que Jane saiu pisando duro e balançando a cabeça. Bran a seguia com uma voz suplicante.

— Pelo menos diga que vai pensar a respeito!

— Não! — Jane explodiu. — Não vou me casar com o senhor, Sr. Brontë! Não acredito que teve a ousadia de me pedir! Não depois de tudo o que aconteceu!

— Mas a senhorita não vê como isso resolveria tantos problemas — ele se desesperou. — Jane! Se nos casássemos, a senhorita poderia ficar em Haworth. Teria um lugar aqui. Teria uma família. Se não se casar comigo, para onde a senhorita irá?

Ela parou de andar tão rápido que ele quase se chocou com ela. Deu meia-volta e enfiou o dedo na cara dele.

— O senhor me ama? — ela praticamente gritou.

— Bem... não. — O rosto dele tinha passado de pálido para vermelho vivo. — Mas o que o amor tem a ver com isso, nos dias de hoje? Nosso casamento poderia ser como um arranjo entre amigos. Se a senhorita quiser, poderíamos viver como irmão e irmã...

Jane estava com um olhar frenético em seu rosto.

— Ah, sim, essa é a coisa mais romântica que alguém já me disse. Pelo menos desde o último idiota que emendou a proposta com uma tentativa de me matar!

Então ela literalmente soltou um grito, o empurrou para longe dela, se virou e correu de novo pelo caminho até chegar dentro da casa. Charlotte ouviu a porta bater e, depois, outro grito de raiva levemente abafado.

Charlotte percebeu que estava boquiaberta. Então fechou a boca. Voltou-se para seu atordoado irmão mais novo, tão tolo, o pobre, que estava apenas olhando para onde Jane tinha corrido.

— Bem, essa tentativa não foi bem-sucedida, não é mesmo? — Ela conseguiu dar pelo menos um sorriso simpático.

— Ela não quer se casar comigo — ele comentou.

— Claramente. E não é surpresa alguma, considerando o que ela passou.

A vermelhidão do rosto dele ficou ainda mais evidente.

— Ah, eu sei — disse ele com clareza. — Tenho uma aparência estranha, sou desajeitado, faço bagunça com tudo. Mas eu só estava tentando fazer uma gentileza para ela. Ela não tem ninguém neste mundo. Eu só pensei...

— Eu sei. Eu ouvi o que você pensou. — Charlotte foi na direção dele e entrelaçou seu braço ao dele, virando-o para afastá-los da casa. — Foi muito atencioso da sua parte, Bran. Mas foi falta de atenção também.

— Desculpe — ele lamentou.

— Não diga isso para mim. Diga para ela. Mas dê a ela um tempo para se acalmar primeiro. — Acrescentou rapidamente quando ouviram outro grito de raiva vindo da casa, dessa vez seguido do som de alguma coisa se quebrando.

Eles caminharam sem falar nada por um tempo. Gradualmente, o rosto de Bran voltou à cor normal. Ele empurrou os óculos para o alto do nariz.

— Sou um tolo — disse ele com uma risada de arrependimento.

— Sim. Mas eu acho que você vai se sair um pastor maravilhoso — disse ela.

Os olhos dele brilharam.

— Você realmente acredita nisso?

Ela riu.

— Sim, acredito sim. Acredito de todo coração.

CAPÍTULO VINTE E NOVE
Jane

Jane agora entendia por que chamavam aquilo de "coração partido". Sentia uma dor física em seu peito. Era uma doença tão forte quanto a gripe e, nos primeiros dias, ela se perguntava se seria *mesmo* um tipo de doença.

— Põe a mão na minha testa. — Ela tinha dito muitas vezes a Charlotte. E Charlotte fazia a vontade da amiga todas as vezes, mas Jane nunca estava com febre.

— Ele era um homem mau que a tratou terrivelmente — disse Charlotte.

— Eu sei — disse Jane. — É que meu coração ainda não recebeu essa informação.

Helen suspirou.

— Se ao menos nossos corações tivessem miolos.

— E se ele for o único homem a gostar de mim na vida? Eu sou pobre e simplesinha, com pouco a meu favor. Era para ele ser o meu herói de um romance de Jane Austen.

— Calma, calma, já passou — disse Charlotte, acariciando sua mão.

— Eu sempre soube que tinha alguma coisa errada naquele homem — disse Helen. — Digo, não quero ficar aqui dizendo "eu avisei, eu avisei", mas...

— Então não diga! — exclamou Jane.

Charlotte levantou as sobrancelhas.

— Desculpe, é a Helen que estava me dizendo "eu avisei".

— Isso não ajuda em nada, Helen — disse Charlotte.

— Eu gostaria que o Sr. Blackwood se apressasse e chegasse aqui — disse Jane.

— Eu também — disse Charlotte. — Claro que apenas para fins informativos. Não por qualquer outro... hum... — Ela pigarreou para disfarçar.

Jane olhou para cima e viu que o rosto de Charlotte tinha ficado vermelho.

— Charlotte, minha amiga querida, você estava nutrindo sentimentos pelo Sr. Blackwood?

Charlotte levantou os óculos e ficou subitamente muito interessada em contar os livros na estante.

— Charlotte? — Jane insistiu.

— Bem, eu sei que você não gostava muito do Sr. Blackwood.

— Mas isso foi antes de ele salvar a minha vida! Fale para mim, amiga, o que você sente?

Charlotte não teve chance de responder por causa do som de cascos que se aproximava. Alguém estava vindo pela estrada. Charlotte saltou da cadeira. Olhou nos olhos de Jane.

— Você acha que pode ser...?

— O Sr. Blackwood — Charlotte murmurou.

Alguém bateu à porta. Charlotte aconchegou uma mecha de cabelo atrás da orelha. Abriu a porta, já sorrindo, mas logo seu sorriso se desvaneceu.

Porque não era o Sr. Blackwood que estava à porta. Era o Duque de Wellington.

Charlotte levantou os óculos e balançou a cabeça para si mesma como se confirmando que, sim, verdade, aquele homem não era o Sr. Blackwood. O rosto dela se entristeceu.

— Senhor, o que o traz a Haworth a uma hora dessas? — Charlotte perguntou.

Wellington tirou o chapéu e o segurou em suas mãos.

— Srta. Brontë, Sr. Brontë. E presumo que esta seja a Srta. Eyre. Boa noite. Gostaria de visitá-los em melhores circunstâncias, mas receio que sejam trágicas as notícias que me trazem aqui.

Jane sentiu um nó no estômago, e Charlotte abaixou os óculos por um momento, com seu rosto paralisado.

— Quais são? — Charlotte perguntou em um fôlego só.

— É sobre o Sr. Blackwood. — O rosto do duque estava sombrio. — Ele está morto.

— Não! — Charlotte exclamou. Ela perdeu a força nas pernas, mas Bran se atirou até ela e a ajudou a chegar ao sofá. — Não pode ser!

— Então o Sr. Rochester o matou? — disse Jane.

— Sim. Sim, foi exatamente isso que aconteceu.

Jane descobriu que suas pernas ficaram repentinamente fracas e, então, se afundou no sofá. E Bran viu que suas próprias pernas também estavam fracas e se afundou ao lado dela.

— Não, o Sr. Blackwood não! — disse Charlotte, com lágrimas pungindo dos olhos. — É inacreditável demais!

Wellington balançou a cabeça.

— Eu mesmo ainda não consigo acreditar. Tenho certeza de que todos aqui perceberam, pelo meu tratamento com Alexander, que eu o considerava quase meu próprio filho. Eu o criei.

Jane ouviu uma fungada, se virou e viu Bran esfregando os olhos.

Charlotte estava contorcendo o corpo de diversas maneiras no esforço de estancar o fluxo das inevitáveis lágrimas.

— Bem, hum. — Ela ficou de pé, depois se sentou, depois ficou de pé e depois andou pela pequena sala de estar. — Oh, céus... — Ela colocou os óculos nos olhos e depois os voltou para a cintura. Olhou para a esquerda, depois para a direita. — Devo fazer um chá? — Ela começou a ir em direção ao fogão, mas depois esbarrou diretamente em uma mesa. — O Sr. Blackwood adorava chá. — E deu mais uma fungada.

Então ela se sentou no chão e as lágrimas desataram a correr.

— A fumaça dessa lareira parece estar particularmente forte esta manhã. — Ela se levantou e pegou um atiçador.

Jane se pôs ao seu lado e gentilmente pediu que largasse o atiçador antes que Charlotte incendiasse a casa toda.

— Charlotte, sente-se. Ali, ao lado de Bran.

O irmão de Charlotte pegou a mão dela e a segurou bem junto de si.

— Por favor, Vossa Graça, nos dê algum tempo para nos recompormos — disse Jane.

— Mas é claro. — O duque tomou uma cadeira em um canto escuro da sala.

Os Brontë e Jane se abraçaram e, como tantas vezes acontece em uma família de luto, se revezaram limpando as lágrimas. O Sr. Blackwood tinha sido tão corajoso, tão forte enfrentando Rochester. Jane não acreditava que a vida dele tinha terminado daquele jeito. Especialmente, que sua vida tinha sido arrancada pelas mãos do homem por quem ela era apaixonada.

Bran estava bem perturbado, mas, para Charlotte, pensar linearmente naquele momento parecia impossível, como um trem saído dos trilhos.

— Vamos ver, precisamos de chá — ela dizia.

— Nós temos chá, querida — respondeu Jane.

— Precisamos preparar uma cama para o Sr. Blackwood. Tenho certeza de que ele estará aqui.

Jane passava a mão no cabelo de Charlotte.

— Não, ele não virá.

— Entendo. Sim, eu sei, Jane. Eu sei.

E então o vento fez um galho arranhar levemente a janela, e Charlotte saltou de sua cadeira.

— Talvez seja ele. — Então levantou os óculos e não olhou para nada em particular, mas os óculos pelo menos pareciam ajudá-la a ver as coisas mais claramente: Alexander Blackwood nunca mais voltaria.

* * *

Assim que a notícia foi digerida, o duque abordou o grupo mais uma vez. Jane falou por todos.

— Senhor, esta notícia é das mais dolorosas. Mas por que vir nos dizer pessoalmente? Rochester está sob custódia? Tenho certeza de que a Sociedade tem muito trabalho a fazer agora.

— Mas é exatamente isso — disse Wellington. — Temos muito trabalho a fazer, só que estamos com poucos agentes.

Ele olhou para Jane de forma bem ostensiva. Ela esperou pacientemente que ele continuasse.

— Srta. Eyre, seu serviço se faz necessário.

— Como?

— Seu rei e seu país precisam da senhorita. Suas habilidades são inegáveis. A senhorita pode ver fantasmas e é um Farol, o que significa que pode influenciar fantasmas.

— Eu sou o quê?

— Um Farol. É um tipo especial de vidente. O Sr. Blackwood não teve essa conversa com a senhorita?

Charlotte levantou a mão.

— Eu comecei a explicar para ela, mas ela estava tão teimosa que... — Ela levou a mão à boca. — Quero dizer, ela não estava no estado de espírito adequado para me ouvir.

O duque suspirou.

— Os fantasmas são atraídos pelos Faróis e também podem ser controlados por eles.

Helen bufou, depois colocou um dedo na bochecha, como que pensativa.

— Espere um pouco...

— Os Faróis são extremamente raros. Estamos procurando um há décadas. Encontramos a senhorita e quem sabe se alguma vez encontraremos outro. Por favor, a senhorita deve retornar a Londres comigo.

Jane ficou parada por um longo momento. Helen foi até ela, a rodeou e estudou cada lado do seu rosto.

— Acho que ela ainda vai falar alguma coisa — disse ela, como se fosse uma médica diagnosticando um paciente.

Jane balançou a cabeça bruscamente.

— Senhor duque, creio que o senhor sabe que fui recentemente possuída e quase me casei naquele estado.

— Sim — disse Wellington.

— E que depois passei dias na charneca, faminta e com frio.

— Imagino que tenha sido assim.

— E que recentemente me propuseram casamento de novo.

As bochechas de Bran ficaram vermelhas.

— Não, não tinha ouvido sobre essa parte ainda.

Jane respirou fundo.

— O que eu estou dizendo é que acredito que já passei por situações desagradáveis o suficiente para uma vida inteira, o que dirá para um mês só.

Wellington franziu a testa.

— Ao menos considere. Eu imploro à senhorita.

Bran olhou para Jane.

— É o que o Sr. Blackwood teria desejado.

Jane suspirou. Ela estava apenas começando a gostar do Sr. Blackwood. Não estava pronta para mudar de vida só por causa disso.

Charlotte levou um lenço aos olhos. Os sentimentos de Jane por ela eram uma questão totalmente diferente.

— Acabamos de saber da morte do Sr. Blackwood, senhor. Eu preciso de tempo.

— Muito bem. Srta. Brontë, posso abusar da sua hospitalidade por uma noite?

Charlotte assentiu com a cabeça.

— Mas é claro que sim, senhor. Anne? Emily? — As irmãs apareceram vindo da cozinha. — Levem, por favor, a mala do duque para o quarto de hóspedes. — Ela enfatizou as palavras "quarto de hóspedes", e Jane inferiu que aquilo significava "limpem rapidamente seu próprio quarto e façam parecer um quarto de hóspedes".

Jane serviu ao duque uma xícara de chá, enquanto Charlotte e Bran se prepararam para receber o convidado.

— Então, o que a senhorita acha da minha oferta? — disse o duque.

— Quase não passou tempo suficiente para eu considerá-la.

— Certo. Certo.

Eles bebericaram em silêncio por um momento.

— Lamento muito pelo Sr. Blackwood — disse Jane. — Eu não o conhecia há muito tempo, ou tão bem quanto o senhor, mas ele fará falta.

— Sim — disse o duque. — Sua ausência será sentida por um longo tempo. Ao lamentar sua perda, a minha mente se volta para um pensamento.

— E qual seria? — perguntou Jane.

— Como seria a melhor maneira de vingar sua morte. E a melhor maneira é com a sua ajuda.

— Senhor! — Jane exclamou. — Não serei obrigada a decidir esta noite. Na verdade, creio que este é o momento apropriado para lhe desejar boa noite.

Ela saiu às pressas no mesmo momento em que Bran estava entrando.

— Alguém disse "vingar"? — ele perguntou.

— Faça uma última reflexão sobre o assunto antes de dormir, Srta. Eyre — disse o duque. Jane fez uma pausa na porta. — Só há uma maneira de dar sentido à morte de Alexander.

Ela fechou os olhos e deu um suspiro profundo. Como é que a tarefa de vingar a morte do Sr. Blackwood foi acabar recaindo aos pés de uma pobre órfã simplesinha? Até alguns meses atrás, a única preocupação de Jane era permanecer viva. Ou ter comida suficiente. E agora ela deveria vingar uma morte?

— Boa noite, senhor — disse Jane. Ela se dirigiu ao quarto que compartilhava com Charlotte. Mas, antes de ir muito longe, ainda ouviu Bran dizer:

— Se as coisas andam tão ruins na Sociedade, talvez o senhor precise de mais videntes.

* * *

Quando Jane e Charlotte (e Helen) se deitaram em suas camas, Jane pôde ouvir as fungadas vindo do lado de sua amiga.

— Charlotte, você deve estar sentindo tanta dor...

— De fato, estou com tanta dor quanto se poderia prever ao tomar ciência de que um conhecido faleceu. Sim, é essa a quantidade de dor que estou sentindo. Uma quantidade apropriada. Não mais. Nem menos. — *Snif.*

— O que ele quis dizer com aquela história de "Farol"? — Helen quis saber. — Você pode comandar fantasmas?

— Helen, por favor — disse Jane. — Fique quieta.

— Tudo bem — disse Helen. Depois de alguns momentos, ela sussurrou suavemente: — Espere um pouco... Eu disse "tudo bem" porque você me comandou? Ou porque eu quero ficar quieta mesmo?

— Eu não estou mandando em você — insistiu Jane.

— Será que eu já tomei alguma decisão por mim mesma? — disse Helen.

Charlotte fungou mais alto.

— Helen, por favor. Charlotte precisa de nós neste momento.

— Não, não preciso, não — disse Charlotte. — Eu mal o conhecia.

— Vou ficar quieta, mas só porque eu quero — disse Helen.

— Obrigada — disse Jane. Ela se voltou para Charlotte. — Você o conhecia, sim. Passou um bom tempo ao lado dele.

— Apenas o tempo adequado que a situação exigia. Não mais. Nem menos. — Ela deu uma longa fungada novamente, e depois assoou o nariz. — Meu Deus, este quarto deve estar mais empoeirado do que eu pensava. Acho que está entrando poeira nos meus olhos.

— Está empoeirado? — perguntou Helen. — Talvez então, Jane, você devesse mandar eu limpá-lo.

Jane suspirou alto. Decidiu que não gastaria mais tempo convencendo Helen de que não a comandava, nem convencendo Charlotte de que o Sr. Blackwood tinha significado algo mais para ela.

* * *

Jane passou a noite em claro analisando a proposta. Não estava interessada em vingança. Não estava interessada em prestígio. Não estava interessada nem mesmo nas cinco mil libras.

Mas ela estava interessada no coração partido da sua amiga.

Na manhã seguinte, no chá, o duque ficava mudando de posição o tempo inteiro na cadeira como se estivesse muito desconfortável. E então se mexeu um pouco mais, e depois mais. E tomou um gole de chá, que estava muito quente, e o cuspiu. Ficou de pé, caminhou até a janela e olhou para fora tentando, com todas as suas forças, parecer calmo e pensativo. Charlotte e Bran fingiram que estavam ocupados.

— Eu vou — disse Jane, decidindo acabar com a infelicidade dele.

O duque rodopiou nos calcanhares.

— A senhorita vai? Srta. Eyre, estou certo de que não se arrependerá. Com sua habilidade de vidente e sua habilidade de Farol... a senhorita será uma estrela.

— Uma estrela de quê? — Jane disse.

— Ora, uma agente-estrela!

Jane abaixou a xícara.

— Não tenho nenhum desejo de ser estrela de nada. Só quero... bem, o senhor não precisa conhecer minhas razões.

O duque fez uma reverência.

— Vou fazer as malas imediatamente. — Jane olhou para Charlotte e Bran, desejando não ter de se separar das pessoas mais próximas de uma família que já tinha conhecido. Então olhou para Helen, que estava sentada no canto, de braços cruzados, amuada. — E você, quer vir comigo?

Helen deu de ombros.

— Você é quem sabe.

— Estou perguntando para você — disse Jane. — Minha velha amiga. Querida amiga.

Helen suspirou.

— Sim, eu vou com você.

Jane se voltou para o duque.

— Para onde estamos indo?

O duque abriu um sorriso largo.

— Para Londres.

CAPÍTULO TRINTA

Alexander

Alexander subsistiu de pura agonia durante um tempo que pareceu semanas. Meses. O corte na cabeça latejava no mesmo ritmo do batimento cardíaco, trêmulo, diminuindo à medida que o sangue corria para fora cada vez mais e se misturava à água daquele rio sujo.

Vagamente, usando um sentido lá no fundo de sua cabeça, ele entendia que precisava sair da água. Que se afogaria se soltasse a porta de carruagem a que tinha conseguido se agarrar. Tinha sido uma luta frenética erguer a parte superior do corpo sobre ela, e suas mangas já estavam bastante rasgadas pelas bordas esfarrapadas da madeira, com farpas alojadas em sua bochecha e no pescoço que se viam pressionados contra a tábua úmida.

Ele sentiu que estava escorregando e que a gravidade o arrastava para o fundo do rio. Objetos batiam contra suas pernas e seus pés. Lixo se agarrava em torno do seu corpo, puxando-o para longe da porta de madeira. Mas, quando tentou chutar e se desvencilhar daquelas coisas, a fim de ganhar um pouco de impulso e se lançar para fora da água, seu corpo se recusou a obedecê-lo. Difícil dizer se a culpa era do frio ou do corpo dele que estava lentamente o traindo.

Preciso subir para a margem, pensou ele, mas seu raciocínio estava tão vagaroso que o pensamento mal conseguiu se formar. *Preciso ir atrás de Wellington. Preciso encontrar a Srta. Brontë e a Srta. Eyre.*

Mas o corpo dele não respondia.

Ele continuou flutuando sobre a porta até que a força do planeta, do rio e de todos os detritos finalmente conseguiram puxá-lo para baixo o suficiente para que a porta se virasse.

E assim ele foi para o fundo.

* * *

— Bem-vindo — sussurraram os fantasmas que ali tinham se afogado.

O que Alexander não via — não tinha como ver — eram suas figuras sem olhos, com os restos enrugados de suas peles rasgadas pelos peixes em minúsculos pedaços. Eles estendiam seus braços na tentativa de tocá-lo, com os dedos translúcidos passando através de suas costelas e de seu rosto.

Ele não os via porque tinha ficado inconsciente novamente, mas, mesmo sem orientação, seu corpo continuava lutando pela sobrevivência. Seus pulmões se aguentaram firmes contra a vontade de respirar. Sua boca continuou fortemente fechada contra a tentação de se abrir. Mesmo enquanto seu sangue ia sendo bombeado para a água e seu corpo começou a se desligar pela falta de ar, aquela urgência humana em continuar vivo o manteve seguindo em frente.

Até que aquilo também deixou de funcionar.

— Bem-vindo — disseram os fantasmas que o rodeavam.

* * *

De repente, a água se afastou e o ar entrou com tudo em seu corpo.

Ele se sentiu mais pesado ao ser içado à terra firme, e metade do Tâmisa saiu de seus pulmões em uma tosse cuspida.

Pedras machucavam o quadril e o ombro, mas ele estava definitivamente vivo. Assim que sua respiração se estabilizou, ele percebeu, ainda longe de estar consciente, que estava sendo levantado e carregado por braços fortes.

Leitor, embora Alexander tenha passado boa parte daquele tempo sem nem saber onde estava, com sua mente concentrada principalmente no batimento cardíaco e no latejar da cabeça, temos total confiança de pintar este quadro para você. Afinal, o que descrevemos se baseia em relatos de nada menos que uma centena de fantasmas.

Uma mulher alta e radiante tinha se aproximado da água, com seus cabelos e sua pele resplandecentes. Ela chamava a atenção de literalmente todos os fantasmas do Tâmisa, o que significava que, quando começou a perguntar sobre um jovem desaparecido, todos foram capazes de indicar o caminho até ele.

Então ela mergulhou na água e o puxou para a margem, onde ela e um homem se certificaram de que ele ainda estava vivo. Satisfeita, a mulher radiante levantou o jovem em seus braços e o levou para uma construção próxima ao rio.

— Vocês vão montar guarda para mim? — ela perguntou, e todos os fantasmas se mexeram a fim de obedecê-la. Fizeram um círculo em torno do prédio, prontos para alertá-la sobre qualquer atividade suspeita, por mais leve que fosse.

Gentil leitor, a esta altura você provavelmente já adivinhou a identidade daquela mulher: Bertha Rochester. De fato, ela e o Sr. Rochester tinham deixado Thornfield quase imediatamente após se reencontrarem e correram para Londres no intuito de enfrentar Wellington. Enquanto isso, Wellington tinha jogado Alexander no rio — mas as coisas não eram tão ruins quanto poderiam ter sido. Alexander, ao que parecia, sobreviveria.

* * *

Mesmo assim, ele passou o dia todo quase morto.

Quando finalmente retomou a consciência, o sol já tinha se posto e apenas uma vela brilhava no galpão para onde o Sr. e a Sra. Rochester o tinham levado. Ele tinha sido despido de suas roupas e envolto em muitas camadas de cobertores. Mas, apesar das tentativas de aquecê-lo, calafrios ainda percorriam seu corpo. Ele intuiu que, provavelmente, era por causa da perda de sangue. Sua cabeça estava leve demais, parecia que flutuava. Provavelmente, também, pela perda de sangue.

Mas ele parecia estar vivo e isso já era alguma coisa. E Wellington não estava ali. Mais boas notícias.

Os dois Rochester estavam sentados juntos e de cabeças abaixadas, discutindo alguma coisa em sussurros. Quando Alexander gemeu, eles voltaram novamente seus olhares para o alto.

— Você está a salvo — disse o Sr. Rochester. — E ninguém nos incomodará aqui.

Alexander não tinha certeza do quanto poderia se sentir confortável com o Sr. e a Sra. Rochester olhando para ele e oferecendo garantias, afinal, um estivera possuído por anos e a outra trancada no sótão pelo mesmo tempo. Mas o primeiro parecia um homem diferente daquele que Alexander tinha conhecido durante sua temporada em Thornfield, e a segunda estava com o olhar calmo e confiante.

— O q... — A voz de Alexander falhou, o que teria sido humilhante se ele tivesse energia suficiente para se sentir humilhado. Em vez disso, ele simplesmente fechou os olhos e respirou fundo com muito esforço.

— Ah, sim, me esqueci de mencionar... — disse Rochester. — Wellington é um canalha.

Alexander gemeu ao tentar se levantar, lutando para esconder o fato de que sua cabeça parecia boiar e seu corpo inteiro doía.

— Obrigado... — Sua garganta parecia estar em chamas quando pronunciou a palavra, mas pelo menos, àquela altura, ele já tinha descansado o suficiente durante as horas em que estivera quase morto. — Obrigado por terem vindo me ajudar. Vocês dois estão bem agora?

A Sra. Rochester deu uma olhada no marido e sua expressão se escureceu por um momento. Ela já parecia muito melhor do que qualquer mero mortal tinha o direito de estar depois de ficar anos trancado em um sótão, mas estava claro que tudo ainda estava muito vivo em sua cabeça. Afinal, o rosto do marido tinha sido o rosto de seu captor por tempo demais, e ninguém superaria aquilo da noite para o dia.

— Talvez ainda não — disse ela finalmente —, mas ficaremos.

— Isso pode parecer estranho — disse Rochester —, mas você é filho de Nicholas...?

— Sim! Sim, ele era meu pai. O senhor o conhecia, certo?

— Você se parece demais com ele.

— Ele era um bom homem — acrescentou a Sra. Rochester.

— Eu encontrei uma carta. — Alexander deu tapinhas no bolso do peito, mas não havia nada lá. Nem o caderno da Srta. Brontë. Ele tinha escondido ambos em um local secreto antes de ir a Westminster em um último impulso. Ficou feliz por tê-lo feito ou tudo teria ido para a água com ele. — Ela parecia indicar que o senhor estava em desacordo com Wellington.

Rochester assentiu com a cabeça.

— Ele estava traindo tudo o que a Sociedade representava.

— Eu era a única de nós que podia ver fantasmas — disse a Sra. Rochester. — E, por eu ser um Farol, Wellington via mais valor em mim. Eu era a pessoa mais próxima dele. A agente-estrela.

Alexander conhecia de perto aquele sentimento.

— Naquele tempo, eu podia usar o *Livro dos Mortos* para ajudar os fantasmas a passarem para a vida após a morte. Tínhamos uma Sala de Coleta, mas ela só era usada por outros agentes que precisavam deixar seus talismãs antes de partir para a próxima missão. Sempre que eu voltava a Londres, Wellington e eu geralmente passávamos um ou dois dias liberando todos os fantasmas. Mas, depois de um tempo, comecei a notar que ele guardava alguns dos talismãs. Perguntei sobre isso apenas uma vez.

— E o que ele disse? — Alexander perguntou, respirando fundo.

— Que queria guardá-los para emergências. — A Sra. Rochester esfregou as têmporas como se a lembrança ainda lhe desse dor de cabeça. — Eu nunca mais disse nada a respeito. Deixei-o acreditar que tinha entendido. Mas contei ao Sr. Rochester e também ao seu pai.

O Sr. Rochester tocou no ombro de sua esposa.

— Depois de investigar mais a fundo, descobrimos que alguns dos fantasmas que a Sra. Rochester e outros agentes tinham capturado eram... bem, eles tinham trabalhado para a Sociedade antes de morrer. E essa era a farsa com a qual queríamos acabar.

Um arrepio correu pela espinha de Alexander, como se alguém tivesse acabado de pisar em sua cova.

— David Mitten está morto. Eu o capturei para Wellington no começo deste mês.

— Foi logo depois que começamos a rastrear as mortes na Sociedade que seu pai morreu. Então Rowland tomou posse de mim e depois trancou a Sra. Rochester no sótão, esperando que pudéssemos ser úteis novamente algum dia. — A voz de Rochester tremeu um pouco à medida que ele foi falando.

A Sra. Rochester fechou os olhos e segurou a mão do marido.

— Sr. Blackwood, o senhor sabe o que Wellington estava fazendo com os fantasmas que ele não levou para a Sala de Prosseguimento?

Alexander balançou a cabeça, mas uma sensação de iminente desgraça o afligia.

— O duque é ambicioso — disse Rochester. — Sempre foi sedento por poder.

A mente de Alexander ainda parecia cheia de água do rio, então as engrenagens da sua cabeça não estavam funcionando tão rapidamente quanto antes.

— Ele conseguiu possuir George IV — disse a Sra. Rochester. — Ou seja, o rei estava sob o controle de Wellington, até que morreu, e então William subiu ao trono.

— Oh... — E foi então que Alexander se lembrou novamente do trabalho de David Mitten. O fantasma que queria ser capturado. O anel de sinete. A urgência de Wellington. — Meu Deus do céu — murmurou ele. — Ele vai fazer o Sr. Mitten possuir o Rei da Inglaterra.

CAPÍTULO TRINTA E UM
Charlotte

Charlotte olhava fixamente para o teto. Não conseguia pregar os olhos. Em Lowood, ela dormia alinhada em fila com pelo menos outras trinta meninas, e conseguia adormecer todas as noites ao som de um coral de suspiros e murmúrios. Em Haworth, era mais confortável. Ela tinha sua própria cama para descansar, uma colcha que sua mãe tinha feito para ela e para suas irmãs, todas aconchegadas em um mesmo quarto. Quando não conseguiam dormir, elas contavam histórias umas às outras, sussurravam contos sobre dragões e bonitos cavaleiros que chegavam para matá-los. Depois que as mais novas tinham voltado para a escola, Jane tinha ocupado a cama de Emily. Jane roncava um pouquinho. (Mas não conte para ela. Era um ronquinho. Bem delicado.) Charlotte achava aquele som reconfortante. Mas agora todos tinham ido embora: Bran para o presbitério; Emily e Anne para Lowood; Jane para Londres em alguma missão muito importante para a Sociedade. Charlotte se encontrava em uma pequena cama que guinchava nos aposentos da professora do vilarejo. Sozinha. *Ninguém jamais tinha estado tão só*, pensou ela.

E o Sr. Blackwood estava morto.

Ela se virou para o lado. Uma lágrima rolou sobre o seu nariz e caiu sem som no travesseiro, que já estava bastante úmido.

O Sr. Blackwood *estava morto*. Parte dela não queria acreditar. Como o Sr. Rochester poderia tê-lo vencido? Como isso tinha acontecido? Como era possível que ela nunca mais o veria?

Ela engoliu um soluço de tristeza. Nunca mais o veria andar daquele jeito de quando ele estava falando sério, com as passadas longas e os ombros atirados para trás, com o casaco preto ondulando em seu rastro.

Nunca mais veria o brilho da determinação em seus olhos escuros.

E ele nunca mais estenderia a mão para ajudá-la a descer da carruagem.

Ele nunca mais faria chá. Ou pegaria um fantasma. Ou jogaria adivinhações. Ou discutiria com ela.

Nunca mais diria "Vá para casa, Srta. Brontë".

As lágrimas desciam livres e desimpedidas naquela hora. Era enervante como ela não conseguia parar de chorar por Alexander Blackwood. Ele era apenas um garoto, não era? Eles não tinham nenhuma grande familiaridade. O que ela havia sentido pelo Sr. Blackwood não tinha sido nada romântico, pelo menos da forma como Charlotte definira romance previamente. Nada de olhares furtivos — não que ela tenha percebido. Nenhum flerte. Nenhum desejo torturado de sua alma, parecido com que Jane tinha sentido pelo Sr. Rochester. Não, entre Charlotte e Alexander havia apenas o mais alto nível de consideração, uma camaradagem, um prazer mútuo da companhia um do outro. Mas quando ela ouviu o Sr. Wellesley dizer que o Sr. Blackwood estava morto, algo pareceu se quebrar dentro dela e permaneceu quebrado por todos esses dias. Então ela chorou e, depois das lágrimas escorrerem, veio uma forte dor no peito ainda pior do que o choro.

Nossa, Charlotte estava mergulhada nas profundezas do desespero, caro leitor, e não sentia vontade de escrever a respeito. Naquele momento, ela podia ver claramente toda a sua vida se estendendo diante dela e era uma vida solitária, trágica, na qual todas as pessoas que ela amava morriam; sua mãe, suas duas irmãs mais velhas, seu pai, agora o Sr. Blackwood, e talvez suas irmãs sucumbissem à doença do cemitério na escola — Anne vinha tossindo o tempo inteiro nos últimos dias e Emily estava muito pálida. E Bran era tão propenso a acidentes. Algo poderia acontecer e, então, ela ficaria sozinha para sempre. Ou talvez ela mesma morreria jovem.

Charlotte esfregou os olhos. Era absurdo, sim, mas o que ela mais desejava era ter a capacidade de conversar com o Sr. Blackwood novamente. *Você deveria contar ao Sr. Blackwood tudo o que aconteceu*, insistia o tempo inteiro alguma parte errante de seu cérebro. Charlotte tinha uma série de perguntas que gostaria de fazer a ele. Por exemplo, qual era a opinião dele sobre aquela coisa tola de ela não conseguir parar de chorar por ele?

Ela respirou fundo, tremendo. Disse a si mesma com firmeza que chorar não indica que você é fraco. Desde o nascimento, sempre foi um sinal de que você está vivo.

As persianas se agitaram. Do lado de fora, uma tempestade de outubro as soprava para dentro. O vento estava crescendo até um uivo, um som sinistro e solitário. Quando ela era pequena, aquele vento de Yorkshire a assustava. Ela sabia que era apenas o vento, mas sua imaginação hiperativa criava uma história de que aquele era o som de fantasmas da antiga Inglaterra, uma coleção de mortos que se estendia pela história, todos em fila vindo bater em sua janela. Não sabia nada sobre fantasmas naqueles tempos. Nunca tinha visto um. Mas o que tinha compreendido, de toda a sua experiência com a Sociedade, era que os fantasmas eram apenas como pessoas normais, com seus típicos pensamentos e sentimentos. Eles só estavam mortos, só isso. Era quase como se nada mais tivesse mudado. Se você conseguisse vê-los.

Espere. Espere aí.

Charlotte se sentou. Pensou que poderia acabar chorando novamente, mas o que saiu foi uma gargalhada rouca. Ela pulou da cama e começou a se vestir apressadamente. Tinha tido uma ideia, e era o tipo de ideia que não podia esperar até o dia seguinte.

* * *

— Bran! — Charlotte bateu novamente na porta do presbitério. O vento castigava seu rosto com seus cabelos soltos. — Acorde, Bran!

Ela ouviu os passos nas escadas. Então a porta abriu apenas em uma fenda e um rosto apareceu — o de seu irmão, pelo que ela presumiu, embora ela não conseguisse ver nada. Seus óculos estavam respingados de chuva.

— Charlie! — exclamou ele.

— Já lhe pedi um monte de vezes para não me chamar de Charlie. — Ela o repreendeu enquanto ele a conduzia para dentro.

— Bem, você está parecendo uma louca — observou ele, com uma pitada de preocupação na voz, como se estivesse considerando que ela poderia, de fato, ter enlouquecido finalmente. — Estamos no meio da noite.

— Sei muito bem que horas são, Bran. — Charlotte limpou os óculos na camiseta de dormir do irmão e os levantou ao rosto. O cabelo vermelho de Bran estava grudado de um lado e havia uma marca de travesseiro em sua bochecha. Seus olhos estavam apenas meio abertos. Os óculos dele estavam terrivelmente manchados, então ela os puxou e os limpou também. Ela se dirigiu até o quarto dele, tirou sua mala velha maltratada de debaixo da cama e começou a arrumar suas coisas para uma viagem.

— Charlie, eu vou a algum lugar? — perguntou ele da entrada da porta.

— *Nós*. Nós vamos a algum lugar. — Ela fechou a mala e se endireitou. — Você tem um cavalo, não tem? O cavalo do pai?

Bran balançou a cabeça.

— Sim, eu tenho um cavalo, mas não posso ir embora. Agora sou o pároco. O povo da cidade precisa de mim.

— *Eu* preciso de você — disse ela. — Eles vão sobreviver.

— E se alguém morrer e precisar de um funeral? Ou se quiser se casar? Ou se alguém precisar de mim para rezar por uma criança doente? E eu tenho um sermão para dar agora de manhã.

Charlotte deu uma boa olhada para o irmão. Ambos sabiam que ninguém estava nem aí para os seus sermões.

— Ah, tudo bem. — Branwell suspirou. Já tinha aprendido ao longo dos anos a não contradizer Charlotte quando ela estava com alguma ideia fixa. — Aonde estamos indo?

— Para Thornfield Hall, é claro — ela respondeu como se fosse um tanto óbvio.

Bran franziu a testa.

— Mas... Thornfield Hall? Para quê?

— Para saber o que aconteceu em primeira mão. É por isso que eu preciso de você, irmão.

— Por que... você precisa de mim? — perguntou ele.

— Para falar com o Sr. Blackwood. — Ela não conseguiu segurar um sorriso de esperança. — Porque você pode vê-lo, eu não.

Bran até se engasgou.

— Mas é claro! Alexander pode ser um fantasma! — ele disse, finalmente pegando o fio da meada.

Charlotte assentiu com a cabeça.

— Vamos descobrir o que aconteceu com Rochester. Suponho que teremos de ter cuidado, já que ele provavelmente ainda deve estar lá. Mas vamos localizar o Sr. Blackwood e você vai falar com ele. E ele vai... — Sua voz se misturou às malditas lágrimas. — E ele vai nos dizer o que devemos fazer.

Ela podia ver, pela expressão de Bran, que ele não achava aquela a mais sábia das ideias. Mas não discutiu com ela. Em vez disso, foi até a escrivaninha no canto e escreveu um bilhete para postar na porta do presbitério, para as pessoas do vilarejo, explicando que voltaria em breve.

— Voltaremos em breve, não voltaremos? — ele perguntou.

Ela não tinha ideia de quando eles voltariam. Tudo dependia do que descobrissem quando chegassem ao seu destino.

— Claro — respondeu ela. — Estaremos de volta antes que você perceba.

* * *

Eles chegaram a Thornfield Hall mais ou menos um dia depois, apenas para encontrar a grande casa em total ruína. Obviamente tinha ocorrido um incêndio ali. As pedras estavam pretas e o cheiro de fumaça ainda pesava no ar. A frente da casa ainda estava de pé, mas parecia frágil, como se o vento a fosse derrubar a qualquer instante. Todas as janelas estavam quebradas, e o telhado tinha desmoronado. Tudo o que restava da outrora grandiosa e imponente estrutura era uma casca destruída.

Bran e Charlotte ficaram olhando para o local, horrorizados, em silêncio. Então Charlotte sussurrou:

— Encontre-o, Bran. — E eles foram procurando algum caminho ao redor da casa, e Bran chamava:

— Sr. Blackwood! O senhor está aí? Gostaríamos de falar com o senhor. Sr. Blackwood!

O coração de Charlotte batia loucamente o tempo todo. Na viagem, tinha escrito um pequeno discurso que faria ao Sr. Blackwood, algo parecido com o seguinte:

Sr. Blackwood. Alexander. Gostaria de informá-lo de que o senhor é (ou era, suponho, desculpe) o rapaz mais esperto, mais atraente, mais inteligente e de todas as formas mais envolvente que eu já conheci, e que estou tomada pela tristeza por ocasião de sua morte prematura.

E então ela faria suas inúmeras perguntas sobre a morte dele e sobre o Sr. Rochester, e o que eles poderiam fazer para levar o vilão nefasto à justiça.

Mas o Sr. Blackwood não apareceu. Bran continuou chamando por mais de uma hora, e Charlotte se juntou a ele, mas Bran não percebeu nenhuma presença fantasmagórica em Thornfield Hall. Nem um único espírito saiu para encontrá-los.

Era a maior de todas as decepções até aquele momento.

— Sinto muito, Charlie — disse Bran ao voltarem para onde o cavalo estava pastando.

— Está tudo bem — ela respondeu. Não chorou daquela vez. — Obviamente, o Sr. Blackwood seguiu em frente. Está em um lugar melhor agora. Eu não gostaria que ele tivesse se transformado em um fantasma só para que eu pudesse... — ela engoliu. — Estou feliz por ele.

— Sinto muito, Charlie — disse Bran outra vez, a abraçando.

— Obrigada, Bran. Vamos para casa.

Eles alugaram um quarto na pousada mais próxima para passar a noite. Na hora do jantar, caminharam até a taberna local e Charlotte coletou informações a respeito da ruína de Thornfield Hall. Foi difícil obter uma história clara de alguém ali. Os rumores abundavam. Depois de uma hora de entrevistas com os habitantes locais, Charlotte verificou o seguinte:

O Sr. Rochester mantinha sua esposa trancada no sótão. (Ela sabia daquilo, é claro.)

O Sr. Rochester tinha tentado se casar com a preceptora de sua filha, mas tudo tinha dado errado quando descobriram que ele mantinha a esposa trancada no sótão. (Ela também sabia daquilo. Em primeira mão.)

As pessoas sentiam muita pena do Sr. Rochester e tinham muitas opiniões misturadas, mas em grande parte negativas sobre aquela tal de Jane Eyre — que tinha tentado dar um passo maior do que a perna, que tinha deliberadamente decidido enganar o pobre Sr. Rochester, que era um tipo traiçoeiro de Eva, uma sereia tentadora, mas também era uma mocinha baixinha e simples e totalmente banal em todos os sentidos. (Charlotte segurou a língua. Por pouco.)

E os acontecimentos que se seguiram teriam sido assim:

O Sr. Rochester ficou meio louco depois de sua tentativa fracassada de bigamia e incendiou a própria casa, matando todos lá dentro: Rochester, a esposa e a menininha, todos juntos.

OU

O Sr. Rochester incendiou a própria casa para se desfazer de sua esposa e, então, ele e a moça tinham ido morar no sul da França.

OU

A esposa incendiou o lugar e conseguiu acabar com ela mesma e com o Sr. Rochester. Ninguém sabia o que tinha sido feito da garota. Mas o Sr. Rochester certamente estava morto.

OU

O Sr. Rochester estava vivo. Ele tinha, em um ato de nobreza, tentado salvar a esposa do incêndio, porém ela saltou do telhado da casa para a morte. O Sr. Rochester tinha ficado preso naquele inferno e parte da casa tinha desmoronado sobre ele, mas ele tinha sido puxado para fora muito bem e estava vivo.

MAS

Ele tinha perdido um olho e a visão no outro, ficando, portanto, totalmente cego. E desamparado. Era um mendigo nas ruas de Londres, agora. Muito triste.

OU

Sua mão foi esmagada e teve de ser amputada. Agora ele tinha um gancho e tinha sido visto pela última vez se candidatando a um cargo de pirata.

OU

Todos os itens acima. (De alguma forma.)

Como contadora de histórias, Charlotte gostava mais da versão "Ele tinha, em um ato de nobreza, tentado salvar a esposa do incêndio" do conto. Parecia (mais ou menos) ser um final adequado para redimir um homem. Mas nenhum dos habitantes da cidade tinha qualquer conhecimento de um Sr. Blackwood. Era impossível dizer, sob aquelas circunstâncias, se o Sr. Rochester estava vivo ou morto, ou se tinha se tornado um pirata. E ela não estava nem um pouco mais perto de descobrir o que tinha acontecido com o Sr. Blackwood.

— Ele não está morto — disse Bran de repente.

— Você acha que não? Ele virou pirata, então? Ou virou mendigo? A história do pirata é um pouco forçada, na minha opinião. Só porque a pessoa perde a mão, isso não significa que ela se torna qualificada para a pirataria.

— Não o Sr. Rochester. O Sr. Blackwood. — Bran estava olhando para um espaço vazio logo atrás do ombro direito de Charlotte.

Ela perdeu o fôlego.

— O Sr. Blackwood não está morto?

Bran pediu que ela ficasse quieta.

— Estou tentando ouvir. O fantasma aí atrás.

— O fantasma?

— Esse que está bem atrás de você. O Sr. Rochester.

Charlotte olhou para trás, mas é claro que não viu nada.

— Você está falando com o Sr. Rochester? Então ele morreu no incêndio, afinal de contas?

Bran sacudiu a cabeça.

— Não, não. O Sr. Rochester, ao que parece, foi possuído por um fantasma. Aparentemente, ele não é um mau sujeito, mas estava sendo mantido prisioneiro em seu próprio corpo.

— Por quem?

— Pelo Sr. Rochester.

Charlotte franziu o rosto.

— Pelo fantasma de seu irmão mais velho — esclareceu Bran. — Durante seu embate com o Sr. Rochester, o Sr. Blackwood descobriu a possessão e foi capaz de separar o homem de seu talismã, libertando, assim, o Sr. Rochester de sua escravidão espiritual.

— Isso soa exatamente como algo que o Sr. Blackwood faria — concordou Charlotte.

— Depois disso, o Sr. Blackwood partiu para Londres.

Charlotte estava chorando novamente. Ela tirou um lenço.

— Graças aos céus! Mas como, então, a casa foi destruída?

— Grace Poole, que aparentemente também era empregada do Sr. Rochester, do Rochester malvado, quero dizer, incendiou a casa em uma tentativa de acabar com os Rochester, mas eles já tinham escapado.

— Mas... o Sr. Rochester não é um fantasma? Não é ele na verdade que está falando com você?

— Ah, não... — Bran sorriu como que se desculpando. — O fantasma que está falando comigo agora também é *um* Sr. Rochester, mas não *aquele* Sr. Rochester. Este aqui é o Sr. Rochester mais velho, pai do nosso Sr. Rochester. Ele tem assombrado esta taberna aqui por anos, aparentemente, desde que o Sr. Rochester, o irmão, morreu e tomou posse do Sr. Rochester que conhecemos.

Havia, na opinião de Charlotte, um número excessivo de Rochester naquela história. Mas tudo bem. O Sr. Blackwood estava vivo! E em Londres! Ela assoou o nariz, guardou o lenço e se levantou.

— Muito bem, Bran — disse ela ao irmão. — Excelente trabalho descobrindo todas essas informações vitais. Agora, devemos ir.

— Para Londres, eu suponho — disse Bran. — Para encontrar o Sr. Blackwood.

— Para encontrar o Sr. Blackwood! — disse Charlotte, radiante. — E para falar com Jane. A história que esse fantasma contou para você não corresponde em nada à do relato do Duque de Wellington. Temo que Jane esteja sendo enganada. Ela pode estar em perigo. Precisamos investigar essa questão a fundo imediatamente.

— Muito bem. — Suspirou Bran. — Vou buscar o cavalo.

* * *

Ao chegar em Londres, eles foram imediatamente ao apartamento do Sr. Blackwood, apenas para descobrir que ele não mais residia lá. Uma jovem tinha se mudado recentemente, relataram os vizinhos. Uma moça jovem e pequenina, disseram eles. Simples. Totalmente banal em todos os sentidos.

Eles ficaram fazendo hora do outro lado da rua, esperando por

Jane. Finalmente, ela chegou em uma carruagem que trazia o brasão da Sociedade na porta. Carregava uma grande sacola de roupas em seus braços e tinha uma expressão tensa, como se estivesse enfrentando com coragem uma tarefa desagradável. Ela subiu as escadas até o apartamento e desapareceu. Charlotte e Bran atravessaram a rua como que para segui-la, mas, de repente, uma figura com um manto saiu como um raio de um beco e puxou os dois para as sombras.

Charlotte estava prestes a gritar, mas o homem pôs a mão sobre a boca dela.

— Sou eu — sussurrou ele com urgência. Estendeu sua outra mão para Bran, que tinha tentado atacá-lo com um golpe desesperado. — Sou eu, Branwell! Preciso falar com você. — Ele tirou o capuz e revelou seu rosto.

Era o Sr. Blackwood! Tremendo, Charlotte levantou os óculos até os olhos e se regozijou com a visão dele. Sua aparência estava bem mais desgrenhada do que de costume: a roupa amarrotada, o cabelo escuro despenteado, o rosto não barbeado. Ele até cheirava um pouco como as docas. Mas Charlotte atirou os braços em torno dele.

— Oh, Sr. Blackwood! — ela gritou. — Estou tão... satisfeita em vê-lo novamente. Disseram que o senhor estava morto.

— Wellington tentou me matar — afirmou ele. Os dois, ao mesmo tempo, se deram conta de que estavam se abraçando. O Sr. Blackwood olhou para o rosto de Charlotte, o canto da boca dele encolhido em um sorriso. — Ele falhou, obviamente. Estou... satisfeito em vê-la também, Srta. Brontë.

Charlotte acenou silenciosamente. Por um momento nenhum dos dois falou nada.

— Eu vi o fantasma do Sr. Rochester — Bran anunciou com orgulho. — Ele me disse que o senhor estaria em Londres, e aqui está!

Charlotte e o Sr. Blackwood se afastaram um do outro. O Sr. Blackwood franziu a testa.

— O fantasma do Sr. Rochester? Como assim? Eu vi o Sr. Rochester vivo e bem há coisa de uma hora. Ele e a Sra. Rochester salvaram minha vida.

— Ele se refere ao fantasma do Sr. Rochester mais velho — explicou Charlotte. — O pai do Sr. Rochester. Eu sei. É confuso.

— Ah! Bem, sim, aqui estou eu. Em Londres — disse o Sr. Blackwood, embora não parecesse inteiramente satisfeito com o estado das coisas. — Infelizmente, não posso dizer que tenha feito muito progresso em minha nova missão de frustrar os planos do duque e vingar a morte do meu pai. E parece que Wellington me substituiu pela Srta. Eyre a fim de dar sequência a seus planos.

— Então Wellington é o verdadeiro vilão? — Charlotte achou aquela uma reviravolta maravilhosa em sua história. E também, é claro, uma notícia terrível.

— Dos mais nefastos — murmurou o Sr. Blackwood. — Acreditamos que ele pretende possuir o rei. Tenho tentado chegar à Srta. Eyre para avisá-la, mas o pessoal da Sociedade fica de tocaia. — Ele apontou com a cabeça para um lado, indicando dois sujeitos grandes e de aparência grosseira que se espreitavam na esquina logo ao lado do antigo apartamento do Sr. Blackwood.

— Eu poderia avisá-la — Charlotte se voluntariou. — Wellington não sabe que eu sei que ele é um traidor. Eu poderia simplesmente fazer uma visita a Jane. Uma visita social. Ela é a minha querida amiga, afinal de contas. O que mais fazem os amigos, se não se visitarem de vez em quando?

— Isso seria de grande ajuda — disse o Sr. Blackwood.

Charlotte corou.

— Vou agora mesmo.

Antes que ela pudesse dar um passo, no entanto, a porta do antigo apartamento do Sr. Blackwood se abriu e de lá saiu Jane dentro do que era possivelmente o vestido mais extravagante que Charlotte já tinha visto. O vestido inteiro era simplesmente enorme. Jane se embolou perigosamente várias vezes ao descer as escadas, mas conseguiu se segurar. Chegando lá embaixo, ela endireitou o chapéu — no mesmo tom de rosa do vestido, com vários arcos e uma grande pluma branca que saía pela frente. Depois, puxou a borda de uma luva branca que ia até o cotovelo e se espremeu pela porta da carruagem da Sociedade que a esperava.

Os dois sujeitos de aparência rude subiram na parte de trás da carruagem.

— Para o Palácio de Saint James? — perguntou o condutor, e um dos homens confirmou o endereço.

— É isso — sussurrou o Sr. Blackwood com urgência. — Ela está indo ao encontro do rei. Precisamos impedi-la.

O condutor estalou seu chicote e a carruagem se afastou. Eles ficaram assistindo sem poder fazer nada enquanto ela desaparecia rapidamente depois de uma esquina.

— Bem, então... trata-se de uma bela noite para fazer uma visita ao palácio, o senhor não diria? — sugeriu Charlotte.

Um músculo se repuxou no queixo do Sr. Blackwood.

— Sim — disse ele. — De fato, uma bela noite.

CAPÍTULO TRINTA E DOIS

Jane

De acordo com Wellington, todo o futuro da Sociedade se resumia ao sucesso (ou ao fracasso) da missão de Jane naquela noite. E é claro que aquela pressão era ainda mais exacerbada pelo vestido. Por favor, podemos falar um instante sobre aquele vestido? Em primeiro lugar, era muito pesado. Jane era uma pessoa pequena e leve, sim, mas com toda certeza até mesmo a mais alta e a mais robusta das mulheres ficaria incomodada com o peso de uma roupa daquele porte. Em segundo lugar, ah, o espartilho! Jane tinha encontrado um livro sobre a maneira correta de amarrar um espartilho e a essência da coisa era a seguinte: aperte até mal conseguir respirar. Dessa forma, você estaria na metade do caminho. Como ela estava vestindo a si mesma sem ajuda, amarrou duas pontas ao pé da cama e caminhou para a frente a fim de apertá-lo. Mas então a madeira se quebrou e, quando a vizinha veio ver o que tinha acontecido, Jane implorou que ela apertasse o espartilho para ela.

A vizinha concordou e ainda deixou um conselho: "Amigas não deixam amigas apertar o espartilho sozinhas".

Em seguida, havia as mangas. Elas se estendiam por pelo menos uns dez centímetros de cada lado sobre os pequenos ombros de Jane, tornando impossível passar por uma porta sem virar de lado. E depois havia os ombros. Que ficavam nus. Não estavam "pelados", mas, sabe, estavam à mostra. Jane lutou contra a vontade de cobri-los com alguma coisa, algo mais discreto, como... sei lá, uns arbustos.

Depois havia a crinolina, que era um anexo em forma de cúpula construída em aço que substituía camadas e mais camadas de saias. Diziam que era para facilitar a ida ao banheiro, mas Jane se perguntava que bem aquilo faria quando o vestido inteiro a impedisse de entrar no próprio banheiro, quem dirá usar a privada. Em seu pulso, se dependurava uma bolsinha de alça fina, dentro da qual havia um misterioso livro que Wellesley chamava de *Livro dos Mortos*. Estava ali para ajudá-la em sua missão naquela noite. A coisinha ficava pendurada no braço de forma esquisita, mas, a não ser por algum tipo de engenhoca que pudesse deixá-la amarrada sob a crinolina, levá-la no pulso era mesmo a melhor opção.

Jane só pôde tirar uma conclusão a respeito do estilo e do desenho do vestido, e foi a seguinte: aquela coisa tinha de ter sido concebida por homens. Vestindo aquilo, as mulheres não podiam de forma alguma fugir dos homens e, com a falta de oxigênio no cérebro devido à caixa torácica comprimida ao tamanho de um punho, elas não conseguiam pensar melhor que os homens. Com as cores berrantes, elas não conseguiam se esconder. Ou seja, não podiam correr, pensar, nem se esconder.

Mas Jane tinha dado sua palavra a Wellington, e sua silenciosa anuência a Charlotte, de que faria aquele trabalho. E Wellington insistiu que aquele traje era o mais apropriado para se visitar um palácio.

E era isso o que ela estava prestes a fazer, pela primeira vez em sua vida tão simples e sem graça. A carruagem tinha como destino o Palácio de Saint James, onde, pelo jeito, o rei precisava de alguma ajuda com um fantasma instável, e onde também Jane estava encarregada de devolver um anel de sinete.

O rei estava relutante em chamar a Sociedade, mas o fantasma em questão era particularmente desagradável e vinha sacudindo os arbustos reais e derrubando os vasos reais. Fato curioso: era o mesmo fantasma responsável pela suposta "loucura" do Rei George. Pedir ajuda era o primeiro passo.

O segundo passo, pelo que Jane refletiu, era se espremer em um vestido ridículo. E o terceiro passo era salvar a Sociedade.

Jane se sentia desconfortável carregando o peso do futuro da Sociedade sobre seus pequeninos ombros, especialmente porque ela não tinha experiência nem treinamento. Mas o duque estava convencido de que o fato de ela ser um Farol compensaria todo o resto, e a situação financeira da Sociedade demandava a maior urgência.

Ela não queria estar ali.

Ela *não queria* estar ali.

Mas *estava* ali e se lembrou de que estava fazendo tudo aquilo por Charlotte.

A carruagem ia batendo e pulando ao longo da estrada, e Jane desejou que estivesse de fato usando camadas de saias em vez de uma crinolina de aço. Pelo menos as saias amorteceriam um pouco a situação.

Um dos guardas da Sociedade estava sentado à sua frente, de costas para o cavalo, como era o protocolo. Não parecia que estivesse com vontade de conversar, o que, por Jane, estava tudo bem. Helen se sentou ao lado dele, o tempo inteiro encarando Jane e O Tal Vestido e Os Imensos Laços.

— Você está parecendo um bobo da corte... — disse ela.

— Obrigada — disse Jane.

— De nada — Helen respondeu. Ela ainda estava lutando com o fato de Jane ser um Farol. Vinha questionando todas as suas ações dia a dia.

— Estou atravessando a sala porque você quer ou porque eu quero? — ela dizia.

— Não seja boba, querida — respondia Jane.

— Tudo bem. E agora, não estou sendo boba porque você não quer que eu seja?

Era bastante cansativo.

A carruagem se aproximou do palácio, Jane saiu e foi subindo lentamente as escadas, até porque andar devagar era a única coisa que conseguia fazer naquele vestido. O rei estava dando um baile naquela noite e somente a elite tinha sido convidada. Isso era o mais angustiante de tudo, pois Jane não tinha sido educada segundo as exigências da nobreza. Ela queria estar usando uma máscara da Sociedade naquele momento, mas o rei tinha pedido máxima discrição. Não queria assustar os convidados para o jantar.

— Srta. Jane Eyre — ela disse ao guarda na entrada.

— De onde? — retrucou o guarda.

— De... Lowood... Mansão Lowood.

— Srta. Jane Eyre, da Mansão Lowood.

Ao entrar no palácio, Jane fez uma reverência ao rei, tal como tinha praticado. O rei notou seu vestido, o que Jane percebeu pois ele estava contando os laços. O duque tinha mandado dizer ao rei que ele reconheceria Jane pelo número de laços em seu vestido.

O rei acenou para ela, olhou em seus olhos por uma fração de segundo e depois a dispensou com um aceno de mão. Jane presumiu que ele mandaria alguém buscá-la quando fosse conveniente.

Ela esperava que fosse o mais cedo possível.

* * *

A noite foi longa. Sem conhecer ninguém ali e, portanto, sem conversar com ninguém, Jane ficou dando voltas pelo salão. Fingia ter reconhecido alguém e então se dirigia até a pessoa. Fez isso a noite toda. Ficou andando de um lado para o outro com um sorriso de "Que bom ver você!" em seu rosto e não recebeu a resposta de ninguém. E você percebe, caro leitor, como é difícil não sorrir para ninguém em particular quando se está em um salão lotado de rostos?

Pelo menos Helen estava lá, mas não era o mesmo que ter companhia de verdade, pois Jane não podia falar com ela em público. Exausta, Jane saiu da grande sala e encontrou uma pequena alcova escura, na qual decidiu se acomodar para recuperar o fôlego — e não para se esconder, não, o que é isso, uma vez que ela era uma agente, se esconder seria covardia.

— Srta. Eyre — disse um guarda do rei.

Helen tentou dar uma cotovelada em Jane.

— Ah, sim, eu estava apenas admirando a... escuridão.

O guarda não disse nada.

— Ela é adorável, em um palácio. A escuridão. Bem mais elegante do que... bem... a escuridão comum.

— Boa! — disse Helen.

— Siga-me. — O guarda se virou abruptamente e Jane se apressou (tanto quanto podia se apressar dentro daquele vestido) para acompanhá-lo.

Ela seguiu o guarda, passando por uma série de corredores, e acabou em uma sala que era menor do que as outras que tinha visto até então, mas ainda assim era grande. Atrás de uma mesa ornamentada, havia uma parede cheia de túnicas igualmente ornamentadas. Em cima delas, descansavam longas mechas de cabelo castanho encaracolado e, atrás de tudo isso, havia uma pessoa. Jane supôs que era o rei. Quando ele começou a se virar, Jane logo deu um passo à frente e colocou o anel de sinete sobre a escrivaninha. Ela voltou à posição inicial um momento antes que ele a visse.

Jane fez uma reverência e não disse nada.

— Você é da Sociedade? — disse o rei.

— Sim, Vossa Majestade. — Jane levantou os olhos para se dirigir ao rei. Foi quando ela o viu. O fantasma. De pé bem ao lado do rei. Com a mão no quadril, tal como o rei.

— Não me agrada essa Sociedade — disse o rei.

— E eu sou o Rei da Prússia — disse o fantasma.

Jane tentou não sorrir.

— Não acredito nessa besteira toda de fantasmas — disse o rei, balançando a mão como se espantasse uma mosca.

— Nem eu — disse o fantasma, fazendo o mesmo gesto.

Helen deu risada.

— Ele é engraçado.

O fantasma, então, notou que Jane estava ali e um largo sorriso estampou seu rosto.

— Meu Deus! Mas a senhorita é uma criatura impressionante. Diga-me, já esteve com um rei?

As bochechas de Jane coraram.

— Oh, céus... — disse Helen.

— Majestade? — Jane começou.

— Sim? — disseram o rei e o fantasma ao mesmo tempo.

— Eu posso ajudá-lo — ela explicou, puxando um talismã da bolsa. Era um broche que Wellington disse que tinha pertencido à amada avó do fantasma da árvore. — Mas, antes, preciso que o senhor faça algo por mim.

Os presentes na sala se olharam desconfortáveis uns para os outros.

— Qualquer coisa — disse o fantasma.

Jane o ignorou.

— O senhor deve compreender o quanto a Sociedade representa em ajuda e conforto para as pessoas, especialmente dada sua atual situação.

— Você é um tanto prepotente para alguém tão pobre e simples — disse o rei.

— A quem você está chamando de pobre? — Helen disse, gesticulando para a miríade de arcos que adornavam o ridículo vestido de Jane. — Ela ganha cinco mil libras por ano.

— Posso até ser — admitiu Jane. — Mas, por favor, permita-me ajudar o senhor a constatar a existência de fantasmas.

O rei estreitou os olhos.

— Você quer dizer que desejaria que eu acreditasse. Mas não, não é que eu não acredite em fantasmas propriamente. Só nunca compreendi como eles podiam ser incômodos, até que este apareceu.

O fantasma da árvore fez uma reverência.

— Será que ajudaria se o senhor falasse com ele? Posso mostrá-lo ao senhor.

Ela tirou o *Livro dos Mortos* da bolsa e o colocou sobre a mesa. Abriu em uma página que tinha marcado mais cedo e leu um trecho enquanto Helen se abaixava atrás dela. Quando terminou, o rei olhou em volta do salão, sem perceber nada fora do comum, até que olhou para trás.

Lá estava o fantasma da árvore, o imitando.

— Não vejo ninguém — disse ele.

O rei se assustou ao ouvir o fantasma e deu um passo para trás.

— Isso é loucura! — disse o fantasma. Ele flutuou até Jane. — Eu mandaria prendê-la se não fosse sua extraordinária beleza.

O rei se recompôs e passou a olhar para aquilo bastante intrigado. Balançou a cabeça e se aproximou do fantasma da árvore.

— O senhor, meu caro, deve deixar este palácio imediatamente.

— Por que eu deixaria a minha casa? — disse o fantasma.

O rei fechou os olhos e respirou fundo. Quando os abriu de novo, parecia muito mais calmo.

— Há um lugar melhor para o senhor.

O fantasma escarneceu.

— Melhor que um palácio?

O rei assentiu com a cabeça.

— Melhor que um palácio.

— Eu não acredito no senhor. Cortem a cabeça dele! — O fantasma apontou em direção ao rei.

O rei se aproximou um pouco mais dele.

— Entendo que o senhor sinta um apego por este lugar. Mas não deveria continuar aqui, caminhando por estas terras como um espírito.

De repente, Helen deu um passo adiante, e o rei a notou pela primeira vez.

— Perdoai-me, Majestade — disse Jane. — Esta é minha... amiga e companheira. Ela também é um fantasma.

Helen encarou o rei.

— O que o senhor quer dizer com "ele não deveria continuar aqui"? — ela perguntou.

— "Vossa Majestade" — sussurrou Jane. — Diga "Vossa Majestade".

— Vossa Majestade — disse Helen.

O rei fez um gesto como se indicando que ela não deveria se preocupar com formalidades. Agora que ele tinha visto fantasmas com seus próprios olhos, os protocolos não eram importantes.

— Ele é um espírito — disse o rei. — Os espíritos estão destinados a passar para a próxima vida, seja ela qual for.

— Eu não me importaria de ficar com ela — disse o fantasma da árvore, levantando as sobrancelhas e olhando para Jane.

Antes que alguém se surpreendesse novamente, Jane se pronunciou.

— É que eu sou o que se conhece como um "Farol" — ela disse. — Os fantasmas são atraídos por mim.

Se podemos dar algum crédito ao rei, sim, ele escondeu bem sua surpresa ao ouvir aquilo.

— O senhor pode vir comigo — disse Jane para o fantasma. — Eu posso ajudá-lo a seguir em frente.

— Mas por que seguir em frente é tão bom? — disse Helen. — Especialmente se você nem sabe onde é "em frente"?

— Helen... — disse Jane sussurrando.

O rei fez um gesto e falou.

— Porque é como deve acontecer. Devemos acreditar que o deus que nos colocou neste mundo, com famílias e amigos e comida e beleza... ele tem um lugar para nós quando não estivermos mais vivos. Devemos ter essa fé. A fé de que nos reuniremos novamente com aqueles que perdemos. Mas o senhor não descobrirá a respeito dessa promessa se ficar aqui entre os vivos.

Jane ficou leve com essa fala. Nunca tinha conseguido pensar em uma explicação para o que esperava os espíritos quando eles seguissem em frente. Nunca tinha sentido vontade de se deter naquela questão.

Então ela se virou para Helen, que estava olhando para ela com uma expressão de dor.

Talvez Jane estivesse encarando ali, bem na sua frente, a verdadeira razão de nunca ter pensado a respeito daquilo tudo.

— Senhor fantasma — disse o rei. — O senhor gostaria de dizer adeus agora? E ir com a Srta. Eyre? Ela o levará para onde quer que o senhor precise ir.

O fantasma franziu a testa, mas depois se curvou.

— Seguirei as instruções do meu principal conselheiro. Obrigado, bom companheiro. — E deu tapinhas nas costas do rei, de fato fazendo contato com ele, de tão fortes que eram suas emoções naquele momento.

— Excelente — disse o rei com uma tossida. — Srta. Eyre, a senhorita vai guiá-lo para longe daqui?

— Sim, Majestade.

Jane deu uma última olhada para o anel na mesa do rei e, com a missão cumprida, saiu da sala com o fantasma da árvore e Helen em seu encalço.

Uma vez no corredor, Helen se postou bem na frente de Jane. Se ela fosse uma humana sólida em vez de um fantasma, teria impedido Jane de continuar andando. Mesmo não sendo o caso, Jane se deteve. Helen pôs as mãos nos quadris.

— Por que estou aqui? — perguntou ela.

— Porque você queria vir ao palácio comigo — disse Jane.

— Não é isso que eu quero dizer.

Jane teve uma sensação, lá no fundo, de que sabia o que Helen queria dizer.

— Por que você está ajudando os fantasmas a seguirem adiante e eu fico aqui com você?

— Eu não sei, minha querida — disse Jane. — Mas talvez seja porque preciso da minha amiga mais próxima e ela também precisa de mim. Você não está feliz?

Helen franziu a testa e seu lábio inferior tremeu.

— Não sei. Não sei se existe felicidade para os fantasmas aqui neste mundo.

— Verdade? Mas eu já a vi feliz.

Helen choramingou.

— Mas e se isso for simplesmente um reflexo de você? Você é um Farol. Eu sou um fantasma. Será que é por isso que eu fiquei? — Ela levantou a voz. — É por isso?

Jane olhou ao redor para ver se a conversa delas tinha chamado a atenção de alguém, mas só havia guardas desinteressados naquele corredor. Além disso, Helen era um fantasma e não seria vista.

— Helen, por favor! Você me salvou em Lowood. Você é a pessoa mais próxima de mim. Eu não consigo imaginar uma vida aqui sem você.

Helen franziu o rosto.

— Mas talvez você esteja destinada a vivê-la sem mim.

Ela se virou e saiu correndo pelo corredor. Jane teria ido atrás dela, mas era definitivamente contra o protocolo real uma mulher de vestido e saltos altos correr por ali. E agora ela estava acompanhada do fantasma da árvore.

— Siga-me — disse ela.

Foi uma longa caminhada de volta ao salão de baile. Descer as escadas, depois ir em direção à entrada do palácio e, em todo o caminho, Jane só pensava em Helen. Ela não deixaria a amiga. Uma precisava da outra. Helen era uma âncora. Um ponto de referência. Uma bússola mostrando a Jane o melhor caminho.

Claro, ela ainda era um pouco ingênua. E não tinha progredido emocional ou intelectualmente como Jane. Mas, bem, ela era um fantasma. E isso era bom.

Mas e se ela fosse embora?

O fantasma da árvore ficou ao lado de Jane quando ambos se aproximaram das grandes portas. Jane segurava o talismã pronta para agir caso ele, de repente, decidisse fugir. Mas ele não o fez.

— Para onde foi a sua amiga? — perguntou ele.

— Não sei — sussurrou Jane sem mexer os lábios, porque havia pessoas ao redor.

— Ela vai voltar?

Jane não respondeu. Não queria pensar na possibilidade de nunca mais ver Helen.

Os guardas puxaram as portas para abri-la e, de repente, Helen entrou correndo.

— Jane! — disse ela.

— Helen! — Jane respondeu, e os guardas olharam para ela com olhares confusos. Jane se virou e gesticulou para que Helen a seguisse. — Eu sabia que você não me deixaria.

— Não é isso — disse Helen. — Eu vi o Sr. Blackwood!

— O fantasma dele? — disse Jane.

— Não, ele mesmo! Ele está vivo! Ele disse que o duque é mau. Ele mandou uma mensagem para você. — E ela apontou o indicador como se quisesse relatar a mensagem de maneira correta. — Ele disse para não colocar o anel no escritório do rei, pois o duque quer fazer o rei ser possuído. Ufa! — Ela colocou a mão no estômago e respirou fundo várias vezes. — É isso.

— Espere... — disse Jane, sem se preocupar em manter a voz baixa. — Espere um pouco. Então... o Sr. Blackwood está vivo? — Jane ficou aliviada. Então, o Sr. Rochester não o matou.

Helen assentiu com a cabeça, resfolegando.

— E não se esqueça da outra parte que eu lhe falei.

— Que o duque é mau e não é para pôr o anel no escritório do rei porque ele quer fazer o rei ser possuído? — Jane disse.

— Ah, que bom, sua memória é tão boa! — Ela sorriu. — Conseguimos!

— Mas, Helen, eu já coloquei o anel no escritório! — Jane exclamou.

— Ah, verdade — disse Helen.

Os guardas da porta começaram a se aproximar dela.

Jane, Helen e o fantasma da árvore se afastaram deles.

— E como o duque poderia fazer o rei ser possuído? — Jane perguntou.

— O anel é um talismã — disse Helen. — Ele contém um fantasma que pode controlar o rei.

O coração de Jane se apertou.

— Temos de correr para o escritório.

Naquele momento, as trombetas soaram, indicando que o rei tinha entrado novamente no salão de baile.

Os três correram para dentro e lá estava o rei, sentado em seu trono.

— Fantasma da árvore, o senhor pode ir até ele? Pode distraí-lo?

Mas o fantasma recuou.

— Aquele não é o rei.

— O quê? Mas é claro que ele... — Jane vislumbrou a mão do rei e nela estava o anel. — Não. Temos de sair daqui e encontrar o Sr. Blackwood — disse Jane. — Ele saberá o que fazer. Você ficará comigo, Helen?

— Sempre — disse Helen.

CAPÍTULO TRINTA E TRÊS
Alexander

Nos primeiros dez dias em que Wellington controlou o Rei da Inglaterra, o Sr. Mitten (na figura do rei) emitiu vários decretos reais. O primeiro foi que todos deveriam reconhecer que sua coroação tinha sido a mais assistida de todos os tempos. Ponto-final. (Apesar de ter sido quatro anos antes e, sério, quem ligava para isso?) O segundo decreto dissolvia o Parlamento e nomeava Wellington como primeiro-ministro.

Enquanto isso, Alexander e todos os que sabiam a verdade sobre a possessão do rei seguiram vivendo em um galpão à beira do rio. Era indigno e pouco higiênico. E, para piorar a situação, logo ficaram sem chá.

Mas estavam todos juntos e isso já era alguma coisa. Depois que a Srta. Eyre saiu do palácio, ela e a Srta. Brontë se abraçaram e deram pulinhos e se abraçaram mais um pouco. A Srta. Eyre transmitiu a felicidade da Srta. Burns ao ver a Srta. Brontë e, então, Alexander e as três jovens correram para o galpão.

Foi onde a Srta. Eyre viu os Rochester pela primeira vez desde que tudo aconteceu em Thornfield Hall.

Foi constrangedor.

— Oi, olá. — O Sr. Rochester se aproximou sem jeito. — Eu sou Edward Rochester. Prazer em conhecê-la.

A Srta. Eyre ficou apenas olhando para ele.

Então, a Sra. Rochester interveio e pegou a mão da Srta. Eyre.

— Olá, *ma chérie*. É um prazer vê-la novamente. — Seu sorriso era tão caloroso e radiante que a Srta. Eyre o retribuiu, obviamente surpresa.

— Boa noite — disse ela.

— Sei pelo que você passou, mas nós, Faróis, somos fortes e resilientes. Você superará em breve.

— E quanto ao que *a senhora* passou? — perguntou a Srta. Eyre.

— Como eu disse, *ma chérie*, a meta é superar.

A alegre reunião foi encurtada quando a notícia sobre os decretos reais chegou até eles.

Alexander estava se sentindo bastante farto de tudo aquilo. Ele não dormia mais. Ficava acordado repassando todas as conversas que tinha tido com Wellington, procurando em sua memória alguma dica de que isso estava por vir. O que ele não tinha percebido? O mais decepcionante era sua impotência em impedir que tudo aquilo acontecesse.

Além disso, ele tinha começado a ler o caderno da Srta. Brontë, que recuperou de seu esconderijo na primeira vez em que os Rochester o permitiram sair do galpão. Ele sabia que deveria devolvê-lo o quanto antes, mas a curiosidade o fez abrir o caderno uma noite. Depois que chegou a uma encantadora passagem sobre mingau queimado na página 27, ele não conseguiu mais parar de ler.

Algumas páginas eram a história inicial da fictícia Srta. Eyre e do fictício Sr. Rochester; outras eram lindas descrições de pessoas e lugares. Alexander não era nenhum especialista em literatura, mas entendeu de imediato que a Srta. Brontë possuía grandes habilidades de prosa.

A última passagem dizia o seguinte: *Você por acaso crê que eu, por ser pobre, invisível, simples e pequena, não possua alma nem coração? Pois crê errado! Tenho tanta alma quanto você e um coração igualmente tão repleto. E, tivesse Deus me presenteado com alguma beleza e muita riqueza, eu haveria de tornar tão difícil para você me deixar como é agora difícil para mim deixá-lo. Não estou aqui me expressando a você por meio de costumes, das convenções, e nem mesmo desta carne mortal: é meu espírito que se dirige ao seu espírito, como se ambos já tivéssemos cruzado o túmulo, e estivéssemos os dois aos pés de Deus como iguais — que de fato somos.*

Alexander fez uma pausa nesse parágrafo, datado do dia daquele casamento malfadado, e esmiuçou cada frase em sua mente. Ele podia ouvir Charlotte naquelas palavras, sentir a paixão e a convicção dos sentimentos da autora. Não apenas dos personagens sobre os quais ela estava escrevendo, mas dela própria.

Ele tinha lido uma parte secreta do coração dela.

Ele tinha de devolver o caderno de anotações.

Ele leu essa passagem outras vezes mais, até adormecer.

* * *

Na manhã seguinte, o grupo se reuniu em um círculo de caixotes empilhados na forma de incômodas imitações de sofás e cadeiras. Alguém tinha conseguido obter fardos de cobertores e travesseiros, de modo que eles tinham conseguido montar ali um arremedo de alojamento, um para as senhoras, um para os homens e um para o Sr. e a Sra. Rochester, que agora se recusavam a ficar separados mesmo que por um minuto, ainda que o fato de o casal compartilhar um espaço só constituísse um certo escândalo. (Lembre-se de que eram tempos diferentes. Casais de alto escalão, mesmo casados, nem sempre dividiam um quarto.)

Por falar em escândalos, a Srta. Eyre passava muito tempo observando os Rochester pelo canto do olho, inconsciente de que sempre franzia o rosto ao fazê-lo, assim como não sentia as cotoveladas ocasionais desferidas pela Srta. Burns.

— Eles formam um casal tão bonito — comentou a Srta. Burns. Ela estava sentada em um caixote ao lado da Srta. Eyre, batendo o indicador no queixo. — Veja como as idades deles combinam. Eu amo isso.

O rosto da Srta. Eyre franziu ainda mais, e ela deu uma cotovelada na amiga fantasmagórica, mas é claro que seu cotovelo a atravessou.

— Agora você está só sendo grossa — disse a Srta. Burns. — Eu já lhe disse mil vezes que é grosseria atravessar fantasmas.

— Desculpe — disse a Srta. Eyre.

Do outro lado do salão dos caixotes, a Srta. Brontë estava observando o que, para ela, só parecia a Srta. Eyre antagonizando e pedindo desculpas para o ar vazio ao seu lado.

— Ficamos sentados o tempo todo — Alexander reclamou. — Deveríamos fazer alguma coisa.

— O quê? — Branwell perguntou enquanto andava pela sala inteira, com os braços cruzados e a testa sulcada perdida em pensamentos. Pelo que Alexander se lembrava, seu ex-aprendiz tinha se tornado o pároco de Haworth e a nova posição já tinha amadurecido o menino muito mais do que o tempo que passou na Sociedade. Que bom para ele!

— Precisamos tirar o anel do dedo do rei — disse a Srta. Brontë. — Ou, melhor, do dedo do Sr. Mitten. Tecnicamente é do rei, mas suponho que esteja sob o controle do Sr. Mitten.

— Isso faz com que o dedo seja do Sr. Mitten? — Branwell se virou para a Srta. Eyre. — A senhorita estava possuída. O que acha? O dedo é do Sr. Mitten ou do rei?

Mas, antes que a Srta. Eyre pudesse abrir a boca, a Srta. Burns se inclinou para a frente.

— Talvez devêssemos perguntar ao Sr. Rochester, já que ele ficou possuído por mais tempo e foi obrigado a fazer todo tipo de coisas que normalmente não faria.

A Srta. Eyre, que estava traduzindo o que Helen tinha dito para os dois na sala que não conseguiam ver fantasmas, parou de fazê-lo de repente. Infelizmente para ela, Branwell continuou a relatar de onde Jane tinha parado, e a Srta. Burns não parou de falar.

— Lembra-se de quando Rowland o possuiu e tentou fazê-lo se casar com a Jane, mesmo depois de ele ter sido mau e manipulador? — A Srta. Burns continuou, lançando um olhar sombrio para Rochester, o verdadeiro Rochester, que não tinha feito nada daquilo, exceto como um veículo involuntário para as ações do irmão morto.

Quando Branwell terminou de fazer eco às palavras da Srta. Burns, ele fechou a boca e corou.

— Desculpe.

Enquanto isso, a Srta. Burns abriu um sorriso triunfante.

A Sra. Rochester também estava corada, seu olhar apontava diretamente para o chão, como se assim ela pudesse apagar todas as coisas terríveis que tinham acontecido, incluindo a possessão do marido.

— Podemos voltar à questão primordial? — disse a Srta. Brontë. — Salvar a Inglaterra?

— Certo. — Alexander apalpou e ajustou as luvas nos dedos, era bom verificar se elas estavam no lugar. — O rei fica o tempo todo cercado por guardas e não permitirá que nos aproximemos dele e tiremos o anel do seu dedo.

— Claro que não! — disse a Srta. Brontë tomando uma xícara de água quente. Todos estavam com uma xícara daquelas, na verdade, muito embora ninguém estivesse bebendo a água. A notícia da falta de chá tinha sido um verdadeiro golpe para o grupo. — O que significa que precisamos de um plano. Felizmente, eu tenho um.

Alexander não ficou surpreso.

A Srta. Brontë se inclinou para a frente.

— Sempre penso que bons planos precisam ter objetivos firmes. Por isso, vamos começar com o anel.

— Tudo será resolvido quando o rei voltar a ser ele mesmo — concordou Alexander. — O único problema é fazê-lo voltar a si.

— Exatamente! — A Srta. Brontë deu um salto e ficou de pé. — Eis a minha ideia!

Todos esperaram. Até mesmo os Rochester se inclinaram para a frente em antecipação.

— Nós invadimos o Palácio de Saint James — anunciou a Srta. Brontë —, e, então, Jane e a Sra. Rochester usam seus poderes de Faróis no fantasma do Sr. Mitten e pedem a ele gentilmente que tire o anel.

— Seria até um bom plano — disse a Sra. Rochester —, mas nossos poderes de persuasão de Farol não funcionam com fantasmas que estão possuindo alguém. Se fosse assim, eu mesma poderia ter impedido Rowland de tomar o controle de Edward por tanto tempo. E a Srta. Eyre poderia ter se poupado de uma bela quantidade de problemas.

A Srta. Brontë franziu a testa.

— Mas os fantasmas ainda acham os Faróis irresistíveis mesmo quando eles estão possuindo pessoas, certo?

— Sim — disse Rochester. — Essa parece ser a razão pela qual Rowland se viu... tão... atraído... — Ele tossiu. — Mas parece haver algo no corpo vivo que atrapalha esse poder de persuasão.

— Muito bem — disse a Srta. Eyre. — Então não podemos persuadir o Sr. Mitten a deixar o rei. Qual é o seu próximo plano, Charlotte?

— Hum... — A Srta. Brontë se sentou de novo.

— Talvez possamos improvisar a parte do anel quando chegarmos lá — disse a Srta. Eyre. — A resposta virá até nós. Como magia.

— Não existe essa coisa de magia — a Srta. Burns murmurou.

Todos (exceto a Srta. Brontë e o Sr. Rochester) olharam para o fantasma.

— Digo, *esse* tipo de magia — ela revirou os olhos.

— De qualquer forma — disse a Srta. Eyre —, vamos descobrir quando chegarmos lá. Acho que precisamos discutir como invadir o castelo para...

— Tecnicamente, é um palácio. — E essa intervenção só poderia vir da Srta. Brontë, é claro.

— Parece um castelo. — A Srta. Eyre cruzou os braços.

— É um palácio que se parece com um castelo, mas é um palácio. — A Srta. Brontë olhou para Alexander como se estivesse pedindo ajuda.

— Esperem, vamos voltar para o caminho certo — sugeriu ele. — E também gostaria de propor que não invadíssemos o... bem, palácio ou castelo, como quiserem chamar aquele lugar. Srta. Eyre, todos acreditam que a senhorita ainda faz parte da Sociedade, não é verdade? A senhorita poderia solicitar uma audiência com o rei.

— Ah! — A Srta. Eyre franziu a testa. — Sim, é verdade!

— Sr. Blackwood, creio que era eu quem estava anunciando um plano. — A Srta. Brontë colocou a mão no quadril.

— Vá para casa, Srta. Brontë.

Ela revirou os olhos.

— Como eu estava dizendo, não vamos precisar invadir o palácio, já que Jane pode nos colocar para dentro pela porta da frente com muito menos confusão. Mas vamos chamar isso de "invadir o palácio", porque é mais encorajador. E, depois de invadirmos o palácio, tiramos o anel do dedo do Sr. Mitten. De alguma forma. Possivelmente com magia.

— E... é só isso? — Rochester parecia em dúvida. — Nós apenas entramos e tiramos o anel dele? Na frente dos guardas e de toda a corte? Não vejo como isso poderia funcionar.

A Sra. Rochester se aprumou na cadeira.

— Magia! *Le livre de l'esprit errance*. Vamos distrair todos com fantasmas!

A Srta. Eyre franziu o rosto.

— Eles precisariam conseguir ver fantasmas primeiro — disse Branwell. — E não podemos fazer isso sem matá-los brevemente. E se tentarmos e fizermos uma asneira? Eu, pelo menos, sei que não quero matar ninguém permanentemente.

— Mas podemos fazê-los ver fantasmas. — A Sra. Rochester apertou as mãos. — A Srta. Eyre e eu podemos pedir aos fantasmas de Londres que se juntem a nós no palácio e, quando chegar a hora certa, faremos com que todos vejam os mortos. É quando agarramos a oportunidade de tirar o anel do dedo do rei. *Voilà!*

— Mas... como? — A Srta. Brontë olhou ao redor da sala, tentando vislumbrar vagamente onde a Srta. Burns estava sentada. (Ela sabia que a Srta. Burns pelo menos *tinha estado* naquele lugar, porque as pessoas estavam sempre olhando para lá.) Um anseio encheu seu olhar. — Como os não videntes podem ver os fantasmas?

— *Le livre de l'esprit errance* — disse a Sra. Rochester. — Com ele, poderíamos fazer com que todos vissem fantasmas. Mas isso pode ser perigoso. As pessoas nem sempre reagem bem quando veem os mortos. Será um caos.

A Srta. Eyre levantou a mão.

— Eu...

— Mas queremos mesmo um pouco de caos — disse Branwell. — Para a todos distrair e o anel subtrair — ele pausou por um momento. — Eu sou um verdadeiro poeta, Charlie.

— Não me chame de Charlie.

— Mas...

— Eu gosto bastante desse plano — disse Alexander. — Ver todos os fantasmas de Londres... Não é algo que alguém esperaria ver na corte real.

— A menos que eles também sejam videntes! — A Srta. Burns interveio.

— Se fosse assim, eles estariam trabalhando para a Sociedade — disse Alexander. — Wellington nunca conheceu um vidente que ele não quisesse controlar.

— Exceto eu. — Branwell encolheu os ombros. — Mas tudo bem, tudo bem. De verdade. Eu gosto muito de ser pastor. Fazer sermões e registrar bebês.

— Eu...

— Sendo assim, precisamos de *Le livre de l'esprit errance*. — Rochester se voltou para a esposa. — Você sabe onde Wellington o guarda, meu amor?

A Srta. Eyre abriu a boca, mas a Sra. Rochester foi mais rápida.

— Receio que *Le livre de l'esprit errance* seja bastante impossível de obter, *mon chéri*. — A Sra. Rochester abaixou o olhar. — Ele o mantém trancado em uma sala guardada por um cão de três cabeças, que tem um poço cheio de videiras estranguladoras, seguido por um jogo de xadrez com pessoas em tamanho real jogando por suas vidas, que se abre para uma sala que tem uma porta trancada e cem chaves penduradas, e depois há um espelho...

Branwell se sobressaltou.

— Mas isso é horrível! Pobrezinho do cão de três cabeças!

— Aposto que ele apenas guarda o livro em sua mesa — disse Alexander. — A senhora tem certeza de que essa pista de obstáculos da morte que descreveu não é... outra coisa?

A Sra. Rochester inclinou a cabeça.

— Ah, verdade, creio que o senhor tem razão.

A Srta. Eyre se levantou.

— Eu...

— Mesmo que o livro esteja guardado na mesa dele — disse a Srta. Brontë —, pode muito bem estar atrás de um leão faminto. Como poderíamos entrar na sede da Sociedade?

— A Srta. Eyre talvez consiga — disse Alexander.

— É isso que estou tentando dizer há um tempão... — Ela colocou as mãos nos quadris. — Eu estou com o *Livro dos Mortos* aqui comigo.

— O quê? — Alexander pulou de pé. — Por que a senhorita não falou isso logo? O *Livro dos Mortos* é o nosso maior patrimônio! Isso muda tudo!

A Srta. Eyre soltou um longo suspiro, depois se retirou para o quarto feito de caixotes e, quando voltou, mostrou o *Livro dos Mortos*.

— Eu o levei para o castelo...

— Palácio — a Srta. Brontë murmurou.

— ...comigo para que o rei pudesse ver o fantasma da árvore e não tive tempo de devolvê-lo porque Helen me disse que vocês estavam todos lá fora e que Wellington era mau — a Srta. Eyre completou. Então sorriu e abriu o livro. — Olhem, nós podemos praticar. Eu vou ler isso aqui e, Charlotte, se você conseguir ver a Helen, então, funcionou!

— Muito bem. — A Srta. Brontë ficou de pé e endireitou o vestido. — Estou pronta.

A Srta. Burns ficou de pé bem na frente da Srta. Brontë.

A Srta. Eyre leu o encantamento em voz alta:

— *Ostende nobis quod est post mortem! Nos videre praestrigiae!*

A Srta. Brontë deu um pulo. Mas é claro que deu. Afinal, a Srta. Burns estava bem na sua frente, sorrindo.

— Helen? — A voz suave da Srta. Brontë estava cheia de emoção quando olhou diretamente para a fantasminha residente. — Você é igualzinha àquela moça dos quadros de Jane.

A Srta. Burns guinchou e bateu palmas.

— Finalmente!

A Srta. Brontë sorriu. *Ela tem um sorriso bonito*, pensou Alexander. Ligeiramente torto, muito charmoso e genuíno. Era lindo ver seu rosto se iluminando de alegria.

— E agora... — disse ela — ...agora nós invadimos o castelo!

— Eu pensei que fosse um palácio. — A Srta. Burns disse com um sorriso.

— Tanto faz. — A Srta. Brontë levantou os óculos. — Vamos lá invadir.

CAPÍTULO TRINTA E QUATRO
Charlotte

— A senhorita está pronta? — perguntou o Sr. Blackwood. — Está quase na hora.

Charlotte balançou a cabeça.

— Sr. Blackwood, registro aqui os meus protestos. Isto não é nem um pouco apropriado.

— Vamos ver.

— Eu me sentiria mais confortável nas minhas roupas normais.

— Vamos ver — insistiu ele.

Ela saiu de trás da parede de caixotes que tinham empilhado para servir como um camarim improvisado. O rosto dela queimava de vergonha. Estava usando *calças*, algo que nunca tinha imaginado fazer em sua vida, uma bela camisa social, que costumava pertencer ao Sr. Rochester, e botas de couro até os joelhos, com panos enfiados preenchendo os dedos dos pés. Ela olhou para as botas e puxou seu rabo de cavalo sobre o ombro. Os óculos não estavam no lugar, mas, mesmo assim, ela sentia o Sr. Blackwood olhando para ela. Charlotte se perguntou se ele começaria a rir.

— Já discutimos muito isso esta manhã — disse ele. — A Sociedade não costuma empregar mulheres.

— O que não faz sentido algum.

— O que não faz sentido algum — disse ele gentilmente —, mas é a realidade que enfrentamos. Até onde Wellington sabe, a Srta. Eyre ainda é uma agente fiel da Sociedade. Portanto, o restante de nós terá de ir disfarçado. A senhorita será um soldado nosso.

— Muito bem — ela resmungou. — Mas eu não gosto de brincar de garoto. Estou perfeitamente à vontade sendo mulher.

— E está certa — ele concordou. — Mas a roupa lhe cai bem, na minha opinião.

— Oh. — Ela não sabia se deveria se sentir lisonjeada ou ofendida.

— Quero dizer, eu nunca a confundiria com um homem. Mas a senhorita deve admitir que essa roupa é muito mais prática do que aquela gaiola que a senhorita está sempre usando.

— É uma sensação estranha — ela respondeu. Mas "estranho" nem começava a descrever como ela se sentia. Ao menos daquele jeito ela conseguia respirar. Ela se sentia desimpedida, desamarrada das restrições sufocantes de seu gênero. Sentia-se capaz de tudo.

Ela sorriu, apesar de estar horrorizada consigo mesma. O Sr. Blackwood pegou os óculos de sua mão e os posicionou no rosto para ela. Ele estava sorrindo também. Tinha estado de bom humor o dia todo, se preparando, como se aquela história de confrontar o rei não fosse aterrorizante, conforme pensava Charlotte, mas apenas uma maneira de deixá-lo um passo mais perto da vingança que ele vinha buscando por metade de sua vida. Era seu sonho ao seu alcance, mais uma vez.

— Sei que não temos tempo agora — disse ele —, mas temos de arranjar para a senhorita óculos mais apropriados. Do tipo que se usa no rosto.

Ela balançou a cabeça.

— Já usei desse tipo antes. Eles machucam o meu nariz. E eu ficava... — *Terrível*, ela quis dizer, mas não queria que ele imaginasse a cena.

— O que importa é que a senhorita consiga enxergar. — Ele devolveu os óculos e estendeu a ela um casaco preto simples. Charlotte enfiou os braços nas mangas. O casaco, tal como as botas, era grande demais, mas não poderiam fazer nada. Logo depois, Jane entrou no quarto usando o mesmo vestido extravagante que tinha usado para ver o rei. Olhou para Charlotte e soltou um grande suspiro.

— Como você está? — perguntou Jane.

Charlotte encolheu os ombros.

— Confortável. Daria até para cair no sono vestida assim. Como os homens conseguem fazer qualquer coisa sem dormir?

— A senhorita parece mesmo um agente calouro. — O Sr. Blackwood meteu a mão no bolso e retirou de lá uma máscara negra da Sociedade. Quase a amarrou no rosto, mas então se lembrou de que não estaria fazendo o papel de agente naquela noite. Suspirou e a colocou de volta no bolso.

Jane corou e vestiu a máscara dela.

— Vamos de uma vez. Não aguento mais esperar.

— A senhorita está com o livro?

Jane tirou o *Livro dos Mortos* de sua bolsa de mão.

— E eu o li do começo ao fim. Já conheço todas as palavras.

— Excelente — disse ele. — Branwell!

Os Rochester apareceram na porta do galpão, também vestidos como homens (embora isso só fosse estranho para a Sra. Rochester, que brilhava como uma estrela vestindo qualquer coisa). Bran apareceu atrás deles. Seu cabelo estava desarrumado, seus óculos sujos outra vez, e metade da parte de trás da camisa estava pendurada para fora da calça. Mas seus olhos brilhavam de animação.

— Já estamos indo? Está quase no fim da tarde.

— Estamos indo. — Alexander balançou o casaco em um movimento fluido.

Charlotte ergueu os óculos no rosto para admirar a vista quando ele se afastou em direção à porta e o casaco dele ondulou em seu rastro, seguindo aquelas passadas cheias de propósito.

Ela soltou um ligeiro suspiro.

— Sr. Blackwood...?

Prestes a entrar de cabeça naquele perigo, ela se viu inundada pela vontade de contar a ele todas as coisas que tinham lhe ocorrido quando ela pensou que ele estava morto. Pensou em dizer as palavras em voz alta.

Ele parou e se virou.

— Sim?

Mas aquela não era a hora certa.

— Ah, eu quase esqueci. — Ele voltou a meter a mão no bolso e tirou...

O caderno de Charlotte!

Aquele com a história de Jane Frère.

Aquele que ela tinha deixado para trás quando ela e Jane fugiram de Thornfield.

Aquele que ela pensava ter perdido para sempre.

— Onde... onde o senhor encontrou isso? — Ela quase se engasgou ao perguntar.

— Estava no quarto da Srta. Eyre. Eu o peguei depois do meu duelo com Rochester. Achei que a senhorita fosse precisar dele. Imagino que um dia será um romance famoso.

— Me diga que o senhor não o leu!

— Eu... li um pouco. — (Todos sabemos, caro leitor, que aquilo era mentira. Alexander tinha lido de uma capa à outra umas três ou quatro vezes.)

— Oh. — Ela não sabia o que dizer.

Ele abaixou a cabeça.

— Sinto muito, não consegui resistir. Achei um tanto envolvente, de verdade. A senhorita deveria terminá-lo.

Ele colocou o caderno nas mãos dela. Ela o agarrou junto ao peito por um momento e depois o enfiou no bolso da frente de seu casaco. Tinha de admitir que era bem útil ter um bolso na frente do casaco.

— A senhorita acha que pode ter tempo para uma escrita casual? — As sobrancelhas dele se levantaram.

Ela sorriu.

— Nunca se sabe.

* * *

O sol estava mergulhando no horizonte quando o grupo se aproximou do palácio. Os nervos de Charlotte estavam em polvorosa. Nos portões de Saint James, eles pararam.

— Quem vai lá? — perguntou o chefe da guarda por trás do portão.

— Jane — disse a Sra. Rochester. — *C'est* sua deixa.

Jane levantou o queixo e deu um passo à frente.

— Sou agente da Sociedade para a Realocação de Espíritos Instáveis — anunciou ela. — Estou aqui em assuntos urgentes da Sociedade. Preciso falar com o rei agora.

— E quem são eles? — O guarda estreitou os olhos enquanto olhava para o grupo reunido em volta.

— Esta é a minha comitiva. — A voz de Jane vacilou. — Eu sou a agente-estrela.

O Sr. Blackwood tossiu ao ouvir isso.

— Muito bem. — O guarda se afastou e os deixou passar. E então eles estavam dentro do palácio. Tinha sido a invasão mais rápida de todos os tempos.

No grande salão, encontraram o rei sentado no trono, cercado por nobres vestidos com muito requinte, comendo as iguarias de uma bandeja de doces. Aquele salão era o lugar mais extravagante que Charlotte já tinha visto. Os tetos altos eram embelezados com folhas de ouro de verdade. O tapete tinha o aspecto e a textura de veludo vermelho. As paredes eram cobertas com papel de parede massala, e a cada poucos metros eram adornadas com grandes retratos dos reis e das rainhas do passado e de outros vários membros da realeza.

Ao lado dela, Charlotte ouviu Jane respirar fundo.

— Você está bem? — perguntou Charlotte.

— Eu nunca gostei de salas vermelhas — disse sua amiga amargamente. Charlotte anotou mentalmente que deveria perguntar a ela sobre isso um dia. Poderia ser um bom material para o seu livro.

E ela estava tão entusiasmada que agora conseguiria terminar o seu livro. Estava praticamente sentindo o gosto do final. (Pois é, conhecemos essa sensação.)

— Vossa Majestade, uma agente da Sociedade está aqui para vê-lo — anunciou o guarda. — Ela afirma que é urgente.

Charlotte deu um empurrãozinho em Jane. Ela deu outro passo.

— Eu sou a Srta. Eyre, Majestade. Se o senhor se lembra, estive aqui para vê-lo recentemente.

O rei examinou Jane.

— Não. Não posso dizer que eu me lembre. — E olhou de relance para o Sr. Blackwood. — Mas o senhor me é um pouco familiar. Parece... o pai de alguém.

— Eu tenho um rosto bem comum — disse o Sr. Blackwood. — Pareço o pai de todo mundo.

Então vinha a parte complicada. Aquela parte chamada "tirar-o-anel-do-dedo-do-rei".

— Bem, é um prazer conhecê-lo, Majestade — disse Jane de forma um pouco embaraçosa. — Novamente.

Ela subiu ao trono e estendeu sua mão como se fosse para um cumprimento. O rei a aceitou de maneira relutante. Então ele se assustou e recuou como se ela o tivesse mordido.

— Você acabou de tentar roubar meu anel, mocinha? — ele bafejou.

Bem, a simples abordagem de "chegar e pegar" tinha sido um tiro no escuro. Mas não deu certo.

— Só preciso dele por um momento. Então o devolverei — disse ela.

— Como se atreve! Guardas! — ele gritou.

E então o grupo foi imediatamente cercado por uma dúzia de guardas com espadas e armas.

— Bem, foi mais rápido do que eu esperava — observou Bran. — Nem tivemos tempo para trocar gentilezas.

— Vamos ao plano B — o Sr. Rochester disse calmamente.

— Tirem-nos daqui — ordenou o rei. — Agora! Talvez alguns dias nos troncos sejam suficientes para eles.

Charlotte esperava que o plano B fosse funcionar. Caso contrário, seria um fim de semana desagradável.

— Exigimos inspecionar somente esse anel em particular — disse o Sr. Blackwood.

— É o meu anel — disse o rei. — É o meu precioso. E acho que o reconheço, senhor. O senhor é o Sr. Blackwood.

— E o senhor é o Sr. Mitten. Vamos levar o anel agora — continuou o Sr. Blackwood suavemente.

O rei sorriu.

— O senhor e qual exército?

— Precisamente. — O Sr. Blackwood suspirou. — Srta. Eyre, é hora de fantasma!

Jane limpou a garganta.

— Olá — ela disse um pouco tímida, olhando ao seu redor. — É muito bom vê-los esta noite. Vocês poderiam, talvez, se não estiverem muito ocupados no momento, nos ajudar em algo?

— A senhorita deve *comandá-los* — disse o Sr. Blackwood com o canto da boca. — Chame-os. Ordene que fiquem do seu lado.

— Isso parece indelicado — ela suspirou. — Ah, muito bem. — E ela então levantou a voz. — Olá? Vocês podem me ouvir? Se puderem, por favor, venham em direção ao som da minha voz.

A Sra. Rochester se postou ao lado de Jane.

— *Allez, l'esprits* — disse ela em seu francês *créole* que soava tão musical. — Venham!

Até onde Charlotte conseguia perceber, nada aconteceu. Mas então Bran sorriu.

— É notável, não é mesmo? — murmurou ele, balançando a cabeça diante do quão maravilhoso aquilo tudo era. — São tantos.

— Tantos... fantasmas? — Charlotte não era do tipo que se assustava com espíritos, mas a ideia de haver "tantos fantasmas" à sua volta era um pouco inquietante. Que lugar estranho Londres era, onde só era preciso chamar e, em segundos, os fantasmas vinham de todas as direções. Era uma cidade lotada tanto de vivos quanto de mortos. Até aquele palácio.

— Isso provavelmente será suficiente, senhoras. — O Sr. Blackwood esticou os braços rumo ao guarda principal. — Agora, o livro.

— Oh! O livro. — Jane levantou o livro, abriu e falou as palavras em voz clara e alta: — *Ostende nobis quod est post mortem! Nos videre praestrigiae!*

Era latim básico. Quando Charlotte traduziu para o grupo mais cedo, se utilizando de seus estudos em latim em Lowood, ela tinha chegado ao seguinte significado: *Mostre-nos o que está além da morte! Deixe-nos ver os fantasmas!* Era um pouco óbvio demais, na verdade, em se tratando de encantamentos mágicos. Um pouco decepcionante, se ela fosse falar honestamente. Mas Charlotte supôs que o verdadeiro poder viria de Jane. E talvez do livro. O livro era muito interessante. Quando Wellington mencionou o *Livro dos Mortos*, Charlotte esperava um grande e antigo tomo escrito em hieróglifos ou em sânscrito, cheio de feitiços para controlar os mortos e um conhecimento oculto do submundo. Mas, na maior parte, o fino códice era um simples manual de instruções sobre como gerenciar fantasmas, proteger-se contra possessões e guiar as almas em sua jornada para o além, com observações feitas pelos vários líderes da Sociedade ao longo dos anos. Não era bem um livro mágico (apesar de sustentarmos, caro leitor, que todos os livros são um pouco mágicos), mas certamente era útil.

Contudo, a questão ali era a seguinte: aquele latim funcionava. O ar parecia mais frio. Algumas velas tremeluziram e depois se apagaram. Os guardas e os nobres começaram imediatamente a gritar, alarmados.

Charlotte levantou os óculos, olhou para o salão do trono novamente e, desta vez, os viu: dezenas, talvez até centenas, de espíritos ao seu redor; o povo de Londres que há muito tinha falecido. Bran estava certo: aquela visão era notável. A Charlotte pareceu que cada período da história inglesa estava representado naquela multidão de fantasmas. Havia homens em túnicas de peles até a altura dos joelhos com chapéus caídos. Mulheres com vestidos longos e esvoaçantes com mangas drapeadas e véus sobre os cabelos. Mulheres com chapéus pontiagudos de cone. Homens com chapéus tricórnios. Cavaleiros com malha de aço, cavaleiros com armaduras e soldados ingleses com casacos vermelhos. E um bando de escoceses indisciplinados em *kilts* xadrezes com suas faces pintadas de azul.

Uma garota radiante de cabelos vermelhos chamou a atenção de Charlotte. Ela estava vestida com um lindo vestido bordado, incrustado com joias e um toucado elizabetano. Em sua mão, segurava um livro. Ela sorriu docemente para Jane e tentou tocar o homem ao seu lado, que, para total espanto de Charlotte, de repente se transformou em um cavalo.

A transformação alarmou os pobres guardas em particular.

— Um Gytrash! — alguém gritou.

— O que é esta bruxaria? — gritou outro.

— Oh, mas nós não enfeitiçamos os senhores — esclareceu o Sr. Blackwood. — Apenas os ajudamos a ver as coisas um pouco mais claramente.

Os fantasmas avançaram. Charlotte estremeceu. De perto, em alguns deles, podiam-se ver evidências de que não eram seres vivos. Alguns eram translúcidos ou brilhavam com uma estranha cor verde que não era deste mundo. Outros traziam os ferimentos que deviam tê-los matado, como um nó em torno de um pescoço dobrado em um ângulo estranho, as pústulas pretas que marcaram o surto da peste, uma ferida aberta e sangrando no peito. Outros ainda pareciam ter acabado de cavar o próprio caminho saindo de seus túmulos; a carne deles estava podre e as roupas eram farrapos.

Eram assustadores, concluiu Charlotte. Especialmente aquele cavalo.

A multidão obviamente sentiu o mesmo. Um pandemônio irrompeu. Os nobres dispararam todos em direção à saída, muitas vezes atravessando os fantasmas, o que os deixava em um frenesi ainda maior. O Sr. Blackwood correu para um canto, provocando e piorando a situação de toda maneira que pôde. Bran e Jane e os Rochester partiram em outras direções. Estava tudo indo de acordo com o plano.

Exceto quando os óculos de Charlotte foram arrancados de sua mão.

Isso não era parte do plano.

O plano era que ela rastejasse até o rei durante a confusão e pegasse o anel.

Tinha sido decidido que ela deveria realizar o furto, porque ela era a mais discreta do grupo. Pelo menos uma vez, ser pequena e invisível jogaria em seu favor.

Só que agora ela não conseguia enxergar nada.

— Maldição! — gritou ela. — Por que as coisas nunca podem sair de acordo com o meu plano?

Ela apalpou o chão em busca dos óculos.

— Srta. Brontë! — O Sr. Blackwood gritou. — Estamos só lhe esperando.

— Pois é, eu *realmente* deveria ter aquele tipo de óculos para usar no rosto — ela resmungou enquanto procurava seus óculos. — A minha vaidade vai ser a morte de todos nós.

Ela encontrou o cano de uma pequena arma e a empurrou para longe. Não gostava de armas.

Encontrou um leque de marfim jogado. Deveria ser caro.

Agarrou o tornozelo de uma mulher, que gritou e tentou chutá-la.

— Maldição! — Mas então seus dedos tocaram o vidro. E então o cabo de seus óculos.

Ela rapidamente puxou os óculos até os olhos. E ficou boquiaberta.

Naquele tempo em que ela estava procurando os malditos óculos, o salão tinha se esvaziado quase totalmente, a não ser pelo Sr. Blackwood, os Rochester, Jane e Bran.

E pelo rei. Ele ainda estava sentado no trono, observando a cena toda com muita calma. E ao seu lado estava o Duque de Wellington.

Por um instante, todos ficaram boquiabertos olhando para ele.

— Bem, foi uma exibiçãozinha divertida da parte dos senhores — disse finalmente o duque. — Mas por acaso me tomam por tolo?

— Eu nunca o tomaria por um tolo — o Sr. Rochester rosnou. — Um traidor, sim. Um vigarista de duas caras e língua viperina, absolutamente. Mas nunca um tolo.

— Ora, ora... Não há necessidade de xingamentos — disse o duque. — Por que não nos sentamos e conversamos um pouco?

Charlotte sentiu o Sr. Blackwood se enrolar como uma mola ao seu lado.

— Já conversamos o suficiente. Nos dê o anel!

Wellington respondeu:

— *Tsc, tsc...* gostaria de poder dizer que é bom ver você, meu querido rapaz. Mas você não estar morto é um inconveniente para mim.

— Eu confiei em você. — A voz do Sr. Blackwood traiu a agonia que ele sentia com a enganação do duque. — Tinha você como... como um... pai para mim, quando o meu próprio pai se foi. E todo esse tempo eu deveria ter buscado vingança contra você!

— Eu nunca gostei do seu pai — disse o duque. — Ele era do tipo hipócrita. E parece que uma maçã não cai longe de sua árvore, não é? Agora, sente-se. — Ele tirou uma pistola de seu colete e a apontou para o Sr. Blackwood com uma expressão que fez o coração de Charlotte bater muito rápido. — Por favor — acrescentou ele.

Mas o Sr. Blackwood tinha sacado sua própria arma. Onde ele tinha conseguido uma arma? Por um momento, os dois homens se encararam, mas então o duque sorriu e desviou seu braço para apontar a arma para o rei.

— Abaixe a arma ou eu mato o rei — disse ele. — Já fiz isso antes. George III era um grande incômodo. E o David aqui não se importará nem um pouco. Apenas habitará o próximo na fila para o trono. Já tenho isso tudo arranjado.

O Sr. Blackwood deu um passo à frente. Wellington engatilhou a pistola.

— Acredite, eu *vou* fazer isso. Mas ficarei de péssimo humor se precisar fazê-lo. Isso me custará tempo e esforço incomensuráveis. Mas tenha certeza de que o farei. E então você será responsável pela morte de um rei. E quando os guardas chegarem, eu direi a eles que você o matou. E em quem eles acreditarão, eu me pergunto?

O braço do Sr. Blackwood caiu.

— Poderíamos duelar — disse ele suavemente. — Você e eu, aqui e agora, e então tudo estaria acabado.

O duque balançou a cabeça.

— Eu sei como você é bom, meu rapaz. Eu mesmo o treinei. Não, eu acho que não vamos duelar. Se fizéssemos isso, um de nós morreria. Provavelmente você, mas por que arriscar? Além disso, talvez eu tenha sido precipitado ao tentar despachá-lo mais cedo. Você tem mais valor para mim vivo, caro Alexander. Sempre gostei muito de você. Se apenas conseguisse enxergar a importância do que estou fazendo aqui, nós poderíamos ser aliados mais uma vez. Ajude-me. Ajude a minha causa. Certamente você vê tudo o que realizei e tudo o que realizarei como primeiro-ministro e como... conselheiro do rei.

— Então é verdade — disse a Sra. Rochester. — Você quer governar a Inglaterra.

— Mas é claro que quero. O rei é um idiota. Os membros do Parlamento, mais ainda. O povo precisa de uma mão firme para guiá-los. Para liderá-los.

— Nós nunca nos juntaremos a você — disse o Sr. Blackwood.

— Fale por si — disse o duque.

— Nunca — disse o Sr. Rochester.

— Nunca mais — murmurou a Sra. Rochester. Os Rochester se deram as mãos. — *Jamais.* Desta vez, vamos detê-lo — disse ela de forma sombria. — Faremos este mal se acabar agora.

— Vocês dois sempre foram muito cansativos — disse o duque. — Eu deveria ter acabado com vocês como fiz com o pai dele.

O Sr. Blackwood deu um grito furioso e sufocado, mas não atacou o homem que tinha matado seu pai, para surpresa de Charlotte.

— Você vai pagar — ele rosnou em vez disso. — Você vai pagar por tudo isso.

O duque o ignorou. Apenas se virou para se dirigir a Jane.

— Srta. Eyre, eu realmente disse a verdade em cada palavra quando lhe falei sobre o quanto a Sociedade precisa da senhorita. Eu lhe suplicaria que permanecesse em sua posição conosco, que servisse como minha agente-estrela, meu Farol de luz, e me ajudasse a inaugurar uma era de paz e prosperidade que esta nação nunca viu.

— Vá para o inferno — disse Jane. (Linguajar chocante para uma moça daquela época. Mas ela já estava ficando muito irritada com as pessoas dizendo a ela o que fazer.)

— Ah, bem... talvez... o Sr. Brontë? — O duque foi adiante. — Eu poderia reintegrá-lo agora mesmo. Você poderia ser um orgulho para a sua família, em vez de uma vergonha.

— Ele já é um orgulho para a nossa família — disse Charlotte antes que Bran respondesse.

Os olhos do duque tremeluziram para ela.

— E você, a encantadora, mas infelizmente míope irmã. Você também poderia ser iniciada. Tenho certeza de que seria muito útil para nós... de alguma forma que ainda não imaginei. Você sabia que eu sou seu tio? — Ele riu de forma sombria. — Tive duas irmãs miseráveis em certo momento.

— O quê? — Charlotte ofegou, chocada. — Nossa mãe?

— Eu estaria disposto a fazer de vocês meus herdeiros. Pense nisso. Nas vinte mil libras por ano, depois que eu morrer. Você ficaria rica.

— Vinte mil libras! — Veio a voz de Helen por trás deles.

— Ah, Helen! Você não teria nem como carregar essa dinheirama com você — disse Jane.

— Vá. Para. O. Inferno. — Charlotte enunciou claramente.

O duque sorriu.

— Ah, e... querida? Pelo menos está com o meu livro. A senhorita o tirou da sala, Srta. Eyre, mas não o devolveu em tempo hábil. Devolva-o imediatamente ou haverá consequências.

Um arrepio desceu pela espinha de Charlotte. Não havia nada mais perturbador para ela do que um livro com data de entrega vencida. Possíveis multas. Era muito assustador.

Jane ergueu o *Livro dos Mortos*.

— Vamos guardá-lo, obrigado. O senhor vem claramente abusando do poder que ele tem.

O duque suspirou de um modo dramático.

— Bem, isso me coloca em uma posição bastante embaraçosa. Eu, claro, desejo permanecer como estou, como primeiro-ministro e, pode-se dizer, braço direito do rei. Vocês, claro, querem me impedir, e não aceitarão uma argumentação sensata. Portanto, tenho de me livrar de vocês. A maneira mais fácil seria matar todos. Eu tenho uma arma, mas vocês também têm, e sou minoria. Então, claro, isso não funcionará. — Ele suspirou mais uma vez. — Portanto, temo que terei de me ater ao meu plano inicial de matar o pobre William IV. — Ele ameaçou, ainda apontando a arma para a cabeça do rei.

— Tudo bem — disse o rei. — Mas isso vai doer, não vai?

— Só por um momento.

— Mas então você vai me colocar de volta no próximo rei — disse lentamente o homem de cabelo branco.

— Sim. Depois de incriminar o Sr. Blackwood e seus amigos por regicídio.

— Espere um segundo. — O rei Mitten hesitou. — O próximo na fila para o trono não é na verdade uma mulher?

— É uma menina. Vitória, eu acho que é esse o nome dela. — O duque riu. — Como se uma mulher pudesse em algum momento governar um país sem um homem por trás dela mexendo os pauzinhos.

A boca de Charlotte se abriu.

— Isso não faz sentido nenhum. Elizabeth foi uma grande rainha.

— Mas... uma menina? — Mitten parecia em dúvida.

— Você voltará como jovem, e ainda será bonita e rica — disse o duque.

Mas o homem, que era o rei mas não era, ficava franzindo o rosto a cada palavra.

— Acho que não ficaria confortável, não, sabe, no corpo de uma mulher.

— Você se acostumaria — argumentou o duque.

— Não, está aí uma coisa com a qual eu não me acostumaria. Estar no corpo desse velho companheiro aqui já é um tanto estranho. As costas dele doem por ficar sentado o tempo todo e ele tem muito pelo no nariz. Mas ao menos o equipamento aqui é todo o mesmo. Eu não quero ser uma menina.

— Você vai ser o que eu disser que vai ser. — Wellington soou muito zangado. — Agora, fique quieto!

— Não! — O rei (ou o fantasma dentro do rei) pulou de pé. — Eu não quero virar menina! Não vou virar! Você não pode me obrigar!

O duque franziu o rosto e tentou atirar nele, mas, naquele momento, o Sr. Blackwood se arrojou e agarrou o braço do duque, ao mesmo tempo em que Bran saltou para a frente e jogou o rei no chão. O coração de Charlotte quase parou quando ela pensou que seu irmão poderia atirar nele mesmo, mas, em vez disso, o projétil estilhaçou um vaso de aparência bastante cara que estava no canto. O duque empurrou o Sr. Blackwood para trás e apontou a arma para Jane.

— Não se mexa ou eu atiro nela! — ele gritou.

Todos, até o rei que continuava a repetir que não queria ser menina, congelaram.

O duque passou a mão pelo cabelo.

— Eu sei que você a ama. — Ele zombou do Sr. Blackwood. — Mesmo sendo ela tão sem graça, você a ama, e, se tentar chegar a mim, eu a matarei bem diante de seus olhos.

— O quê? — Charlotte estrilou. — O que você disse sobre ele amar... quem?

— Ele? — Jane disse incrédula, no mesmo momento em que o Sr. Blackwood disse:

— Ela?

— Você está obviamente apaixonado — disse o duque. — Ficava falando dela, como ela sabia tanta coisa, e que tem uma mente rápida, e como você queria que ela fosse uma agente. E você... — Ele se voltou para Jane. — ...você ficou tão arrasada quando eu disse que ele estava morto. Porque você também...

— Ela é uma amiga, e isso é tudo — disse o Sr. Blackwood. — Mas nós não...

— Certo, eles *não estão* apaixonados — disse Charlotte. — Você está lendo esta situação toda de forma errada.

— Eu tenho uma queda por Rochester — confessou Jane. — Não é saudável, eu sei.

O Sr. Rochester tossiu.

— Minha querida, eu sinto muito pelo que o meu irmão a fez passar enquanto estava no controle do meu corpo. Não pude detê-lo. Gostaria que houvesse algo que eu pudesse ter...

— Ah, não — disse Jane de maneira educada. — Eu sei bem que não foi culpa do senhor. Eu nunca o culparia.

O Sr. Rochester deu uma pequena risada.

— E, bem, eu tenho idade suficiente para ser seu pai, não tenho? De fato, nós temos um...

— E você ama a sua esposa — acrescentou em voz alta a Sra. Rochester. Ele se voltou para olhar para ela.

— Sim. Eu amo a minha esposa. Mais do que tudo.

— Isso é maravilhoso — murmurou Jane. — Fico tão feliz por vocês. Eu...

— Sinto que esta discussão está tomando outro rumo — interrompeu o duque. E não disse mais nada. Em vez disso, pegou um grande quadro da parede, que retratava o próprio William IV, e o jogou contra eles. Eles se abaixaram e o duque aproveitou a oportunidade para fugir, gritando para os guardas que tinha ocorrido um atentado contra a vida do rei.

— Ele voltará para o seu covil, quero dizer, para a sua biblioteca! — gritou o Sr. Blackwood. — É do outro lado do parque. Temos de pegá-lo antes que ele chegue lá. — O Sr. Blackwood queria ir atrás dele. Mas ainda havia a questão do...

— O rei! — disse a Sra. Rochester. — Ele está bem?

— Eu não quero ser menina — queixou-se novamente o Sr. Mitten/rei. — Isso não estava no acordo.

— O senhor não precisa ser menina — disse Bran gentilmente. — Embora os vestidos sejam bonitos.

— Ele está fugindo — urgiu o Sr. Rochester.

— Vá — disse Charlotte. — Vocês e Jane podem ir atrás de Wellesley. Bran e eu vamos cuidar do rei. Depois alcançaremos vocês.

O Sr. Blackwood deu a ela um sorriso de gratidão.

— Vamos — disse ele para os Rochester e Jane. — Vamos apanhar um duque.

Eles então se foram. E tudo ficou terrivelmente silencioso.

— Hora de tirar este anel do senhor — disse Charlotte, pegando a mão do rei.

Mas ele puxou a mão de volta.

— Se você tirar o anel, eu voltarei a estar morto. Eu não quero ser menina, mas também não quero estar morto de novo.

Não havia escolha. Charlotte e Bran tiveram de segurar o homem e tentar arrancar o anel daquele dedo. Mas isso também estava sendo um problema, porque os dedos do rei eram bastante gordos, e o anel era um pouco apertado. Eles puxaram e puxaram, o rei se contorcia e gritava o tempo todo, mas não conseguiram remover o anel. Seus esforços tinham feito o dedo inchar. Charlotte estava ficando impaciente. Cada minuto desperdiçado ali subtraía um minuto em que ela poderia estar ajudando o Sr. Blackwood a lutar contra Wellesley.

— E se tentássemos com espuma de sabão? — Bran sugeriu, mas não havia nenhuma barra de sabão ao alcance.

— Mergulhar em água fria?

Não funcionou.

— Manteiga?

Ele segurou o rei enquanto Charlotte foi procurar um pouco, mas não conseguiu encontrar manteiga.

— Encontrei outra coisa.

Ela tinha agido racionalmente quando sugeriu que o Sr. Blackwood e Jane fossem atrás de Wellesley. Jane tinha poderes sobre os fantasmas. O

Sr. Blackwood tinha treinamento em luta e outras coisas mais. Charlotte sabia como controlar Bran. Mas saber que o Sr. Blackwood poderia estar em perigo, e que ela não estava por perto, estava a matando (figurativamente). Não tinha tempo para tudo aquilo. Então...

Ela puxou um par de tesouras de jardinagem das costas.

— Acho que isso aqui funcionará.

O rosto de Bran ficou branco como leite. O rei começou a lutar mais do que nunca, mas Bran o segurou.

— Charlie, fala sério. Você não vai...

— Ah, mas vou, sim! — E ela o fez. Sem hesitar, ela se ajoelhou ao lado do rei, posicionou a tesoura e arrancou o dedo dele. O anel (e o dedo que o acompanhava) rolou sobre o tapete. Os olhos do rei se reviraram para cima e ele desmaiou. Charlotte usou o casaco do rei e um cordão de uma cortina de veludo para amarrar a mão ferida. Ela tinha lido algo sobre amputação em um livro, uma vez. Sentiu-se um pouco tonta por causa do sangue, mas continuou firme.

— Mantenha o braço dele elevado — ela instruiu Bran. — Quando ele acordar, dê-lhe o dedo.

— O dedo? — O próprio Bran estava ficando um pouco esverdeado.

Ela entregou o dedo decepado a ele. E então se virou para a porta.

— Charlie — disse ele. — Aonde você está indo?

— Atrás do Sr. Blackwood, é claro. Preciso ir até ele. Agora que eu o tenho de volta, não o perderei novamente.

CAPÍTULO TRINTA E CINCO
Jane

O ar da noite se espalhava úmido e frio acima deles, mas Jane não conseguia sentir nada, exceto seu coração acelerado. O Sr. Blackwood corria alguns passos à sua frente e alguns passos atrás dela estava Bertha Rochester. O Sr. Rochester completava o grupo na última posição, com Helen flutuando entre eles e gritando palavras de encorajamento.

Estavam todos indo em direção a Westminster.

— Ele não se esconderia em outro lugar? — Jane perguntou ao Sr. Blackwood.

— Eu o conheço. Seu ego não o deixará acreditar que está em perigo.

O pé de Jane se prendeu em uma raiz de árvore e ela tropeçou, mas se endireitou antes de cair no chão. O Sr. Blackwood se virou para se certificar de que ela estava bem, mas então ele tropeçou e caiu de costas.

Jane correu até ele e lhe estendeu a mão. Ele a pegou, saltou de volta em pé, e lá estavam os dois correndo novamente — o Sr. Blackwood mancando levemente.

O Sr. Rochester, devido à idade, estava ficando mais para trás.

— Continuem! — gritou.

— Sr. Blackwood — disse Jane sem fôlego. — Se o duque sabe que o senhor sabe que ele irá para Westminster, não estamos indo direto para uma armadilha? — perguntou Jane.

— Mas eu sei de algo que ele não sabe.

— O quê?

— Eu cresci nesse lugar. Conheço uma passagem secreta.

Eles continuaram a corrida pelo parque de Saint James, que o Sr. Blackwood disse ser um atalho para Westminster. Quando os imponentes pináculos apareceram contra o céu noturno, o Sr. Blackwood virou à esquerda em direção ao rio. Jane o seguiu sem questionar, principalmente porque ela estava cansada demais para formar mais palavras. O Sr. Blackwood virou à direita no rio e depois disparou em meio a algumas árvores, chegando, finalmente, à base de uma parede na qual havia uma grade de ferro.

— Aqui está — disse o Sr. Blackwood.

— Espere. Isso não é uma passagem secreta. É um duto de carvão.

— Eu sei — ele disse arfando. — Só que é mais emocionante chamá-la de passagem secreta. Não se preocupe. É fácil de deslizar por ela — explicou. Ele pegou um grande galho no chão, escavou na poeira por um momento e depois puxou uma longa vara de ferro. — Ainda está aqui!

Alexander enfiou a extremidade da haste entre a porta do alçapão e a parede, e as puxou de uma vez. A portinhola se abriu.

— Vamos entrar sorrateiramente e usar o elemento surpresa em nosso favor. Se chegarmos perto dele de uma direção inesperada, tenho certeza de que poderemos sobrepujá-lo.

Jane sulcou as sobrancelhas e olhou para o duto de carvão escuro e nem um pouco convidativo. Helen estava ao seu lado, tremendo.

— O que há de errado, querida?

— Não consigo entrar aí — disse ela. — Esse lugar me lembra demais do quarto da Sra. Rochester.

O Sr. Blackwood assentiu com a cabeça.

— Mas é claro. A Sociedade sabe como proteger os lugares da entrada de fantasmas. Helen terá de ficar para trás.

— Por favor, fique segura — Helen sussurrou para Jane.

— Você também — disse Jane. Ela olhou de relance para a Sra. Rochester. — Devemos deixar os cavalheiros irem primeiro? — disse ela.

O Sr. Blackwood assentiu com a cabeça.

— Estarei lá quando todos vocês aterrissarem.

Considerando onde estavam naquele momento, e o estado de confusão em que se encontravam, Jane não encontrou nenhum consolo naquelas palavras. Àquela altura, o Sr. Rochester já tinha se recuperado. Ele manteve a portinhola aberta enquanto o Sr. Blackwood passava. Jane desceu em seguida, com os pés em primeiro lugar, para dentro do duto.

Foi uma viagem curta e, ao contrário do que Alexander tinha prometido, ela aterrissou com força, dobrando os joelhos. Uma dor forte correu por suas pernas.

A Sra. Rochester chegou logo em seguida, ao seu lado, ofegante.

— Sr. Blackwood? — perguntou Jane.

— Ele está indisposto no momento — disse uma voz. Era o duque, com a luz cintilante de uma vela iluminando seu rosto.

E o Sr. Blackwood estava ao seu lado, com uma faca contra o pescoço, sendo segurado por ninguém menos que Grace Poole.

— E você pensou que a sua passagenzinha era um segredo — disse o duque.

— Não desça, meu amor! — a Sra. Rochester gritou.

Mas, no momento seguinte, o Sr. Rochester pousou ao seu lado, eliminando a última esperança de que alguém do lado de fora os pudesse salvar.

* * *

O duque, Grace Poole e vários guardas levaram os quatro para uma sala grande e ornamentada.

— Bem-vindos à Sala de Coleta — disse o duque.

A sala era composta de prateleiras que se estendiam por corredores e mais corredores, e nelas havia todo tipo de objetos: relógios de bolso, urnas, colares, anéis.

— São talismãs — disse Jane. Ela se voltou para o duque. — Por que o senhor se preocupou em nos trazer até aqui? Já sabemos das suas intenções malignas. Por que não nos mata e acaba logo com isso?

O Sr. Blackwood lançou a ela um olhar fulminante.

O duque usou sua pistola para colocar os quatro prisioneiros contra uma parede.

— Srta. Eyre, a senhorita e a Sra. Rochester são Faróis. Creio que a senhorita ainda não entendeu o quanto isso é excepcional. Por que acha que eu mantive a Sra. Rochester viva por todos esses anos? Com Grace Poole mantendo-a em cativeiro? Prefiro destruir obras de arte inestimáveis a danificar um Farol. Fantasmas controláveis como Mitten são raros e levam um tempo incrivelmente longo para serem cultivados. Como vocês estão aqui, presumo que tenham livrado o rei da possessão. Francamente, eu não tenho mais o tempo nem a disposição necessários para preparar outra pessoa. E nem preciso, se conto com o poder de influência de *dois* Faróis. Esta é sua última chance.

— Rá! — Jane balançou a cabeça. — Não há nada neste mundo que me faria ajudá-lo.

O duque levantou a pistola e a apontou para a cabeça do Sr. Blackwood.

— Que tal agora?

— Espere — disse Jane. — Se você o matar, eu *nunca* me juntarei a você.

— *Moi non plus* — disse a Sra. Rochester.

— Ah, mas eu não vou matar apenas ele. Vou começar pelo Sr. Blackwood, que era como um filho para mim. E depois matarei o Sr. Rochester, que era como um irmão para mim. E não vou parar por aí. Veja, Srta. Eyre, eu descobri que muitas pessoas em sua vida significam algo para a senhorita.

Por apenas um momento, e muito em desacordo com a tensão da situação, Jane sentiu uma plenitude em seu coração ao perceber que o duque tinha razão. Ela tinha muitas pessoas com quem se importava, muitas mais do que uma órfã sem um tostão jamais teria sonhado.

Mas então o duque engatilhou a arma e ela se lembrou do cenário "matar-todos-de-quem-ela-gostava" que estava vivenciando ali.

— Espere — disse Jane.

O duque levantou uma sobrancelha.

— Concorde ou Alexander morre.

— Espere — disse Jane novamente, tentando desesperadamente pensar em uma saída para aquela confusão. Uma que não envolvesse a morte de todos que ela queria tão bem. A única ideia que lhe veio à mente foi tentar ganhar tempo. — Primeiro, me dê uma noção de como funciona essa mudança.

O duque estreitou os olhos.

— Srta. Poole — disse ele. — Traga para ela um talismã.

Grace Poole caminhou até a prateleira mais próxima e pegou uma caixa de joias com a mão enluvada. Então, caminhou até Jane e, sem qualquer cerimônia, a enfiou em seu rosto. Jane vacilou e, por reflexo, deu um passo para trás.

E sentiu algo.

Uma força de algum tipo.

Não estava vindo da caixa.

Vinha de Bertha Rochester.

Quando deu aquele passo para trás, ela tinha se aproximado de Bertha.

A caixa que Grace Poole segurava começou a tremer. A criada olhou para ela com curiosidade.

— O que é isso, Srta. Poole? — disse Wellesley. — Por que está sacudindo a caixa?

— Não estou — disse ela.

Jane olhou de relance para Bertha, que estava olhando para Jane com um sorriso sutil. Jane levantou as sobrancelhas, e Bertha fez um sinal quase imperceptível com a cabeça.

— Srta. Poole, pare de balançar a caixa — exigiu Wellesley.

— Não estou balançando! — insistiu ela.

Com toda a atenção de Wellesley na caixa, Jane e Bertha aproveitaram a oportunidade. Moveram-se na direção uma da outra e deram as mãos.

A sala toda começou a convulsionar com talismãs chacoalhando.

— O que está acontecendo? — disse o duque. Os guardas olharam uns para os outros, apreensivos. Um copo de vidro voou de uma prateleira e bateu na cabeça de um deles. Ele se desmanchou no chão. O restante dos guardas (e restavam apenas três deles) abandonou seus postos e correu para a porta.

Definitivamente, eles não estavam sendo pagos bem o suficiente para suportar algo como aquilo.

O olhar alarmado de Wellington recaiu sobre Jane e Bertha e, em seguida, em suas mãos unidas.

— Parem com isso!

Ele avançou na direção delas, mas, antes que pudesse separá-las, uma escova de cabelo voou de uma prateleira e o atingiu na cabeça.

— Sem possessões! — Bertha gritou a qualquer fantasma que pudesse ouvi-la de dentro dos talismãs.

— Isso — disse Jane. Faróis não conseguiam controlar um fantasma que estava possuindo um humano. Seria um caos se o fizessem.

O Sr. Blackwood e o Sr. Rochester observavam maravilhados as duas mulheres.

— Abaixem-se! — Jane ordenou aos dois.

Jane sentia uma energia rodopiando entre ela e Bertha. Ao mesmo tempo, sentia que sua própria energia estava sendo drenada enquanto a sala continuava a estremecer. Elas não conseguiriam continuar com aquilo por muito tempo.

A escova de cabelo voadora tinha atordoado o duque o suficiente para que ele largasse a arma, mas apenas momentaneamente. Ele se abaixou e a agarrou novamente, e então a balançou em direção ao Sr. Rochester, mas um sapato acertou sua mão, jogando a arma no chão da sala.

As mulheres estavam concentradas em Wellington, já que era ele quem tinha a arma, então não perceberam Grace Poole se esgueirando para cima delas.

A criada pulou em Bertha e a jogou no chão, rompendo a conexão física.

A sala ficou quieta.

O Sr. Blackwood e o duque se voltaram ambos em direção à arma e mergulharam sobre ela. Cada um conseguiu agarrá-la com uma das mãos, e eles então lutaram para ganhar o controle. O Sr. Rochester voou em auxílio a Blackwood, mas o guarda que tinha sido atingido pelo copo de vidro já tinha recuperado a consciência e atacou o Sr. Rochester antes que ele fosse muito longe.

Grace Poole estava em cima de Bertha. Corpulenta como era, conseguiu segurá-la. Então, apertou as mãos em volta da garganta de Bertha.

— Sonhei fazer isso minha vida toda! — disse ela. — Queria matá-la desde o começo disso tudo. Mas, ah, eles nunca poderiam se livrar de um Farol!

Jane pulou nas costas de Grace Poole e passou os braços ao redor do pescoço da mulher, mas ele era tão grosso e robusto quanto um tronco de árvore. A leve constituição de Jane não seria suficiente para abalá-la.

Bertha arranhava e tentava se desvencilhar das mãos ao redor de sua garganta, enquanto emitia sons terríveis de asfixia.

Jane olhou ao seu redor, mas todos os talismãs eram pequenos e não serviriam para nada. Ela então agarrou um frasco de perfume e bateu na cabeça de Grace Poole o mais forte que conseguiu.

Mas a mulher era uma fera.

Os olhos de Bertha se fecharam.

O Sr. Rochester foi subjugado pelo guarda.

O duque e o Sr. Blackwood continuavam a lutar, mas o duque estava em vantagem. Vários tiros foram disparados durante a movimentação deles.

Jane pensou rápido.

Deitou-se ao lado de Bertha e agarrou sua mão. O poder entre elas já não estava tão forte quanto antes, uma vez que Bertha estava perto de desmaiar.

Jane fechou os olhos e concentrou toda a sua força e energia nas prateleiras de talismãs mais próximas. Usou toda raiva e mágoa que tinha dentro de si. Cada golpe em seu rosto pelas mãos da abusiva tia Reed. Cada barulho que seu estômago tinha feito durante anos de fome. Cada amiga que ela tinha perdido para a doença do cemitério. Cada arrepio que ela sentiu em seus ossos devido a anos de quase congelamento até a morte. Cada medo que tinha sentido no Quarto Vermelho.

Ela usou tudo.

O quarto começou a tremer mais uma vez.

Jane abriu os olhos a tempo de ver uma sequência de talismãs atingindo Grace Poole. Voavam com tal velocidade que pareciam apenas riscos no ar.

Bertha abriu os olhos e usou sua mão livre para expulsar Grace de cima dela.

Os dois Faróis ficaram de pé, luminosos e brilhantes, com suas mãos bem unidas e elevadas para o alto.

Mais talismãs voaram das prateleiras e atingiram o duque e o guarda.

O duque foi rapidamente subjugado e, em poucos momentos, Alexander já se via de pé sobre ele com a arma.

Bertha e Jane finalmente soltaram as mãos e ambas caíram no chão em completa exaustão.

— Você não me mataria, meu rapaz — disse o duque em um sussurro fraco.

— Não sou "seu rapaz" — disse o Sr. Blackwood.

O cheiro de fumaça chegou às narinas de Jane, seguido rapidamente pela visão de chamas lambendo a parede do outro lado da sala. Durante a luta, velas tinham sido derrubadas. Todo o grupo teria de escapar daquela sala, e logo.

O Sr. Blackwood se concentrou no duque enquanto as mulheres tentavam recuperar o fôlego.

Uma voz fraca veio do batente da porta.

— Sr. Blackwood...?

Todo o grupo se voltou para aquele som bem a tempo de ver Charlotte junto à porta, se agarrando ao peito. E ela então desmaiou.

— Srta. Brontë! — O Sr. Blackwood enfiou a arma na mão do Sr. Rochester e correu pela sala. Agachou-se e colocou Charlotte em seus braços. O coração de Jane se apertou ao testemunhar aquilo.

— Não, não! — disse o Sr. Blackwood. — Ela foi baleada!

O duque usou a distração para se atirar rumo à arma, mas o Sr. Rochester simplesmente se virou e disparou.

O duque desfaleceu no chão.

Morto.

CAPÍTULO TRINTA E SEIS
Alexander

O fogo estava se alastrando. Alexander não esperou nem um segundo. Levantou-se com o corpo imóvel da Srta. Brontë em seus braços e começou a correr.

Aquilo não podia estar acontecendo de verdade. Simplesmente não podia. Mas, com a Srta. Eyre e os Rochester abrindo caminho, e a Srta. Brontë sem se mover, ele foi obrigado a admitir que, sim, *estava* acontecendo. Charlotte tinha sido atingida por uma das balas perdidas durante a luta entre ele e o duque.

Uma parede desmoronou, levando ao chão lanternas a óleo. Com isso, mais focos de incêndio irromperam, fazendo-o correr mais rápido enquanto transportava a Srta. Brontë pelos corredores e escadas. Ele correu até sentir uma dor forte do lado, e então continuou correndo porque o rosto da Srta. Brontë ficava cada vez mais pálido, e o sangue encharcava o casaco dela. Enquanto isso, suor descia profusamente pelo rosto de Alexander.

Os outros encontraram o caminho para sair do prédio. Até lá fora o calor era intenso. Ele irradiava de Westminster em ondas furiosas, fazendo reluzir o ar iluminado pelas lanternas. A fumaça obscurecia a noite, escondendo a lua quase cheia.

O incêndio só pioraria dali por diante.

— Vamos! — Alexander gritou, mas sua voz se perdeu sob o rugido das chamas e da destruição. — Depressa!

A Srta. Burns tinha se juntado aos outros à frente, todos eles se movendo rapidamente, mas não o suficiente.

As pessoas enchiam as ruas, e o fogo refletia em seus olhos arregalados.

— O que aconteceu? — perguntou alguém.

— Ouvi dizer que foi um ataque fantasma contra a Sociedade!

Outra pessoa clamou:

— Foi o rei! Ele percebeu que tinha cometido um erro ao demitir o Parlamento e incendiou as Casas!

Alexander cambaleou através da crescente multidão de espectadores, seu coração batia loucamente em seus ouvidos. Em seus braços, a Srta. Brontë estava tão leve quanto uma boneca e igualmente imóvel. Estaria respirando? Ele não conseguia sentir. Ela estava tão quieta, sua cabeça pendia de um lado para o outro e seus olhos estavam fechados.

Ele correu em meio à multidão, se aproveitando do caminho aberto às cotoveladas voadoras da Srta. Eyre.

— Abram espaço! — ela ia gritando. — Minha amiga foi baleada! Tem algum médico por aqui?

As pessoas gritavam para eles, dizendo-lhes para ficarem quietos e observarem o fogo como todos os outros, mas Alexander os ignorou.

Finalmente, encontraram uma clareira na multidão, e a Srta. Eyre expulsou duas crianças de um banco onde elas estavam de pé. Alexander colocou a Srta. Brontë sobre o banco e caiu de joelhos ao lado dela. A Srta. Eyre, a Srta. Burns e os Rochester se aglomeraram em torno dele.

— O que o senhor acha? — perguntou a Srta. Eyre.

Alexander arrancou as luvas e tocou a garganta da Srta. Brontë, procurando por pulsação. Nada.

Ele soltou um grito estrangulado.

— Srta. Brontë!

Ela não podia estar morta. Simplesmente não podia.

Mas sua amiga amante dos livros estava completamente quieta, com o rosto pálido cheio de fuligem e cinza.

— Srta. Brontë — sussurrou ele. — Por favor, não morra. Por favor, não nos deixe.

O calor do fogo na pele dela estava se desvanecendo. Ele se inclinou bem perto dela, para ouvir sua respiração, mas não havia nenhum som, nenhuma evidência de vida. Os negros cílios da moça se estendiam sobre suas bochechas pálidas e sem movimento.

— Não, não, não... — Os dedos dele revistaram novamente o pescoço dela, querendo mais do que tudo encontrar um pulso. Nos meses em que conviveu com Charlotte Brontë, será que realmente a apreciou como deveria? No fundo de sua mente, sem que percebesse, ele tinha presumido que ela estaria sempre em sua vida. Sempre influenciando, planejando, sorrindo, escrevendo. Ah, Deus, como ele a imaginava sempre escrevendo!

A ideia de perdê-la... era como uma facada no estômago.

Uma erupção irrompeu do prédio, seguida de gritos aterrorizados. Alexander olhou para cima bem a tempo de ver uma enorme bola de fogo se precipitar ao céu, e a Casa — que talvez pudesse ter sido salva até aquele momento — estava agora completamente envolta em chamas.

Um vento quente soprava do edifício, fazendo a multidão de espectadores gritar e recuar.

E foi isso: a Sociedade, todos os seus registros e talismãs e sua biblioteca foram destruídos. Mas Alexander mal podia sentir a dor daquela perda, porque, quando voltou a olhar para a Srta. Brontë, ela ainda estava em silêncio e imóvel.

Ele se dobrou e descansou a testa sobre o ombro dela.

— Sinto muito — ele sussurrou com uma respiração profunda. — Eu deveria ter... — As palavras pararam em sua garganta enquanto lágrimas se derramavam pelos cantos de seus olhos. Ele estava chorando? Raios, para o inferno com aquilo tudo! — Eu me importo com você, Srta. Brontë — ele disse irado. — E agora é muito tarde para eu lhe dizer isso.

Furiosamente, ele enxugou os olhos, mas as lágrimas continuavam a vir aos seus olhos e, após um momento, deixou saírem também os soluços.

— Ah, pare de olhar — disse a Srta. Eyre por trás dele — e volte lá para dentro!

Alexander, sem entender, se sentou bem a tempo de ver o fantasma da Srta. Brontë fungar.

— *Shh*, Jane, estou tentando ouvir. — Mas então ela desapareceu, flutuando de volta para o seu corpo.

E o corpo então arfou.

— Srta. Brontë! — Ele colocou a mão na bochecha dela, sentindo o calor florescer de volta sob a pele. O pulso dela tremeu. — Srta. Brontë, a senhorita...

Ela abriu os olhos e olhou em volta, embora não estivesse usando os óculos.

— Consegue ver alguma coisa? Devo procurar seus óculos para você? — Ele não queria nem um pouco sair do lado dela, mas procuraria seus óculos em dez mil edifícios em chamas se fosse para agradá-la.

— Eu... — Ela tossiu um pouco.

— O quê? — Ele tirou os cabelos do rosto dela. — O que foi?

— Eu estava morta, não estava?

— Sim — ele exalou. — Mas ficará bem. Acho que sim. Como está se sentindo?

— O senhor disse...

— Sim? Eu disse muitas coisas quando você estava morta. — E ele se viu repentinamente repassando cada palavra. Então se lembrou: ele tinha admitido (sim, em voz alta) que se importava com ela. E com "se importava", ele quis dizer que *se importava,* se você entende o que estamos querendo dizer.

Ela arregalou os olhos.

— Isso significa...?

— Pois é, eu sei — disse ele. — Eu sei que foi um pouco atrevido da minha parte dizer isso, mas, em minha defesa, você estava praticamente morta.

— Não, não, não é isso.

Ele ficou confuso.

— Então o quê?

— Eu consigo ver gente morta!

Alexander riu e puxou a máscara, depois a colocou no rosto dela.

— Bem-vinda, vidente Charlotte Brontë.

Ou melhor, ele pretendia dizer isso, mas, antes que terminasse de falar o nome dela, ela se impulsionou um pouco para cima e pressionou seus lábios contra os dele.

Ele arregalou os olhos, surpreso, e imediatamente ela se afastou dele, soltando um gritinho de vergonha.

— Oh, lamento muito — disse ela. — Eu não estava enxergando nada! Não sei o que me deu. Isso foi indelicado, imperdoável! Eu não deveria ter...

— Não deveria? — O coração dele estava aos pulos.

— Não!

— Oh...

Infelizmente, agora ele não podia deixar de notar a curva suave dos lábios dela, o tremor em seu queixo quando ela o fez e a maneira como ela passou uma mecha de cabelo para trás da orelha. Quando ela tinha se tornado tão delicada e forte ao mesmo tempo?

— Foi muita ousadia — prosseguiu ela. — Por favor, me perdoe. Eu estava tão feliz e não deveria ter presumido nada sobre seus sentimentos e nós nunca discutimos a respeito de...

Ele a beijou.

Do mesmo jeito que ela: apenas um toque de lábios. Como uma pergunta. Uma esperança. Uma promessa.

— Estamos quites agora? — Ele também sentiu o sangue subir ao rosto, rezando para que não tivesse entendido mal a situação. — Ou devo preparar um sincero pedido de desculpas também?

— Não se atreva.

Então, dessa vez, eles se beijaram *mesmo*. Por um longo tempo. Só quando a Srta. Eyre pigarreou em voz alta é que eles se afastaram.

— Ainda estamos todos aqui — disse ela. — Caso vocês tenham esquecido.

— Que terrível ver isso! — A Srta. Burns estremeceu. — Por favor, nunca mais façam isso. Pelo menos não em público.

As bochechas da Srta. Brontë estavam com um lindo tom de rosa quando ela se sentou mais firme no banco.

— Como você ainda está viva? — perguntou a Srta. Eyre.

A Srta. Brontë tirou o caderno do bolso. O couro tinha um grande buraco bem no centro.

— Acho que isto segurou a bala. Eu sempre soube que devia minha vida aos livros.

Quando o coração de Alexander abrandou a um ritmo normal, ele ficou de pé e deu lugar para que a Srta. Eyre e a Srta. Burns se sentassem no banco, enquanto ele se punha ao lado dos Rochester. As três jovens — duas vivas e uma morta — se deram as mãos enquanto observavam a Câmara dos Lordes e dos Comuns ardendo em chamas contra a noite.

* * *

Dois dias depois, eles se encontraram no apartamento da Baker Street. Sabe, aquele que tinha sido de Alexander, mas que naquele momento estava de posse da Srta. Eyre (pelo menos até o fim do mês, já que Wellington não tinha coberto o aluguel para além). A Srta. Eyre tinha generosamente oferecido o apartamento de volta a Alexander, já que tinha sido dele primeiro, mas ele recusou a oferta. Ele e Branwell alugaram quartos nas proximidades.

— Chá? — perguntou a Srta. Eyre.

Todos aceitaram.

A Srta. Eyre e a Srta. Burns sumiram cozinha adentro, enquanto a Srta. Brontë e Branwell tomaram o sofá e abaixaram suas cabeças juntos.

— Precisamos decidir o que fazer a seguir — murmurou a Srta. Brontë.

— Eu deveria voltar a Haworth. — Branwell suspirou. — Sinto muita falta de lá. É claro que não acontece quase nada em Haworth, mas é exatamente por isso, sabe? Acho que já tivemos aventura suficiente.

A Srta. Brontë assentiu com a cabeça.

O coração de Alexander se retorceu um pouco quando ele pensou na

Srta. Brontë retornando a Haworth. Ele tinha passado os dois dias anteriores esperando por uma audiência com o rei, tentando descobrir como seria o futuro da Sociedade, agora que o edifício, a Sala de Prosseguimento e os talismãs tinham sido destruídos (isso sem falar do próprio Wellington), mas o rei ainda estava se recuperando do que o Sr. Mitten e Wellington tinham feito nos dias anteriores ao Grande Incêndio. O futuro da Sociedade estaria na lista real de coisas a fazer, mas certamente não era uma prioridade. Pelo menos não naquele momento.

E isso fazia de Alexander o líder da Sociedade por eliminação, mas não de verdade e, sendo tudo tão confuso, ele não podia tomar atitudes de líder, como admitir novos membros, mesmo que fossem videntes.

De qualquer forma, Charlotte tinha acabado de concordar com o irmão sobre o excesso de aventuras em Londres. Era provável que ela quisesse voltar para Haworth.

Ele foi em direção à cozinha para ajudar a Srta. Eyre com o chá. Mesmo que ela morasse ali e fosse tecnicamente a anfitriã, aquela cozinha tinha sido dele até pouco tempo antes. Portanto, não havia nenhum mal em ajudá-la.

— Não é que eu queira que você se vá. — Veio a voz da Srta. Eyre de trás da porta, pouco mais que um sussurro. — Vou sentir muita saudade. É claro que vou.

Alexander fez uma pausa antes de passar pela porta.

— Mas você acha que eu deveria... — A voz fantasmagórica da Srta. Burns soou apertada. — É isso mesmo, não é? Você acha que é melhor eu ir?

Ele sentiu que deveria voltar para a sala da frente, mas avançou o suficiente para poder ver a Srta. Eyre e a Srta. Burns. Elas estavam frente a frente, com as mãos dadas, ou quase isso.

Havia algo de luminoso na Srta. Eyre desde o Grande Incêndio. Era o mesmo tipo de brilho que a Sra. Rochester exalava, a luz de ser um Farol que até os vivos podiam ver.

Lágrimas cintilavam pelas faces da Srta. Eyre.

— Acho que você tem ficado por aqui porque precisei de você todos esses anos.

— E agora não precisa mais? — A Srta. Burns limpou a bochecha em seu ombro.

— Ah, minha amiga querida, eu sempre vou precisar de você! Mas também tenho de pensar no que é bom para você. Tenho sido egoísta em mantê-la aqui. Egoísta em querer ter você sempre ao meu lado.

— Mas eu estou bem assim — a Srta. Burns respondeu em meio a um pequeno soluço. — Eu quero ficar com você. Não sei o que acontece na vida após a morte.

— É alguma coisa boa — a Srta. Eyre sussurrou com uma voz rouca. — Tem de ser.

Alexander segurou a respiração, observando as duas, desejando poder voltar à sala de onde viera como se nunca tivesse estado ali, testemunhando aquela conversa — e sabendo que não poderia, porque partes daquela conversa ecoavam em seu próprio coração. Durante a maior parte de sua vida, ele tinha carregado o fantasma de seu pai consigo. Não um fantasma literal, é claro, mas de certa forma um "fantasma".

— O que aconteceria quando eu tiver 80 anos e você ainda tiver 14? — prosseguiu a Srta. Eyre.

— Pois vamos continuar a ser melhores amigas. — A Srta. Burns mordeu o lábio. — Ou não?

— É claro que sim! — A Srta. Eyre atirou seus braços em volta da Srta. Burns, mas o abraço passou direto. Ela recuou, com lágrimas tremeluzindo em suas bochechas. — Seremos sempre melhores amigas. Para sempre. Mas a nossa amizade não é limitada pela vida e pela morte.

— Claro que não! — A Srta. Burns forçou um sorriso corajoso.

— E não se define pelo fato de você estar aqui ou ali. Se você ficar, eu ainda vou amá-la. Se você seguir em frente, eu ainda vou amá-la.

O coração de Alexander doía por elas. Sua garganta e seu peito estavam apertados com a tensão de seu próprio fantasma. O que a Srta. Eyre disse era verdade, não era? A morte não podia deter o verdadeiro amor, fosse um amor paternal, platônico ou romântico. O amor se estendia através dos mundos.

— Entretanto... você acha que eu deveria seguir em frente. — A voz da Srta. Burns soou muito fraca.

A Srta. Eyre assentiu com a cabeça.

— Eu acho que você merece encontrar a paz.

A Srta. Burns enrolou seus braços em volta da própria cintura.

— Estou com medo de ficar longe de você.

— Eu também tenho medo de estar sem você. — O sorriso da Srta. Eyre vacilou. — Mas nós duas temos coisas a fazer. Eu preciso viver a minha vida e não posso arrastá-la comigo o tempo inteiro. Não é justo para nenhuma das duas. Então, tenho de ser corajosa.

— Então, eu também tenho. — A Srta. Burns endireitou a coluna. — Vou fazer isso.

— Quando? — Dessa vez foi a voz da Srta. Eyre que titubeou.

Uma luz quente se espalhou pela cozinha, saindo da Srta. Burns.

— Agora — disse ela. — Acho que vou agora.

Ela parecia ter menos substância do que antes. Mais no outro mundo que neste.

— Helen! — O grito da Srta. Eyre levou a Srta. Brontë e Branwell até a porta da cozinha, ao lado de Alexander, mas ninguém ousou entrar.

— É melhor que eu não veja você de novo pelos próximos oitenta anos, hein? — A Srta. Burns falou por último, com lágrimas brilhando em suas bochechas, quando então olhou para cima e cada vez mais para cima e, de repente, um largo sorriso se formou...

E ela se foi.

A sala voltou à sua luminosidade normal.

— Adeus — a Srta. Eyre sussurrou.

Então, a Srta. Brontë correu na direção da amiga e a dupla se abraçou.

— Deveríamos... hum... — Branwell limpou o rosto. — Bem, eu não sei o que fazer.

— Leve todo mundo para se sentar — disse Alexander. — Vou fazer o chá.

Quando ficou sozinho na cozinha, preparando uma bandeja cheia de xícaras, açúcar e creme, Alexander olhou para o lugar onde o fantasma da Srta. Burns estivera pouco antes. Foi incrível a rapidez com que ela tinha ido embora uma vez que decidiu ir. E ela realmente merecia paz.

Talvez Alexander também merecesse paz. Longe da vingança. Do fantasma figurativo que ele tinha arrastado vida afora. De sua devoção cega à Sociedade.

Ele decidiu deixar tudo aquilo e ir embora. Tudo. Ah, mas é claro que ele ainda se colocaria ao lado da Sociedade REI em qualquer forma que ela assumisse. Ele era bom naquela coisa de realocação de fantasmas e gostava de viajar. Mas aquilo não precisava ser tudo em sua vida. Não mais.

Quando a água ferveu, ele colocou o bule na bandeja e voltou para a sala de estar. Para junto de seus amigos.

— Sr. Blackwood? — perguntou a Srta. Brontë com aquela voz curiosa que ele conhecia tão bem. — Eu tenho uma pergunta da maior importância.

— Claro que tem. — Ele deu a ela uma xícara de chá.

— É a respeito da carta que seu pai escreveu ao Sr. Rochester. Aquela que o senhor encontrou quando invadiu o escritório em Thornfield.

— Sim, eu me lembro bem da carta.

— O homem que escreveu a carta assinou como Sr. Bell.

Ele pensou que ela não tivesse prestado atenção àquele detalhe. Mas nada, jamais, fugia à atenção de Charlotte Brontë.

— Sim. Meu pai era Nicholas Bell. Depois que ele morreu, Wellington pensou que seria prudente eu escolher um novo nome para mim.

— Então seu nome, na verdade, é Alexander Bell.

— Fora Wellington e os Rochester, vocês aqui são os únicos que sabem disso.

Ela sorriu.

— E qual é o seu nome do meio? Aposto que posso adivinhar.

Ele abaixou a cabeça.

— A senhorita nunca adivinharia.

— Não, mas quem sabe? "Alexander"... e "Bell". Parece que há algo óbvio entre esses dois.

Ele tentou não sorrir.

— Meu nome do meio é Currer.

— Oh. — Ela riu. — O senhor tem razão. Eu nunca teria adivinhado. — Charlotte estendeu a mão para ele. — Então é um prazer conhecê-lo, Sr. Alexander Currer Bell.

Ele pegou a mão dela.

— E eu à senhorita, Srta. Charlotte...?

— Sinto, mas não tenho nome do meio. O único de nós que recebeu um nome do meio foi Emily. Emily Jane.

— Será Srta. Brontë, então.

— Sr. Bell. Embora eu deva continuar a chamá-lo de Sr. Blackwood.

— A senhorita pode me chamar de Alexander, se quiser.

Os olhos dela se arregalaram atrás dos óculos.

— E você poderia me chamar de Charlotte.

Combinado.

Epílogo

A manhã vinha chegando cada vez mais clara na residência dos Brontë. Jane e Charlotte já estavam, mesmo tão cedo, no jardim atrás da casa. Jane estava usando um avental de pintora sobre um vestido azul pálido, com uma expressão de grande concentração enquanto executava uma série de pinceladas rápidas, mas delicadas, na tela à sua frente. Charlotte estava sentada em um banco a poucos passos de Jane, usando seus novos óculos — do tipo que ela podia usar sem ter de levantá-los o tempo inteiro, daqueles permanentes que se apoiam nas orelhas. O que era perfeito, pois ela também estava trabalhando duro ao escrever furiosamente em um novo caderno. (Um sem buraco de bala.)

Esse novo caderno estava quase cheio até a última página com a mais envolvente das histórias.

— Leia essa última parte de novo, por favor — Jane a instruiu.

Charlotte limpou a garganta delicadamente.

— *Caro leitor...* — ela começou.

Jane franziu a testa.

— Você tem certeza de que deveria se dirigir ao leitor dessa maneira? Parece meio audacioso.

Charlotte sorriu e disse:

— Tenho certeza de que os leitores gostam de que eu me dirija a eles. Isso os atrai para dentro da narrativa, os torna parte dela. Acredite em mim.

— Tudo bem, então. Continue.

— Tem certeza? — A boca de Charlotte se torceu em um sorrisinho. — Não tem mais nenhuma sugestão para melhorar aquelas únicas duas palavras que eu li até agora?

Jane riu.

— Não. Prossiga.

— Certo. *Caro leitor, eu me casei com ele. Foi uma cerimônia tranquila a que tivemos: ele e eu, o pastor e o escrivão éramos os únicos presentes. Meu conto se aproxima de seu fim: apenas uma palavra a respeito de minha experiência com a vida de casada, e um breve olhar sobre o destino daqueles cujos nomes mais frequentemente se repetiram nesta narrativa, e assim termino. Hoje estou casada há dez anos. Sei o que é viver inteiramente em prol e em companhia do que mais amo neste mundo. Considero-me sublimemente abençoada, mais do que a linguagem pode expressar; pois sou a vida de meu marido tão plenamente quanto ele é a minha. Nenhuma mulher foi mais próxima de seu cônjuge do que eu. Desconheço qualquer aborrecimento advindo da companhia do Sr. Rochester; ele não conhece nenhum advindo da minha, assim como tão bem conhecemos da pulsação do coração que bate em nossos peitos separados; por consequência, estamos sempre juntos.*

Jane deu um suspiro profundo.

— Isso está tão bom, Charlotte.

— Não está exagerado? Acho que pode estar um pouco exagerado.

Jane balançou a cabeça.

— É um pouco longo. Mas é romântico. Acho que nunca ouvi uma história que fosse tão perfeitamente romântica. Seus leitores devorarão o livro.

Charlotte mordeu o lábio, nervosa.

— Eu ainda não tenho leitores. Exceto a família. E Alexander.

Ela sentia muita vergonha às vezes quando pensava em Alexander lendo a história, porque muito do que ela escreveu sobre os sentimentos de Jane Eyre pelo Sr. Rochester tinha sido inspirado pelo que ela mesma sentia por um certo Sr. Blackwood.

Mas sorriu ao pensar em Alexander.

E Jane sorriu ao ouvir a palavra "família". Pois, veja, ela fazia parte da família de Charlotte, e não apenas porque agora morava em Haworth, mas também oficialmente. (E não, Jane Eyre não se casou com Branwell Brontë.) A maneira como Jane tinha se tornado parte da família Brontë foi o resultado de uma coincidência engraçada, na verdade.

Algumas semanas depois de todos terem voltado de Londres, defumados e ligeiramente chamuscados, mas ainda vitoriosos, um advogado apareceu. Ele os informou que estava ali em nome do patrimônio de Arthur Wellesley, o recente e tragicamente falecido Duque de Wellington. Que era o tio afastado dos Brontë, ou eles não sabiam?

Sim, eles sabiam, afinal de contas.

Pois o tio Arthur tinha deixado para trás uma grande fortuna quando faleceu, o advogado os informou. Um montante de vinte mil libras.

— Para nós? — os Brontë perguntaram, incrédulos. Parecia improvável. Considerando tudo.

— Bem... não — disse o advogado. Para uma pessoa misteriosa que o duque jamais conhecera. Acontece, afinal, que ele tinha mais gente na família. Ou melhor, uma irmã perdida que tinha morrido no parto havia muito tempo e que tinha deixado para trás uma pequena órfã, que estava desaparecida aquele tempo todo e tinha sido dada como morta, mas tinha chegado recentemente ao conhecimento do falecido duque que a tal menina não estava, de fato, morta. Estava muito bem e viva. E era professora na Escola Lowood. E, para aquela modesta professorinha, o duque tinha deixado toda a sua fortuna. Então o advogado tinha ido procurar a garota em Lowood e depois a seguiu até Haworth. Onde agora ele procurava ninguém mais, ninguém menos que (sim, você adivinhou!) a nossa Jane Eyre.

Era uma história um pouco complicada, mas a essência era a seguinte: Jane era prima dos Brontë. E, agora, era rica.

E, bem, isso tinha mudado as coisas para todos.

Seria comum pensar que Jane tinha ficado muito contente com o dinheiro. Afinal, eram vinte mil libras. Mas ela mal tinha se importado com o dinheiro. Na verdade, ela compartilhou sua herança com os Brontë assim que pôde, pois sentiu que eles tinham direito a receber uma parte do dinheiro do duque. O que importava para Jane — e o que sempre importou para Jane, afinal — era que ela agora tinha uma família. Tinha verdadeiros laços de sangue e se deliciava em conhecer cada novo membro de seu círculo familiar: Charlotte e Bran, claro, e Emily e a pequena Anne, que eles tinham tirado de Lowood. Tinham se estabelecido todos juntos em Haworth e passavam os dias escrevendo histórias e desenhando quadros e pintando e geralmente se divertindo juntos da melhor forma imaginável.

O que nos leva de volta a Jane e Charlotte no jardim, com Charlotte lendo para Jane uma primeira versão completa do que viria a se tornar um dos romances mais famosos já escritos.

— Você tem certeza de que não quer que eu escreva como realmente aconteceu? — Charlotte perguntou a Jane.

Jane balançou a cabeça, a expressão pensativa.

— Não. A sua Jane Eyre deveria acabar a história com o Sr. Rochester, eu acho.

O Sr. Rochester, eles todos tomaram conhecimento, tinha levado sua esposa e sua pequena Adele para o sul da França, onde, pelo que o clã Brontë sabia, estavam todos vivendo em uma feliz obscuridade e se recuperando de anos de abuso e separação. Mas Jane ainda pensava no Sr. Rochester de tempos em tempos. E isso a afligia. Charlotte sabia.

Ela suspirou.

— A verdade sempre foi muito mais emocionante.

— Mas quem acreditaria nela? — Jane perguntou. — Fantasmas e possessões e pessoas que prendem os espíritos errantes dos mortos? Seria uma grande história, mas... Além disso, todos nós concordamos que a Sociedade deveria ser secreta, agora que o Sr. Blackwood está no comando. Não... é a minha história, de certa forma, ou o meu nome, pelo menos, e quero que seja uma história de amor.

Charlotte acenou com a cabeça. *Era* a história de Jane, e Charlotte teria se sentido privilegiada por poder escrevê-la do jeito que fosse. Mas, ao mesmo tempo, o que ela tinha escrito a deixava triste por Jane. Afinal, Jane não tinha feito parte de nenhuma grande história de amor. Era como se ela tivesse sido roubada de seu próprio e merecido final feliz.

Mas Jane afirmou que estava contente com sua vida. Ela tinha se voltado inteiramente para a pintura, e estava se tornando a melhor coisa que ela já tinha produzido. Ela esticou os braços e mirou a encosta diante delas, onde, nas charnecas, as verdes gramas da primavera balançavam sob a brisa. Mas Jane não estava pintando as charnecas. Também não estava pintando uma jovem de cabelos dourados com um vestido branco. Naquele dia, Jane estava trabalhando com todos os seus vermelhos e laranjas, reconstruindo a visão de um incêndio — a Câmara dos Lordes e dos Comuns em chamas contra o céu noturno. Quando ela olhava para o quadro, sentia o calor daquela noite fatídica, a fumaça, a incerteza e depois o alívio da vitória deles sobre Wellington. Tinha sido uma provação terrível, mas ela também acreditava que naquela noite sua vida tinha realmente começado.

— No entanto, ainda há um mistério a ser resolvido — disse Charlotte a Jane.

— Que mistério?

— Quem matou o Sr. Brocklehurst?

— Oh. — Jane deu de ombros. — Foi a Srta. Temple.

— Uma escolha óbvia. — Charlotte pareceu desapontada.

— Bem, a Srta. Temple ofereceu o chá. A Srta. Smith fez o chá. A Srta. Scatcherd conseguiu o veneno.

— Oh. Ooooh... Então, foi um trabalho em grupo.

Pelo menos daquela vez, Charlotte não fez mais nenhuma outra pergunta, até porque, ao mesmo tempo, as duas ouviram o som de cascos vindo na estrada. Em seguida, guinchos felizes de Emily e Anne dentro de casa. E logo Alexander apareceu no caminho até o jardim. Seu olhar se encontrou com o de Charlotte e ela corou, com seus olhos brilhando por detrás dos óculos.

— Sr. Blackwood — ela murmurou.

— Srta. Brontë. A senhorita está muito bem.

— A que devemos o prazer da visita? — Jane perguntou. — Está tudo bem?

— Tão bem quanto possível, embora estejamos aguardando ansiosamente seu retorno — disse Alexander. — Precisamos do nosso Farol.

Jane assentiu com a cabeça.

— Em breve. Mas, por enquanto, estou aproveitando meu tempo aqui.

— Eu vou! — disse Charlotte, e corou de novo.

— Teríamos prazer em tê-la conosco — respondeu Alexander, sorrindo com os olhos. — Sempre temos utilidade para pessoas de grande sagacidade, inteligência e autenticidade. E eu, em particular, adoraria recebê-la. — Ele endireitou sua gravata e limpou a garganta. — Mas não foi isso que eu vim fazer. Ocorre que... aconteceu algo novo e interessante.

Charlotte e Jane trocaram olhares. Não sabiam mais com quantas coisas "novas e interessantes" conseguiriam lidar.

— Venham — disse Alexander às duas. — Há alguém que eu gostaria que vocês conhecessem.

Elas o seguiram até a casa e até a sala de visitas, onde encontraram um jovem esbelto e bem-vestido, de pé à frente da janela, com as mãos para trás.

— Edward — disse Alexander. — Apresento ao senhor a Srta. Charlotte Brontë e a Srta. Jane Eyre.

O rapaz se virou. Jane ficou sem ar. Não por ele ser atraente, embora, sem qualquer dúvida, ele fosse. Ele era jovem, tinha 16 ou 17 anos no máximo. E era alto. Moreno. Bonitão. Seu cabelo preto tinha ondas encantadoras que se dobravam logo atrás das orelhas, o que o deixava com um ar um pouco rebelde e desarrumado pelo vento. Ou talvez ele só tivesse acabado de chegar com todo aquele vento de Yorkshire, quem sabe. Seu sorriso continha uma pitada de galhofa. *Sua testa*, pensou Jane, *era do tipo que inspiraria uma escultura*.

Mas o que tinha feito Jane ficar sem fôlego foram os olhos do jovem. Havia algo de muito familiar naqueles olhos escuros e inteligentes. Uma certa intensidade austera, séria. Ela foi dominada pela repentina sensação de que aquele rapaz possuía a capacidade não apenas de vê-la ali de pé, desajeitada, com seu vestido azul e seu avental manchado de tinta, mas também de enxergar por dentro dela. Como se ele pudesse ver dentro da própria alma dela.

— Gostaria de lhe apresentar o Sr. Edward Rochester — disse Alexander.

— Edward... Rochester? — Charlotte inclinou a cabeça, franzindo a testa.

— Edward Rochester II — esclareceu o rapaz.

— Por acaso, antes de Edward e Bertha Rochester se retirarem da Sociedade, antes de Edward ser possuído e de Bertha ficar presa no sótão, eles tiveram um filho — explicou Alexander. — Como seu último ato de desafio contra o duque, Bertha mandou o menino para as Índias Ocidentais com o Sr. Mason, para ser criado por sua família em segredo e em segurança. Mas agora é hora de ele ser devolvido a nós.

— Edward Rochester... — suspirou Jane.

— "Segundo" — acrescentou Charlotte.

— Olá — disse o rapaz. Ele fez uma ligeira reverência. — Estou tão feliz em conhecê-la, Srta. Brontë — ele olhou para Jane e sorriu. — Srta. Eyre, ouvi falar tanto da senhorita.

— Diga alguma coisa, Jane — sibilou Charlotte.

— Olá — disse Jane.

Agradecimentos

Olá, caro leitor! Somos nós, suas amigas Ladies Janes! Voltamos à parte em que gostaríamos de agradecer a uma lista incompleta das pessoas que ajudaram a realizar este livro.

Queremos começar com a Sociedade para a Revisão de Romances Instáveis, também conhecida como os nossos agentes literários (Katherine Fausset, Lauren MacLeod e Michael Bourret) e as nossas editoras (Erica Sussman e Stephanie Stein — desculpe, nós a matamos na ficção, mas foi por amor). Agradecemos às nossas agentes publicitárias (as incríveis Rosanne Romanello e Olivia Russo) e à nossa incrível *designer* de capas (Jenna Stempel-Lobell, que criou outra capa linda para este livro!).

Às incríveis autoras que resenharam *My Lady Jane*, Tahereh Mafi e Jessica Day George, o nosso agradecimento sincero! Suas palavras nos fizeram corar rubores pré-vitorianos.

Mais uma vez, agradecemos às nossas famílias (Jeff, Dan, Will, Maddie, Shane, Carter, Beckham e Sam) por saberem lidar com nossas idiossincrasias. E um grande agradecimento a Jack e Carol Ware (pais de Cynthia) por nos permitirem usar sua adorável casa na Virgínia como um retiro para trabalhar neste livro durante o verão.

Onde estaríamos sem você, nosso leitor esperto, aventureiro e criativo? Agradecemos a você por dar uma chance ao nosso livro bobinho.

E, por fim, queremos agradecer aos fantasmas.

Este livro foi composto com tipografia Electra Std e impresso em papel Off-White 70g/m² na Formato Artes Gráficas.